Le bonheur d'un médecin

*

Pour dompter son cœur

*

La famille dont ils rêvaient

LOUISA HEATON

Le bonheur d'un médecin

Traduction française de
GABY GRENAT

BLANCHE

HARLEQUIN

Collection : Blanche

Titre original :
THEIR DOUBLE BABY GIFT

Ce roman a déjà été publié en 2017

HARPERCOLLINS FRANCE
83-85, boulevard Vincent-Auriol, 75646 PARIS CEDEX 13
Service Lectrices — Tél. : 01 45 82 47 47 - www.harlequin.fr
ISBN 978-2-2804-7899-1 — ISSN 0223-5056

Composé et édité par HarperCollins France.
Imprimé en août 2022 par CPI Black Print (Barcelone)
en utilisant 100% d'électricité renouvelable.
Dépôt légal : septembre 2022.

FSC
www.fsc.org
MIXTE
Papier issu de sources responsables
FSC® C159065

Pour limiter l'empreinte environnementale de ses livres, HarperCollins France s'engage à n'utiliser que du papier fabriqué à partir de bois provenant de forêts gérées durablement et de manière responsable.

1.

Le Dr Brooke Bailey était en retard. Très en retard ! Et plus elle regardait l'aiguille de la pendule du tableau de bord, plus il lui semblait qu'un lutin maléfique pressait sur un bouton pour la faire avancer à toute vitesse.

Pourquoi fallait-il que cela se produise justement aujourd'hui ? Le jour précis où, après son congé de maternité, elle reprenait son poste aux urgences du London Grace Hospital ? Elle était heureuse de reprendre un travail qu'elle adorait même si elle prévoyait que l'ambiance y serait bien triste maintenant que sa grande amie Jen ne serait plus là pour la soutenir dans son rôle de jeune mère célibataire…

De toutes ses forces, elle souhaitait que cette journée se passe bien. C'était une sorte de test. Si elle le réussissait, si elle était capable de tenir jusqu'au soir, ce serait la preuve qu'elle avait pris la bonne décision.

Au cours des premiers mois de sa grossesse, forte du défi qu'elle s'était lancé et pleine d'optimisme, l'aventure lui avait paru parfaitement jouable. À quoi bon un homme à ses côtés ? Elle n'en avait nul besoin. Elle n'avait besoin de personne ! Heureusement d'ailleurs, étant donné qu'il restait bien peu de gens autour d'elle sur qui elle puisse compter pour l'aider. Après tout, des millions de mères célibataires se débrouillaient pour élever leur enfant en solo et travailler en même temps, alors pourquoi pas elle ?

Le hic, c'était qu'à cette époque elle regardait la vie avec des lunettes roses et n'avait pas prévu qu'elle passerait une nuit blanche la veille de son retour au travail parce que Morgan ne réussissait pas à s'endormir. La seule façon de calmer sa petite fille avait été de la prendre dans ses bras et de la promener à travers l'appartement pendant plusieurs heures. Elle n'avait pas davantage prévu que, précisément ce matin-là, au moment où elle installerait sa fille dans la voiture, cette dernière aurait un besoin urgent d'être changée.

Et encore moins qu'elle serait engluée dans un embouteillage majeur au milieu duquel elle ne pourrait rien faire d'autre que tambouriner des doigts sur son volant, les yeux fixés sur le London Grace Hospital. Tout proche et cependant hors de portée, on aurait dit qu'il la narguait puisqu'elle était coincée pare-chocs contre pare-chocs entre un 4x4 et un camion de livraison, dans un vacarme de klaxons. À chaque nouveau coup d'avertisseur, elle fermait les yeux et rentrait la tête dans les épaules, comme si cela pouvait aider Morgan à ne pas se réveiller. Dieu soit loué, jusque-là, le bébé continuait à dormir.

Posé à côté d'elle sur le siège du passager, son téléphone portable émit un signal sonore. Comme elle était à l'arrêt, elle décida de lire le message.

Il provenait de sa collègue Kelly.

Où es-tu ?

Impossible de répondre. Pas tant qu'elle se trouvait derrière le volant. Même bloquée comme elle l'était, ce n'était pas envisageable car la circulation pouvait reprendre à tout moment. Si elle pianotait sur son appareil à ce moment-là, la voiture qui la suivait pouvait la percuter, ce qui, en plus du coup du lapin toujours possible, aggraverait de toute façon le retard pour son premier jour de travail.

Et son épreuve n'était pas terminée… Qui sait si elle n'allait pas devoir tourner des heures sur le parking pour trouver une place avant de déposer Morgan à la crèche de l'hôpital ?

Cet épisode inéluctable la tracassait depuis des semaines.

Pourtant, cette décision lui avait paru on ne peut plus simple à prendre quand elle prévoyait son organisation future : *Je n'aurai qu'à mettre le bébé à la crèche*. Très bien.

Mais si la crèche ne convenait pas à Morgan ? Si sa petite fille chérie se mettait à hurler de désespoir au moment d'être abandonnée par sa mère ? Si elle s'accrochait à elle et refusait de la laisser partir ?

Jamais encore elle n'avait confié Morgan à qui que ce soit, encore moins dix heures d'affilée à une crèche ! Eric, son ex-compagnon, avait réussi à la couper de la plupart de ses amies. Au cours de leur relation, il l'avait peu à peu isolée jusqu'à ce qu'elle se retrouve seule avec lui. Tant et si bien que lorsqu'elle l'avait quitté, lorsque enfin elle avait repris sa liberté, elle s'était sentie si honteuse d'avoir permis ce qui s'était passé qu'elle n'avait osé reprendre contact avec personne.

Elle s'était donc retrouvée seule avec Morgan, et cela lui avait suffi. Tout au moins, jusqu'à aujourd'hui où l'idée de laisser sa fille à des mains étrangères lui nouait l'estomac d'angoisse. Au moment où elle s'apprêtait à jouer du klaxon elle aussi, le trafic se fluidifia et elle put s'engager dans le parking de l'hôpital. Enfin ! Elle se hâta vers la barrière de contrôle et abaissa sa vitre. Les odeurs mêlées d'essence et de pluie montèrent jusqu'à ses narines tandis qu'elle passait sa carte sur le scanner et attendait que la barrière se soulève pour lui laisser le passage.

Pour la première fois de sa vie, elle allait utiliser les emplacements réservés aux parents utilisateurs de la crèche situés tout près de l'ascenseur. « Merci, merci ! » murmura-t-elle à l'attention de l'éventuelle divinité responsable des parkings en apercevant une place disponible. Vite, elle ouvrit le coffre, en retira la poussette qu'elle déplia, y installa Morgan et, sans une larme ni de sa part ni de la part du bébé, fila vers l'ascenseur.

Tout en marchant, elle essayait d'imaginer à quoi ressembleraient désormais ses permanences sans la présence de Jen.

En fait, elle ne connaissait pas Jen depuis très longtemps, mais cette dernière s'était révélée une amie extraordinaire. Un cadeau du ciel offert à Brooke quand elle avait commencé à travailler au London Grace Hospital. À cette époque, elle vivait encore avec Eric tout en nourrissant de sérieux doutes quant à la solidité de leur relation. La certitude qu'aucun avenir commun n'était possible avec lui commençait à s'imposer à elle, mais elle avait bien du mal à admettre qu'elle avait pu se tromper aussi grossièrement quant au choix de son compagnon.

Un matin, comme elle se trouvait dans la salle de repos des soignants, occupée à ressasser de noires pensées tout en trempant pensivement son sachet de thé dans sa tasse, elle avait été rejointe par une jeune femme aux cheveux courts très blonds, agrémentés d'une mèche fuchsia assortie aux branches du stéthoscope qui pendait autour de son cou.

Après avoir considéré Brooke un moment, elle s'était avancée vers elle et lui avait passé un bras autour des épaules en disant :

« Qui que ce soit, laisse-le tomber ! Aucun homme n'a le droit de te mettre dans cet état. »

Voilà comment avait commencé leur si belle amitié.

Quelques semaines plus tard, après sa rupture avec Eric, elle avait découvert qu'elle était enceinte et qu'il ne voulait rien avoir à faire avec le bébé à venir. Le choc avait été dur à encaisser. Heureusement, Jen l'avait soutenue et s'était ingéniée à la distraire en l'emmenant au cinéma ou au restaurant.

Brooke se souvenait parfaitement des soirées pleines de fous rires qu'elles avaient passées ensemble. Jen était unique en son genre. Une merveille de gentillesse et d'attention. Quand, à son tour, elle avait découvert qu'elle était enceinte et que les dates de leur accouchement étaient prévues à quelques jours de distance seulement, leur amitié s'était encore renforcée.

Le mari de Jen, Matt, médecin dans l'armée, était souvent absent, ce qui fait que Brooke et Jen avaient vécu leur grossesse ensemble, comparant leur tour de taille, leurs chevilles enflées et s'amusant de leurs besoins fréquents de courir vers les toilettes.

Mais aujourd'hui, Jen n'est plus là pour m'aider à tenir debout. Je n'ai personne pour me remonter le moral si jamais cette journée me prouve que j'ai fait la plus grosse bêtise de ma vie…

Arrivée à destination, Brooke quitta l'ascenseur et s'engagea dans le long couloir qui conduisait à la crèche tout en s'efforçant de ne pas penser au coup de fil de Kelly cinq mois plus tôt. Sinistre coup de fil, par lequel cette dernière lui avait annoncé qu'une crise d'éclampsie avait provoqué la mort de Jen peu après son accouchement.

À l'époque, elle-même venait tout juste d'accoucher de Morgan. Son retour à la maison remontait à trois jours à peine, trois jours passés en efforts incessants et épuisants pour s'adapter aux besoins du bébé. La sonnerie du téléphone lui était apparue comme l'occasion de se ressaisir, de prendre un moment pour elle-même et de se rappeler que le monde extérieur existait encore.

Et puis…

Elle ravala ses larmes. Pas question de pleurer aujourd'hui. Elle était suffisamment stressée avec ce qu'elle devait assumer pour ne pas penser sans arrêt à la mort de Jen. La vie continuait, impossible d'arrêter sa marche inexorable. Jen était morte et elle se retrouvait seule, une fois de plus. Elle reprenait son travail. En retard. Par conséquent, mieux valait se dépêcher pour éviter d'ajouter à tout cela la mauvaise humeur de son patron.

Elle sonna à la porte de la crèche et un membre du personnel vint lui ouvrir.

— Je… J'amène Morgan Bailey, dit Brooke. C'est sa première journée à la crèche, ajouta-t-elle en s'efforçant de paraître plus sereine qu'elle ne l'était en réalité.

La jeune femme qui tendait les bras vers Morgan portait un badge décoré de petits ours de toutes les couleurs sur lequel on pouvait lire : « Daisy ». Elle était souriante et très sympathique.

Derrière elle, Brooke aperçut des enfants en train de jouer dans une piscine à balles, d'autres qui faisaient de la peinture sur une longue bande de papier tandis qu'un dernier groupe écoutait une histoire.

Sur la porte située au fond de la pièce, on pouvait lire : « Pièce des bébés ».

Comme elle se demandait ce qu'elle allait y trouver, un homme de haute taille, à l'allure martiale, en sortit.

Elle n'eut pas le temps de s'attarder à le dévisager bien qu'une partie d'elle-même, privée de plaisir depuis trop longtemps mais encore en éveil, ait enregistré combien il était séduisant. Ce fut l'autre partie de son cerveau, celle qui était consacrée à ses devoirs de mère épuisée, en manque de sommeil et inquiète sur le sort de sa fille, qui prit le dessus.

— Morgan a mal dormi cette nuit, expliqua-t-elle en sortant le bébé de sa poussette. Elle risque d'être un peu grognonne. Vous trouverez les biberons de mon lait dans ce sac. J'ai collé des étiquettes dessus pour qu'il n'y ait pas de confusion. Il y a aussi son petit ours en peluche qu'elle aime avoir avec elle dans son lit. D'habitude, il suffit de la bercer quelques minutes pour qu'elle s'endorme, et…

Elle n'y pouvait rien ! Voilà que les larmes qu'elle retenait bravement depuis le matin se mettaient à couler sur ses joues. C'était trop dur de devoir abandonner son bébé pour toute une longue journée. Comment allaient-elles survivre l'une sans l'autre pendant toutes ces heures ?

Comme si elle percevait la détresse de sa mère, Morgan se mit à pleurer elle aussi, ce qui ne fit qu'aggraver le sentiment de culpabilité de Brooke à quitter sa fille. Debout devant Daisy, elle sanglotait comme si on venait de lui annoncer la fin du monde.

Non, je ne peux pas faire ça, c'est trop difficile. D'ailleurs, je n'ai pas besoin de travailler… Je peux prolonger mon congé, ce qui…

Daisy, toujours souriante, prit Morgan dans ses bras.

— Ne vous inquiétez pas, tout ira bien. Vous avez le numéro de la crèche ?

La crèche de l'hôpital avait créé sa propre application qui

permettait aux parents d'avoir des nouvelles de leur enfant quel que soit le moment de la journée. Ils pouvaient ainsi le suivre de loin, savoir s'il avait bien dormi et bien pris son biberon.

Heureuse de voir que Daisy ne se formalisait pas de son comportement, Brooke fit un effort pour se calmer. Elle sortit un mouchoir de sa poche, se tamponna les yeux et répondit d'une voix à peu près assurée.

— Oui.

Toujours souriante, Daisy berçait doucement Morgan pour la calmer.

— Allez rejoindre votre travail et ne vous inquiétez pas pour nous.

Morgan avait l'air complètement perdue dans les bras de cette étrangère, ce qui n'était pas fait pour apaiser Brooke.

— Vous m'appellerez s'il y a le moindre problème ?

— Bien sûr !

— Même pour une bricole ?

Daisy hocha la tête mais, alors que Brooke s'apprêtait à poser une nouvelle question, une main solide lui pressa le bras. C'était celle de l'homme qu'elle avait remarqué tout à l'heure. Il la fixait de son regard d'un bleu intense.

— Il vaut mieux vous éloigner sans vous retourner.

Bien que reconnaissante et se disant qu'elle devait s'en tenir à ce conseil plein de sagesse, Brooke avait envie de pleurer encore plus fort. Cet inconnu avait-il éprouvé cette détresse lui aussi ? Savait-il ce qu'elle était en train de vivre ? Elle l'avait vu sortir de la pièce des bébés, peut-être y avait-il lui aussi laissé son enfant ?

— Vous êtes sûr ?

— Tout à fait. Allez, faites ce que je vous dis.

Sa voix était sévère, autoritaire. C'était une voix habituée à donner des ordres et à être obéie sans qu'on lui réplique. Doucement, il posa ses mains sur celles de Brooke, l'obligeant à lâcher la poussette à laquelle elle était encore cramponnée et la rangea dans le coin qui leur était réservé. Puis, une main posée dans le dos de Brooke, il la guida vers la sortie.

Brooke mourait d'envie de se retourner car elle entendait encore les pleurs de Morgan, ce qui signifiait forcément qu'elle réclamait sa mère. Mais l'homme l'en empêcha et la poussa vers la porte, puis dans le couloir, avec l'assurance d'un chien de berger ramenant le troupeau à l'étable.

— Mais il faut que je…

— Non, il ne faut rien du tout !

Irritée cette fois par son assurance et sa prétention à savoir ce qu'elle devait faire ou ne pas faire, Brooke s'écarta de lui pour le regarder des pieds à la tête. Tout en se mouchant et en reniflant de plus belle, elle commençait à se demander qui était cet homme si sûr de lui. Elle ne l'avait jamais vu dans l'hôpital. Évidemment, c'était la première fois qu'elle venait à la crèche et, de toute façon, de très nombreuses personnes travaillaient au London Grace. Il devait être un nouvel employé.

Après avoir essuyé ses dernières larmes, elle le regarda plus attentivement. Il la dépassait d'une bonne tête. Ses yeux étaient d'un bleu profond, ses cheveux blond foncé coupés court derrière mais plus longs sur le devant. Tiré à quatre épingles, il dégageait une aura de force tranquille, comme s'il était né pour commander, ce qui, d'ordinaire, exaspérait Brooke. Eric avait été ce genre d'homme autoritaire, soucieux de tout contrôler. Depuis sa malheureuse expérience avec lui, elle savait quels signes devaient la mettre en état d'alerte. Elle commença à se méfier.

— Écoutez, je vous remercie de votre aide, mais…

— Quand les bébés sentent notre faiblesse, ils sont encore plus malheureux.

Une fois de plus, elle se moucha avec la certitude que son nez devait maintenant être aussi rouge qu'une crête de coq.

— Allons donc ! reprit elle. Morgan n'a que cinq mois. Je ne pense pas qu'elle s'inquiète d'autre chose que de manger et dormir.

— Vous seriez surprise…, lança-t-il en s'éloignant.

Brooke le suivit du regard. C'était facile car il marchait

lui aussi en direction de l'ascenseur qu'elle devait prendre à nouveau pour descendre à l'étage des urgences où elle travaillait.

Zut ! Voilà que l'inconnu rentrait dans la cabine. Elle lui emboîta le pas.

— Quel étage ? demanda-t-il.

— Rez-de-chaussée.

Brooke remarqua qu'il pressa ce seul bouton, ce qui signifiait qu'il travaillait au même niveau qu'elle. Heureusement, bien d'autres services que les urgences se trouvaient là car elle n'avait aucune envie de croiser pareil despote au quotidien. Il était sans doute rattaché à la médecine nucléaire ou à la radiologie.

Pendant que l'ascenseur descendait, il se mit à observer Brooke, qui commença à se sentir mal à l'aise. Et encore plus quand elle constata que le regard de l'étranger s'arrêtait à la hauteur de sa poitrine. Il aurait dû avoir honte ! Tout en sentant ses joues se mettre à brûler, elle lui adressa un regard courroucé.

— Il y a un problème ?

— Heu… Eh bien… Je pense que vous devriez vous changer.

— Pardon ?

Quel culot ! Il venait à peine de la rencontrer et il se permettait de lui donner pareil conseil ?

C'est toujours la même chose avec les hommes. Dès qu'ils vous ont rendu un petit service, ils s'imaginent que vous allez tomber à leurs…

— Excusez-moi, mais votre chemisier est taché de lait.

Du lait ?

Baissant le regard, Brooke sentit ses joues prendre feu. Effectivement, une montée de lait, sans doute provoquée par les pleurs de Morgan tout à l'heure, avait laissé de larges auréoles humides sur son vêtement.

— Oh…

Elle se hâta de fouiller dans son sac à la recherche d'une lingette mais en vain car elle les avait laissées dans le sac de Morgan. Impossible de travailler dans cet état. Elle allait être obligée d'aller chercher une blouse, ce qui la mettrait encore plus en retard. Franchement, ce matin, tout se liguait contre elle !

Lorsque les portes de l'ascenseur s'ouvrirent, l'homme à l'allure militaire et Brooke elle-même tournèrent à gauche avec un bel ensemble vers le secteur des urgences. L'inconnu avançait à grandes enjambées, le dos bien droit, et Brooke trottinait à ses côtés.

— Vous travaillez aux urgences ? demanda-t-elle enfin.

Ce serait le comble de la malchance si elle s'était trouvée dans cette situation embarrassante devant un nouveau collègue, mais c'était bien possible car le personnel changeait souvent dans cette spécialité où le travail était particulièrement dur et stressant.

— Oui.

— Moi aussi.

Il s'arrêta brusquement et se tourna vers elle, le regard interrogatif.

— C'est votre jour de reprise après votre congé de maternité ?

Comment avait-il obtenu cette information ?

— Oui.

— Seriez-vous le Dr Bailey ?

Elle hocha la tête, stupéfaite de découvrir qu'il connaissait son nom.

— En effet. Mais vous, qui êtes-vous ?

Sans répondre, il resta immobile un moment avant de lui tendre la main.

— Je suis le major Matt Galloway, le mari de Jen.

— Oh…

Maladroitement, Brooke tendit la main elle aussi, morte de honte. Elle avait eu l'intention de lui rendre visite après la mort de Jen. Vraiment… Mais ses occupations de jeune mère l'avaient absorbée vingt-quatre heures sur vingt-quatre. La vie avec un bébé n'était pas le long fleuve tranquille qu'elle avait imaginé, remplie seulement de câlins et de sourires.

De plus, elle était seule pour faire face à tout et la nouvelle de la mort de Jen avait rendu sa petite dépression postnatale encore plus difficile à surmonter.

À cette époque, se lever et s'habiller pour sortir de chez elle lui paraissait une tâche presque insurmontable. À cela s'ajoutait le fait qu'elle n'avait jamais rencontré le mari de Jen. Finalement, elle n'avait cessé de remettre sa visite à plus tard et quand, enfin, elle s'était sentie capable d'aller présenter ses condoléances, trop de temps s'était écoulé pour que cela ne paraisse pas déplacé.

Depuis, elle se sentait horriblement coupable, et voilà que la première personne qu'elle croisait sur son lieu de travail était le mari de Jen !

Il venait sans doute de déposer Lily à la crèche.

Elle n'avait même pas réussi à assister aux obsèques de Jen. Pour commencer, elle avait mal évalué le temps qu'il lui faudrait pour être prête et se trouver sur les lieux à temps pour la cérémonie. Quand elle était arrivée, la messe avait déjà commencé et elle était restée assise au fond de l'église. Ensuite, évidemment, Morgan s'était mise à pleurer, et afin de ne pas déranger l'assistance, Brooke s'était glissée dehors aussi discrètement que possible. Comme la seule chose qui calmait sa fille était d'être poussée dans son landau, elle était partie faire une promenade.

Quand elle était revenue à l'église longtemps après la fin de la messe, elle était restée un moment devant la tombe de Jen, désespérée de se sentir aussi seule.

Pour se consoler, elle s'était dit que son amie lui pardonnait certainement son retard puisqu'elle faisait partie de ces gens qui ne savent pas tenir rigueur aux autres de leurs faiblesses ou de leurs erreurs.

Mais son mari, Matt ? Comment avait-il interprété son absence ? Elle n'en avait pas la moindre idée. Jen lui avait souvent dit qu'il était un homme de principes, très attaché aux règles et aux conventions. Le pire était donc à craindre.

— Hum… Je ne m'attendais pas à vous trouver ici, dit-elle tout en pensant qu'il venait de la voir dans un état déplorable.

— Je travaille ici.

Pas possible !

— J'ai repris le poste de Jen, poursuivit-il. Il me fallait très vite m'occuper après…

Il s'interrompit et détourna la tête.

— Je… Je suis désolée pour vous, déclara Brooke, confuse. Je suis venue aux obsèques, mais…

— Mais votre bébé a commencé à pleurer et vous êtes sortie.

— Vous l'avez remarqué ?

— On me l'a rapporté.

— Je suis revenue plus tard, mais la cérémonie était terminée et tout le monde parti.

— Ce n'est pas grave. J'imagine que vous aviez de quoi faire avec votre bébé.

— C'est vrai. C'est sûrement votre cas aussi. Comment est-ce que ça se passe avec Lily ? C'est bien Lily, n'est-ce pas ?

— Oui. C'est difficile. Surtout en ce moment où elle commence à faire ses dents. Elle dort très mal.

Morgan en étant au même stade, Brooke comprenait parfaitement de quoi il retournait.

— Espérons que cela va s'arranger bientôt…

— Oui.

Il la regarda encore une fois attentivement.

— Étant donné que nous sommes déjà en retard tous les deux, nous ferions bien d'aller pointer sans attendre davantage.

— Oui, dit Brooke en hâte. Inutile d'indisposer le patron dès le premier jour.

— Vous ne m'avez pas indisposé.

Brooke retint sa respiration.

— C'est vous, mon patron ?

— Oui.

Elle demeura bouche bée. De toute évidence, certains changements, dont on ne l'avait pas informée, avaient eu lieu dans le service pendant son absence. Pourquoi Kelly ne lui avait-elle rien dit ?

— Eh bien… Je suis désolée d'être en retard.

— Je vous propose d'aller vous changer et de venir ensuite me retrouver pour que je vous mette au courant d'un certain nombre de nouveaux protocoles et vous informe de vos responsabilités.

— Parfait.

Elle lui adressa un sourire confus alors qu'il se détournait pour aller vers son bureau.

Ainsi, son nouveau patron était le mari de Jen…

Levant les yeux vers le ciel, elle murmura :

— Encore une de tes blagues, n'est-ce pas, Jen ?

Il lui sembla que Jen la regardait en souriant.

Matt l'avait affectée aux cas estimés bénins par les médecins de l'accueil. Son premier patient était un homme d'une quarantaine d'années. Quand elle l'appela dans la salle d'attente, il se mit debout, une de ses mains soutenant l'autre. Sa fiche disait : « fracture du poignet gauche possible ».

Elle était allée enfiler une blouse bleue tout à l'heure et, au moment de ranger ses vêtements dans son casier, elle avait remarqué que celui de Jen était resté dans l'état où celle-ci l'avait laissé. Personne ne l'avait vidé. Quand Brooke l'avait vu, tel quel, avec le nom de son amie encore écrit dessus, tout décoré de photos de ses stars préférées, son cœur avait manqué un battement. En même temps, elle était contente que l'on ne se soit pas précipité pour effacer les traces de la présence de Jen. Cela signifiait que personne n'avait envie de la rayer définitivement du service.

Après avoir ramassé ses longs cheveux châtains en un chignon décoiffé, elle s'était dirigée vers le bureau de Matt.

Là, elle s'était trouvée face à l'incarnation même de l'officier assis derrière sa table de travail, le dos bien droit, chaque chose à sa place dans une pièce parfaitement ordonnée.

Les mains croisées sur ses dossiers, il l'avait informée des nouvelles consignes concernant les brûlures et l'évaluation des blessures.

En le regardant, Brooke n'avait pu s'empêcher de se demander si sa façon si formaliste de se tenir n'était pas une manière de s'empêcher de s'effondrer. Il paraissait si raide, si distant… Rien à voir avec l'approche détendue et aimable de son épouse, qui n'hésitait pas à poser son bras sur l'épaule de ses collègues et qui réchauffait le cœur de tout le monde avec son sourire et ses attentions.

À la fin de leur entretien, il avait ajouté :

— Quand vous aurez vu tous vos patients, je vous prie de bien vouloir venir me rendre compte de vos résultats.

Lui rendre compte de ses résultats ?

— Pour quelle raison ?

— Parce que je vous le demande.

— Vous ne faites pas confiance à mon diagnostic ? marmonna Brooke. Il y a des années que je pratique la médecine, je sais ce que je fais.

— Certes mais, moi, je n'ai jamais travaillé avec vous. Bien que vous jouissiez d'une réputation irréprochable, je tiens à m'assurer que mon département fonctionne à son niveau optimum.

Eh bien… Le père plein de compassion qu'elle avait rencontré ce matin avait disparu à la minute même où il avait pris son service. Il était tout entier impliqué dans son travail. Pour Brooke, c'était une humiliation de voir qu'il ne lui faisait pas confiance et exigeait de vérifier ses consultations.

— Bien, major.

À quoi bon insister puisque c'était lui le patron ? Elle était donc allée chercher son premier patient, qu'elle accompagna dans une des cabines prévues pour les consultations, avant de tirer le rideau derrière elle et le prier de s'asseoir.

— Racontez-moi ce qui vous est arrivé.

— Rien, justement. C'est pour cela que je ne comprends pas pourquoi mon poignet me fait tellement souffrir.

Brooke fronça les sourcils.

— Commençons par le commencement. Depuis quand avez-vous mal ?

— Quand je me suis couché hier soir, tout allait bien, mais pendant la nuit une douleur violente m'a réveillé. Un peu comme si une flamme me traversait le poignet. Je l'ai massé un moment, puis je me suis levé pour prendre des calmants, mais j'ai eu beaucoup de mal à me rendormir. Quand je me suis réveillé ce matin, j'avais toujours mal et j'ai constaté que mon poignet était devenu tout bleu sur le côté.

Au cours de son examen, Brooke constata en effet qu'il présentait un hématome, ou plus exactement une sorte de coloration bleuâtre.

— Êtes-vous tombé récemment ?

— Non, pas vraiment. En fait, hier, alors que j'étais accroupi pour remplir la machine à laver de linge, j'ai perdu l'équilibre et je me suis retenu avec la main pour éviter de tomber, mais c'est tout. Ce n'était pas une chute à proprement parler.

Brooke vérifia la mobilité de l'articulation, qui pouvait se plier et bouger sans causer de douleur supplémentaire. Mais le patient continuait à se plaindre d'une sensation de brûlure. Elle lui toucha les doigts, demandant s'il ressentait le contact, s'il éprouvait une sorte d'engourdissement ou de picotement. Il reconnut ressentir un picotement dans l'annulaire et l'auriculaire mais, étant donné que la circulation capillaire paraissait normale, il n'y avait pas d'occlusion des vaisseaux sanguins.

— Monsieur Goodman, je pense que vous présentez un syndrome du canal carpien. La douleur qui vous a réveillé cette nuit en est un symptôme classique, mais je vais tout de même vous faire passer une radio au cas où vous auriez également une légère fracture car votre hématome ne peut pas provenir d'une occlusion du canal carpien.

— Très bien.

— Voulez-vous que je vous donne un antalgique pendant que vous attendez ?

— Non, merci. La douleur est supportable.

Brooke nota ses remarques sur une fiche qu'elle conserva, puis sur une autre qu'elle tendit au patient avant de lui demander de la suivre dans le couloir. Là, elle lui indiqua un cheminement rouge marqué sur le sol.

— Suivez cette ligne, elle vous conduira directement au département de radiologie. Quand les radios auront été faites, revenez dans la salle d'attente principale. Je vous appellerai dès qu'on m'aura transmis les résultats de vos radios.

— Merci, docteur, dit M. Goodman en suivant les indications qui venaient de lui être données.

Brooke revint vers le bureau des médecins pour transférer ses notes sur ordinateur. Elle y retrouva son amie Kelly.

— Bienvenue ! s'exclama cette dernière en l'apercevant. Ça y est, tu es de retour parmi nous ?

— Oui. Mais… Pourquoi ne m'as-tu pas avertie que notre nouveau patron est le mari de Jen ?

Kelly eut un sourire plein de gentillesse.

— Parce que je savais combien tu te sens coupable de ne pas l'avoir rencontré après la mort de Jen. J'ai pensé que si tu savais que tu allais le retrouver ici, tu te rendrais malade des semaines à l'avance. Pourquoi te donner un souci supplémentaire ?

Nouveau sourire de Kelly, qui poursuivit :

— Au fait, comment va Morgan ? Elle a bien accepté de rester à la crèche ?

— Pas du tout. Elle a hurlé comme si on l'écorchait vive, ce qui a permis à notre major de me signaler que mon chemisier était taché par une montée de lait.

Kelly se mit à rire.

— Voyons, Brooke, tu n'as jamais entendu parler des lingettes qui protègent les vêtements ?

— Si, bien sûr, mais jusqu'à maintenant je n'en avais pas eu besoin. En tout cas, je vais en faire une provision dès ce soir. Ce rembourrage n'est pas très agréable à porter, mais il présente au moins l'avantage de faire gagner deux tailles de soutien-gorge !

Pour bien confirmer son assertion, elle se redressa en bombant le torse, sans noter que Matt venait justement d'arriver derrière elle.

En l'entendant s'éclaircir la voix, elle reprit une attitude normale et, confuse et rougissante, elle se tourna vers lui.

— Tout va bien, docteur Bailey ? demanda-t-il, en retenant manifestement un sourire.

— Heu… oui, je crois.

Voyant Kelly rire sous cape, Brooke se sentit encore plus embarrassée. Combien de fois encore allait-elle se ridiculiser aux yeux du major Galloway ? Après ses larmes incoercibles et le nez rouge qui les accompagnait, son chemisier taché, et sa cambrure d'apprentie mannequin, que pouvait-il lui arriver de pire ? Et, surtout, que devait-il penser d'elle ?

En fait, il souriait maintenant et Brooke songea qu'il devrait le faire plus souvent car son visage en était entièrement transformé. Il était vraiment un très bel homme, mais sa façon de jouer les durs au visage fermé ne plaidait pas en sa faveur. Pourtant, quand il souriait, il aurait pu entrer en compétition avec n'importe quel beau gosse de Hollywood.

La situation devenait réellement délicate pour Brooke qui n'avait jusqu'alors jamais eu de difficultés relationnelles ni avec ses collègues ni avec ses supérieurs. Pourquoi était-ce si compliqué avec son nouveau patron ?

Son téléphone rangé dans la poche de sa blouse se mit à sonner. Elle se retint de répondre en présence de son chef et continua à lui sourire en attendant qu'il prenne une initiative.

Effectivement, il s'adressa à Kelly.

— Pouvez-vous venir un instant dans mon bureau quand vous serez libre, Kelly ?

— Oui, bien sûr. J'arrive dans cinq minutes.

Brooke se remit à respirer plus librement quand il se fut éloigné puis se tourna vers Kelly.

— Tu peux m'expliquer pourquoi il t'appelle par ton prénom alors qu'il me sert du « docteur Bailey » ?

— Tout simplement parce que nous travaillons ensemble depuis plusieurs semaines et qu'il me connaît mieux que toi. Tu as oublié que c'est ton premier jour ici pour lui ? Il tient à se montrer poli, c'est tout. Quand il aura pris un thé avec toi devant un paquet de biscuits au chocolat, vous aurez réellement fait connaissance.

— C'est ce qui s'est passé pour toi ?

En songeant à la silhouette raide et déterminée qu'elle avait découverte ce matin, Brooke avait bien du mal à imaginer la scène. Le major Galloway avait davantage l'allure du militaire en mission que de l'homme du monde en train de prendre le thé. Comment était-il avec ses patients ? Chaleureux ? Réconfortant ? C'était difficile à croire.

— Oui. Tu ne le connaîtras vraiment qu'après avoir vécu cette expérience.

Brooke soupira.

— Il me paraît distant et guère liant. Tout au moins au travail.

— Tu sais, c'est difficile pour lui.

Un voile de tristesse passa sur le visage de Brooke.

— Tout le monde ici a du mal à supporter la mort de Jen.

— Oui. C'est pour cette raison qu'il a voulu prendre son poste. Il sait combien nous appréciions tous Jen, combien elle nous manque. En fait, pour tout te dire, je pense que tu lui fais peur.

— Moi ? Mais pourquoi ?

— Parce que tu étais la meilleure amie de Jen. Personne n'ignore à quel point vous étiez proches l'une de l'autre. Quand il l'appelait du fin fond du Costa Rica pour lui demander de ses nouvelles, elle lui parlait toujours de toi et du soutien que tu lui apportais pendant son absence.

— Tu crois ?

— J'en suis sûre. Jen t'aimait beaucoup et il le sait. Il sait aussi que tu étais la seule personne capable de la réconforter et que c'est toi qui l'as soutenue pendant sa grossesse.

Kelly s'interrompit un instant pour sourire à Brooke.

— Tu comprends, tout cela fait de toi une personne différente de nous, simples mortels, et il ne sait pas encore comment se comporter à ton égard.

— Mais il n'a pas besoin d'avoir peur de moi, au contraire !

Après tout ce qu'elle venait d'entendre, l'émotion serrait la gorge de Brooke.

— Il se rapprochera de toi, Brooke, j'en suis sûre, mais seulement quand il se sentira prêt.

— Tu penses donc que c'est exprès qu'il me tient à distance ?

— Je pense que c'est ce dont il a besoin pour l'instant.

Brooke se sentait perplexe. C'était ridicule ! Comment pouvait-elle constituer une menace pour qui que ce soit ? Cela n'était jamais arrivé et n'arriverait jamais. Les hommes n'avaient pas besoin de s'inquiéter à cause d'elle ! Aucun jusqu'à présent ne l'avait fait, ni son père, ni Eric, ni personne d'autre.

De toute façon, le major Galloway était précisément l'homme dont elle avait le moins envie de se rapprocher. Il était brusque dans ses paroles et beaucoup trop désireux de tout contrôler.

Elle s'était juré que plus jamais aucun homme ne la tiendrait sous sa domination. Eric lui avait fait découvrir à quel point ce genre de situation pouvait tourner à son désavantage.

« Tu es trop maquillée ! »
« Pourquoi t'es-tu parfumée ? »
« Tu ne devrais pas porter cette robe. »
« Ce décolleté est trop plongeant. »
« Arrête de flirter avec ce type ! »

À ce souvenir, elle sentit un frisson d'écœurement la parcourir.

Non, plus jamais elle ne laisserait à un homme le pouvoir de la contrôler. C'était trop de contrariétés. Eric en était la preuve. Tout comme son propre père. Chacun des hommes qui avaient partagé sa vie à un titre ou à un autre l'avait rabaissée pour la laisser tomber au moment où elle aurait eu le plus besoin de soutien.

Le bon côté de la chose était qu'elle avait appris à se suffire à elle-même. Elle savait qu'elle pouvait se débrouiller seule. Sa grossesse et ses débuts de mère célibataire lui avaient prouvé qu'elle en était parfaitement capable.

Par ailleurs, ce qui était le plus important, elle savait qu'elle n'avait besoin ni de l'approbation ni de l'attention de son nouveau patron, le major Matt Galloway.

2.

— Docteur, vous croyez qu'on peut avoir le cœur brisé ?

Le major Matt Galloway considéra sa patiente. Elle avait soixante-dix-neuf ans et se tenait toute tassée dans son fauteuil roulant comme si, jour après jour, la vie l'avait forcée à prendre moins de place. Pâle, avec des cernes sous les yeux, elle paraissait avoir grand besoin d'une bonne nuit de sommeil.

Oui, Matt croyait effectivement qu'on pouvait avoir le cœur brisé. Au niveau du corps, cela pouvait se produire de différentes manières. Au niveau du mental, il avait vu plus d'une fois des gens renoncer à vivre après la mort d'un être cher, un mari, une épouse, un enfant. Cela avait été une question de quelques jours, quelques heures parfois. Il avait même pensé que cela allait lui arriver à lui aussi à la mort de Jen, mais son corps avait refusé d'abandonner. Son esprit pratique l'avait emporté parce qu'il avait une mission à remplir auprès de Lily. Ses principes lui interdisaient d'abandonner quelqu'un qui avait besoin de lui.

— Oui, je le crois, répondit-il.

Toujours guidé par son souci de demeurer sur le strict terrain professionnel, il s'abstint de partager son expérience avec sa patiente et consulta à nouveau le dossier qu'il avait lu attentivement un peu plus tôt.

— Votre fiche mentionne que vous éprouvez des douleurs dans la poitrine, mais votre électrocardiogramme et votre tension sont normaux. Dites-moi ce que vous ressentez et quand ces douleurs ont commencé.

La vieille dame se frotta la poitrine.

— Mon cher mari est mort il y a trois semaines. Du cancer. J'ai commencé à avoir mal après son enterrement et, depuis, la douleur ne s'est pas calmée.

— Si vous deviez évaluer votre douleur sur une échelle de zéro à dix, dix étant la douleur la plus violente, quelle note lui attribueriez-vous ?

— Au moins sept.

— Avez-vous davantage mal quand vous respirez profondément ?

— Parfois. Et aussi quand je remue dans mon fauteuil pour attraper quelque chose. J'ai l'impression qu'on m'enfonce une pointe brûlante dans la poitrine.

Voilà qui paraissait à Matt d'origine osseuse ou musculaire.

— Je vais demander au Dr Bailey de vous examiner.

Cet examen lui fournirait un prétexte pour échanger avec sa nouvelle collègue puisqu'il faudrait bien un jour ou l'autre qu'il s'y résolve.

Quand il avait appris que Brooke devait reprendre son travail après son congé de maternité, il avait eu l'estomac noué pendant des jours. On lui avait tellement parlé de cette jeune femme ! Tout le monde la respectait et s'accordait à dire qu'elle était chaleureuse et aimable. Mais Jen lui avait aussi confié qu'elle était très seule et que c'était pour cette raison qu'elle s'était rapprochée d'elle. Ensuite, leurs atomes crochus avaient conforté ce premier pas et créé un lien solide entre elles. D'après Jen, Brooke donnait énormément aux autres, en particulier à ses patients, mais elle ne paraissait pas avoir d'amis, un peu comme si elle redoutait de dépendre des autres.

Matt n'avait pas su comment interpréter ce détail. Lui-même n'avait jamais connu la solitude. Il avait grandi dans une famille nombreuse qu'il avait quittée pour faire ses études de médecine. Ensuite, il s'était engagé dans l'armée et son régiment tout entier était devenu sa nouvelle famille. Puis, il y avait eu Jen et, plus tard, la perspective du bébé à naître.

C'était seulement maintenant qu'il découvrait la solitude.

Bien sûr, ses frères l'appelaient régulièrement et il recevait aussi des nouvelles fréquentes de ses anciens camarades d'armes, mais la mort de Jen l'avait coupé du monde. Il avait l'impression qu'il se trouvait en quarantaine de la vie, comme si son chagrin était contagieux. Plusieurs personnes étaient venues prendre de ses nouvelles, avaient gentiment proposé de l'aider auprès de Lily, mais quelque chose avait changé. On aurait dit que les gens redoutaient de l'approcher, comme s'il risquait d'attirer le malheur sur eux ou comme s'il émettait de mauvaises vibrations.

Jen adorait Brooke. Combien de fois ne lui avait-elle pas raconté comme elles aimaient rire ensemble après une longue journée de travail ?

Voilà pourquoi il ne s'attendait pas à découvrir que la pauvre jeune femme en pleurs, complètement déboussolée, qu'il avait rencontrée ce matin à la crèche était le fameux Dr Bailey. Ses larmes avaient réveillé en lui un réflexe de sympathie car le souvenir du déchirement qu'il avait ressenti en laissant Lily pour la première fois à des mains étrangères était encore tout frais à sa mémoire.

À ce stade, il ignorait encore son identité, mais les sanglots de la jeune femme lui avaient fait mal au cœur. Pendant le court instant où elle s'était appuyée contre lui, où il s'était senti enveloppé de son parfum pendant qu'il l'incitait à quitter la crèche, il avait eu envie de la prendre dans ses bras.

Heureusement, il s'était rappelé à temps qu'elle n'était qu'une étrangère, quelqu'un qu'il ne connaissait pas et ne reverrait sans doute jamais.

Quel choc quand il avait découvert qui elle était !

Maintenant, il allait devoir travailler avec elle et la maintenir à une distance respectueuse. Ce ne serait pas facile car l'amour qu'ils portaient l'un et l'autre à une femme maintenant disparue tissait entre eux un lien très fort qu'ils auraient du mal à ignorer.

Quel gouffre entre l'image qu'il s'était forgée du Dr Bailey et la réalité ! Jusque-là, il était persuadé qu'elle devait être comme Jen elle-même, une personne gaie et sociable, quelqu'un de solide, avec qui il pourrait lui aussi construire une relation amicale. Pas du tout la femme hagarde qu'il avait rencontrée ce matin, les yeux cernés par le manque de sommeil et incapable de gérer ses émotions.

— Docteur Bailey ?

Brooke rangea son téléphone dans sa poche d'un air coupable.

— Excusez-moi, major, j'étais juste en train de m'assurer que tout allait bien pour Morgan.

L'émotion rosissait son visage.

Il comprenait parfaitement. Lui-même avait fait la même chose au cours des premiers jours. Rien ne lui était plus précieux que Lily. Leur séparation avait été une véritable épreuve, mais il avait su préserver sa dignité et s'abstenir de toute démonstration de chagrin. Heureusement, une routine s'était installée et il la confiait maintenant avec une totale sérénité. Pour le Dr Bailey, comme la coupure était toute fraîche, il devait se montrer compréhensif.

— Vous êtes rassurée ?

Brooke hocha la tête, paraissant surprise qu'il ait pris la peine de lui poser cette question.

— Pouvez-vous venir examiner une patiente, s'il vous plaît ?

— Oui, bien sûr. D'ailleurs je vous cherchais pour vous faire le compte rendu de mes consultations avant de libérer mes patients.

Elle avait parlé à contrecœur, cela se sentait très bien au ton de sa voix, mais il tenait à cette procédure. Non pas parce que cette collègue était restée loin du service pendant plusieurs mois, mais parce qu'il l'avait exigé de tout le monde afin de comprendre comment chacun travaillait.

— Parfait. Je vous accompagne.

Ils se rendirent ensemble jusqu'à la cabine où les attendait Mme Merchant et, après avoir tiré le rideau sur elles, Matt attendit à proximité que Brooke ait terminé sa consultation.

Il entendit Brooke prévenir sa patiente qu'elle allait appuyer sur son sternum.

— Aïe ! Vous me faites mal ! s'écria la patiente.

— Où, exactement ? Ici ?

— Oui. Aïe… Mon Dieu, qu'est-ce qui me fait souffrir comme ça ?

Brooke laissa Mme Merchant reboutonner son chemisier pendant qu'elle livrait son diagnostic.

— Je pense que vous avez une costochondrite.

— Seigneur ! Qu'est-ce que c'est que ça ?

— C'est une inflammation très douloureuse des cartilages de la cage thoracique. Ne vous inquiétez pas, je vais vous mettre sous anti-inflammatoires et vous serez rapidement soulagée.

Puis elle rejoignit Matt et tous deux se dirigèrent vers le bureau de ce dernier, où elle lui présenta les résultats de son premier patient. Outre le syndrome du canal carpien, il avait une fracture sans déplacement dans le scaphoïde, le petit os qui se trouve à la base du pouce. Elle avait prescrit des antalgiques et posé une attelle, ce que Matt approuva. C'était simple, efficace, et elle n'avait gaspillé ni temps ni argent en examens complémentaires superflus. C'était exactement le genre d'attitude qu'il appréciait.

— Parfait. Vous pouvez libérer votre patient.

Il lui tendit le dossier, mais au lieu de le prendre et de s'en aller, Brooke hésitait à sortir.

— Vous avez besoin d'un renseignement ? demanda Matt.

— Oui… Enfin… C'est à propos du casier de Jen.

Matt se redressa, sur la défensive. Il n'y avait pas touché comme si le fait de le libérer allait définitivement faire disparaître le souvenir de sa femme dans le service. Le retrouver tel qu'il était chaque matin le rassurait.

— Oui ?

— Eh bien… Si vous avez besoin de quelqu'un pour vous aider à le vider quand vous vous sentirez prêt, je suis à votre disposition.

Il soupira. Trier et ranger les affaires de Jen dans leur maison avait été une lourde épreuve. Au début, il avait voulu tout garder en se disant que Lily serait contente de découvrir les vêtements et les objets familiers de sa mère quand elle serait grande. Mais, ensuite, voir les robes de Jen dans la penderie lui procurait une telle souffrance qu'une véritable folie de rangement s'était emparée de lui. Les larmes aux yeux, il avait rempli des sacs qu'il avait ensuite donnés à des œuvres de bienfaisance. Seuls avaient été épargnés les bijoux et les bibelots que Jen aimait particulièrement.

Parmi les objets précieux se trouvaient bien sûr son alliance et sa bague de fiançailles, mais aussi un petit vase en argile qu'elle avait fait à un cours de poterie. Il était complètement raté, mais peu importait. C'était sa femme qui lui avait donné cette forme maladroite et il avait été incapable de le jeter. Un jour, Lily le prendrait dans ses mains et pourrait imaginer les doigts de sa mère posés au même endroit. Par contre, pour que Lily connaisse le visage de sa mère, il avait laissé des photos de Jen partout dans la maison.

Il n'avait pas pensé qu'en arrivant à l'hôpital,il allait trouver le casier de Jen et que le vider serait une nouvelle épreuve pour lui. Pourtant, il savait qu'un jour ou l'autre il serait obligé de se résigner à le faire. Croire que cela était une façon de la maintenir en vie était un peu ridicule de sa part. Il aurait déjà dû s'en occuper, mais personne n'avait osé lui en parler. En le faisant, le Dr Bailey ne s'était pas montrée impolie, seulement concernée.

— J'aurais dû m'en occuper il y a longtemps.

— Je suis prête à vous aider si vous le souhaitez.

— Non, je peux faire ça tout seul. Je vous remercie, docteur Bailey.

Il n'avait pas voulu la congédier sur ce ton sec, mais sa voix avait changé malgré lui, sans doute parce qu'il craignait de plonger dans l'intimité quotidienne de Jen et de voir son chagrin renaître alors qu'il se sentait encore si fragile.

Tout en espérant ne pas avoir froissé sa collègue, il se demanda pour la première fois si elle était aussi seule que Jen le lui avait dit. Pour commencer, son bébé devait bien avoir un père… Où était-il ? Puis, il se rappela que Jen lui avait parlé d'un homme pas très intéressant dont son amie s'était séparée. Tant mieux pour elle, apparemment, elle méritait mieux.

Quelques instants plus tard, il se tenait devant le casier de Jen, paralysé d'y lire écrit en toutes lettres : « Dr Jennifer Galloway ». C'était comme le sésame vers un univers interdit. Était-il réellement prêt à se débarrasser des derniers vestiges de sa femme au travail ?

Il allait faire demi-tour lorsqu'il aperçut Brooke.

— Vous avez besoin d'un petit coup de main ?

Dans sa voix, aucune trace de ressentiment, seulement le désir de rendre service.

— Je ne sais pas ce qui m'arrête…

— Ce qui arrête tout le monde, major Galloway : la peur de souffrir.

— Mais je suis un militaire !

— Vous êtes aussi un époux. Être militaire ne vous empêche pas d'être humain et d'éprouver des sentiments.

Ils se regardèrent un instant, puis Brooke reprit d'une voix douce :

— Vous avez la clé ?

Il la sortit de sa poche, toute petite, insignifiante, pourtant il n'avait pas le courage de s'en servir.

Une main se posa sur la sienne. Il laissa Brooke prendre la clé et l'introduire dans la serrure pendant que les battements de son cœur s'accéléraient.

— Oui, ouvrez, dit-il en la fixant.

Pour l'instant, il ne voulait pas penser à ce qu'il venait d'éprouver. Quand la main de Brooke avait touché la sienne, il avait senti une étrange douceur le pénétrer.

Le placard ouvert, il découvrit un faux dentier qui lui donna envie de rire. Surpris, il se tourna vers Brooke.

— À quoi servait cet horrible machin ?

— Jen s'en servait parfois avec les enfants. Ils supportaient mieux les soins quand elle les faisait rire.

La suite ne dévoila pas d'autres surprises. Des vêtements de rechange, quelques livres qui auraient dû être retournés à la bibliothèque depuis longtemps et, tout au fond, une photo de leur mariage. Il la décolla avec précaution et la regarda.

— Vous étiez mariés depuis longtemps ? demanda Brooke.

— Cinq courtes années…

C'était douloureux pour lui de regarder cette photo, mais pas autant que quelques mois plus tôt. Il avait commencé à accepter son deuil. Hélas, ce n'était pas quelque chose que l'on peut surmonter, tel un obstacle dressé au milieu du chemin, mais plutôt une compagnie qu'il fallait accepter, en se disant qu'elle resterait là jusqu'à la fin de votre vie.

— Vous avez eu la chance de la connaître bien plus longtemps que moi, dit Brooke.

— Il ne sert à rien de ressasser le passé… Nous avons l'un et l'autre besoin de toutes nos forces pour affronter l'avenir.

— Parce que nous sommes seuls pour élever nos enfants ? demanda Brooke.

— Oui. Vous avez quelqu'un pour vous soutenir dans votre entourage ?

Elle secoua la tête.

— Non, personne.

— Vous n'avez pas du tout de famille ?

— Je suis fille unique. Ma mère est morte quand j'étais toute petite et mon père… bref… n'est pas du genre auquel on peut faire confiance. On s'appelle de temps en temps, c'est tout.

Il sentait en elle une souffrance intime.

— Vous n'avez pas d'amis ?

— C'était Jen, mon amie. La seule personne dont j'étais proche. Maintenant, c'est Morgan et moi, point final.

— La solitude doit être difficile à assumer…

Tout à coup, il comprit qu'il avait baissé sa garde et commencé à parler sur un ton amical. Aussitôt, il se reprit et commença à transvaser les affaires de Jen dans la boîte qu'il avait apportée dans ce but.

Il se sentait soulagé. Après s'être tant inquiété, il découvrait que cette tâche n'était pas aussi déstabilisante qu'il l'avait redouté.

Quand Brooke lui rendit la clé, leurs mains se rencontrèrent à nouveau et, une fois de plus, il sentit son cœur battre plus vite. Ce qu'il ressentait était extrêmement bizarre, comme une sorte de douceur apaisante, un baume adoucissant pour son âme meurtrie.

— Merci de m'avoir aidé, docteur Bailey.

Elle lui adressa un beau sourire empreint de sérénité.

— De rien, major. Cela m'a fait plaisir.

Non, corrigea-t-il intérieurement, *ce fut un plaisir pour moi.*

À la fin de la journée, Matt avait déjà compris que le Dr Brooke Bailey était un excellent membre de son staff. Elle travaillait avec soin, mais sans exiger d'examens inutiles susceptibles de grever le budget du département. Elle s'entendait bien avec tout le monde et le seul reproche qu'il aurait pu lui faire si vraiment il voulait lui en faire un, c'était qu'elle avait tendance à parler un peu trop longtemps avec les patients.

Avant qu'elle ne reprenne son poste, tout le monde lui avait fait des éloges de la jeune femme, mais un de ses principes de base était de toujours juger par lui-même. C'était ce qu'il venait de faire et tout ce qu'il avait découvert chez sa collaboratrice lui plaisait. Maintenant que la séance de larmes dont il avait été témoin à la porte de la crèche était loin derrière eux, il découvrait la personne et le médecin dont sa femme était devenue l'amie.

À la fin de la journée, ils se retrouvèrent devant l'ascenseur pour aller récupérer leurs filles. Grâce aux diverses occasions qu'ils avaient eues de se parler au cours des comptes rendus de Brooke, il sentait qu'une timide amitié était en train de naître entre eux.

— Vous êtes contente de votre première journée de travail ?

— Oui, vraiment. Malgré mon appréhension à laisser Morgan à la crèche, j'avoue que j'ai été très heureuse d'utiliser à nouveau mon cerveau et d'être en relation avec des adultes ! Il me semble que j'ai passé ces derniers mois à plonger mon nez dans les couches de ma fille pour vérifier si ce qu'elles contenaient présentait bien la couleur requise !

Matt éclata de rire. Lui aussi avait dû s'initier à ce genre de distinction. Au début, les productions de Lily ressemblaient à une sorte de panade noire comme du goudron, digne de figurer dans un film d'horreur. Ensuite, on était passé à la couleur kaki, d'un vert parfaitement raccord avec le camouflage dans la jungle. Et maintenant, ils en étaient arrivés au stade où le produit avait pris la couleur du beurre de cacahuètes. Cheminement intéressant, certes, mais il y avait tout de même plus palpitant ! Surtout pour une personne habituée à assumer les lourdes responsabilités d'un médecin urgentiste.

Une journée dans ce service était l'assurance de vivre dans l'imprévu le plus total puisqu'on ne savait jamais à quel genre de problème on allait avoir affaire. Cela pouvait aller de l'écharde plantée dans un doigt au dramatique arrêt cardiaque. Matt aimait cette variété qu'il avait aussi connue à l'armée, où il passait des soins à pratiquer pour une blessure par balle à un ongle incarné.

Ce style de travail faisait monter le taux d'adrénaline et il adorait cela. Il fallait travailler vite et bien. Comme les rouages d'une machine bien huilée, chaque membre de l'équipe devait faire exactement son travail sans hésiter et au bon moment. C'était cela qui permettait souvent de sauver la vie d'une personne en danger.

En montant dans l'ascenseur en même temps que Brooke, il comprit qu'elle produisait sur lui un effet qu'il avait du mal à définir. Ce n'était pas du malaise, pas du tout. Ce n'était pas quelque chose de désagréable, plutôt une sorte d'état d'alerte, tel celui qu'on pouvait éprouver avant une tempête, quand on sentait l'air s'imprégner d'humidité et de chaleur.

Était-ce à cause de la relation qu'elle avait eue avec Jen ? Ou simplement parce qu'il avait attendu avec impatience le retour de celle qui avait été la grande amie de la femme qu'il aimait ?

Oui, c'était cela. C'était parce que Brooke comptait énormément pour Jen.

Il avait eu hâte de découvrir ce qui, dans la mystérieuse Dr Bailey, avait séduit sa femme. Déjà, il avait appris qu'elle aimait rire et avait grand plaisir à établir des liens avec ses patients, qu'elle écoutait avec une attention rare. Mais il y avait aussi en elle cette assurance tranquille, cette force silencieuse dont elle ne paraissait pas consciente. Était-ce sa solitude qui lui cachait ses propres compétences et freinait ses possibilités ?

Brooke prit la parole la première.

— Major Galloway, je suis désolée que vous m'ayez surprise en train de téléphoner aujourd'hui. Je ne le fais pas habituellement, en tout cas pas pendant que je travaille. Mais comme c'était le premier jour de Morgan à…

D'un geste de la main, il balaya ces scrupules tandis qu'ils s'élevaient vers l'étage de la crèche.

— Pas de problème. Nous nous inquiétons tous pour nos enfants, surtout quand nous sommes de jeunes parents manquant d'expérience.

— Merci pour votre compréhension. Je vous en suis réellement reconnaissante.

Elle avait levé les yeux vers lui, mais Matt ne se sentit pas capable d'affronter son regard. Pourtant, elle avait de beaux yeux verts, pleins de sincérité et d'innocence.

— C'est tout à fait normal, marmonna-t-il.

Tout à coup, il lui semblait que la cabine avait rétréci. Il y avait moins d'air que d'habitude et les parois paraissaient s'être resserrées pour les obliger à se rapprocher l'un de l'autre.

Aussi fut-il très soulagé quand les portes s'ouvrirent et qu'il put échapper à cette atmosphère oppressante.

Daisy les accueillit, toujours aussi souriante, comme si la

fatigue de sa longue journée de travail auprès de son groupe de bébés avait glissé sur elle sans laisser de trace.

Matt aimait bien les enfants, mais il aurait été incapable d'assumer pareille charge, il le reconnaissait volontiers. S'occuper de sa fille unique lui paraissait parfois insupportable ! Par contre, ce qui lui pesait, c'était le silence qui régnait chez lui désormais. Sa maison était d'un calme total auquel il ne réussissait pas à s'habituer.

— Lily a été un amour aujourd'hui. Elle vous a même préparé un cadeau !

Daisy décrocha d'un fil à linge tendu derrière elle un barbouillage rouge, violet et brun. Ce fut à peine s'il y discerna l'empreinte d'une petite main, mais le nom écrit au bas de la feuille, Lily Galloway, attestait de l'authenticité du chef-d'œuvre.

— Sa première peinture ! s'exclama Daisy, enthousiaste.

Pour sa part, Matt hésitait entre l'admiration et la sincérité. À ses yeux, il n'y avait là qu'un méli-mélo de couleurs. Le Dr Bailey le regardait, visiblement amusée par son incertitude.

— Vous aussi, docteur Bailey, vous avez votre chef-d'œuvre, poursuivit Daisy en tendant à Brooke le même genre de barbouillis, en jaune et orange cette fois.

Les deux parents considéraient la production de leur rejeton, sans trop savoir dans quel sens il convenait de la regarder.

— Je vais chercher Lily, poursuivit Daisy, qui revint quelques instants plus tard, le bébé dans les bras.

— Bonjour, mon amour, murmura Matt à l'adorable petite fille blonde qui se frottait les yeux comme si elle venait tout juste de se réveiller.

Comme chaque fois, il ferma les paupières pour mieux respirer l'odeur du bébé et sentir le petit corps tiède pressé contre le sien.

— Mon Dieu, qu'elle est jolie ! s'exclama Brooke. C'est tout le portrait de Jen.

Il décela une touche de tristesse dans la voix de sa collègue et n'en fut pas surpris. La mort de Jen la privait de sa meilleure amie, il n'était pas le seul à la pleurer.

Quand Daisy revint quelques instants plus tard avec Morgan, Matt fut frappé par la ressemblance du bébé avec sa mère : mêmes cheveux châtains bouclés et mêmes yeux verts. La petite le dévisagea, se demandant sans doute qui était l'étranger qui accompagnait sa mère, mais ne manifestant aucun mouvement de recul.

Chacun installa sa fille dans sa poussette et, après qu'ils se furent séparés sur le parking, Matt resta un long moment fasciné par le sourire étincelant que lui avait adressé Brooke alors qu'ils se disaient au revoir.

Cinq mois...

Sa femme qu'il adorait, avec laquelle il pensait vivre jusqu'à leurs très vieux jours, était morte depuis cinq mois seulement, et voilà que, déjà, il en remarquait une autre…

C'est la solitude qui me pèse. Il me manque quelqu'un à qui parler, tout simplement.

Il se dépêcha de regagner sa voiture, le regard fixé sur les petites jambes potelées de sa fille moulées par un collant blanc assorti à son gilet. Lily était tout ce qui lui restait désormais. À lui de lui apporter le plus d'amour possible puisqu'elle ne connaîtrait jamais celui de sa mère. Il devrait apprendre à être les deux parents à la fois.

Tout à coup, il se mit à penser à la conversation qu'ils avaient eue, Jen et lui, à propos d'une éventuelle installation en Nouvelle-Zélande. Ce jour-là, Jen, enceinte de six mois, se balançait en mangeant une glace dans le hamac accroché dans le jardin.

« J'aimerais vraiment retourner là-bas, Matt. L'année sabbatique que j'y ai passée a été merveilleuse. Les gens sont très amicaux et nous n'aurons aucun problème pour trouver du travail. La petite ville d'Auckland serait parfaite pour élever nos enfants dans un environnement privilégié. »

Tout en continuant à planter des pommiers dans le fond

du jardin sous la supervision de Jen, il l'avait écoutée rêver à voix haute.

Sa prochaine mission était prévue au Costa Rica, pour lequel il devait embarquer quelques jours plus tard. C'était la dernière fois où il avait vu Jen vivante. Son absence ne devait durer que dix semaines et ils pensaient tous les deux qu'il serait de retour pour la naissance. Malheureusement, comme la santé de Jen avait commencé à poser des problèmes, la naissance avait été déclenchée un peu plus tôt que prévu, ce qui, hélas, n'avait pas suffi pour la sauver.

Il y avait cinq mois de cela, et il avait dû s'adapter très vite car leur petite fille avait besoin de lui. C'était Lily qui lui avait évité de sombrer dans une profonde dépression. Au moment où sa tentation de rester plongé dans le passé était très forte, elle l'avait rattaché à la vie et au présent. Grâce à elle, il avait dû aller de l'avant, quoi qu'il lui en coûtât.

Par exemple, si elle n'avait pas été là, il serait resté couché toute la journée, noyé dans son désespoir. À cause d'elle, ou plutôt grâce à elle, il avait dû se lever, s'habiller, la préparer elle aussi. Cela fait, il la mettait dans son landau et partait marcher avec elle pendant des kilomètres. Des gens s'arrêtaient parfois pour le féliciter de la beauté de son bébé, et cela lui réchauffait le cœur. Ils étaient loin de se douter du combat qu'il menait contre le deuil et la tristesse. Ils ne voyaient qu'un père en train de promener une adorable petite fille. Sans le vouloir, ces inconnus lui avaient donné une raison de continuer.

Jen n'aurait pas aimé qu'il se complaise dans la mélancolie. Elle-même était toujours prête à avancer, à saisir la vie à bras-le-corps. Un de ses talents était sa capacité à trouver du bonheur dans les plus petites choses et à en éclabousser les personnes qui l'environnaient. Il avait eu la chance d'en faire partie.

Mais malgré tous ces souvenirs heureux, voilà qu'aujourd'hui il se laissait troubler par une autre femme…

La culpabilité qui l'étreignait était insupportable. Pourtant, en toute logique, il n'avait à se sentir coupable de rien ! Jen serait la première à se réjouir qu'il fasse la connaissance de sa meilleure amie. Ce n'était pas la même chose que de la tromper. Pas du tout. De toute façon, bien qu'il ne soit plus marié, il était bien décidé à ce que le Dr Bailey ne soit rien de plus que son amie, exactement comme elle avait été celle de Jen.

Il baissa les yeux sur son alliance qu'il n'avait pas retirée, comme si le fait de la porter encore lui assurait une sorte de protection.

Une protection contre quoi ?

Il y penserait plus longuement une fois arrivé chez lui.

Pourtant, sur le chemin du retour, il se surprit à chantonner en écoutant la radio. De temps en temps, le sourire du Dr Bailey, chaleureux et énigmatique, lui revenait à la mémoire.

3.

Dès la semaine suivante, Brooke adopta un rythme plutôt agréable car, tant que Morgan était petite, elle n'avait pas à assurer de garde de nuit. Chaque matin, elle déposait donc sa fille à la crèche, passait dix heures à l'hôpital, reprenait Morgan et rentrait chez elle. Là, elle s'efforçait d'instaurer une routine rassurante pour sa fille : bain, biberon, histoire et dodo. Malheureusement, cela ne marchait pas toujours.

Morgan paraissait souvent bien décidée à ne pas respecter les plans préparés par sa mère. Déjà, elle manifestait une forte personnalité ! Parfois, elle refusait que Brooke la pose dans son lit. D'autres fois, elle voulait être bercée. Le pire, c'était quand elle avait décidé de rester allongée sous son petit portique à taper dans les jouets qui y étaient accrochés en babillant sans se lasser. Évidemment, aucun de ces cas de figure ne permettait à Brooke de dormir beaucoup.

Au fur et à mesure que les jours passaient, Brooke constatait que ses réserves de patience s'amenuisaient considérablement. Elle ne supportait plus les embouteillages du matin et encore moins les imprudents à moto qui zigzaguaient entre les voitures au péril de leur vie. Heureusement, la passion qu'elle éprouvait pour son travail lui permettait très vite d'oublier sa mauvaise humeur. Tout au moins, jusqu'au trajet du soir…

Une fois de retour chez elle, son désir de vivre des moments de qualité avec sa fille faisait qu'elle oubliait de s'occuper d'elle-même. Quoi qu'il arrive, Morgan passait toujours la première, et si cela impliquait de lui lire des histoires jusqu'à en perdre la voix, elle le faisait. S'il fallait la bercer dans ses bras pendant des heures en parcourant l'appartement, elle le faisait aussi. Pas de problème !

Pourquoi ignorer ce qui plaisait à Morgan ? Elle n'avait qu'elle dans sa vie. Eric avait clairement dit qu'il ne voulait rien savoir de ses responsabilités. Quant à son propre père, il était venu voir sa petite-fille à l'hôpital une fois et, depuis, elle n'avait plus de nouvelles de lui.

Brooke s'était habituée à ces abandons ou, tout au moins, elle voulait croire qu'ils ne la faisaient plus souffrir, mais elle s'inquiétait en pensant que l'affection d'un père et d'un grand-père manquerait sans doute à sa fille plus tard.

En arrivant au travail, ce matin-là, elle eut la satisfaction de constater qu'elle n'avait pas besoin de retirer ses vêtements pour enfiler une blouse de travail. Pour la première fois, son chemisier ne portait aucune trace du petit déjeuner de Morgan. C'était un jour à marquer d'une pierre blanche ! En espérant que c'était là le début d'une longue série.

Toute contente de cet exploit, elle chantonnait lorsqu'elle prit la fiche de son premier patient de la journée et se dirigea vers la salle d'attente.

— Charlie Alcott ?

Un jeune homme se leva et s'avança vers elle.

— Bonjour, Charlie, je suis le Dr Bailey. Suivez-moi, je vais m'occuper de vous.

Dans sa tête, la petite chanson continuait à se faire entendre et Brooke se sentait pleine d'entrain. Même si elle adorait sa fille, être à nouveau libre de ses mouvements et utiliser sa compétence pour aider les autres lui faisait réellement plaisir.

Elle installa le jeune homme dans une cabine dont elle tira le rideau derrière elle.

— Qu'est-ce qui vous amène à consulter ?

— Je crois avoir la maladie d'Addison.

À ces mots, Brooke fronça les sourcils. D'après la fiche qu'elle avait entre les mains, il lui semblait qu'un généraliste aurait très bien pu s'occuper du jeune homme. Malheureusement, beaucoup de gens ne comprenaient pas que ce service était réservé aux accidentés et aux cas urgents, et s'imaginaient qu'on pouvait y traiter tout et n'importe quoi.

— Qu'est-ce qui vous fait penser ça ?

— Je supporte très mal le stress et j'ai très souvent des vertiges qui me conduisent parfois à l'évanouissement. J'ai regardé les symptômes sur Internet et, comme il paraît que cette maladie peut être fatale, j'ai préféré consulter tout de suite.

Brooke savait que la maladie d'Addison était une maladie rare affectant les glandes dont les hormones régulaient le stress et la pression artérielle, et affectait surtout les femmes entre trente et cinquante ans. Charlie ne répondait pas à ces critères puisqu'il était un homme, jeune de surcroît.

— Vous dites éprouver de fréquents vertiges ?

— Oui. Par exemple si je me lève rapidement, j'ai des étourdissements et, parfois, je perds connaissance.

Brooke avait écouté attentivement.

— Pour commencer, je déconseille toujours à mes patients de faire eux-mêmes un diagnostic avec l'aide d'Internet. On y trouve quantité de cas dramatiques qui ne sont pas si fréquents dans la réalité. Rien ne remplace un véritable examen médical parce qu'il n'existe pas deux personnes semblables, vous êtes bien d'accord ?

— Complètement.

— Le fait que vous ayez des vertiges provient peut-être tout simplement d'une tension trop basse. C'est ce que nous allons commencer par vérifier.

Elle s'empara du tensiomètre installé à demeure dans chaque cabine et le plaça autour du bras de Charlie. Après l'avoir gonflé, elle consulta le résultat affiché sur le cadran. La tension était normale, les battements du cœur également.

— Vous allez vous mettre debout et nous allons recommencer ce contrôle.

Charlie s'exécuta, ce qui permit à Brooke de constater que si sa tension demeurait normale, les battements de son cœur s'accéléraient au contraire énormément.

Elle le fit asseoir à nouveau.

— Est-ce que vous avez d'autres symptômes ?

Charlie réfléchit.

— Il me semble que j'ai toujours été comme ça. Parfois, j'ai des palpitations et, parfois, je me sens complètement épuisé alors que je n'ai rien fait de fatigant.

Brooke prenait note de ce que lui disait Charlie. Les symptômes qu'il décrivait la mettaient sur une piste qui n'était pas celle de la maladie d'Addison, mais une autre maladie, également peu répandue chez les hommes. Pour l'instant, elle suivait le conseil de son professeur de médecine. « Gardez l'esprit ouvert, il y aura toujours quelqu'un qui ne cadrera pas avec le tableau classique de la maladie. »

Elle commençait à soupçonner que c'était le cas ici, mais Charlie devrait subir des tests supplémentaires pour voir si son hypothèse de syndrome de tachycardie posturale s'avérait. Il fallait lui faire passer le test de la table basculante de manière à pouvoir suivre de façon continue son électrocardiogramme et sa pression artérielle. Aucun de ces examens ne pouvait être effectué aux urgences.

— Est-ce que mon cœur ne fonctionne pas bien ? demanda Charlie d'une voix inquiète.

— A priori, je ne le pense pas. Il me semble plutôt que vous êtes affecté du syndrome de tachycardie posturale. Je vais écrire une lettre à votre médecin généraliste, qui poursuivra les examens. Par contre, je vais tout de suite vous faire une prise de sang dont vous aurez les résultats au moment de votre visite chez lui, ce qui aidera à compléter le diagnostic.

— Est-ce que c'est une maladie dangereuse ?

— En elle-même, non, mais les personnes qui en sont affectées risquent de se blesser en tombant au moment où elles s'évanouissent. Soyez vigilant en attendant la suite des consultations. Quand vous vous mettez debout, veillez à le faire lentement, et si vous sentez que vous allez vous évanouir, allongez-vous et relevez vos jambes. D'une manière générale, évitez de rester debout, ne vous surmenez pas et buvez beaucoup de liquide. Quel est votre métier ?

— Je travaille dans une entreprise de téléphonie.

— Parfait. Ne buvez pas trop de café !

Charlie paraissait soulagé maintenant qu'il avait exposé ses inquiétudes, ce qui était une bonne chose, mais Brooke tenait à vérifier que ses malaises ne cachaient pas un diabète ou un lupus.

La prise de sang effectuée, elle s'apprêta à aller faire son compte rendu à Matt. Au début, elle avait été très agacée de devoir s'en référer ainsi à lui à propos de chaque patient, mais son irritation s'était calmée quand elle avait appris qu'il avait fait de même pour chacun des membres de son équipe. Aujourd'hui était le dernier jour où elle devait se livrer à cet exercice puisque sa première semaine de travail touchait à sa fin et elle avait l'impression que cette rencontre allait lui manquer.

Pourquoi donc ? C'était cela qui la dérangeait maintenant.

En effet, passé le premier moment de contrariété, elle avait pris plaisir à parler de ses patients avec le major Galloway. Il l'écoutait toujours attentivement, lui faisait des suggestions quand elle hésitait entre deux hypothèses et ne manquait jamais de la féliciter sur la qualité de son travail.

Avait-elle trop pris goût à ces compliments, à cette complémentarité professionnelle ? C'était la première fois qu'elle expérimentait ce genre de relation avec une personne importante dans sa vie. C'était assez déstabilisant et, en même temps, immensément gratifiant. Leurs échanges allaient lui manquer.

Au début, elle avait eu du mal à associer ce militaire rigide et austère à son amie si spontanée qui avait toujours le mot pour rire. Leur couple lui paraissait être l'eau et le feu. Pourtant, au fil des jours et de leur fréquentation, Matt s'était peu à peu détendu. Il lui arrivait fréquemment désormais de sourire et même de plaisanter.

Elle se souvenait comme d'un tournant dans leur relation du jour où ils avaient bavardé dans la salle de repos autour d'une tasse de thé et d'un paquet de biscuits au chocolat, exactement comme Kelly le lui avait dit. Quand il oubliait son comportement inflexible de militaire attaché au règlement qu'il utilisait certainement comme un bouclier protecteur, le major Galloway était un homme tout à fait charmant.

Pourtant, il n'en était pas encore arrivé au point d'appeler Brooke par son prénom. C'était toujours « docteur Bailey » qui venait à ses lèvres. Alors, en retour, elle lui répondait par « major », mais cet échange de mondanités était devenu une sorte de jeu entre eux, un peu comme un échange au tennis. Il engageait et elle répondait à la volée…

Lorsqu'elle le retrouva, il était en train de coller une étiquette sur une éprouvette. Elle attendit qu'il ait terminé pour lui présenter le cas de Charlie et le diagnostic qu'elle avait fait.

— C'est parfait, docteur Bailey, vous avez comme d'habitude fait un excellent travail. Je peux désormais vous rendre votre liberté.

— Ma liberté ?

— Je veux dire par là que vous n'avez plus besoin de venir me faire le compte rendu de vos consultations. J'ai la certitude que vous êtes tout à fait le genre de médecin dont j'ai besoin. Vous avez toute ma confiance.

Voyant que Brooke ne manifestait aucun signe de contentement, il insista.

— Vous n'êtes pas satisfaite ?

— Heu… Si, bien sûr…

Les mots manquaient à Brooke. Son esprit était vide. Elle n'avait aucune envie de mettre fin à leur collaboration. En serait-elle devenue dépendante ? Non, impossible !

Je ne suis pas une personne qui dépend des autres.

Quand elle avait décidé de mener à terme sa grossesse en solitaire, elle s'était promis de le faire avec la certitude qu'elle n'avait besoin de personne. De toute façon, c'était de cette manière qu'elle avait toujours fonctionné. Elle avait toujours été seule. Elle avait toujours survécu sans l'intervention de qui que ce soit. Comment se faisait-il qu'elle se sente si démunie à l'idée que sa collaboration avec Matt arrivait à son terme ?

Voilà qui la contrariait énormément. Sans doute ne réussit-elle pas à cacher cette déception car Matt posa une main sur son bras.

— Quelque chose ne va pas ?

Elle releva vivement la tête.

— Pas du tout !

— Vous avez l'air irrité.

— Non. Je sais que j'ai la compétence nécessaire pour faire mon travail. Mon absence de sept mois liée à mon congé de maternité ne signifie pas que j'ai perdu confiance en mes capacités.

Malgré ce qu'elle venait d'assurer, elle était ébranlée. Elle-même s'en rendait compte en entendant sa propre voix. Que lui arrivait-il donc ? La seule explication possible à ce désarroi inattendu était à mettre sur le compte de ses hormones encore un peu déréglées par la grossesse et l'accouchement.

Les encouragements et les félicitations que Matt lui avait prodigués avaient été comme une perfusion apaisante pour son âme assoiffée de reconnaissance. Jamais elle n'aurait imaginé en avoir autant besoin et, pourtant, elle se sentait un peu comme l'écolière bien sage à qui l'institutrice accorde un bon point pour le devoir impeccable qu'elle vient de rendre.

Matt la regardait toujours, un peu perplexe.

— Allez libérer votre patient, docteur Bailey, et venez me retrouver à la cafétéria. Nous avons bien mérité de faire une pause.

— Vous croyez que…

— J'insiste.

La voix de Matt s'était radoucie. Sans doute avait-il senti qu'elle avait besoin d'un moment de répit ?

Elle alla donc retrouver Charlie, à qui elle donna quelques derniers conseils et traversa ensuite le département en pilotage automatique pour rejoindre Matt.

Comment avait-elle pu changer si vite d'humeur ? Tout à l'heure, elle chantonnait, toute contente d'elle-même, et maintenant, elle se sentait complètement perdue !

Je suis épuisée…

Oui, c'était la fatigue qui lui jouait des tours. Elle avait repris son travail, bien décidée à tracer sa route, persuadée que tout le monde avait besoin d'elle et serait heureux de la revoir. Mais même si une poussée d'adrénaline l'avait mise en mode optimiste, le manque de sommeil lié aux insomnies de Morgan lui retombait cruellement dessus.

Depuis quand ne s'était-elle pas préparé un repas digne de ce nom ? Elle avait pris l'habitude de grignoter ce qui se trouvait dans son réfrigérateur, en général un sandwich ou un toast avec n'importe quoi dessus pourvu que cela ne lui prenne pas trop de temps.

Comment pourrait-elle continuer à travailler sans sommeil et sans repas dignes de ce nom ? Si l'on ajoutait à cela qu'elle continuait à nourrir Morgan, il n'y avait rien d'étonnant à ce qu'elle se sente complètement épuisée. Les rencontres avec Matt l'avaient dopée en lui insufflant le ressort nécessaire pour passer d'un patient à un autre. En d'autres termes, elle était devenue dépendante de lui…

À l'autre bout du couloir, Matt l'avait aperçue et lui faisait signe de la rejoindre. Attirée comme par un aimant, elle le rejoignit et ils se dirigèrent vers la cafétéria. Quelques instants plus tard, ils étaient assis tous les deux devant deux tasses de café odorant, un bol de salade de fruits et une grosse portion de tarte aux pommes. Voyant qu'elle hésitait à se servir, Matt lui sourit.

— C'est tout pour vous. Vous avez l'air d'en avoir besoin. Depuis quand n'avez-vous pas mangé ?

Brooke essaya de se rappeler. La veille, elle avait pris un yaourt en rentrant chez elle. Rien d'autre.

— Il y a un petit moment déjà, répondit elle, contournant la véritable réponse.

— Docteur Bailey, vous nourrissez encore votre fille, et si vous continuez à ce rythme, vous allez tomber malade ou votre lactation va s'arrêter. Qu'est-ce que vous préférez ?

Cette question si personnelle la fit rougir.

— Aucune de ces deux éventualités ne me ferait plaisir.

— Je m'en doutais, évidemment, ce qui ne vous empêche pourtant pas d'être pâle comme un linge.

Brooke baissa le nez. Cette remarque lui faisait comprendre que, malgré ses compétences de médecin, elle n'avait pas su veiller sur elle-même comme elle l'aurait dû.

— J'essaie de faire attention à tout le monde, mes patients, Morgan... Finalement, j'oublie de temps en temps de penser un peu à moi.

— De temps en temps ?

Il versa du lait dans la tasse de Brooke et y mit deux sucres.

— Pour vous donner de l'énergie ! commenta-t-il avec un sourire.

— Merci. C'est difficile d'être les deux parents à la fois.

Bien sûr, il était bien placé pour comprendre ! Pourtant, lui au moins n'était pas sur le point de tourner de l'œil au milieu du service.

Elle retira le film plastique de sa salade de fruits et piqua une fraise. Le fruit éclata de saveur sucrée sous sa langue. Un délice ! L'instant d'après, c'était un morceau de mangue qui prenait le même chemin.

— Et vous, major, vous faites un repas complet et équilibré tous les soirs ?

Il vola un morceau de kiwi dans le bol de Brooke.

— Bien sûr ! Avec entrée et plat de résistance, comme au restaurant, qu'est-ce que vous croyez ! Je me prépare même des petits-fours pour déguster avec mon café.

Impressionnée, elle le dévisagea un instant avant de comprendre qu'il se moquait d'elle.

— Je plaisante, docteur Bailey, mais sachez que je prends au moins le temps de me faire cuire des nouilles, et je vous conseille d'en faire autant.

Il regarda un moment Brooke manger de bon appétit sa salade de fruits.

— Jen m'avait dit que vous étiez seule. Bien sûr, vous trouverez peut-être que je m'occupe de ce qui ne me regarde pas, mais j'aimerais bien que vous me racontiez comment vous en êtes arrivée là.

Brooke planta sa fourchette dans un morceau de tarte.

— Disons… Disons que la relation avec mon ex-compagnon a été une forme d'apprentissage…

— Que faisait-il dans la vie ?

— Eric était acteur. Acteur à cent pour cent, comme je devais m'en rendre compte plus tard. J'avais fait sa connaissance après une représentation à la suite de laquelle j'avais été invitée à rencontrer les acteurs. Ce soir-là, il m'a paru charmant et charmeur. Il cachait bien son jeu, tout au moins au début.

— Que s'est-il passé ?

— Il m'a invitée à sortir avec lui et j'ai accepté. Il était très agréable, m'écoutait avec attention, me posait des tas de questions sur ce que je faisais. Bref, il paraissait vraiment intéressé par ce que je faisais. En fait, j'ai compris plus tard qu'il rassemblait des informations pour mieux choisir son angle d'attaque.

Matt fronça les sourcils.

— C'est-à-dire ?

— Oh ! il n'y a jamais eu de violence physique, c'était psychologique ! Il a commencé à sortir sans moi, soi-disant pour retrouver des copains alors que je soupçonnais autre chose et, comme je lui posais des questions, il s'est débrouillé pour me donner l'impression que j'étais maladivement jalouse. Puis il a commencé à faire des commentaires désagréables qui m'obligeaient à me remettre sans cesse en question. Pourquoi est-ce que je mettais une robe qui m'allait aussi mal ? Pourquoi est-ce que je sortais avec mes amies au lieu de passer mon temps avec lui ? Pourquoi est-ce que je refusais d'admettre qu'il avait été refusé à son casting à cause de moi qui l'avais mis de mauvaise humeur juste au moment où il partait, etc.

— Ce devait être difficile à supporter.

— Oui. Très difficile. Peu à peu, il a réussi à me couper de tout mon réseau d'amis, et quand je lui résistais, il devenait réellement méchant. Il lui est arrivé de venir me chercher au travail et de m'insulter devant tout le monde. C'est pour ça que j'ai rompu. J'aurais dû le faire plus tôt, mais il avait si bien réussi à me faire douter de moi que j'ai longtemps pensé que tout était ma faute.

— Comment a-t-il réagi à votre séparation ?

— Je me contenterai de dire que j'ai eu droit à un festival d'insultes et de grossièretés. Il était arrivé au bout de son rôle de gentleman, et j'étais ravie de mettre un point final à cette histoire malheureuse.

— À quel moment avez-vous découvert que vous étiez enceinte ?

— Un peu plus de deux mois après notre rupture. Comme d'habitude, je travaillais tellement que je ne prêtais pas attention au calendrier. C'est en expliquant le cycle menstruel à une jeune fille que j'ai réalisé que je n'avais pas eu mes règles depuis longtemps. J'ai tout de suite compris ce qui m'arrivait.

Elle prit son temps pour mâcher longuement un morceau de pomme.

— Quand j'en ai parlé à Jen, elle m'a invitée à sortir avec elle pour me montrer que la vie ne s'arrêtait pas pour autant et que je pouvais en profiter pleinement.

Matt sourit à cette évocation.

— Je la vois très bien dans ce rôle.

— Oui, elle était super ! Elle m'a remonté le moral. Et quand elle a découvert quelques jours plus tard qu'elle était enceinte elle aussi, nous avons eu un énorme fou rire. C'était trop drôle !

À ce souvenir, le visage de Brooke se détendit un bref instant.

— Bien sûr, j'ai informé Eric de ma grossesse. Il me semblait qu'il avait le droit de savoir. Dans ma naïveté, je me disais qu'un horrible amoureux ne ferait pas forcément un père abominable.

— Quel genre de père est-il devenu ?

— Abominable !

Elle avait envie de rire sans savoir pourquoi. Pourtant, ce n'était pas drôle de penser que le père de Morgan n'était pas digne de ce titre. D'autant moins qu'elle s'était toujours juré que ses enfants ne manqueraient de rien. Elle rêvait de fonder une famille idéale, avec deux parents pour ses enfants qui seraient aimés par deux adultes responsables.

Le sourire qui s'amorçait mourut sur son visage.

— Eric n'a rien voulu savoir. D'après lui, c'était à moi de réparer mes « bêtises ». Il a même ajouté qu'il était avec quelqu'un d'autre. Comme si j'avais envie de revenir avec lui ! Je l'avais rayé de mes tablettes depuis un bon bout de temps déjà.

— Et vous aviez bien fait.

— Pourtant, je mourais de peur. À un moment donné, je me suis même demandé si c'était bien raisonnable de poursuivre cette grossesse. Il me semblait que le moment était mal choisi pour avoir un enfant. J'étais seule, mon métier était très prenant, je n'avais pas de famille pour me soutenir… Mais l'idée d'y mettre fin me révulsait. Jen a réussi à me persuader que je m'en sortirais très bien toute seule, qu'elle serait toujours là pour me prêter main-forte et que nous élèverions nos bébés ensemble.

Une boule d'émotion nouait la gorge de Brooke. Jen n'avait pas pu tenir sa promesse…

— Vous n'avez vraiment aucune famille ?

Elle secoua la tête, bien décidée à ne pas pleurer.

— Comme je vous l'ai dit, j'ai un père, mais c'est comme s'il n'existait pas.

— Il habite loin d'ici ?

— Pas du tout, mais il n'est pas présent. Je l'ai toujours vu soumis à son addiction à l'alcool. Il ne pense qu'à boire.

— C'est le problème avec toutes les drogues. Elles accaparent complètement la personne qui en est prisonnière.

En serait-elle arrivée là, elle aussi, dans sa relation avec Matt ? Pas besoin de vodka pour se sentir dépendante de quelque chose ou… de quelqu'un. Elle avait trop pris goût aux séances de compte rendu qu'elle lui faisait. Cet échange, aussi bref soit-il, lui donnait des ailes. Ses soucis s'envolaient, les difficultés s'aplanissaient, elle en sortait étrangement apaisée.

Exactement comme une personne droguée quand elle a reçu la dose de son poison.

Elle chassa cette pensée dérangeante pour poursuivre.

— La dernière fois que mon père a vu Morgan, elle venait à peine de naître et il nous a vite quittées pour aller arroser l'événement dans le bistrot le plus proche. Nous ne l'avons pas revu depuis.

Matt avait posé sa main sur la sienne en signe de sympathie. Mais, soudain, son expression changea et il la retira.

Brooke se sentit brusquement abandonnée, en manque de réconfort. Oui, le mot n'était pas trop fort, c'était celui qui lui était spontanément monté aux lèvres : elle était en manque.

Mais pourquoi s'était-elle ainsi habituée à la présence de Matt, au point que la perspective de devoir s'en passer lui donnait des angoisses ? Il était le mari de Jen, son amie disparue. Essayait-elle de retrouver en lui l'amitié et l'affection qu'elle avait perdues avec le décès de cette dernière ? Ou bien cette dépendance ne trouvait-elle pas plutôt sa source dans la virilité qui émanait de chacun des gestes de Matt ?

C'est un parfait gentleman.

Il est tout ce qu'Eric n'était pas.

Pendant qu'elle réfléchissait ainsi, Matt paraissait perdu dans ses souvenirs. Après s'être éclairci la voix, comme oublieux de la présence de Brooke, il se mit à évoquer les circonstances au cours desquelles il avait appris la mort de Jen.

— Moi aussi, je suis seul… Je me rappelle que je venais de soigner un genou blessé quand le général m'a fait appeler.

Matt était maintenant tourné vers le passé, le regard lointain et triste.

— Cela ne m'a pas paru inquiétant. J'ai pris le temps de poser une attelle avant de le rejoindre. Mais dès que je suis entré dans son bureau, mon supérieur m'a paru mal à l'aise, au point que j'ai pensé qu'il me convoquait pour une consultation privée.

Brooke était maintenant suspendue aux lèvres de Matt qui poursuivait, toujours noyé dans ses souvenirs.

— Il m'a dit que la maternité du London Grace Hospital avait appelé pour m'annoncer que ma femme venait de donner naissance à Lily. Sur le coup, mon cœur a fait un bond de bonheur, mais en voyant son visage sombre, j'ai commencé à m'inquiéter, attendant avec impatience qu'il prononce la formule consacrée : « La mère et l'enfant se portent bien ! »

Matt se tenait bien droit sur sa chaise.

— Au lieu de ça, il a ajouté qu'il y avait eu des complications à l'accouchement et que Jen avait été mise sous respiration artificielle en attendant mon retour en Angleterre.

Il secoua la tête comme si, malgré tout le temps écoulé, il avait encore du mal à croire à son malheur.

— Mon cerveau n'arrivait pas à enregistrer cette nouvelle. Comme pour me protéger, je ne cessais de penser au type que je venais de soigner et aux patients qui m'attendaient.

Brooke écoutait, pleine de compassion.

— Oui, je comprends votre désarroi.

— J'ai pris l'avion dans une sorte de brouillard psychique, jaloux de tous ceux que je voyais entourés de leur famille. C'est étrange comme la douleur peut provoquer des réactions inattendues chez les gens…

— Dans ces moments-là, on n'est plus soi-même. Il faut beaucoup de force pour les supporter.

— J'ai découvert à cette occasion que personne ne connaît les forces qu'il a en lui tant qu'il n'a pas eu besoin d'y puiser.

Brooke approuva d'un signe de tête. Tout au long de sa vie, elle n'avait cessé de creuser en elle pour découvrir de nouveaux gisements d'énergie et c'était ce qu'elle faisait encore depuis la naissance de Morgan.

— Personne, ajouta Matt, personne ne peut deviner les batailles auxquelles les autres se sont confrontés ou avec lesquelles ils sont encore aux prises.

Il se pencha un peu vers Brooke, comme s'il revenait au moment présent.

— Quantité de soldats qui rentrent chez eux paraissent indemnes, mais sont détruits à l'intérieur.

Il se redressa avec un soupir.

— Allons, nous ne sommes pas ici pour parler de tout cela mais de vous, docteur Bailey. Je ne veux pas que vous travailliez jusqu'à l'épuisement. Je vous apprécie beaucoup trop en tant que médecin pour me passer de vous.

Il l'appréciait…

En tant que médecin.

Il n'avait pas parlé d'amitié. Malgré tout, Brooke eut plaisir à entendre le compliment, il y avait trop longtemps que personne ne lui en avait fait. Et Matt avait sans doute raison, elle aurait dû se ménager davantage. Si elle continuait à ce train-là, elle ne serait bientôt plus capable de s'occuper ni de ses patients ni de Morgan.

— Message reçu cinq sur cinq, major !

Il se leva, un sourire aux lèvres.

— Défense de quitter cette table tant que vous n'aurez pas mangé tout ce qui se trouve dans les assiettes. Et à 13 heures, venez me retrouver à la cafétéria.

— Pour déjeuner avec vous ?

— Oui. Cela me permettra de vérifier que vous rechargez correctement vos batteries.

Avec un petit salut parodiant le salut militaire, il la laissa face à son café et à sa tarte aux pommes.

Brooke le regarda s'éloigner, un peu perplexe. Normalement, elle avait horreur des hommes qui lui donnaient des ordres et, depuis sa rupture avec Eric, elle s'était bien promis de ne plus jamais supporter ce genre de situation. Mais avec Matt, c'était différent. Il ne jouait pas les dominateurs, il n'avait pas cherché à la rabaisser comme faisait son ex, en lui disant qu'elle était stupide et incapable. Au contraire.

Il se souciait d'elle. Vraiment. Il s'inquiétait de sa santé, de son bien-être. Elle n'avait pas l'habitude qu'on s'intéresse à elle de cette façon.

Normalement, elle était la seule à se préoccuper d'elle-même, et cela, même quand elle était petite fille et qu'elle attendait le retour de son père pendant des heures. Quand il rentrait, tout ce qu'il était capable de faire était d'ouvrir une boîte de conserve pour leur dîner. Alors qu'elle mourait d'envie de lui montrer le devoir auquel elle avait obtenu vingt sur vingt, jamais il ne lui avait demandé comment s'était passée sa journée à l'école. Avec le recul, elle percevait mieux encore à quel point la présence de son père s'était bornée à une sorte de zone dans laquelle elle n'avait jamais réussi à pénétrer. Comme si les vapeurs de l'alcool qui flottaient autour de lui élevaient une barrière à jamais infranchissable.

Elle savait qu'il s'était mis à boire pour pouvoir supporter la mort de sa femme mais, de ce fait, Brooke avait également perdu son père alors qu'elle n'avait que cinq ans. Depuis lors, elle avait appris à ne compter que sur elle-même.

Autour d'elle, des familles achevaient de déjeuner. Des pères, des mères, des enfants à qui on demandait de se tenir tranquilles, de ne pas manger avec les doigts. Rien que des choses normales, pour eux, tout au moins.

Pourquoi était-elle toute seule ? Elle adorait sa fille, mais depuis la mort de Jen, elle s'était encore davantage repliée sur elle-même. C'était son réflexe de protection habituel. Ainsi, au moins, aucune mauvaise surprise ne l'attendait.

Et pourtant, vivre, n'était-ce pas surmonter des obstacles ? S'ouvrir aux autres ? Accueillir les surprises de l'existence ?

Il faut que je réagisse...

Avant de me retrouver complètement abandonnée.

4.

Lorsque Brooke le rejoignit pour déjeuner avec lui, Matt était encore occupé avec une petite patiente âgée d'une huitaine d'années, à laquelle il expliquait comment se servir de ses béquilles. À genoux devant elle, il en ajustait la hauteur tout en l'encourageant à essayer.

— Tiens-toi sur ta bonne jambe, lance tes deux béquilles devant toi, jette ton corps en avant et hop ! Tu atterris sur ta bonne jambe. Super ! Tu vois, ça n'est pas très difficile.

La petite lui adressa un sourire timide tout en approuvant d'un signe de tête. Matt fit un clin d'œil au père qui l'accompagnait.

— Elle a tout compris, ne vous inquiétez pas.

La petite fille redressa la tête, toute fière de se débrouiller aussi bien.

Cette consultation terminée, Matt rejoignit Brooke.

— Cette petite est tombée d'un trampoline.

Brooke pinça les lèvres.

— Il faudrait interdire ces engins ! Le travail aux urgences diminuerait d'une bonne moitié.

— Vous n'avez sans doute pas tort, mais je suis pourtant certain que nos propres filles vont vouloir aller sauter là-dessus dès que leurs jambes seront assez fortes pour les porter.

— Eh bien, moi, je tiendrai Morgan loin de ce danger, dit Brooke d'une voix ferme.

— Vous croyez qu'il est possible d'élever des enfants en les protégeant de tout ? Je sais que Jen adorerait que sa fille s'amuse au trampoline. De toute façon, il y en a dans toutes les écoles pour les cours de gymnastique. Vous allez en faire dispenser Morgan ?

— Oui.

— Vous ne pensez pas qu'elle va se sentir malheureuse de rester sur la touche alors que ses copines s'amusent comme des petites folles ? Cela ne vous contrarie pas ?

— Non, pas du tout.

— Docteur Bailey, je ne crois pas un mot de ce que vous dites.

— Eh bien, vous avez tort. Il y a toujours un moment où il faut aller à contre-courant. Je suis sûre que je trouverai des distractions originales qui ne mettront pas Morgan en danger de se rompre le cou ou de se casser une jambe.

— Ah… Et qu'est-ce que vous faites avec Morgan qui sorte de l'ordinaire ?

Brooke ouvrit la bouche pour répondre et constata qu'elle ne faisait rien, absolument rien avec sa fille, à part lui donner à manger et la changer. Les promenades au jardin public étaient ce qu'elles faisaient de plus révolutionnaire ! Dans le fond, elle n'était peut-être pas la mère rebelle qu'elle pensait ?

Matt s'était mis à la regarder d'un air un peu gêné.

— Il faut que je vous avoue quelque chose…

— C'est sérieux ? Je vous écoute.

— Eh bien… Jen vous avait inscrite avec Morgan en même temps qu'elle et Lily à un cours très demandé pour les bébés. Il paraît qu'il est excellent pour leur développement.

— Vous plaisantez ? Morgan et Lily n'ont que cinq mois !

Brooke se rappelait comment Jen et elle-même se moquaient de ces parents si ambitieux pour leur progéniture qu'ils en arrivaient à organiser un emploi du temps encore plus chargé que le leur à force de le remplir d'activités diverses.

— C'est un cours de quoi ?

— D'initiation à la musique. Je vais y aller et je pense que vous devriez venir aussi. En tout cas, c'est ce que Jen souhaiterait. Il a lieu dimanche matin dans une salle de St David Church.

De l'initiation à la musique ? Dans une église glacée ? En compagnie d'un groupe de mères BCBG qu'elle ne connaîtrait pas et de leurs rejetons qui taperaient à qui mieux mieux sur des tambours ou des xylophones ? Jamais de la vie ! Voilà qui ressemblait trop à son pire cauchemar.

— Hum… Je ne pense pas que ce soit possible…

— Voyons, depuis quand n'avez-vous pas fait quelque chose d'amusant avec Morgan ?

— Mais nous nous amusons tous les jours à la maison !

— *Vous*, sûrement, mais Morgan ? Cette activité nous obligerait à quitter notre zone de confort et à sortir de chez nous. Je suis sûr que Morgan serait très contente.

— Elle, peut-être, mais *moi* ?

Aux yeux de Brooke, ce genre de rencontre ne paraissait pas le moins du monde amusant. À moins que Jen ne l'y entraîne, elle n'allait même pas aux fêtes de l'hôpital.

— Pourquoi tenez-vous tellement à ce que je participe à cette activité ?

— Parce que je veux honorer la promesse que Jen vous avait faite de ne pas vous laisser seule.

Ah… Voilà qui allait droit au cœur de Brooke. Matt voulait respecter la parole de sa femme alors que rien ne l'y obligeait.

— Vous n'y êtes pas tenu !

— Non, mais pour moi, c'est important de le faire.

— Mais… Nous nous connaissons à peine…

— Nous connaîtrons les autres parents encore moins, mais peu importe. Je veux proposer à ma fille autant de bons moments que possible.

Brooke fit la grimace.

— C'est le genre d'endroit où elles vont attraper toutes sortes de microbes. Vous trouvez ça bien de leur faire courir le risque de tomber malades ?

— Ce sera l'occasion pour elles de renforcer leur système immunitaire. De toute façon, c'est pareil avec la crèche.

— C'est vrai, murmura Brooke.

— Ouf ! soupira Matt d'un air comique. J'ai déjà dit que vous viendriez…

— Comment pouviez-vous savoir que je serais d'accord ?

— Parce que je vais être le seul homme présent et que votre bon cœur ne supporterait pas de laisser un ami affronter tout seul la curiosité d'un groupe de femmes. Vous allez me protéger.

— De quoi donc ? Vous ne me paraissez pas avoir besoin d'un garde du corps !

— Il y a plusieurs sortes de menaces… Imaginez seulement les chuchotements : « Pourquoi est-il ici tout seul ? Où est la mère de cette petite fille ? Est-ce qu'il est célibataire ? » Etc.

Puis Matt attrapa sa veste et invita Brooke d'un signe de tête à le suivre à la cafétéria.

Dans quelles complications venait-elle de se lancer ?

Plus les jours passaient, plus Brooke s'inquiétait au sujet du fameux cours d'initiation à la musique. Accepter de déjeuner avec Matt à la cafétéria de l'hôpital était une chose, accepter de sortir avec lui en était une autre. Complètement différente. Qu'est-ce que cela voulait dire ?

Elle savait qu'il n'était question que de camaraderie entre eux. Que les choses n'iraient jamais au-delà. Bien sûr, elle sortait souvent avec Jen, mais Jen était une femme. Avec Matt, il y avait une frontière à ne pas franchir.

Elle avait déjà bien assez de mal sur son lieu de travail à résister au sourire du major Galloway. Parce qu'il transformait complètement son visage, elle n'arrivait pas à s'en rassasier. Elle appréciait de plus en plus la complicité qui se créait entre eux et elle adorait son sens de l'humour. Quand il la faisait rire, sa journée était tout illuminée.

Mais n'y avait-il pas autre chose là-dessous ? Impossible de laisser quoi que ce soit se développer entre eux. Ce serait de la folie. À cette pensée, son estomac se nouait, sa bouche devenait sèche. Dire qu'elle s'était plainte au début qu'il l'appelle « docteur Bailey » et non Brooke.

Aujourd'hui, cette distance la rendait follement heureuse. *Parfait, major. Tenez-vous loin de moi, exactement comme si je me trouvais au milieu d'un champ de mines.*

Brooke jeta un coup d'œil sur la fiche suivante. Elle y trouva le nom de deux patients. Bizarre... L'infirmière qui les avait accueillis précisait un peu plus bas : « collés l'un à l'autre ».

Cette fois, elle ne put retenir un sourire.

— Rachel et Jake ?

Un couple d'adolescents se leva sans se lâcher les mains. Derrière eux, les parents n'avaient pas du tout l'air d'apprécier la situation. Brooke leur adressa un regard de sympathie.

— Suivez-moi.

Elle les conduisit dans une cabine et les fit asseoir sur le lit.

— Vous vous êtes collés l'un à l'autre ?

Ils levèrent leurs deux mains aux doigts entrelacés.

— Oui, c'était indispensable.

— Comment ça, indispensable ?

Rachel tourna un regard sarcastique vers son père.

— Il voulait absolument nous séparer. Il trouve que Jake n'est pas assez bien pour moi, mais il se trompe complètement. Nous nous aimons et nous ne voulons jamais nous quitter. Il fallait bien le lui prouver !

— Et c'est pour cette raison que vous avez décidé de coller vos deux mains ensemble ?

— Exactement.

— Pourquoi ne pas avoir attendu d'avoir l'âge de vous marier ?

Le père intervint vivement.

— Ne leur donnez pas des idées, je vous en prie. Comme si cette bêtise ne suffisait pas ! Il nous a fallu demander une autorisation d'absence pour les amener ici et eux sont en train de rater leurs cours. Tout ça parce qu'ils sont trop gamins pour réaliser ce qu'ils sont en train de faire.

Il n'avait pas tort. Brooke comprenait parfaitement son point de vue.

— Montrez-moi vos mains.

L'examen révéla que leurs deux mains étaient effectivement collées au niveau des paumes et des doigts. Il faudrait faire bien attention à ne pas abîmer la peau en les séparant.

Elle avait déjà entendu parler de cette preuve originale d'attachement, mais c'était la première fois qu'elle avait à s'en occuper elle-même.

— Attendez-moi un instant ici, je vais voir quelle est la meilleure solution à adopter.

Kelly lui confirma avoir déjà eu à traiter des cas semblables.

— Il faudrait faire passer une pub à la télé, dans le genre : « Attention ! Tomber amoureux comporte des risques sérieux : insomnies, maux d'estomac et peines de cœur. À consommer avec modération. »

Brooke ne put s'empêcher de sourire.

— Je pense que, pour commencer, le mieux est de plonger les mains de ces deux tourtereaux dans un bain d'eau chaude savonneuse et de les séparer doucement, sans tirer, sans forcer. Je pense que cela devrait suffire.

En attendant que l'aide-soignante lui apporte le matériel, Brooke reprit :

— Et toi, comment est-ce que tu prouverais à quelqu'un que tu l'aimes ?

Kelly réfléchit un moment.

— Franchement, je ne sais pas. Et toi ?

— L'occasion ne se présentera pas, ça me fait bien trop peur. En plus, j'ai Morgan maintenant. Elle suffit largement à combler ma vie.

Tout en remplissant la cuvette d'eau chaude, Brooke se demanda si quelqu'un qui, comme Matt, avait déjà tellement souffert d'avoir aimé était capable de tomber à nouveau amoureux. Probablement pas. Il avait assez à faire par ailleurs. C'était pareil pour elle. Ils avaient l'un et l'autre des vies bien remplies. Difficile d'imaginer qu'il leur reste du temps pour s'adapter aux besoins d'une autre personne qui contrôlerait leur cœur.

Moi, en tout cas, j'en serais incapable.

Pourtant, tout en plongeant dans l'eau savonneuse les mains des deux amoureux qui ne se quittaient pas des yeux, elle ne put s'empêcher de se rappeler à quel point la présence de Matt lui donnait de l'énergie chaque fois qu'elle passait un moment avec lui.

Ce matin, pour la première fois de l'automne, il y avait de la gelée blanche. Brooke adorait cette saison où l'on pouvait s'envelopper dans de grandes écharpes, enfiler gants et bonnet avant de sortir et regarder la buée s'échapper de votre bouche au fur et à mesure que vous marchiez. L'automne amenait avec lui les fêtes d'Halloween et de Bonfire Night, où l'on faisait cuire des pommes de terre dans du papier d'aluminium et où tout le monde levait le nez vers le ciel dans l'attente des gerbes lumineuses du feu d'artifice.

L'année précédente, elle avait vécu ce moment avec Eric. Leur retour à la maison avait été aussi un festival, mais dans un style beaucoup moins joyeux. Il l'avait accusée d'avoir passé la soirée à regarder un autre homme, ce qui était parfaitement faux. D'après lui, l'homme en question n'avait cessé de la fixer et elle l'y avait encouragé. Cette dispute avait été la goutte d'eau qui avait fait déborder la coupe de leur relation déjà bien malade.

Cette fois-ci, ce serait Morgan qui l'accompagnerait et elle aurait le bonheur de profiter sans arrière-pensée de l'émerveillement de sa fille. Si seulement il n'y avait pas d'ici là cette fameuse leçon de musique à affronter…

Aujourd'hui, elle était restée au lit, à écouter Morgan qui babillait dans la pièce voisine, ayant envie, comme tous les dimanches, de s'accorder une heure de repos supplémentaire. Malheureusement, elle avait promis d'aller à ce cours. Mais Matt avait raison. Ce serait une bonne chose pour Morgan de participer à une activité et pour elle-même de sortir de sa routine.

Il faut que je fasse autre chose avec ma fille que de la déposer le matin et de la reprendre le soir…

Et qui sait ? Ce serait peut-être intéressant ?

Bravement, elle se leva pour préparer Morgan. Au moment où elle l'installait dans la voiture, elle marmonna, à moitié pour elle, à moitié pour sa fille :

— Allons, j'espère que nous entendrons de jolies choses ! Mais comme l'orchestre sera composé de musiciens âgés de moins d'un an, je ne sais pas trop comment nos oreilles vont supporter ce concert. Ma chérie, si tu arrives à me faire croire que tu es contente, ce ne sera que demi-mal !

Morgan lui répondit par un grand sourire et une énorme bulle de salive.

Prudente, Brooke avait mis un tube d'aspirine dans son sac au cas, probable, où la démonstration artistique lui donnerait la migraine.

En arrivant sur le parking de la petite église, elle remarqua tout de suite que Matt était déjà arrivé. Il sortait la poussette de Lily du coffre de sa voiture.

— Bravo ! Vous êtes venue.

— Vous en doutiez ?

— Non, pas vraiment. Vous êtes prête pour l'épreuve ?

— J'ai amené des bouchons d'oreilles, si c'est ce que vous voulez dire.

Matt se mit à rire.

Brooke préféra porter sa fille plutôt que de se donner la peine de sortir la poussette.

— Vous croyez vraiment que nous allons découvrir le génie musical de la future génération ?

— Qui sait ?

Au fur et à mesure qu'ils avançaient vers le bâtiment, Brooke sentait son estomac se nouer. Jusqu'à présent, elle s'était abstenue de fréquenter ce genre de réunions. Que dirait-elle si on lui posait des questions ? Il lui faudrait avouer qu'elle était mère célibataire. Qu'Eric n'avait jamais voulu voir sa fille… Qu'allait-on penser d'elle ensuite, qui avait accepté une relation avec un homme aussi peu fiable ? Pas très reluisant comme lettre de recommandation… Elle ferait peut-être mieux de dire qu'elle avait eu recours à un donneur de sperme ?

Toutefois, elle réussit à se ressaisir. Elle était venue essentiellement pour éviter à Matt de devenir le centre de la réunion. Mais voilà que cela soulevait de nouveaux problèmes ! Fallait-il faire comme s'ils sortaient ensemble ? Comme s'ils étaient mariés ? Après tout, c'était plausible car elle avait remarqué qu'il portait encore son alliance. Lily et Morgan passeraient pour des jumelles.

Tant de suppositions lui donnaient le vertige. Heureusement, la salle paroissiale était bien chauffée. Au centre de la pièce, un grand tapis avait été étalé autour duquel se tenaient les parents, leur bébé sur les genoux ou occupés à les regarder ramper devant eux. Tout le monde paraissait très détendu et bavardait gaiement en attendant le début du cours.

Brooke prit une profonde inspiration et s'avança en compagnie de Matt. Ils s'installèrent côte à côte pendant que Lily et Morgan se saluaient avec force sourires et petits gloussements de joie.

Au bout d'un moment, une jeune femme vêtue d'un T-shirt jaune vif sur lequel était imprimé : « *Music Melody Maestro* » frappa dans ses mains.

— Bonjour à tout le monde ! Je suis Melanie et c'est moi qui vais m'occuper de votre groupe.

Tout comme Daisy à la crèche, Melanie paraissait faire partie de ces gens toujours de bonne humeur. Peut-être était-ce là l'un des prérequis pour travailler avec des enfants ?

Brooke s'installa pendant que Melanie continuait à parler.

— Le but de nos cours est d'aider les enfants à grandir en aimant le langage de la musique. Nous allons donc commencer par chanter ensemble des chansons toutes simples afin de sensibiliser nos bébés aux notions de rythme et de mélodie, et nous mimerons les actions que décrit la chanson.

Brooke jeta un regard inquiet vers Matt. Ce n'était pas une classe d'instruments comme elle l'avait cru mais une classe de chant ! Qu'allait-elle faire, elle qui n'avait pas d'oreille et chantait comme une casserole ? Jamais elle n'oserait laisser le moindre son sortir de sa gorge alors que tant de gens pouvaient l'entendre !

— Nous allons commencer par *Old McDonald had a farm* parce qu'on connaît tous la chanson de ce brave fermier qui ajoute un animal à sa ferme à chaque strophe.

Brooke ouvrit la bouche et fit semblant de chanter en même temps que tout le monde.

Matt dut remarquer son petit jeu car il paraissait très amusé, mais il ne fit aucune remarque.

Hélas, le pire restait à venir puisque Melanie suggéra que chaque parent choisisse un animal et entonne le refrain tout seul.

Un frisson d'horreur parcourut le dos de Brooke. Au fur et à mesure que son tour approchait, elle sentait sa gorge se serrer et ce fut tout juste si un filet de voix sortit de sa gorge pour donner vie et parole à l'oie qu'elle ajoutait à la ferme du vieux McDonald. Cet exploit réalisé, elle constata qu'elle n'était pas morte et que Matt la félicitait d'un sourire tout en faisant applaudir Lily de ses petites mains potelées.

Son tour venu, il décida d'enrichir la ferme d'une dinde et toutes les mères se mirent à rire de son numéro de gloussements déclinés sur différents tons. Enfin, tous les participants ayant poussé la chansonnette, la torture cessa et Melanie proposa aux parents de venir prendre une tasse de thé.

— Alors, vous avez apprécié ? demanda Matt avec un sourire malicieux.

— J'aurais préféré m'amputer d'un doigt avec une cuillère à café plutôt que subir l'épreuve du chant en solo, mais, finalement, oui, c'était un bon moment.

— Tant mieux ! Au fait, docteur Bailey, c'est la première fois que j'entends pareille interprétation…

— C'est la dernière aussi, rassurez-vous ! Je vous promets que, de ma vie, je ne mettrai plus les pieds ici.

— Pourquoi donc ?

Elle se tourna vivement vers lui.

— Parce que ce n'est pas un cours pour les bébés. C'est un cours destiné à humilier les parents !

— Désolé…

Matt la considérait d'un air effectivement attristé.

— Excusez-moi, reprit-elle. Je suis en train de jouer les rabat-joie et de gâcher votre plaisir. Allez plutôt parler avec les autres mères. J'ai remarqué qu'elles faisaient tout leur possible pour attirer votre attention.

— Vous rêvez !

— Vous n'avez pas remarqué leur petit manège ?

— Non, pas du tout.

Il mentait, évidemment, sinon pourquoi lui aurait-il demandé de l'accompagner si ce n'était pour éviter ce genre de danger ?

Elle lui tendit une tasse de thé et prit un biscuit. Il était mou, sans doute parce qu'il était trop vieux, mais bon… Elle n'allait pas faire la difficile.

Comment la réaction des participantes aurait-elle pu lui échapper ? Dès qu'il était entré, elle les avait vues arranger leurs vêtements, leur coiffure, ou même sortir un petit miroir de leur poche pour s'assurer que leur maquillage ne laissait pas à désirer. Et il fallait voir les sourires qu'elles lui adressaient au cours de la séance !

À vrai dire, Brooke comprenait parfaitement ces tentatives de séduction. Il suffisait de voir son allure virile et assurée pour tomber sous le charme de Matt. Heureusement, elle-même était à l'abri de ce genre de faiblesse. Ils étaient collègues, point final. Le fait d'avoir deux petites filles du même âge n'était qu'un hasard qui les avait rapprochés.

Comme il n'y avait pas de chaise libre, ils s'installèrent sur le tapis à côté de Lily et Morgan.

— Jen se serait beaucoup amusée aujourd'hui, déclara Brooke.

En entendant le nom de sa femme, elle vit Matt se raidir.

— Oui, sûrement, répondit-il, laconique.

Brooke trempa son biscuit dans son thé et se dépêcha de le mettre tout entier dans sa bouche avant qu'il ne se transforme en bouillie.

Pendant qu'elle le mâchait, elle remarqua que Matt la regardait faire en souriant.

— Qu'est-ce que je fais de travers ? demanda-t-elle.

— Rien.

— Allons, dites-moi ce qui vous fait sourire comme ça.

Il détourna le regard un instant puis capitula.

— Jen faisait exactement comme vous. Elle mettait tout le biscuit dans sa bouche.

— Oh… Je suis désolée…

— Il n'y a pas de quoi !

— Je veux dire par là que… je ne veux pas vous rappeler le passé ni vous rendre triste.

— Plein de choses me rappellent Jen tous les jours. Lily, en particulier. Mais c'est bon aussi, alors pourquoi voudrais-je oublier ?

— Est-ce que c'est devenu un peu plus facile d'accepter ?

Tout de suite après avoir posé sa question, elle le regretta. Pour elle, la mort de Jen avait été le premier deuil qu'elle avait eu à affronter depuis celle de sa mère. Elle était encore très triste par moments, mais son chagrin était devenu plus facile à supporter. Qu'en était-il pour Matt ?

— J'ai appris à accepter. Au début, à mon retour en Angleterre, j'étais complètement foudroyé. Ensuite, c'est la colère qui a pris le dessus. J'en voulais au monde entier de m'avoir privé de Jen. Et puis, quand j'ai pris Lily dans mes bras, j'ai compris que si Jen était encore de ce monde, elle me conseillerait d'arrêter de jouer les machos imbéciles, de me ressaisir et d'aller de l'avant. Est-ce qu'il lui est arrivé de vous dire la même chose ?

— D'arrêter de jouer les machos imbéciles ? Bien sûr ! répliqua Brooke. Non, trêve de plaisanteries, elle détestait voir les gens tristes. Chaque fois que ma situation me mettait le moral en berne, elle me secouait et me montrait les bons côtés de la vie.

— Est-ce que ça marchait ?

— Pas toujours, mais souvent.

— Jen détesterait que nous soyons tristes tous les deux.

Bien sûr. C'était un abominable tour du destin qui faisait que c'était elle, Brooke, et non Jen, qui se trouvait à côté de Matt. Cela lui paraissait tout à fait déplacé. Vraiment incongru, presque inconvenant.

Elle se releva.

— Je dois partir maintenant.

Matt se mit debout à son tour.

— Partir ? Pas question, la séance n'est pas terminée.

— C'est vrai ? Désolée, il faut que je…

Il lui posa une main sur le bras.

— Docteur Bailey, calmez-vous. Jen souhaiterait que vous restiez ici avec nous, avec Lily, avec Morgan.

Elle ne répondit pas, s'efforçant de résister à la prière qu'elle lisait dans les yeux bleus ourlés de longs cils noirs.

— Venez, insista-t-il, nous sommes deux pour supporter ce qui pour vous est une épreuve. Mais il faut résister, pour Jen, pour Morgan, pour vous.

Brooke assista sans trop de difficulté à la seconde partie de la séance. Elle commença par chantonner bouche fermée, puis, voyant Morgan s'amuser avec de plus en plus d'enthousiasme, elle se mit à participer à voix haute, sans se soucier de savoir si elle chantait juste ou pas.

Après tout, qui s'en souciait ? Les bébés n'allaient pas lui reprocher quoi que ce soit. Quant aux mères, elle ne les verrait plus jamais de sa vie. Peu importait si elle était complètement à côté de la plaque.

En définitive, elle était heureuse d'être venue. Avec son jean et son T-shirt bleu marine, Matt était très différent du médecin en blouse blanche ou en costume-cravate auquel elle avait affaire quotidiennement à l'hôpital. Elle appréciait de l'avoir rencontré en dehors de leur lieu de travail.

La séance terminée, elle regagna sa voiture accompagnée de Matt et Lily.

— Merci de m'avoir invitée. Finalement, j'ai passé un bon moment en dépit de mes angoisses.

— J'en suis ravi, docteur Bailey !

— Passez un bon week-end, major Galloway, et à lundi matin.

Il commençait à s'éloigner lorsqu'une idée vint à l'esprit de Brooke.

— Major Galloway ? Un grand feu d'artifice est prévu à Hammersmith la semaine prochaine en l'honneur de Bonfire Night. J'ai l'intention d'y amener Morgan et je me demandais si… Est-ce que cela vous ferait plaisir de nous y rejoindre ? Ce n'est pas une obligation, vous pouvez refuser !

Était-elle devenue folle ? Passer davantage de temps avec le beau major ? C'était ridicule d'avoir lancé cette invitation !

Pourquoi ridicule ? Après tout, nous sommes seulement amis.

— Eh bien…

— Si j'ai survécu à l'épreuve de chant, vous pouvez bien supporter d'entendre quelques pétards, non ?

Matt paraissait très dubitatif. Se serait-elle montrée trop pressante ?

— D'accord, dit-il enfin. À lundi, docteur Bailey.

— À lundi !

Elle prit place dans sa voiture et démarra.

L'amitié était une chose bien étrange…

Quand Jen était encore en vie, Brooke ne l'avait jamais questionnée au sujet de Matt. De son côté, Jen en parlait peu. Peut-être pour ne pas insister trop lourdement sur la situation de femme seule que Brooke connaissait ? Quoi qu'il en soit, elle avait maintenant l'occasion de faire connaissance avec le mari de sa meilleure amie.

Et c'était un vrai bonheur !

5.

Lily dormait à poings fermés pendant que Matt, assis sur le canapé du salon, une tasse de café à la main, contemplait la photo placée sur le manteau de la cheminée.

Elle avait été prise lors de sa dernière permission. Il était en uniforme, les mains posées sur la rondeur naissante du ventre de Jenny qui s'appuyait contre lui.

Tous deux souriaient, heureux d'imaginer l'avenir qui se présentait à eux. Sa carrière à l'armée se déroulait au mieux, Jenny adorait son travail et ils allaient être parents pour la première fois.

Parfois, regarder cette photo le rendait triste. Comment aurait-il pu imaginer que tout allait changer pour le pire ? De ces moments de bonheur, il ne lui restait plus que des souvenirs. Des souvenirs qui s'enfuyaient malgré ses efforts pour les retenir. Autant essayer d'arrêter un nuage dans sa course…

Heureusement, il lui restait Lily, une Lily bien vivante qui était le portrait de sa mère. Mêmes cheveux très blonds, même regard malicieux, même rire heureux qui ne manquait jamais de lui donner du courage.

C'était surtout le soir, quand Lily était couchée, que le silence de la maison pesait lourdement sur ses épaules. Il remerciait alors le ciel d'avoir réussi à tenir un jour de plus. Il ne demandait rien d'autre à la vie maintenant. Tenir bon du matin jusqu'au soir. Assurer le bonheur de Lily. Sa petite fille était la seule raison qui lui faisait mettre un pied devant l'autre.

Au début, il avait trouvé cela épouvantablement difficile.

Puis, au fur et à mesure que son chagrin s'était un peu apaisé, il avait décidé que son but serait d'assurer une vie aussi confortable et heureuse que possible à Lily. Pour ce faire, il allait renoncer aux missions pour se consacrer à sa fille.

Sa rencontre avec le Dr Bailey avait été un plaisir inattendu. En prenant le poste de sa femme à l'hôpital, il savait qu'il finirait par faire la connaissance de celle qui avait été la confidente de Jen. Il n'avait pas été déçu. Elle était tout aussi charmante et intéressante que Jen le lui avait raconté.

Même s'ils se connaissaient depuis peu, il sentait qu'un lien se nouait entre eux. Beaucoup de choses les rapprochaient l'un de l'autre : leur amour pour Jen, leur métier, le fait qu'ils élèvent chacun seul leur petite fille. Souvent, le soir, il pensait à Brooke, se demandant si elle aussi souffrait de sa solitude.

Elle était tout à fait capable de se débrouiller seule, mais il lui souhaitait tout de même de trouver un jour une épaule sur laquelle s'appuyer et de connaître le même bonheur que celui qu'il avait partagé avec Jen.

La première patiente de la journée de Matt fut ce jour-là une petite vieille dame enveloppée dans une couverture et assise sur une chaise roulante poussée par un auxiliaire médical. Derrière elle avançait péniblement un vieux monsieur que Matt supposa être son mari.

Tina, son assistante, lui exposa le cas.

— Voici Mme Patricia Hodgson. Elle a quatre-vingt-onze ans et vit dans la maison de retraite de Castle House. Elle est normalement en bonne santé mais, ce matin, son mari, Arthur, l'a trouvée avec la lèvre tombant d'un côté, incapable de répéter une phrase et de lever le bras droit. Depuis deux ans, cette patiente souffre de la maladie d'Alzheimer et a été soignée pour un cancer du sein à l'âge de soixante-dix ans.

Matt remercia la jeune femme pour son rapport et fit transporter Patricia du fauteuil roulant à un lit afin que l'équipe de l'ambulance puisse poursuivre son travail.

La vieille dame paraissait minuscule et bien fragile sur le lit de l'hôpital. Matt nota avec quelle gentillesse Brooke s'adressait à elle tout en disposant une couverture sur ses jambes.

Arthur, le mari, paraissait complètement perdu et démuni.

— Comment va-t-elle ? Est-ce que c'est grave ?

Matt se présenta à lui.

— Je suis le major Galloway. C'est moi qui vais m'occuper de votre épouse. Apparemment, elle a été victime d'un AVC qui a atteint le centre de la parole. Je vais rapidement lui faire passer le scanner qui permettra de déterminer exactement quelle partie du cerveau a été atteinte.

— Le problème, c'est qu'elle s'affole quand elle se trouve dans un lieu qu'elle ne connaît pas.

Il n'y avait rien de surprenant à cela. Pour les personnes atteintes de la maladie d'Alzheimer, ce genre de situation pouvait créer un stress énorme alors que la patiente devait rester aussi calme que possible.

— Vous pourriez peut-être l'accompagner pour lui tenir la main ? suggéra Brooke.

— Je ne vais pas vous déranger ?

— Pas du tout…

Matt donna ses instructions à son équipe de manière à ce que chacun fasse son travail sans susciter davantage d'angoisse chez la patiente. Pour ces malades, le monde était un univers extrêmement inquiétant et le fait de se trouver dans l'incapacité de communiquer ne faisait qu'ajouter à leur malaise. Ne pas retrouver ses souvenirs était une chose, mais ne pas trouver les mots pour s'exprimer devait être une torture supplémentaire.

Le scanner allait permettre de découvrir si la patiente avait eu une hémorragie ou une thrombose, ce caillot se formant dans une des cavités du cœur et qu'il fallait dissoudre au plus vite, tout en veillant à ne pas provoquer d'interférence médicamenteuse susceptible de se révéler dangereuse.

— Quels médicaments prend votre épouse en ce moment ?

Arthur tendit à Brooke un petit sac en papier blanc qui contenait diverses boîtes et qu'elle fit passer à Matt.

Il n'y trouva aucun traitement contre son Alzheimer bien que certains médicaments aient été mis au point pour ralentir la progression de la maladie. Après avoir noté sur la fiche de soins le nom des médicaments trouvés dans le sachet, il dirigea sa patiente vers le scanner. Très vite, la présence d'un caillot dans le cerveau de Patricia fut décelée.

Matt estima nécessaire d'administrer un thrombolytique, mais en référa d'abord à Arthur.

— Comme je ne peux pas obtenir l'accord verbal de votre épouse, il est important que vous me donniez la permission d'administrer le traitement que je préconise.

— Est-ce qu'elle sera capable ensuite de me parler à nouveau ?

La voix du vieux monsieur était pleine d'inquiétude.

— Nous sommes en droit de l'espérer.

— Vous comprenez, elle n'a plus que moi… Elle ne me reconnaît pas toujours, mais quand cela arrive, elle aime me parler. Les mots sont tout ce qui nous reste. Avec la musique… C'est étonnant de voir comme elle se souvient des chansons des années 1940 même dans les moments où elle ne sait plus qui je suis.

— La maladie d'Alzheimer est étrange, en effet. Petit bout par petit bout, elle vole la vie des gens. Du jour au lendemain, on ne sait lequel va disparaître, mais, tout à coup, on se rend compte qu'il n'est plus là.

Arthur hocha la tête tristement.

— Cela me fend le cœur de voir qu'elle perd ses souvenirs. Pas tant pour elle que pour moi, d'ailleurs. J'ai besoin qu'elle reste avec moi, vous comprenez ?

Oui, Matt comprenait parfaitement.

Il administra le médicament et se retira un moment. À son retour, Arthur tenait la main de sa femme qui somnolait.

— Docteur, est-ce que vous êtes marié ?

Que répondre à pareille question ? Oui ? Non ?

— Je l'ai été…

— C'était un mariage heureux ?

La réponse était plus facile à donner cette fois.

— Oui. Très heureux.

— Alors vous savez de quoi je parle. Cela fait soixante-trois ans que nous vivons ensemble, Patricia et moi. Soixante-trois années de bonheur. Même s'il lui est arrivé parfois de m'envoyer promener, nous nous entendions bien. Elle était une épouse merveilleuse.

— Elle l'est toujours.

Le vieux monsieur jeta un coup d'œil à sa femme allongée sur le lit.

— Oui, mais… Je me sens parfois égoïste. Et même cruel.

— Pourquoi cruel ? demanda Matt, très surpris par ce terme inattendu.

— Eh bien, depuis qu'elle a cette maladie, elle n'est plus elle-même. Voilà deux ans que je la regarde disparaître peu à peu. Il y a des moments où j'ai envie de la secouer, de lui dire que c'est moi, son mari, qui se trouve devant elle et qu'elle doit me reconnaître.

— Je comprends votre désarroi.

— Il y a quelques mois, elle a eu un moment de lucidité. Elle savait qui elle était, qui j'étais, où elle se trouvait, et le plus horrible, elle était consciente de sa maladie. Elle savait qu'elle allait à nouveau tout oublier dans l'instant qui suivrait. Jamais je ne l'avais vue dans un tel état de panique. Elle m'a pris les mains, m'a supplié de rester avec elle jusqu'au bout. Cela a causé une telle souffrance pour nous deux que lorsque la maladie a repris le dessus, j'en étais presque reconnaissant. Vous vous rendez compte ? Maintenant, tout ce que je souhaite, c'est que cela se termine pour elle parce que j'arrêterai de souffrir moi aussi.

Matt avait écouté avec beaucoup d'attention et de sympathie.

— Il ne s'agit pas d'égoïsme, Arthur. C'est le besoin de vous protéger qui vous fait souhaiter cela. Vous ne voulez plus la voir souffrir.

— Exactement. Je n'en peux plus, je lui ai dit adieu tant de fois, persuadé que c'était la fin. Aujourd'hui, avec cette attaque, je me demande si ce moment n'est pas arrivé et j'ai peur parce que… parce que je ne me sens pas prêt.

— C'est une épreuve difficile en effet, commenta Matt en posant une main sur l'épaule d'Arthur dans un geste de compassion.

Tous deux écoutaient la respiration de Patricia. Comme si elle avait senti sur elle leur regard plein de sollicitude, la vieille dame ouvrit les yeux, regarda autour d'elle jusqu'à ce que son regard tombe sur son mari.

— Arthur ?

— Patty ! s'écria ce dernier en lui pressant la main très fort.

— C'est l'heure d'aller au lit, n'est-ce pas ?

— Oui, ma chérie, oui, c'est ça.

Matt s'esquiva pour les laisser en tête à tête profiter de ce moment très spécial.

Une fois dans son bureau, il sentit la tristesse l'envahir. N'était-il pas jaloux d'Arthur qui avait la chance de pouvoir tenir la main de sa femme dans les siennes ?

Brooke entra à ce moment-là dans son bureau.

— Major Galloway ? Vous paraissez désespéré… Que se passe-t-il ?

— Arthur est près de sa femme au moment où leur séparation approche. Je n'ai pas eu la possibilité d'en faire autant et, par moments, cela me ronge.

Puis, brusquement, il esquissa un sourire.

— Vous savez sur quoi portait la dernière conversation que Jen a eue avec sa mère juste avant de mourir ? Comme d'habitude, elle voulait se montrer optimiste… Bref, elle lui parlait de son projet de se faire faire un piercing sur l'aile du nez !

Brooke se mit à rire.

— Super !

— Comment ça, super ?

— Super parce que, au lieu de se morfondre ou de se

laisser gagner par la panique, elle parlait des petites choses de la vie. Elle était elle-même, tout simplement, et cette idée me fait plaisir.

— Ah... Je n'avais jamais vu les choses sous cet angle-là.

Il releva la tête. Son regard avait retrouvé sa limpidité.

— Est-ce qu'Arthur vous a dit que Patricia et lui sont mariés depuis soixante-trois ans ?

— Oh là là... Toutes ces années passées ensemble, ce doit être comme un nid douillet et protecteur.

— Comme vous êtes romantique, docteur Bailey !

— Et pourquoi pas ? Vous ne croyez pas que tout le monde rêve d'être heureux d'une façon ou d'une autre ?

Matt ne répondit pas. Il regardait le profil de Brooke, qui avait détourné son visage. Ses lèvres pulpeuses, son nez retroussé, ses cheveux châtains coiffés en chignon fait à la va-vite et d'où certaines mèches s'échappaient. Comme c'était dommage qu'une personne aussi charmante n'ait pas de compagnon alors qu'elle avait tant d'amour à donner !

Il fit un effort pour revenir à ses notes : pression sanguine, tension... Mais son esprit ne réussissait pas à rester concentré. On aurait dit qu'un cyclone s'était introduit dans sa tête et faisait voler ses pensées comme autant de feuilles mortes à l'automne : Jen, Brooke, Jen, Brooke...

Lily !

C'était elle la priorité. La vie amoureuse du Dr Bailey ne le concernait pas. Absolument pas. Elle était son amie et ils en resteraient là. Point final.

Mais alors, si c'était le cas, pourquoi ne réussissait-il pas à penser à autre chose qu'à son sourire et à son regard vert ?

Patricia se rétablit et, après quelques jours passés à l'hôpital, elle put regagner Castle House en compagnie d'Arthur.

Matt les avait regardés partir, heureux de cette issue. Patricia était toujours en vie. Arthur pouvait lui parler, la toucher, entendre sa voix. C'était inespéré. Le fait d'avoir fait leur connaissance lui permettait de considérer sa propre existence d'un œil nouveau. Bien sûr, Jen lui manquait et elle lui manquerait toujours, mais il pouvait éprouver de la reconnaissance pour les années de bonheur qu'ils avaient connues ensemble, pour Lily, pour ses amis et collègues de travail.

Il n'était pas seul. Il n'y avait aucune raison pour qu'il se replie sur lui-même comme il avait commencé à le faire. Son devoir était de profiter de la vie, comme il l'avait promis à Jen. Et comme il le lui avait promis aussi, il allait aider Brooke et Morgan.

Depuis, il s'efforçait de ne pas se sentir coupable quand il souriait ou oubliait son deuil. Il essayait de ne pas s'appesantir sur sa souffrance, même si parfois c'était difficile. Surtout le soir, quand, une fois Lily couchée, il se retrouvait seul.

Pour éviter de penser, il s'efforçait de rester occupé. Chez lui, il s'était mis au bricolage. Il avait arrangé le placard de la cuisine qui ne fermait plus, réparé le carrelage cassé de la salle de bains et s'entraînait à cuisiner de nouvelles recettes.

Pour finir, un soir, il avait décidé de retirer son alliance qu'il avait posée sur sa table de chevet.

À l'hôpital, tout le monde avait remarqué ses efforts pour participer à la vie du groupe. Malgré tout, par moments, la tristesse fondait sur lui à l'improviste, tel un sinistre oiseau de proie.

Il était en train de traverser une de ces périodes de déprime lorsque Brooke pénétra dans son bureau.

— Bonjour, major. Vous allez bien ?

— Oui, très bien, merci.

Brooke ne fut pas dupe de ce mensonge. Le regard éteint de Matt suffisait à le trahir. Mais elle préféra ne pas s'appesantir sur son malaise.

— Vous êtes toujours d'accord pour venir avec Lily assister au feu d'artifice ce week-end ?

— Oui.

— Vous n'avez pas l'air particulièrement enthousiaste !

— Détrompez-vous, docteur Bailey. J'attends cette soirée

avec impatience et je suis sûr que Lily va adorer, répondit-il avec davantage d'entrain.

— Voilà qui est mieux.

— Qu'est-ce qui est mieux ?

— Votre sourire ! Vous avez bien meilleure allure.

— Ah… Et comment je suis quand je ne souris pas ?

— Vous paraissez soucieux, malheureux, préoccupé…

Elle se tut, rougissante, et Matt comprit qu'il valait mieux changer de sujet de conversation.

— Est-ce que Morgan fait encore ses dents ?

— Oui, mais elle est moins grognonne. Le gel que je lui applique l'a bien calmée.

— Pour Lily, il y en a une qui a percé hier soir. Elle est plus tranquille, et du coup, j'ai pu passer une nuit normale.

— Tant mieux ! Je vous abandonne, la salle d'attente est bondée, mieux vaut que je ne traîne pas. Mon patient a dû revenir de sa radio.

— Il s'agit de quelque chose de grave ?

— Non. Simple vérification d'une fracture du métatarse. Le patient a malencontreusement donné un coup de pied dans un poteau en fer.

— Je vois. C'est un cas classique. Je vous retrouve plus tard, d'accord ?

— Oui, bien sûr.

Matt pivota rapidement sur lui-même pour échapper au regard de Brooke. Son cœur battait trop vite, il avait la bouche sèche… Que lui arrivait-il ? Ils venaient d'avoir une conversation on ne peut plus banale, complètement innocente et, pourtant, il se sentait profondément ému.

Bien décidé à ignorer ce trouble, il prit la fiche du patient suivant et alla l'appeler. Quel soulagement de se pencher sur les problèmes des autres ! Il n'avait pas trouvé meilleur moyen pour oublier les siens.

Peut-être allaient-ils le détourner de la fascination qu'exerçaient sur lui Brooke, son sourire et ses yeux verts ?

Brooke regardait la radio de son patient en se mordillant nerveusement l'ongle du pouce. L'homme avait de la chance, il n'y avait pas trace de fracture. Son coup de pied malchanceux lui valait seulement un bel hématome et un œdème. Il s'en tirait à bon compte. Quelques antalgiques et du repos jambe surélevée chaque fois qu'il le pourrait suffiraient à le remettre sur pied rapidement.

Si seulement elle arrivait à poser un diagnostic aussi clair sur ce qu'elle ressentait !

Quelque chose de très bizarre s'était passé entre elle et le major Galloway au cours de leur conversation pourtant si anodine. Quand elle lui avait dit qu'il paraissait soucieux et malheureux, elle avait failli ajouter : sexy.

Elle fit la grimace. Oui, *sexy*… Elle le trouvait sexy. Et en réalisant cela, elle avait senti son cœur bondir dans sa poitrine et des fourmillements réveiller son corps endormi depuis si longtemps. Du coup, elle avait rougi comme une gamine. Ce bouleversement l'avait plongée dans une sorte de culpabilité mêlée de désir.

Comment était-ce possible ? Matt était le mari de Jen, donc, complètement indisponible.

À cette pensée, elle laissa échapper un énorme soupir.

— Qu'est-ce qui t'arrive ? demanda Kelly qui travaillait à côté d'elle.

— Rien. Ou plutôt, plein de choses.

— Allez, dis-moi tout ! C'est vraiment si horrible que ça ?

Brooke la regarda. Elle aussi était une bonne amie. Mariée. Heureuse. Inutile de lui permettre d'imaginer que sa collègue préférée était une voleuse de mari !

— Je me déteste…, marmonna Brooke.

Kelly éclata de rire.

— D'accord ! C'est un de tes mauvais jours. Quoi que ce soit, je te promets que ça va passer, ne t'inquiète pas.

— Je n'en suis pas si sûre…

Parce que maintenant qu'elle avait osé regarder la vérité en face, Brooke déroulait en esprit ses précédentes rencontres avec Matt et prenait conscience du marivaudage qui peu à peu s'était installé dans leur relation. Ils n'avaient pas flirté à proprement parler, mais elle devait bien s'avouer qu'à chaque fois elle l'avait regardé comme un homme séduisant et en avait été troublée.

Est-ce que cela allait s'arrêter ? Ou bien, depuis leur première rencontre à la crèche, ce trouble avait-il grandi doucement en elle jusqu'à aujourd'hui, où elle venait d'en prendre conscience ?

Penser à Matt la plongeait dans l'émoi et, aussitôt ensuite, dans la culpabilité. À cause de Jen ? De Lily ? De Morgan ? Matt et elle-même étaient parents. Chacun avait ses priorités, et pourtant…

Je l'ai invité à sortir avec moi mais je n'aurais jamais dû. J'ai bien vu qu'il n'avait pas envie de venir. S'il a accepté, c'est uniquement pour se montrer gentil.

Tout à coup, elle sut exactement ce qu'elle devait faire. Il fallait mettre fin à cette situation idiote tout de suite, ici et maintenant, pour que Matt redevienne un simple collègue au même titre que les autres.

Comme elle longeait les cabines qui accueillaient les patients, elle reconnut la voix de Matt en train d'expliquer à l'un d'eux ce qui causait la goutte. Une voix de velours, qui la faisait frissonner. Oui, provoquait des frissons délicieux, comme quand…

Elle tira doucement le rideau et passa la tête.

— Major, est-ce que vous pourrez m'accorder un instant quand vous aurez terminé avec votre patient ?

— Oui, bien sûr.

— Je vous remercie.

Le rideau refermé, elle s'accorda un moment pour se concentrer sur sa respiration. Tout cela était ridicule. Matt n'était qu'un ami. Un ami, rien de plus.

Elle alla retrouver son patient, qui parut énormément soulagé d'apprendre qu'il n'avait rien de cassé. Il suffisait de le renvoyer chez lui avec des béquilles et des conseils pour un prompt rétablissement.

Comme elle tapait son rapport, elle sentit la présence de Matt derrière elle.

— Vous vouliez me parler ?

— Oui, au sujet du feu d'artifice de ce soir. Vous n'avez pas envie d'y aller. Je le sais. Je voulais vous dire que ce n'est pas la peine de vous forcer. Je peux très bien y aller seule avec Morgan.

La considérant d'un air soupçonneux, Matt lui posa une main sur l'épaule. Simple geste amical de sa part, bien sûr, mais qui plongea Brooke dans une confusion qu'il perçut aussitôt.

— Vous vous sentez bien, docteur Bailey ?

— Oui, tout à fait.

— Alors écoutez-moi : j'ai réellement envie d'aller à cette soirée. Ça me fera du bien de sortir de chez moi et Lily sera contente aussi. Vous avez compris ?

Brooke n'osa pas lever les yeux de peur de perdre le peu de self-control qu'il lui restait car les feux d'artifice avaient déjà commencé à exploser dans sa tête, sa chair frémissait, elle se sentait pâlir et rougir… Comment échapper à cet envoûtement ?

Il me suffit de garder mes distances. Ne pas me rapprocher de lui plus que nécessaire. Et surtout, surtout, éviter de le regarder. Parce que s'il m'adresse le moindre sourire, je suis complètement perdue !

— D'accord, répondit-elle d'une voix étrangement cassée qu'elle eut du mal à reconnaître comme sienne.

Se détournant, Matt repartit auprès de son patient.

Alors, enfin, Brooke recouvra une respiration normale.

6.

Matt s'éloigna de Brooke en se maudissant. Il n'aurait jamais dû la toucher comme il venait de le faire. Depuis un certain temps, il soupçonnait qu'une certaine attirance existait entre eux mais, l'esprit encore occupé par la conversation qu'il venait d'avoir avec un patient à propos des calculs rénaux de ce dernier, il l'avait oublié.

Il avait posé sa main sur l'épaule de Brooke juste pour lui faire comprendre que, réellement, il l'accompagnerait de bon cœur, mais aussitôt, et trop tard cependant, il avait réalisé combien ce contact le troublait.

Cette soirée de feu d'artifice représentait pour lui autre chose qu'un moment de partage avec Brooke. Ce serait l'occasion de surmonter son histoire, d'affronter ses angoisses, de s'exposer à une situation dont il savait qu'elle le mettrait à l'épreuve.

Il ne voulait plus avoir peur.

Des pétards colorés qui explosent dans le ciel ne représentaient aucun danger. Du moins essayait-il de s'en persuader. Ce n'était que l'occasion d'éprouver quelques frissons au milieu de beaucoup de bruit. Rien de plus. Il pouvait bien affronter cela !

Le véritable danger résidait ailleurs. Dans le fait de passer la soirée avec Brooke, tout près d'elle, serré contre elle peut-être à cause du froid de la nuit pendant qu'ils regarderaient le ciel ensemble. Elle sourirait en montrant les fleurs qui s'épanouiraient dans le ciel au-dessus de leur tête et lui… Il risquait d'y laisser sa tranquillité d'esprit.

Pourtant, il avait promis à Jen de faire découvrir le monde

à Lily, de continuer à vivre, de ne pas passer le reste de ses jours dans la tristesse, et même de soutenir Brooke et Morgan si elles en avaient besoin.

Toutefois, il y avait une ligne à ne pas dépasser. Une ligne qu'il ne franchirait pas, quel que soit l'émoi dans lequel Brooke le plongeait. Il savait qu'il ne cherchait pas à remplacer Jen. C'était impossible. Lily était toute sa vie. Lily et ses amis. Brooke était une collègue, en passe de devenir une amie, mais rien de plus.

Il refusa de reconnaître que cette pensée le rendait triste. Brooke faisait battre son cœur. Les sourires qu'elle lui adressait illuminaient son univers, il adorait passer du temps avec elle parce qu'elle lui apportait sa chaleur humaine et qu'il adorait son rire contagieux.

Mais en contrepartie, elle l'obligeait à se poser des questions effrayantes qui remettaient ses principes en cause. N'avait-il pas le devoir moral de maintenir vivant le souvenir de sa femme disparue depuis si peu de temps ? Même pas une année s'était écoulée depuis son décès et, pourtant, il s'apprêtait à passer une soirée avec une femme séduisante dont il appréciait la compagnie et qui faisait battre son cœur plus que de raison… Voilà qui lui inspirait crainte et culpabilité en même temps.

Était-ce mal de se rapprocher d'elle comme il le faisait ?

Quelle que soit la réponse, il retrouverait Brooke à 18 heures. La soirée commençait à 18 h 30, ce qui était parfait parce que, quand elle se terminerait, il leur faudrait rentrer pour mettre les petites filles au lit.

Il tenait beaucoup à respecter les horaires de Lily, persuadé que la régularité de ses horaires de sommeil et de repas lui apportait une certaine sécurité. Cet emploi du temps un peu strict l'avait d'ailleurs beaucoup aidé lui aussi au début, quand il s'était retrouvé seul et complètement perdu sans Jen. Cette routine lui avait apporté un sentiment de réconfort en même temps que la satisfaction du devoir accompli.

Pour l'instant, il regardait Lily jouer sur le tapis avec des briques en mousse tout en discutant dans ce langage incompréhensible qu'elle maniait avec tant d'assurance.

— Nous allons voir de belles lumières dans le ciel, ce soir, Lily. Il y aura des bruits de pétards, mais je suis sûr que tu aimeras bien ça. Ce ne sera pas le cas de ton papa, mais tu l'aideras à les supporter, d'accord ?

Lily le regarda, lui sourit, et reprit son babillage. C'était une enfant heureuse de vivre. Jen aurait été très fière de cette petite fille si jolie et joyeuse.

— Si je mettais des bouchons d'oreilles, Lily ? Qu'est-ce que tu penses de ça ?

En guise de réponse, Lily lui tendit une brique en mousse.

— Merci, ma chérie.

Il enviait sa joie de vivre. Comme tous les bébés, elle ne paraissait pas avoir besoin de grand-chose pour être heureuse. Ce n'était sans doute qu'une idée fausse, mais peu importe, il aurait voulu être à sa place et se poser moins de questions.

Que faisait Brooke en ce moment ? Sans doute attendait-elle la soirée avec impatience ? Il aurait aimé éprouver son enthousiasme.

Je ne suis pas content de mon sort...

Pourquoi ? Il avait tout pour être heureux... Une belle petite fille, un métier qu'il adorait, une excellente santé. Pourtant, la solitude qui empoisonnait chaque instant de sa vie l'en empêchait. Par exemple, maintenant, il comptait les minutes qui le séparaient du moment où il retrouverait la compagnie d'une personne qui lui redonnerait le goût de vivre.

Est-ce que c'était mal ?

Ou bien avait-il peur que ce soit effectivement le cas ?

Brooke comptait les minutes qui la séparaient encore de la fête. Elle adorait la soirée de Bonfire Night. Rien de plus agréable que d'être bien emmitouflée dans la nuit froide, le nez levé vers les merveilles lumineuses qui s'épanouissaient dans le ciel.

Ce soir-là, elle oubliait tous ses soucis, ce qui ne lui arrivait que rarement. De plus, ce moment lui rappelait un souvenir précieux de son enfance. Lors d'une des rares occasions où il était sobre, son père l'avait emmenée admirer un feu d'artifice. Elle devait avoir sept ou huit ans à l'époque, et elle se souvenait comme si c'était arrivé la veille de sa main d'enfant glissée dans celle de son père. Il l'avait pressée gentiment, comme pour lui dire : « Je suis là, ma chérie. » Son visage tourné vers le ciel pour admirer les fleurs somptueuses qui y éclataient dans un bruit assourdissant, elle s'était appuyée contre son bras, profondément heureuse de cet instant si spécial.

Hélas, de retour à la maison à la fin du spectacle, après avoir veillé à ce qu'elle se mette au lit, il était sorti boire pour oublier la solitude désespérante dans laquelle l'avait laissé la mort de sa femme.

Un jour, dans un accès de colère d'ivrogne, il lui avait avoué qu'il ne pouvait pas la supporter parce qu'elle ressemblait trop à sa mère. Leur ressemblance le ramenait sans cesse à sa souffrance qu'il essayait d'oublier comme il le pouvait. Cette révélation avait brisé le cœur de Brooke. Que pouvait-elle y faire ? Elle ne pouvait pas changer de visage ! Elle avait tout de même essayé de se teindre les cheveux en blond, puis en roux, mais comme elle se sentait mal ainsi métamorphosée, elle était revenue finalement à sa couleur naturelle châtain doré.

Toujours est-il qu'à la naissance de Morgan, elle s'était bien juré de ne jamais reprocher à sa fille de ressembler à Eric si jamais c'était effectivement le cas.

Une fois encore, elle vérifia d'un coup d'œil qu'elle avait bien pensé à tout : des vêtements chauds, un bonnet et des moufles, plus des bottes fourrées pour elle.

Matt serait là. Elle avait fait son possible pour l'en dissuader, mais il avait paru tout à fait déterminé à être de la partie. Restait à espérer maintenant qu'elle ne commettrait pas de folie, comme de le regarder trop longtemps dans les yeux, ou de se serrer contre lui. Ou pire encore, de l'embrasser ! Car même si elle en mourait d'envie, elle savait très bien que ce serait une grosse bêtise puisqu'il leur faudrait recommencer à travailler ensemble plus tard. De toute façon, Matt apprécierait-il que leurs lèvres se rencontrent ?

Dans le fond, cette soirée si spéciale pour elle à cause de ses souvenirs ne présentait peut-être aucun attrait particulier pour Matt. Peu importait ! Elle ne réussissait pas à chasser le vertige de bonheur qu'elle ressentait quand elle pensait à ce qu'elle allait vivre tout à l'heure.

Il lui suffisait de se souvenir des frontières à ne pas transgresser.

La place grouillait de monde qui attendait le commencement du spectacle. Au début, comme elle n'apercevait pas Matt, Brooke se dit qu'il avait sans doute changé d'avis et ne viendrait pas. Sa déception était énorme. Finalement, pourtant, elle le repéra et, tout à coup, ce fut comme si la foule se fendait devant elle pour lui permettre de se rapprocher de lui.

Leurs regards se rencontrèrent.

Elle en perdit le souffle.

Il portait un blouson de cuir noir et une écharpe bleu cobalt, du même bleu éclatant que ses yeux. Comme celles de Lily, ses joues étaient rosies par le froid de cette belle nuit de novembre. Il avait omis de se raser, et sa barbe naissante lui donnait une allure décontractée qu'elle ne lui avait encore jamais vue. Il s'avança vers elle en utilisant la poussette de Lily comme une brouette pour se frayer un chemin au milieu de la foule.

Ravi de vous retrouver enfin ! Je commençais à désespérer et à regretter de ne pas avoir mis un gyrophare.

Brooke éclata de rire.

— Finalement, ce n'était pas la peine.

Elle se baissa pour dire bonjour à Lily, qui gigota tant qu'elle put pour lui montrer son plaisir de faire partie de la fête.

— Voyons… À quelle distance souhaitez-vous vous tenir ? demanda-t-elle.

Évidemment, elle faisait allusion à l'installation des feux d'artifice mais, à peine prononcés, les mots prirent à ses oreilles un sens tout autre et elle se sentit rougir.

— Pas trop près, répondit Matt. Juste au cas où nos filles n'apprécieraient pas vraiment le spectacle.

Brooke trouva que sa voix contenait une certaine appréhension et s'inquiéta de savoir s'il avait deviné le trouble que sa présence suscitait en elle. Peut-être regrettait-il déjà d'être venu en voyant qu'elle se comportait comme une sotte ?

Plus elle le regardait, plus elle trouvait que, en effet, il avait l'air de vouloir s'en aller. Il jetait des coups d'œil de tous les côtés, comme s'il était à la recherche d'issues de secours. Son visage tout entier, de sa mâchoire crispée à ses lèvres pincées, avec son air inquiet, manifestait clairement son envie de s'enfuir. De toute évidence, il aurait préféré être partout ailleurs qu'ici, avec elle.

Brooke avait l'impression de lui infliger une torture.

— Le spectacle ne devrait pas tarder à commencer, dit-elle pour le distraire.

— Parfait !

Il se pencha pour sortir Lily de sa poussette et la prendre dans ses bras. Brooke en fit autant avec Morgan. Le stratagème était parfait puisque, en plus de sentir la douce chaleur de sa fille contre elle, elle n'aurait pas la tentation de glisser sa main dans celle de Matt.

Les bébés se saluèrent à leur façon, avec force petits cris et gesticulations. De toute évidence, elles se reconnaissaient et manifestaient leur plaisir à se retrouver hors du cadre habituel de la crèche.

— Si nous allions chercher quelque chose à boire ? reprit Brooke. On vend du chocolat chaud un peu plus loin.

— Non, merci. Mes deux mains sont occupées, je suis condamné à survivre sans chocolat chaud !

Il avait raison et elle se trouvait dans le même cas. Tenir

une boisson chaude dans une main avec une petite fille gigotant dans ses bras ne pouvait se terminer que par un désastre. Ils devraient donc se contenter de humer la bonne odeur en provenance des tasses en polystyrène que tenaient les personnes autour d'eux.

Au bout d'un moment, un système de sonorisation se mit à grésiller, puis une voix s'éleva pour donner au public des recommandations de sécurité. Ensuite, une musique se fit entendre et, le cœur battant, Brooke s'apprêta à se réjouir de ce spectacle qu'elle avait attendu avec tant d'impatience.

Elle se tourna vers Matt pour lui sourire, mais remarqua qu'au lieu d'être détendu comme elle il arborait une mine étrangement crispée.

Les premières explosions lui firent détourner son attention de Matt. Elle leva la tête : des pourpres, des roses, des bleus, des verts, toute une symphonie de couleurs envahissait le ciel au fur et à mesure que des boules de feu lancées comme des fusées éclataient au-dessus de leurs têtes en fleurs étincelantes. Un sifflement aigu accompagnait leur départ et une explosion violente libérait le bouquet d'étincelles, suivie d'une série de déflagrations plus petites.

Brooke sentit son cœur déborder de joie en voyant sa fille exulter.

— Tu es contente, mon amour ? Toi aussi, tu trouves que c'est beau ?

Elle se tourna pour voir si Lily elle aussi appréciait le spectacle, mais son euphorie fut aussitôt douchée quand elle aperçut Matt, pétrifié, les yeux fermés, son visage affichant l'expression de quelqu'un à l'agonie.

— Major Galloway ? Matt ! Ça va ?

Elle l'attrapa par le bras pour l'obliger à la regarder, mais il garda les yeux clos. Il marmonnait quelque chose entre ses dents sans qu'elle puisse comprendre ce qu'il disait.

Après un instant d'hésitation, elle lui posa une main sur la joue.

— Matt ! Ouvrez les yeux, regardez-moi !

L'épouvante s'était emparée d'elle. Que se passait-il ? Pourquoi avait-il l'air terrorisé ? En tant que médecin militaire, il devait être habitué à tout ce bruit.

Puis, tout à coup, elle comprit ce qui n'allait pas.

Comment ai-je pu être aussi stupide !

En hâte, elle remit Morgan dans sa poussette pour être libre de ses mouvements. L'esprit de Matt s'était envolé pour replonger dans un passé terrifiant. Elle devait au plus vite le ramener à la réalité présente.

— Matt ? C'est Brooke. Laissez-moi prendre Lily pour la réinstaller dans sa poussette.

Lorsque ce fut fait, elle plaça une main de chaque côté du visage de Matt.

— Matt !

Elle l'observa, bouleversée par la souffrance qu'elle lisait sur son visage.

— Matt, regardez-moi !

Lorsqu'il ouvrit enfin les yeux, il jeta un regard paniqué autour de lui avant de le fixer sur elle.

Pendant ce temps, les explosions et les sifflements continuaient de plus belle tandis qu'autour d'eux les gens poussaient des cris d'admiration.

— Matt, ne me quittez pas des yeux. Tout va bien, je m'occupe de vous. Ce ne sont que des feux d'artifice, vous êtes en sécurité. Vous m'entendez, Matt ? Vous êtes en sécurité.

Hagard, Matt finit par articuler :

— Je… Je… Je vous entends.

— Posez vos mains sur la poussette de Lily, et suivez-moi, nous allons partir d'ici. Mais tranquillement car nous ne sommes pas en danger.

Les mains de Matt tremblaient, mais il lui obéit.

Écrasée de culpabilité à l'idée de l'épreuve qu'elle lui avait imposée sans le vouloir, Brooke lui ouvrit le chemin jusqu'au parking. Juste à côté se trouvait un petit café encore décoré des toiles d'araignées et des citrouilles d'Halloween. Elle l'entraîna à l'intérieur et ils s'installèrent à une table.

Elle commanda deux thés, puis, assise en face de Matt, elle prit ses mains, qu'il avait glacées, entre les siennes et attendit qu'il soit à nouveau capable de parler.

Il paraissait épuisé, mais pas gêné, ce qui était de bon augure car il n'y avait vraiment pas de honte à avoir pour ce qui venait de se passer.

Lorsque le thé arriva, elle mit deux sucres dans la tasse de Matt et la lui présenta.

— Buvez !

Il avala une gorgée en faisant la grimace, sans doute parce qu'il le trouvait trop sucré.

— Merci.

— Vous permettez que je donne une biscotte à Lily ?

— Bien sûr.

Il but une nouvelle gorgée du thé brûlant.

— Je… Je suis désolé. Je vous ai gâché la soirée.

Brooke secoua la tête.

— Mais non, vous n'avez rien gâché du tout. Tout est ma faute. Je ne sais pas où vous étiez en poste, mais j'aurais dû penser que vous aviez connu des moments difficiles.

— C'est mon syndrome post-traumatique qui s'est manifesté. En fait, il est très léger dans mon cas, mais cette soirée l'a ramené à la surface.

Il jeta un regard par la fenêtre, derrière laquelle les gerbes lumineuses continuaient à enchanter les spectateurs.

— Quand vous m'avez invité à cette soirée, j'aurais dû vous en parler, mais j'ai cru que je serais capable de supporter cela. Pour Lily. Après tout, ce n'est qu'un feu d'artifice, n'est-ce pas ? ajouta-t-il avec un rire triste.

Brooke savait que le syndrome post-traumatique, une anxiété causée par un choc émotionnel violent vécu antérieurement, peut être réellement handicapant chez certaines personnes. Celui qui en est affecté replonge dans ses angoisses chaque fois qu'un événement déclenche la remémoration des souvenirs traumatisants. Ce qui venait d'arriver à Matt.

— Vous avez envie d'en parler ?

Brooke ne parvenait pas à effacer le visage torturé de Matt, qu'elle avait tenu entre ses mains. Il était glacé, paralysé par la peur. Dire que c'était à cause d'elle qu'il avait plongé dans cette immense détresse… Jamais elle n'aurait dû l'amener ici.

En acceptant son invitation alors qu'il savait que les explosions du spectacle risquaient de le perturber, Matt avait fait preuve de courage. Un lâche n'aurait pas osé affronter pareilles difficultés.

— Une fois, je me suis trouvé directement attaqué par l'ennemi quand j'étais en Afghanistan. Je faisais partie d'une équipe médicale peu armée qui se déplaçait pour aller renforcer le personnel d'un hôpital de brousse après avoir soigné les populations locales et vacciné beaucoup de monde. Douze personnes ont été tuées, hommes et femmes, lorsque le premier camion a sauté. C'étaient des gens qui étaient là pour aider, des Anglais, des Américains, des habitants du pays. Peu importe… Je les connaissais tous, il y avait des semaines que nous travaillions ensemble. Vous comprenez ?

Brooke hocha la tête.

— Je me trouvais dans le second camion qui a été atteint lui aussi. Sans trop savoir ce qui nous arrivait, j'ai traîné à l'écart de la route un soldat qui était blessé à la jambe et saignait abondamment. Une fois à l'abri, je lui ai fait un garrot et puis nous avons attendu. Autour de nous, on entendait des explosions et des coups de fusil. Ça ne s'arrêtait jamais. Je suis resté assis là, dans le froid glacial, sans savoir si je serais encore vivant au lever du jour. J'entendais les balles frapper le mur au-dessus de ma tête, les gens hurler, appeler au secours, mais je ne pouvais rien faire pour eux. J'étais coincé.

Brooke posa sa main sur celle de Matt.

— Je suis désolée…

— C'était la guerre. C'était normal. Mais ce soir, toutes ces explosions…

Ce n'était pas la peine qu'il continue, Brooke comprenait parfaitement, et malgré cet horrible souvenir, Matt avait tout de même accepté de l'accompagner pour honorer la promesse qu'il avait faite à sa femme. Pour s'occuper de l'amie de Jen, il n'avait pas hésité à courir le risque de réveiller ses démons.

Voilà qui la touchait énormément. Bien plus qu'elle n'aurait su le dire. Personne, jamais, ne s'était donné autant de mal pour elle, n'avait accepté d'oublier ses propres soucis pour rester auprès d'elle. Ni son père ni Eric. Personne. Jamais.

Il retira sa main de dessous celle de Brooke pour la prendre entre les siennes et la serrer très fort.

— Vous m'avez appelé Matt…

Elle rougit.

— Oui.

— Merci.

Ne sachant que répondre, elle but une gorgée de thé avant de reprendre.

— Je vous ai soumis à rude épreuve. L'idée de vous laisser regagner votre appartement après ce que vous venez de vivre m'est insupportable. Venez dormir chez moi, j'ai une chambre d'amis et un petit lit pliant pour Lily. Ce serait mieux pour vous que de rester tout seul ce soir.

Matt allait probablement refuser sa proposition, mais elle imaginait à quel point, une fois Lily couchée, la solitude allait le frapper de plein fouet. C'était le moment ou jamais pour lui de savoir qu'il avait une amie. C'était en tant que telle qu'elle l'invitait chez elle.

— Oh… C'est vraiment très gentil, mais…

— Je vous en prie. Demain, c'est dimanche. Ni vous ni moi n'allons travailler. Nous pourrions passer une journée de détente, remplacer ce mauvais souvenir par des moments agréables. J'ai tout ce qu'il faut pour Lily et même pour vous, y compris une brosse à dents en réserve !

Elle souriait et, en même temps, imaginait toutes les raisons qu'il pouvait avoir de refuser.

— Décidément, vous avez pensé à tout ! répondit Matt.

— Vous voyez… Moi aussi, je sais monter une embuscade, mais, cette fois-ci, j'espère que vous en garderez un bon souvenir.

Matt hocha la tête.

— Pyjama-partie ! Je n'ai plus fait ça depuis l'âge de huit ans.

— L'idée est la même mais, au lieu de manger du pop-corn, nous pourrons boire un verre de vin.

— Je ne bois pas d'alcool, mais si vous avez de quoi faire un chocolat bien chaud, je suis preneur !

— J'ai tout ce qu'il faut, ne vous inquiétez pas.

Matt lui sourit.

Matt la rendait heureuse.

Oui, elle était heureuse d'avoir réussi à l'apaiser après l'épreuve qu'elle lui avait imposée. Tout à l'heure, quand les explosions auraient cessé, ils rentreraient chez elle, mais, pour l'instant, c'était un bonheur d'être assise avec lui, de sentir sa main dans la sienne. Même si un peu plus tôt elle s'était promis de garder ses distances, ce contact la remplissait de sérénité car il signifiait : « J'étais l'amie de Jen et je suis ici pour vous. Vous comptez pour moi. »

Et en effet, le major Galloway comptait pour elle.

Oui, vraiment beaucoup.

Peut-être trop ?

7.

Lily dans les bras, Matt s'avança dans la salle de séjour de Brooke.

— Merci de nous accueillir chez vous !

Ce qu'il découvrait autour de lui cadrait parfaitement avec la personnalité de Brooke. Dans cet immeuble de béton et de verre, la jeune femme avait réussi à créer un refuge paisible et accueillant. Des coussins colorés parsemaient les deux confortables canapés qui se faisaient face. Contre le mur, une étagère débordait de livres visiblement lus et relus. Devant celle-ci se trouvaient une lampe à l'abat-jour en soie et une chaise longue placée à côté d'une table basse en bois exotique, couverte d'une pile de livres. Dans la petite cheminée protégée par un pare-feu, des bougies de tailles différentes avaient pris la place des bûches traditionnelles. Sur les murs, plusieurs aquarelles représentaient différents animaux qui, au lieu d'être comme la nature les avait faits, arboraient des tons de rose, de bleu, quand ils n'étaient pas carrément aux couleurs de l'arc-en-ciel.

C'était une pièce qui distillait le calme et le bien-être.

— On se sent bien chez vous, déclara Matt. Et j'adore les tableaux que vous avez mis sur vos murs.

Il s'approcha d'une aquarelle qui représentait un cygne vert et bleu et, après l'avoir regardée attentivement et découvert la signature, il se tourna vers Brooke.

— C'est vous qui l'avez peint ?

— Oui. Je ne suis pas très douée, mais j'aime ça quand j'ai le temps.

— Vos aquarelles sont magnifiques ! Franchement, si nous manquons un jour de patients aux urgences de l'hôpital, une nouvelle carrière vous attend.

— Je ne pense pas que cela se produise jamais et, franchement, le monde de l'art ne s'en portera que mieux !

Tout heureuse de sentir Matt à son aise, elle alla chercher le petit lit pliant qu'elle rangeait dans le placard de l'entrée et l'installa dans la chambre d'amis pour Lily.

— Morgan dort dans ma chambre ces temps-ci, à cause de ses dents. Elle ne devrait pas vous déranger quand elle se réveillera.

— J'espère que Lily ne vous gênera pas non plus. Est-ce que je peux la changer quelque part avant de la mettre au lit ?

— Il y a une table à langer dans votre chambre. Je vais donner un dernier biberon à Morgan et la mettre au lit aussi.

— Je vais faire la même chose de mon côté.

Chacun s'affaira donc avec sa fille. Une fois Morgan bordée, Brooke se recoiffa rapidement, puis alla mettre un peu d'ordre dans la cuisine en attendant que Matt la rejoigne. Elle se sentait étrangement nerveuse. Comme si on lui avait injecté une dose d'adrénaline. Mieux valait s'occuper plutôt que de se demander comment allait se passer cette soirée en compagnie de Matt.

Depuis le départ d'Eric, aucun homme n'avait mis les pieds chez elle. Même Eric d'ailleurs n'était que rarement venu car il préférait que ce soit elle qui le rejoigne.

Elle s'était pliée à ce désir de bonne grâce car elle aimait que ce petit appartement soit son refuge, le coin qui abritait ses lectures et ses rêves. Il était devenu ensuite le lieu chaleureux qui l'accueillait avec Morgan, leur retraite à toutes les deux loin de l'agitation du quotidien.

C'était étrange d'y accueillir Matt. Étrange mais agréable.

Matt la rejoignit au moment où elle mettait de l'eau à bouillir pour leur préparer une boisson chaude.

— Lily a eu un peu de mal à s'endormir.

— C'est normal. Elle n'est pas chez elle. Il fallait qu'elle prenne le temps de s'adapter au nouveau lit et au nouveau décor.

Matt hocha la tête.

— Merci encore de nous accueillir pour le week-end. Votre appartement est vraiment sympa, on s'y sent bien.

Elle versa deux cuillères de cacao dans deux grandes tasses.

— Je m'y plais beaucoup. C'est le premier endroit où je suis réellement chez moi.

— Vous viviez chez votre père autrefois ?

Avec un petit sourire triste, Brooke corrigea.

— Disons plutôt que nous cohabitions. Avant qu'il soit…

— … malade.

Brooke lui fut reconnaissante de ne pas avoir prononcé le mot « alcoolique ».

— Oui, avant d'être malade, mon père était un artiste doué.

— Il faisait de l'aquarelle comme vous ?

— Non, il préférait la peinture acrylique.

— Quels sujets affectionnait-il ?

— Vous voulez voir ?

— Avec plaisir.

Brooke prit sa tablette et tapa le nom de Philip Bailey. Très vite, les résultats apparurent sur l'écran. Un bouton d'or en fleur jaillissant d'une fissure de ciment. Une rose au milieu du désert, un arbre garni de feuilles vertes dans un paysage désolé par la guerre…

— Votre père peignait l'espoir.

— L'espoir ?

— Oui. Il me semble qu'il voulait montrer que la beauté et la joie peuvent exister même dans les circonstances les plus inattendues. Est-ce qu'il peint encore ?

— Non. Il n'a plus touché un pinceau depuis la mort de ma mère.

— Il a perdu foi dans sa vision du monde.

— Exactement.

— Pourtant, vous étiez là !

— Ce n'est pas de moi qu'il avait besoin…

Matt laissa échapper un soupir attristé.

— Je comprends… Moi aussi, je suis passé par là. C'est terrible de perdre la personne qui vous donnait la joie de vivre. Vous souffrez tellement que même la présence de votre enfant qui a tant besoin de vous ne peut apaiser votre douleur. Votre cœur saigne et il vous semble que jamais vous n'arriverez à sortir de ce bourbier.

— Pourtant, vous y avez réussi. Vous n'êtes pas devenu alcoolique.

— Non. Grâce à Lily qui venait de naître. Elle était si petite, encore toute fripée, elle pleurait à fendre l'âme. Sa mère n'était plus là pour la rassurer. Elle n'avait plus que moi. Alors je l'ai prise contre moi et je lui ai promis que tant que je vivrais, je serais là pour la protéger.

— Mon père était faible. Vous êtes fort.

— Non.

— Si. Vous êtes un père dévoué. Sobre. Un soldat qui a fait la guerre, qui en a ramené des cicatrices mais qui n'a jamais baissé les bras. Votre fille vous a donné l'énergie de vivre. Je n'ai pas été capable d'en faire autant pour mon père. Ni pour personne, d'ailleurs.

Les mots lui avaient échappé. Elle se sentit rougir.

— Excusez-moi ! Je ne cherche pas à me faire plaindre…

— Vous avez parfaitement le droit d'être en colère contre votre père parce qu'il ne s'est pas occupé de vous. Mais pensez aussi à l'engrenage dans lequel il était plongé ! Après avoir perdu la femme qu'il aimait, celle qui était sa raison de vivre, il a cherché l'apaisement où il a pu, sans savoir que si, au début, l'alcool étouffe la douleur, celle-ci revient de plus belle, alourdie de culpabilité, et qu'il faut boire encore plus pour oublier…

Brooke pinça les lèvres, peu disposée au pardon.

— Lily a de la chance de vous avoir. J'aurais aimé avoir un père comme celui que vous êtes.

Matt, qui affrontait le regard intense de Brooke, eut tout à coup l'impression de la découvrir. Ce n'était plus le Dr Bailey qu'il voyait, ni la courageuse mère célibataire, non, c'était la version secrète de ce personnage, celle qui doutait d'elle-même, qui était blessée et encore vulnérable.

Voilà qui l'intéressait, l'intriguait, lui donnait envie d'en savoir davantage.

Mais n'était-ce pas dangereux ?

À ce moment-là, Brooke se leva.

— La journée a été longue, je vais aller rejoindre Morgan et me mettre au lit. Je vous souhaite une bonne nuit, major.

Il se leva à son tour.

— Bonne nuit à vous aussi, docteur Bailey.

Une fois couchée, Brooke resta longtemps le regard fixé sur le plafond de sa chambre. Morgan dormait paisiblement, sa respiration était régulière. Maintenant que ses dents avaient percé, elle faisait ses nuits sans se réveiller.

Malgré le calme qui régnait, Brooke n'arrivait pas à s'endormir. Elle se sentait au contraire bien réveillée et parfaitement consciente de la présence de Matt dans la chambre voisine, à quelques mètres d'elle. Seule une cloison les séparait. Une mince cloison.

Maintenant que sa crise d'angoisse était passée, Matt devait ressentir la fatigue liée à la montée d'adrénaline qui accompagne cette dernière. Il s'était certainement assoupi, totalement oublieux de l'endroit où il se trouvait. Oublieux aussi de sa présence à elle sous le même toit.

Tout en cherchant le sommeil, elle réfléchissait à ce que Matt lui avait dit tout à l'heure. Était-il possible que son père ait été si amoureux de sa mère qu'il n'ait pas pu supporter de la perdre ? Il avait choisi de calmer sa souffrance avec le moyen qui était à sa portée.

Dans le fond, si son père avait sombré dans l'alcool, ce n'était peut-être pas parce qu'elle ne méritait pas d'être aimée, mais tout simplement parce qu'il souffrait trop et avait trouvé un secours là-dedans sans prêter attention à la nocivité du produit.

Matt, lui, avait réussi à repousser toute tentation de ce genre. Il était là pour sa fille. Il était solide, digne de confiance.

Et séduisant, courtois, désirable...

Elle se tourna pour prendre le verre d'eau posé sur sa table de chevet.

Zut ! J'étais tellement pressée d'échapper à Matt tout à l'heure que j'ai oublié de le préparer.

Pourtant, elle mourait de soif. Jamais elle ne trouverait le sommeil si elle n'étanchait pas celle-ci.

En fait, si elle faisait bien attention à ne pas faire de bruit, Matt ne l'entendrait pas se rendre dans la cuisine. Après tout, ce n'était pas comme si elle allait se faire un café !

Est-ce que j'ai vraiment envie de ce verre d'eau ?

Oui. De toute façon, ses jambes avaient besoin de remuer, il fallait qu'elle se lève pour marcher un moment. Et pourquoi se poser tant de questions puisque Matt ne dormait pas sur le canapé du salon, mais dans une chambre dont il avait fermé la porte ?

Enfin persuadée qu'elle ne risquait rien, elle enfila sa robe de chambre, ouvrit tout doucement sa porte et se faufila dans le couloir.

Avec un soupir de soulagement, une fois arrivée dans la cuisine, elle alluma, prit un verre dans le placard et le remplit d'eau au robinet. Après l'avoir bu d'un trait, elle se tourna pour regagner sa chambre et découvrit Matt dans l'embrasure de la porte.

Son cœur se mit à battre à toute allure quand elle l'aperçut. Il était vêtu d'un T-shirt et d'un boxer qui laissait apparaître ses longues jambes musclées.

— J'espère que je ne vous ai pas fait peur ? J'avais soif... D'habitude, j'emporte un verre d'eau quand je vais me coucher, mais ce soir j'ai complètement oublié.

— C'est pareil pour moi, dit Brooke en montrant le verre qu'elle tenait encore à la main. Lily dort bien ?

— Comme un ange !

— Tant mieux. Je retourne me coucher.

Matt s'écarta pour la laisser franchir la porte mais, ce faisant, Brooke commit l'erreur de lever les yeux vers lui et de s'arrêter pour lui sourire. Juste un instant. Mais ce fut suffisant pour que leurs regards se rencontrent. Dans les yeux de Matt, elle lut de l'appréhension, presque de la peur, mais surtout un désir ardent.

Elle mourait d'envie de l'embrasser. En même temps, elle ne voulait pas franchir les barrières qu'elle s'était fixées.

Matt fit un pas en avant, la dévorant des yeux.

Brooke soutint son regard, avide de capter toute la séduction de l'homme qui se tenait près d'elle.

Ils ne se touchaient pas. Aucun des deux ne transgressait sa ligne de conduite, tout en combattant une envie violente de céder à la tentation.

— Brooke, je…

Elle lui sourit.

— Vous m'avez appelée Brooke, pas Dr Bailey ?

— Oui, Brooke.

Il s'approcha encore, comme s'il s'attendait à ce qu'elle pose les mains sur son torse pour l'arrêter, mais elle n'en fit rien. Elle souhaitait qu'il soit plus près. Elle voulait qu'il l'embrasse.

Elle ferma les paupières et leurs lèvres se rencontrèrent un court instant pour une caresse aussi légère et douce que l'effleurement des ailes d'un papillon. Les nerfs en pelote, Brooke attendait autre chose.

Enfin, il lui accorda ce qu'elle désirait tant.

Elle sentit les mains de Matt lui encadrer le visage avant qu'il ne lui donne un baiser digne de ce nom. Elle lui répondit avec passion, tout entière tendue vers lui, brûlant d'un feu qui couvait en elle depuis longtemps et qu'il venait de réveiller brusquement.

Plus question de se demander si ce qu'ils faisaient était

bien ou mal. Sa tête était vide de toute question. Rien d'autre ne comptait plus pour elle que ce baiser.

Timidement, elle l'enlaça et sentit contre elle les muscles fermes de Matt. La tension qu'elle percevait chez lui signifiait clairement qu'il la désirait. Elle ne s'y attendait pas. Jusque-là, elle avait cru que l'attirance qu'elle éprouvait pour lui était à sens unique. En ce moment, elle était sûre qu'elle s'était trompée.

Qu'allait-il se passer maintenant ? Allaient-ils s'en tenir à ce baiser passionné ? Elle voulait bien davantage. Elle voulait prendre tout ce qu'il pouvait lui offrir et tout lui donner d'elle en échange. Au diable le futur !

Pourtant, il leur faudrait encore travailler ensemble. Ils avaient chacun un enfant… Ils devaient se conduire en adultes responsables.

À regret, elle mit fin au baiser et, s'écartant un peu, le regarda dans les yeux.

— Matt… ne cédons pas à une impulsion.

Il hocha la tête et desserra son étreinte.

Brooke sentit alors une déception cruelle l'envahir. Elle était en feu l'instant d'avant et, au lieu de se laisser aller à flamber comme une torche, elle avait jeté de l'eau sur les braises pour les éteindre. Elle se détestait de l'avoir fait !

— Tu as raison, dit-il en plaquant son dos contre le mur de la cuisine.

Elle fit de même.

— Nous sommes collègues, nous devons…

En fait, elle ne savait plus quoi dire. Tout son corps lui commandait d'oublier ses scrupules et de recommencer à l'embrasser.

— Nous devons nous montrer raisonnables, c'est ça ? acheva Matt.

— Oui.

Non !

Ils se regardèrent encore un instant puis, brusquement, ils se jetèrent à nouveau dans les bras l'un de l'autre. Plaquée contre Matt, Brooke entrouvrit la bouche et leurs langues avides jouèrent un long moment la joute délicieuse des amoureux.

Brooke gémissait de volupté. Elle avait besoin de Matt. Un besoin intense, irrésistible. En ce moment, elle se moquait de toutes les conséquences que son abandon pouvait entraîner. Elle le désirait trop ardemment pour se soucier de quoi que ce soit d'autre. Toutes ses hésitations venaient de s'envoler aussi vite que sa robe de chambre qui avait glissé sous les doigts de Matt.

Elle sentait le sexe de Matt se presser contre son ventre. Pourquoi résister encore ? Elle releva le T-shirt de Matt et le lui fit passer par-dessus la tête.

Quel pouvoir possédait cet homme pour la plonger dans une telle ivresse ? Jamais elle n'avait éprouvé pareille ardeur avec Eric qui était pourtant le père de son enfant. Matt avait passé les mains sous le grand T-shirt qui lui servait de chemise de nuit. En sentant leur chaleur sur sa peau nue, sur ses seins, elle eut l'impression de naître à la vie. Oui, c'était la première fois qu'elle se sentait complètement, totalement vivante.

Jamais, avec aucun homme, elle n'avait éprouvé cette urgence, ce désir qui la faisait trembler, cette ardeur brûlante. Était-ce l'amour qu'ils avaient éprouvé pour la même personne qui les rapprochait ainsi ?

La mort de Jen les avait laissés tous deux traumatisés, solitaires, parents isolés obligés d'affronter les mêmes difficultés dans l'existence et dans le monde du travail. Était-il vrai que les gens blessés par la vie recherchaient la compagnie de leurs semblables ?

Non, il y avait davantage. Ils étaient comme les deux moitiés d'un même coquillage. Voilà pourquoi c'était si facile de se laisser aller contre Matt. Lui seul pouvait lui apporter le sentiment de complétude parfaite qu'elle découvrait dans ses bras.

Matt glissa une jambe entre les siennes et la force de son désir la fit gémir de volupté. Oui, ce qu'ils faisaient était bien, elle en était certaine maintenant. S'ils avaient échoué à conserver leurs distances, c'était parce qu'ils devaient trouver l'apaisement dans les bras l'un de l'autre.

Brooke s'interdit de réfléchir plus avant. Peu importait si son expérience lui avait appris qu'elle ne savait pas retenir l'attention des personnes qui comptaient pour elle. Qu'elle finissait toujours par être abandonnée et se retrouvait seule…

Ce qui comptait, c'était ce qu'elle vivait en ce moment. Le futur ne comptait pas, elle l'affronterait le moment venu.

Mais pas aujourd'hui.

Car l'instant présent avait un goût de paradis.

Matt se réveilla dans le lit de Brooke. Il faisait encore nuit, mais depuis qu'il était militaire il avait pris l'habitude de se lever de bonne heure, histoire d'échapper à l'irruption brutale et bruyante du sergent de service dans la chambrée.

En fait, il aimait le moment qu'il s'accordait dans son lit pour se préparer mentalement aux diverses tâches qui l'attendaient. Cette routine lui avait bien rendu service après la mort de Jen, quand il avait dû s'habituer à prévoir tout ce dont Lily aurait besoin au cours de la journée. Sans oublier de réserver un moment pour les courses et la promenade qu'il aimait faire avec elle et qui lui évitait de rester enfermé chez lui à ressasser son malheur.

Le chagrin, la culpabilité, les soucis… Autant de monstres chronophages auxquels il ne souhaitait pas accorder de place dans sa vie. Tout au moins tant que l'acuité de son deuil n'aurait pas diminué de façon notable.

En ouvrant les yeux, il ne reconnut ni sa chambre ni son lit, et il mit un moment à se rappeler où il se trouvait. Il comprit alors qu'il tenait Brooke lovée dans ses bras. Il respira son parfum, son odeur, et son cœur se mit à battre plus vite.

Elle était si belle, avec ses longs cheveux châtains épars sur l'oreiller, ses épaules rondes, si féminines, et son corps souple allongé contre le sien.

Ils avaient passé ensemble une nuit merveilleuse, pleine de

tendresse et de volupté. C'était un cadeau auquel il ne s'attendait absolument pas. D'autant moins qu'il avait commencé la nuit en se tournant et se retournant dans son lit dans la chambre voisine, à se reprocher d'éprouver des sentiments amoureux pour une femme qui n'était pas son épouse.

Bien sûr, au fur et à mesure de leur fréquentation, il avait senti qu'elle l'attirait de plus en plus, mais il s'était juré de contrôler cette attraction parce qu'elle lui paraissait déplacée.

Malheureusement, lors de la soirée du feu d'artifice, il avait perdu pied. Le présent s'était évanoui et il s'était retrouvé plongé dans les horreurs qu'il avait connues en Afghanistan. Les sifflements et les explosions de la fête avaient ramené devant ses yeux les deux camions soufflés par une bombe et ranimé la panique qui s'était emparée de lui quand il avait compris qu'à tout moment une balle pouvait lui transpercer le cœur.

Puis Brooke l'avait ramené au présent. La main qu'elle avait posée sur son visage, sa voix douce mais ferme, son insistance à l'obliger à la regarder l'avaient arraché à sa terreur. L'avaient forcé à respirer, à reprendre pied dans la réalité...

Il avait alors éprouvé un immense sentiment de reconnaissance qui s'était encore accru quand elle l'avait invité chez elle. La perspective de se retrouver seul à lutter contre ses visions torturantes et ses angoisses une fois que Lily serait couchée l'avait incité à accepter tout de suite.

C'était cela et non le dessein de finir la nuit dans son lit qui l'avait conduit chez Brooke. Il avait réellement souhaité rester avec elle en tout bien tout honneur, simplement pour profiter de sa présence apaisante. Juste pour cette nuit, afin de chasser les fantômes qui ne manqueraient pas de revenir l'assaillir s'il était seul pour les affronter.

Quand il s'était levé pour aller chercher un verre d'eau, il avait failli retourner dans sa chambre en découvrant de la lumière dans la cuisine. Il ne l'avait pas fait. Il avait eu envie de la voir.

Et puis, il l'avait embrassée.

Encore une fois, c'était elle qui avait été forte, qui avait essayé de les arrêter sur la pente où ils s'étaient engagés. Il avait essayé, mais le goût des lèvres de Brooke avait réveillé dans son corps un désir de volupté. Tout en lui criait qu'elle était l'autre moitié de lui-même, qu'elle était celle qui pouvait le sauver.

Alors, comme le noyé qui s'agrippe à la bouée qu'il aperçoit, il avait chassé de sa tête toute pensée raisonnable pour se laisser aller au bonheur de l'étreinte de Brooke, de ses baisers et de sa chaleur.

Mais voilà que la lumière froide du jour commençait à filtrer derrière les rideaux. Et avec elle, ses vieux compagnons, le doute et la culpabilité, préparaient leur retour.

J'ai enterré ma femme il y a quelques mois à peine et je suis déjà dans le lit d'une autre…

Brooke croyait qu'il était fort, mais elle se trompait. Il était faible et il venait de le prouver. Coucher avec elle aurait pu être la réalisation d'un rêve mais, maintenant que la réalité reprenait ses droits, il se sentait plongé dans un cauchemar. Torturé par la certitude qu'il était allé trop loin.

Elle l'avait invité à passer le dimanche avec elle. Ce serait délicieux, il n'en doutait pas. Les petites filles s'amuseraient beaucoup toutes les deux, mais il fallait qu'il revienne à la réalité.

Il ne pouvait pas rester ici, dans cette bulle de bonheur, bien au chaud, serré contre le corps tiède de Brooke. Déjà, le désir qu'il avait d'elle se réveillait, l'envie de refaire l'amour avec cette femme si douce le taraudait, mais il savait que ce ne serait pas bien, que ce serait profiter de la situation. Brooke avait essayé de le refréner hier soir, elle avait eu raison. C'était à lui maintenant de se ressaisir pour lui prouver qu'il était bien l'homme courageux qu'elle imaginait.

Doucement, il roula sur le côté et se laissa glisser hors du lit puis se figea pour s'assurer qu'il ne l'avait pas réveillée. Sa répugnance à partir ne faisait qu'augmenter mais il ne céderait pas.

Il s'éloigna sur la pointe des pieds, se crispa en entendant la porte grincer et fila récupérer ses vêtements. Lily commençait à remuer dans son lit et à se frotter les yeux avec ses petits poings.

Un coup d'œil sur sa montre lui indiqua qu'il était 6 h 30. Lily était fidèle à son horaire habituel. Il n'avait pas la moindre idée de l'heure à laquelle Morgan et Brooke émergeraient. Le mieux était de prendre Lily avec lui avant qu'elle ne soit complètement réveillée et de filer en douce.

Tout de même, avant de récupérer sa fille, il s'accorda le temps d'écrire un petit mot pour Brooke sur un carnet qu'il trouva posé à côté du téléphone dans l'entrée. Il s'efforça de le faire amical, lui disant qu'il avait besoin de passer chez lui, qu'il avait préféré la laisser dormir tranquillement et qu'ils se retrouveraient le lendemain à l'hôpital.

En relisant son texte, il se demanda s'il avait su le rédiger de manière à ce que Brooke ne se sente par rejetée. Elle était sensible sur le sujet et il ne voulait surtout pas qu'elle puisse le rajouter à la liste des hommes qui l'avaient blessée.

Le message lui parut correct. Parfait. Ils allaient se comporter en adultes sensés et tirer un trait sur cette transgression de leurs principes.

Ils étaient tout à fait capables de le faire.

En tout cas, c'était ce qu'il voulait croire.

8.

Tout au long de la journée du dimanche, Matt s'était efforcé de chasser de son esprit la nuit passée avec Brooke. Sans succès. Tout ce qu'il avait réussi à faire, c'était à se souvenir de la douceur de son corps, du parfum de ses baisers et des petits cris de volupté qu'elle avait poussés pendant qu'ils faisaient l'amour.

Oui, cette nuit avait été brûlante de sensualité. Il savait qu'il ne l'oublierait jamais.

Afin de se changer les idées, il avait décidé de faire une grande promenade avec Lily et de laisser son téléphone à la maison. Ils avaient pris le bus jusqu'à Trafalgar Square où ils avaient nourri les pigeons. Ensuite, ils avaient déjeuné dans une petite cafétéria et avaient marché dans Covent Garden.

Sans cesse, quand il parlait à Lily, quand il riait avec elle, il avait pensé à Jen et s'était reproché de continuer à vivre et à prendre du bon temps alors qu'elle n'était plus là. C'était comme s'il l'abandonnait.

Ils avaient fait tant et tant de rêves d'avenir ! Et où en était-il maintenant ? Il lui avait succédé à son poste, dans le même service, comme si ce triste tour de passe-passe pouvait lui permettre de rester avec elle. Il avait voulu parler avec ceux qui avaient été ses collègues et rencontrer le Dr Bailey qu'elle appréciait tant et sur laquelle il lui avait fait la promesse de veiller.

Sans doute était-il allé un peu trop loin…

Le lundi matin, de retour à l'hôpital, en attendant de prendre son service, il feuilletait une revue médicale.

Chaque jour, de nouvelles thérapies étaient mises au point, de nouveaux médicaments découverts. Partout, le monde avançait. Médecins et professeurs s'appliquaient à améliorer le futur, parfois en prenant des risques.

Au détour d'une page, son regard fut attiré par une petite annonce provenant de l'hôpital de la ville d'Auckland.

Auckland, en Nouvelle-Zélande…

C'était là que Jen avait passé son année sabbatique. Elle avait tellement aimé cette ville qu'ils avaient envisagé d'y partir ensemble et de s'y installer avec leur fille.

Il réfléchit un instant. Projeter de partir là-bas, était-ce aller de l'avant ou, au contraire, revenir en arrière ? Il ne savait pas trop. C'est un rêve qu'il avait partagé avec Jen, mais elle n'était plus là alors qu'il continuait à vivre.

Est-ce que s'il postulait pour ce poste maintenant qu'il était seul, ce serait positif pour Lily ?

Il souhaitait pour elle un avenir stable et c'était pour cette raison qu'il avait pris un poste à l'hôpital. Changer de pays n'impliquait pas seulement de faire ses valises et de monter dans un avion. Cela voulait dire aussi laisser des gens derrière lui et une vie qu'il avait commencé à bâtir.

Que devait-il faire ?

— Alors, Matt, à la recherche d'un nouveau poste ? demanda Kelly en jetant un coup d'œil par-dessus son épaule. Est-ce que ça veut dire que nous avons déjà réussi à te rendre fou ?

Il leva la tête en souriant.

— Je ne sais pas trop…

Elle se rapprocha de lui, son stéthoscope autour du cou.

— Waouh, la Nouvelle-Zélande ! C'est un beau pays. Peut-être que je devrais envoyer un dossier moi aussi, histoire de te faire un peu concurrence ?

Il se mit à rire.

— Je ne sais pas quoi faire. Jen et moi avions pensé partir

travailler là-bas et offrir à Lily une enfance dans un pays tout neuf et magnifique.

— C'était une bonne idée. Mais fais-le tout de suite, pendant qu'elle est encore petite. Elle s'adaptera très facilement et ne se rappellera rien de l'Angleterre.

Ah… Une chose à laquelle il n'avait pas pensé. Lily ne se souviendrait de rien, mais lui, oui. Jamais il n'oublierait les personnes merveilleuses qu'il avait rencontrées ici. Partir signifiait aussi quitter Brooke.

Ne serait-ce pas renier la promesse qu'il avait faite à Jen ?

Il jeta le journal sur la table.

— C'était juste amusant d'y penser. Mais, dis-moi, Kelly, tu as peut-être envie de te débarrasser de moi ?

— Oh là là, sûrement pas ! Qu'est-ce que le service deviendrait sans toi ?

Sur ces entrefaites, Brooke pénétra dans la pièce, le visage fermé, et se dirigea tout droit vers son placard.

Matt se leva pour aller la saluer.

— Bonjour, Brooke.

Elle ne le regarda même pas. Ouvrant son casier, elle prit le matériel dont elle avait besoin, rangea son manteau puis referma le battant et sortit sans avoir prononcé un seul mot.

— Diable ! Qu'est-ce que tu as bien pu lui faire ?

— Je crois que j'ai des excuses à lui présenter.

Compatissante, Kelly lui tendit une tasse de thé qu'elle venait de préparer.

Matt la but d'un trait.

La journée s'annonçait mouvementée…

Brooke n'en croyait pas ses oreilles. Il lui avait dit bonjour comme si rien ne s'était passé ! Comme s'il ne s'était pas enfui de chez elle en lui laissant un mot stupide.

Il avait pourtant été d'accord pour passer le dimanche avec elle. Elle avait déjà fait des plans pour que la journée se déroule au mieux. Une promenade avec les bébés, un bon repas, une tasse de café italien… Rien de spécial, simplement des choses qu'ils pouvaient faire ensemble.

Et puis… Ils avaient fait l'amour, ce qui n'était pas prévu, et elle avait connu la plus extraordinaire expérience de toute sa vie. Jamais un homme ne l'avait ainsi comblée. On aurait même dit que…

Qu'il l'aimait.

Elle se trompait sans doute, mais il avait eu une façon de lui faire l'amour qui allait bien au-delà du simple sexe. Il s'était montré doux, tendre, attentif. C'était comme si elle avait trouvé la moitié d'elle-même qui lui manquait sans en avoir jamais eu conscience.

S'endormir dans ses bras avait été merveilleux. Sentir leurs deux corps allongés l'un dans la chaleur de l'autre lui avait donné un sentiment de sécurité totalement inconnu jusque-là. Elle tremblait encore d'émotion en se souvenant de son odeur, de son corps musclé contre le sien…

Elle s'était réveillée en souriant. Puis, elle avait compris qu'elle était seule dans le lit. Les draps étaient froids.

En se levant, elle avait découvert qu'elle était nue. Or, elle ne dormait jamais nue. Son corps lui paraissait las, mais d'une lassitude très agréable. Allons, elle n'avait pas rêvé…

Matt était peut-être dans la cuisine ?

Réconfortée, elle était retournée dans le lit et s'était calée contre les oreillers, s'attendant à le voir apparaître d'une minute à l'autre. Peut-être même, puisque les bébés n'étaient pas encore réveillés, pourraient-ils…

Elle ne regrettait absolument pas ce qui s'était passé. Matt n'était pas le genre d'homme qui pouvait la laisser tomber. On ne quittait pas quelqu'un avec qui on venait de vivre pareille nuit d'amour.

Alors elle avait attendu. Longtemps. Au bout d'un moment, elle avait commencé à se douter que quelque chose n'allait pas. Elle s'était levée, avait enfilé sa robe de chambre et… découvert que Matt n'avait laissé derrière lui qu'un mot écrit à la va-vite sur un bout de papier.

Brooke,

Désolé, mais je dois partir. Nous avons dépassé les limites hier soir. Jamais je n'aurais dû permettre ce qui s'est passé entre nous.

Je n'ai pas voulu te réveiller ce matin. Tu nous avais proposé de passer la journée avec toi et Morgan mais je pense vraiment que nous devons respecter nos frontières, voilà pourquoi je préfère m'en aller. Nous nous retrouverons au travail lundi.

Merci encore mille fois pour ton invitation.

Matt

Merci mille fois ? C'était tout ce qu'il trouvait à lui dire après ce qu'ils avaient partagé la nuit dernière ?

C'était une véritable insulte. Elle avait essayé de l'appeler sur son mobile mais, chaque fois, elle était tombée sur le répondeur. Elle lui avait laissé un message. Puis un autre un peu plus tard. Ensuite, elle avait arrêté. Pas question de passer pour une obsédée !

Il allait l'appeler certainement. Ce qu'ils avaient vécu signifiait forcément quelque chose pour lui aussi. D'accord, ils avaient dépassé les limites prévues, mais c'était d'un commun accord.

Tout de même… Matt voyait peut-être les choses autrement ? Peut-être s'était-elle complètement trompée sur le sens de ce qui s'était passé ? Elle était si assoiffée d'amour qu'elle avait sans doute pris sa gentillesse pour plus qu'elle n'était. En tout cas, être abandonnée de cette façon si cavalière était franchement horrible.

Au fur et à mesure que le silence de Matt s'était prolongé, elle s'était sentie de plus en plus en colère. Elle avait commis une erreur grossière en le croyant différent. En fait, il avait couché avec elle et l'avait laissée tomber comme un vieux chiffon juste après.

Comment avait-il osé se comporter de cette manière ? Elle en était bouleversée, chagrinée, blessée.

Il avait besoin de réconfort et s'est servi de moi pour l'obtenir. J'ai été utilisée une fois de plus.

Dans le fond, ce n'était même pas la peine de lui dire quoi que ce soit. Son père s'était comporté avec elle de façon ignoble, et il le savait, il savait aussi à propos d'Eric, alors, à quoi bon ? Elle n'avait rien à ajouter.

Mais un instant plus tard, elle recommençait à se poser des questions. Fallait-il piquer une colère, lui donner une gifle ou ne plus jamais lui adresser la parole ? Sans compter que tout cela la renvoyait à sa relation à Jen. Elle avait couché avec le mari de sa meilleure amie… Non, franchement, elle avait dû perdre la tête pour en arriver là.

Pourtant, ils devaient travailler ensemble. Le service devait marcher aussi bien que d'habitude. Dans ces conditions, elle avait estimé que la meilleure tactique à adopter était de rester silencieuse. Tout au moins jusqu'à ce que se présente l'occasion de lui régler son compte. À ce moment-là, elle saurait quoi lui dire !

Elle était donc partie tout de suite retrouver ses patients, bien déterminée à remplir sa journée en allant de l'un à l'autre. Comme elle n'avait plus besoin d'en référer au major Galloway, elle pouvait très bien passer la journée sans entrer en contact avec lui.

— Sarah Greenwood ?

Une jeune femme se leva et Brooke la conduisit jusqu'à l'une des cabines de consultation.

— Qu'est-ce qui vous amène à consulter, madame Greenwood ?

— Eh bien… j'ai très mal au ventre. On dirait que quelque chose à l'intérieur de moi a envie d'éclater. Je me sens… gonflée.

— Il y a longtemps que vous ressentez ce malaise ?

— À peu près deux semaines. Mon généraliste ne peut pas me recevoir pour l'instant et je ne veux plus attendre. J'ai besoin de savoir ce qui m'arrive.

— Est-ce que vous avez mal dans tout l'abdomen ou plutôt d'un côté ?

— Il me semble que c'est plutôt du côté gauche.

— C'est une douleur diffuse ou aiguë ?

— Ça dépend de ce que je fais.

Brooke prit la tension de la patiente.

— Y a-t-il une chance pour que vous soyez enceinte ?

— Non. Je n'ai pas de compagnon en ce moment.

— Quand avez-vous eu des relations sexuelles pour la dernière fois ?

Le visage de la patiente rougit.

— Il y a plus d'un an.

— Si vous le permettez, je vais examiner votre abdomen.

Quand elle eut terminé, comme plusieurs possibilités se profilaient, Brooke décida de faire passer une échographie à sa patiente.

— J'ai peur qu'il s'agisse de quelque chose de sérieux, dit cette dernière. Ma mère a eu un cancer des ovaires et je me rappelle que ça a commencé de la même façon. Vous comprenez, je suis jeune encore, et j'aimerais avoir des enfants.

Brooke avait écouté attentivement. L'histoire de la famille ne laissait présager rien de bon, mais ne condamnait pas pour autant Sarah à souffrir de la même pathologie. Il s'agissait peut-être seulement d'un kyste, ce qui dans la plupart des cas était facile à traiter.

— Vous-même avez des enfants, docteur ?

— Oui, j'ai une petite fille.

— Quelle chance ! Je n'ai pas encore rencontré d'homme qui ait envie de rester avec moi pour faire un enfant…

Brooke réprima un soupir. N'était-elle pas logée à la même enseigne, avec Eric qui avait disparu de sa vie et Matt qui ne valait pas mieux ? Dire qu'elle se croyait capable d'éviter les lâcheurs… Son radar devait être hors-service. Comment diable se débrouillait-elle pour toujours tomber sur ce genre d'homme ? « Naïve et en manque d'amour » devait être écrit sur son front !

Brooke posa une main rassurante sur le bras de sa patiente.

— Ne vous inquiétez pas, nous sommes là pour nous occuper de vous. Je vais tout de suite vous faire une prise de sang pour voir si vous n'êtes pas atteinte d'une maladie sexuellement transmissible.

— Oh ! sûrement pas !

— Utilisiez-vous une protection à chaque rapport ?

— Non.

— Aviez-vous un seul partenaire ?

La patiente esquissa une grimace.

— *Moi*, oui !

— Je comprends…

Brooke se leva pour aller chercher le matériel nécessaire à la poursuite de l'examen. Dans le couloir, une voix résonna à ses oreilles.

— Docteur Bailey ?

Matt… Avant de se tourner pour lui répondre, elle ferma les yeux et s'exhorta au calme.

— Oui ?

— Est-ce que vous pourriez m'accorder un moment pour que nous parlions ?

— Je suis occupée avec une patiente.

— C'est important, docteur Bailey.

— Ma patiente *aussi* est importante, major Galloway.

Puis elle retourna auprès de Sarah Greenwood, très fière d'avoir réussi à rester polie et de ne pas avoir regardé Matt dans les yeux. Si cela s'était produit, elle se serait sans doute troublée et elle voulait rester en colère. D'une certaine façon, cela l'aidait à moins souffrir.

L'échographie de Sarah Greenwood révéla la présence d'un gros kyste sur l'ovaire gauche. Étant donné l'antécédent familial, Brooke rassura sa patiente mais estima sage de l'envoyer consulter un spécialiste qui lui ferait passer des examens complémentaires.

Comme elle regagnait son bureau, Matt la rattrapa, Kelly dans son sillage.

— Docteur Bailey, j'ai besoin de vous tout de suite et, cette fois, il ne s'agit pas d'une question personnelle. Une grave collision vient de se produire et certaines personnes sont incarcérées dans leur véhicule. L'équipe de sauveteurs sur place demande des médecins pour les aider. Je m'adresse à vous et à Kelly parce que vous êtes les plus expérimentés de mon équipe.

— D'accord, je vous suis.

Brooke se hâta d'attraper la veste qui la signalerait comme médecin et la sacoche prête en permanence pour ce genre d'intervention, puis tous trois se dirigèrent vers les lieux de l'accident dans une ambulance pourvue d'un gyrophare et d'une sirène. Pendant le trajet, Brooke s'appliqua à rassembler son courage car, pour avoir déjà eu l'occasion de participer à ce genre de mission, elle savait que le spectacle qui allait s'offrir à ses yeux serait une fois de plus atroce.

Quand ils arrivèrent, un camion de pompiers se trouvait déjà sur les lieux, où ils découvrirent qu'un poids lourd avait violemment percuté une voiture avant de défoncer le mur d'un café.

Le pompier responsable de l'équipe les dirigea vers les blessés.

— Le chauffeur du camion a eu un malaise cardiaque. Mes hommes ont pratiqué la respiration artificielle pendant vingt minutes mais il n'est pas revenu à lui. Deux autres hommes l'accompagnaient. Ils sont blessés tous les deux, mais cela paraît assez superficiel. Quant à la conductrice de la voiture, elle est prisonnière de son véhicule, et nous sommes en train de la désincarcérer. Il y a de nombreux blessés à l'intérieur du café, en particulier une femme enceinte qui a reçu un coup à l'abdomen.

Matt hocha la tête. Son plan d'intervention était déjà prêt.

— Je vais m'occuper du chauffeur. Docteur Bailey, allez auprès de la conductrice, et vous, Kelly, allez faire une première reconnaissance des blessés dans le café. Je vous rejoins dès que possible.

Brooke se hâta vers la voiture dont le capot était complètement enfoncé et dont les pompiers essayaient d'ouvrir le toit pour en extraire la conductrice. Voyant qu'un pompier lui maintenait la tête, Brooke sortit la minerve de son kit.

— Dites-moi où vous avez mal.

— Au cou… et à la jambe.

— Je vais palper votre cou et vous placer une minerve. Dites-moi bien ce qui vous fait souffrir.

— Je ne sais pas exactement.

— Avez-vous du mal à respirer ?

— Non.

C'était bon signe. Brooke constata que le moteur avait été enfoncé et pesait sur la jambe gauche de la jeune femme qui était couverte de sang.

— Pouvez-vous remuer les orteils ?

— Oui.

— Sentez-vous vos deux pieds ?

— Oui, mais j'ai mal à la jambe.

— C'est normal, elle est coincée par le moteur. Ne vous inquiétez pas, nous allons vous sortir de là.

Les pompiers installèrent une couverture sur la conductrice pour la protéger des morceaux de fer et de verre qui allaient tomber pendant qu'ils découpaient le toit.

Brooke prit la main de sa patiente entre les siennes.

— Voulez-vous que je prévienne quelqu'un ?

— Oui. Mon mari doit s'inquiéter de mon retard.

Brooke composa le numéro indiqué.

— Personne ne répond pour l'instant. J'essayerai à nouveau dans quelques instants.

Une fois le toit retiré, Brooke contourna le véhicule pour mieux apercevoir la jambe de l'accidentée. Il faudrait faire une radio et poser quelques points de suture, c'était de la routine. Par contre, le cou de la blessée l'inquiétait davantage.

Pendant que les pompiers travaillaient à dégager la jambe de la jeune femme, Matt s'approcha pour avoir un rapport sur la situation.

Brooke s'appliqua à répondre de la manière la plus mécanique et professionnelle possible. Pour l'instant, sa colère devait être mise de côté.

Matt lui parut très calme. Sans doute était-il habitué à ces scènes d'horreur, ce qui lui permettait de garder une certaine distance par rapport aux cris et aux plaintes des blessés pour ne penser qu'à l'efficacité de son intervention. Oui, il était un excellent médecin.

Ce qui ne l'empêche pas de s'être comporté comme un goujat...

Une fois la jeune femme libérée de sa voiture, Brooke lui administra les premiers soins de manière à éviter toute perte de sang supplémentaire avant qu'elle ne soit prise en charge par le service des urgences de l'hôpital.

Quand elle eut terminé, elle se débarrassa des gants qu'elle venait d'utiliser, en enfila d'autres et, munie de son sac de premiers soins, partit rejoindre Kelly à l'intérieur du café.

Brooke se dépensait sans compter, allant d'un blessé à un autre, évaluant les blessures, posant des garrots, des pansements, distribuant des sourires de réconfort, tenant la main de ceux qui étaient terrorisés.

Matt la regardait faire, heureux de lui avoir demandé de l'accompagner et espérant qu'elle lui donnerait une occasion de s'expliquer. Il l'avait offensée et cela le mettait mal à l'aise car il n'était pas le genre d'homme à se montrer indifférent à la sensibilité de son entourage.

Il était en train d'accompagner à l'extérieur le blessé allongé sur un brancard à qui il venait de placer une attelle à la jambe quand un énorme grondement le fit se retourner.

La toiture du café venait de s'écrouler dans un fracas tonitruant. Tout autour de lui, des nuages de poussière, des amas de briques et, à sa gauche, Kelly qui sortait d'une ambulance. Mais où était Brooke ? Était-elle restée à l'intérieur ?

Il se précipita vers l'entrée du café mais un pompier l'empêcha d'entrer.

— Vous ne pouvez pas y aller, c'est trop dangereux !

— Un médecin de mon équipe se trouve à l'intérieur !

— Nous devons d'abord sécuriser la scène. Éloignez-vous.

Le pompier le repoussa avec fermeté tandis que Matt ne cessait de penser à tous les blessés qui se trouvaient au milieu des décombres. Et Brooke ! Était-elle enfouie sous les gravats ? Était-elle blessée ?

Aurait-il jamais la chance de lui présenter ses excuses ?

Il s'élança en avant mais le pompier qui le surveillait plaça une main sur sa poitrine.

— Interdiction d'avancer !

Lorsque, enfin, les pompiers eurent fini de disposer des étais et l'autorisèrent à s'avancer au milieu des plâtras qui jonchaient le sol, Matt se précipita, fou d'inquiétude, à la recherche de Brooke.

Après avoir croisé plusieurs personnes qui enjambaient les décombres pour regagner la rue, il l'aperçut qui bouclait son sac de sauvetage et le jetait sur son épaule.

Le soulagement qu'il éprouva à ce moment-là fut presque palpable.

— Dieu soit loué, tu es indemne ! Quand le toit s'est effondré, je…

Il avala péniblement sa salive.

— Je… Tu es saine et sauve, c'est l'essentiel. Il faut que je te parle, Brooke.

— Pour l'instant, j'ai besoin de boire et de prendre une douche. Nous verrons ensuite.

— D'accord.

Après l'avoir soulagée du sac qu'il accrocha à sa propre épaule, il la prit par la main et la guida jusqu'à la sortie. Ensemble, ils enjambèrent les décombres et clignèrent des yeux en retrouvant la lumière du jour.

Une fois à l'extérieur, ils rejoignirent Kelly, qui parut surprise de les voir main dans la main mais ne dit mot.

— Merci à toutes les deux, déclara Matt. Vous avez fait un travail sensationnel. Nous n'avons qu'un seul décès à déplorer, le conducteur du camion, victime d'un infarctus brutal qui lui a malheureusement fait perdre le contrôle de son véhicule.

L'embuscade en Afghanistan où il avait bien cru perdre la vie lui revint à l'esprit. On ne savait jamais à quelle heure le destin allait frapper. Il avait survécu et c'était Jen qui était morte brutalement. Depuis, il avait fait la connaissance de Brooke. Allait-il laisser passer cette occasion de retrouver le bonheur ?

9.

Plus tard, assis dans son bureau pendant que Brooke prenait une douche, Matt sentait son esprit s'affoler. Comment avait-il pu laisser des sentiments pour une autre femme s'enraciner en lui de manière aussi profonde ? Bien sûr, il avait toujours pensé qu'un jour ou l'autre une nouvelle compagne trouverait sa place dans sa vie, mais pas aussi vite. Et certainement pas la meilleure amie de Jen.

C'était la rapidité avec laquelle cela était arrivé qui le laissait démuni. Tout à l'heure, devant le café détruit, quand il avait pensé que Brooke était peut-être ensevelie sous les décombres, il avait failli s'évanouir de douleur.

Son regard se posa sur le journal qu'il consultait un peu plus tôt dans la matinée, sur l'offre si tentante d'un poste à l'hôpital d'Auckland.

C'était une proposition très alléchante. Imprévue. Un rêve qu'il avait fait autrefois, avec Jen. Qu'est-ce qui serait le mieux pour Lily ? Une vie fabuleuse en Nouvelle-Zélande ou la poursuite ici d'une existence qui devenait de plus en plus compliquée pour lui ? Avait-il le droit de laisser Brooke faire partie de sa vie au point qu'elle jouerait un rôle de mère pour Lily à la place de Jen ?

Cette perspective lui donnait l'impression de trahir Jen. La présence de Brooke dans sa vie l'empêcherait-elle de parler librement de Jen à Lily ? De lui montrer les photos qui prouvaient à quel point elle lui ressemblait ?

Il reprit le journal et lut l'annonce une nouvelle fois.

Si je les appelais, juste pour demander quelques informations supplémentaires ?

S'il partait, il quitterait Brooke, mais peut-être était-ce précisément ce dont ils avaient besoin pour prendre un nouveau départ ? En restant au London Grace Hospital, il s'était mis à la place de Jen dans l'espoir que le fait de connaître ses collègues, son amie, lui permettrait de la garder vivante en lui. Son attirance pour Brooke était une erreur. Il avait cédé au désir qu'il éprouvait et il se le reprochait. Ce n'était pas bien.

Mais était-ce mieux de partir pour la Nouvelle-Zélande ? Là encore, c'était le rêve de Jen, bien plus que le sien. Il lui fallait vivre sa propre vie ! Ceci dit, lui aussi avait eu envie d'émigrer…

Il se sentait complètement perdu. Qu'est-ce qui serait le mieux pour Lily ? Pour lui ? Il ne savait plus que penser.

Finalement, il regagna son bureau, ferma la porte et décrocha le téléphone sans trop se soucier du décalage horaire. Si personne ne répondait, il laisserait ses coordonnées et on le recontacterait.

En fait, il y avait bien quelqu'un au bout du fil. Alors, un peu surpris de sa hardiesse, il se mit à poser toutes les questions qui lui venaient à l'esprit au sujet du poste disponible.

Cette douche était tout simplement divine ! Brooke se tenait debout, immobile sous le jet chaud qui détendait ses muscles douloureux et la débarrassait de la poussière et du plâtre qui la recouvraient depuis l'effondrement de la toiture du café.

À un moment donné, elle avait vraiment pensé qu'elle allait mourir.

Elle était en train de panser une plaie profonde à la jambe d'un blessé quand elle avait entendu une sorte de craquement suivi d'une plainte étrange, un peu comme si le monde s'apprêtait à s'écrouler. Ensuite, elle avait eu l'impression que le ciel lui tombait sur la tête.

Elle avait eu le réflexe de s'allonger sur le blessé pour le protéger, avec une seule pensée en tête : *Morgan !*

Sa petite fille qui l'attendait à la crèche de l'hôpital. Morgan qui devrait peut-être grandir toute seule, sans sa mère et sans son père.

Qui s'occuperait d'elle ?

Ensuite, elle avait pensé à Lily qui était privée de sa mère mais qui avait un père aimant et dévoué. Tout en toussant à cause de la poussière et en essuyant la saleté sur son visage, elle avait commencé à se demander si elle n'avait pas mésestimé Matt.

Dans le fond, ce n'était pas un homme mauvais, elle le savait au fond d'elle-même. Excellent médecin et chef de service, il était aussi un père remarquable, très affectueux envers sa petite fille.

Quant à la nuit qu'ils avaient passée ensemble... Les mufles et les goujats ne font pas l'amour de cette façon, pleine de tendresse et de délicatesse. Entre eux, il y avait eu plus qu'une relation sexuelle. Sinon, il n'aurait pas laissé un mot, même maladroit. S'il n'avait pas répondu à ses coups de fil, c'était que quelque chose l'en avait empêché.

Elle devait lui permettre de s'expliquer. La vie était vraiment trop courte pour s'arrêter à des bêtises. Matt méritait qu'elle lui laisse sa chance.

Il fallait aller le trouver pour parler avec lui. Sortant de la douche, elle s'habilla, attacha ses cheveux en queue-de-cheval et partit le rejoindre.

Il était dans son bureau, occupé à téléphoner. D'un geste de la main, il lui fit signe d'attendre et elle s'exécuta de bonne grâce, heureuse d'avoir l'occasion de discuter.

Malgré elle, elle l'entendit prononcer les mots « Nouvelle-Zélande », « émigrer », et elle se demanda de quoi il pouvait bien parler.

Lorsque, enfin il raccrocha, il parut heureux de voir qu'elle était indemne, sans coupures, hématomes ou autres blessures.

— Tu vas bien ?

— Oui. Un peu fatiguée, mais ça va.

— Je ne savais plus quoi penser quand c'est arrivé…

— Qu'est-ce qui est arrivé, Matt ?

— Eh bien, la toiture du café s'est ef…

— Non. Après la nuit que nous avons passée ensemble. Tu n'as pas répondu à mes coups de fil.

— C'est vrai. Depuis la mort de Jen, je n'ai pas fréquenté de femme et je ne pensais pas le faire avant très longtemps. Pourtant, quand je me suis retrouvé dans tes bras, j'ai eu le sentiment que c'était bien et, en même temps, je me sentais terriblement coupable. C'était une sorte de réflexe de protection, quelque chose d'instinctif que j'ai essayé de justifier en te disant que j'avais besoin de passer chez moi.

— Pourquoi n'as-tu pas répondu à mes messages ?

— Parce que j'avais laissé mon téléphone à la maison. Ce n'était pas un manque de considération pour toi, plutôt une façon de m'excuser auprès de Lily d'avoir trahi le souvenir de sa mère. Les moments que nous avons passés ensemble étaient…

Brooke attendit la suite, espérant qu'il avait éprouvé lui aussi quelque chose de passionné et de profond qui allait bien au-delà du sexe.

— C'était tout simplement magique…, acheva-t-il.

Oui, c'est exactement ce qu'elle avait ressenti elle aussi.

Elle lui sourit.

— Aujourd'hui, au café, quand le toit s'est effondré, j'ai cru que j'allais mourir. J'ai réalisé à quel point la vie tient à peu de chose. J'ai pensé que Lily avait perdu Jen et que Morgan allait me perdre aussi.

— Moi aussi, je t'aurais perdue.

— Matt, je ne veux pas rester en colère contre toi. Cette nuit m'a fait comprendre que nous pouvions vivre ensemble quelque chose de privilégié.

— Brooke…

— Attends, laisse-moi finir !

Elle se pencha vers lui.

— Matt, tu es important pour moi. Je ne m'y attendais pas. Si nous avons une chance de retrouver le bonheur, ne la laissons pas filer. Si tu éprouves pour moi ce que je ressens pour toi, il ne faut pas hésiter.

L'émotion qui l'étreignait tandis qu'elle parlait était violente, lourde d'appréhension. Elle espérait qu'il allait se lever pour la prendre dans ses bras, la presser contre lui et lui dire qu'il l'aimait.

Hélas, il demeura assis derrière son bureau, le visage traversé d'émotions contradictoires.

— Tu as raison, Brooke. Il nous faut sortir de notre zone de confort… Saisir la chance qui se présente à nous.

Bizarrement, Brooke avait l'impression que Matt ne s'adressait pas à elle mais à lui-même. Était-il en train d'essayer de se persuader ? Peut-être avait-il besoin d'un peu plus de temps pour admettre qu'elle souhaitait poursuivre une relation avec lui ?

En tout cas, c'était ce qu'elle souhaitait. Elle avait joué cartes sur table. Ce qu'elle avait vécu dans le passé ne dicterait pas son avenir. Elle allait courir sa chance *en dépit de* ce passé.

Si elle était morte aujourd'hui, Matt n'aurait jamais su ce qu'elle éprouvait pour lui. Il fallait qu'il le sache. Les mots avaient leur rôle à jouer, ils avaient leur propre poids et donnaient à penser.

— Excuse-moi maintenant, j'ai envie de faire un saut à la crèche pour embrasser Morgan.

— Oui, je comprends.

Comme elle allait ouvrir la porte, elle se retourna.

— Au fait, cette histoire de Nouvelle-Zélande, qu'est-ce que c'est ? Est-ce que nous allons accueillir un médecin de là-bas ?

Matt rougit légèrement.

— Non. Je… Je discutais avec un collègue qui envisage d'y partir.

— Quelle bonne idée ! Je me rappelle que Jen parlait de ce pays avec enthousiasme.

Le visage de Matt resta impassible.

— À tout à l'heure, d'accord ?

— À tout à l'heure.

Elle quitta son bureau, satisfaite d'avoir mis les choses au point. Si jamais Matt ne partageait pas ses sentiments, elle souffrirait quelque temps mais elle aurait au moins la satisfaction de s'être montrée honnête. C'était cela qui comptait.

Morgan fut enchantée de la visite inattendue de sa maman. Elle tendit les bras pour être câlinée, ce que Brooke fit avec encore plus de bonheur que d'habitude.

Elle passa un moment ensuite à la regarder jouer avec des blocs de mousse et réalisa cruellement à quel point elles étaient séparées l'une de l'autre pendant de longues heures chaque semaine. Jusqu'à présent, laisser sa fille à la crèche le matin ne la tracassait guère car elle était persuadée de la retrouver le soir. Aujourd'hui, elle ressentait une profonde culpabilité de manquer tant de moments précieux alors que Morgan grandissait si vite. Si elle demandait une semaine de vacances ? Une semaine qu'elles passeraient ensemble ? Matt viendrait la voir et ils prendraient un peu de temps pour eux tout seuls.

À son retour dans le service, elle aperçut Kelly qui avait fait elle aussi partie de l'équipe de sauvetage. Elle s'avança vers elle.

— Le commencement de la journée a été plutôt rude, n'est-ce pas ?

— Tu parles ! répliqua Kelly. C'était dur mais j'ai aimé intervenir sur le terrain. On n'a pas souvent cette occasion dans le service.

Brooke était tout à fait de cet avis. D'habitude, elles voyaient les blessés arriver allongés sur des brancards et elles n'imaginaient pas ce que les ambulanciers vivaient au cours de leur journée de travail.

— Et puis, c'est bon de changer de point de vue, tu ne trouves pas ? Ça permet de rester curieux.

— C'est vrai.

— J'ai l'impression d'ailleurs que notre major est lui aussi en train de chercher du changement.

Brooke fronça les sourcils.

— Qu'est-ce que tu veux dire ?

— Ce matin, il se renseignait au sujet d'un poste en Nouvelle-Zélande. Tu imagines ?

Brooke sentit son sang se glacer dans ses veines.

— Il veut partir là-bas ?

— C'est ce qu'il m'a dit. Il nous manquera, c'est sûr, mais en même temps, on ne peut pas lui reprocher de vouloir essayer de refaire sa vie.

Brooke eut l'impression que son cœur allait exploser dans sa poitrine.

Il m'a menti !

Après tout ce qui s'était passé ce matin, après leur conversation à cœur ouvert, du moins le croyait-elle, la première des choses qu'il avait faites était de se renseigner à propos d'un poste au bout du monde !

C'est donc que je ne compte pas pour lui.

— Brooke, qu'est-ce qui t'arrive ? Tu es toute pâle !

— J'ai un peu le vertige.

— Viens t'asseoir un moment, dit Kelly en avançant une chaise.

— Non, merci. Je crois qu'il vaut mieux que je rentre chez moi. De toute façon, c'est la fin de ma permanence. J'ai besoin de passer un moment avec Morgan. Avec quelqu'un qui m'aime autant que ce que je l'aime.

Elle se hâta de quitter le service, submergée par la colère et le désespoir. Pourquoi ? Pourquoi Matt lui avait-il menti ? Elle avait joué franc jeu, s'était montrée vulnérable, et en réponse à cette mise à nu, il lui avait caché ses projets !

Daisy parut surprise de voir Brooke venir chercher sa fille si tôt.

— Je viens juste de la coucher pour la sieste. Voulez-vous que je la réveille ?

— Oui, s'il vous plaît. Tout de suite.

— Très bien.

Daisy alla chercher le bébé pendant que Brooke se morfondait.

Combien de fois encore un homme se moquerait-il d'elle ?

Plus jamais.

Non, plus jamais, au grand jamais !

— Brooke, je t'en prie ! Ouvre-moi, il faut que je te parle.

À nouveau, Matt frappa vigoureusement contre le battant.

Une porte s'ouvrit derrière lui sur le palier et un jeune homme en pyjama fit son apparition.

— Hé là ! Qu'est-ce qui se passe ? Il y a des gens qui essaient de dormir ici !

Matt le regarda, irrité.

— Vous savez qu'il est 4 heures de l'après-midi ?

— Et alors ? Vous ignorez qu'il y a des gens qui travaillent la nuit ? Brooke est à l'hôpital pour la journée.

— Non, je sais qu'elle est rentrée chez elle.

— Dans ce cas, vous avez dû lui jouer un tour de cochon parce qu'elle n'est pas du genre à laisser les gens dehors.

— Merci pour l'info, marmonna Matt en frappant à nouveau.

Derrière lui, le jeune homme battit en retraite.

— Brooke, je t'en prie, ouvre-moi, je dérange les voisins.

La porte s'ouvrit si brutalement qu'il faillit tomber en avant.

— Brooke, pardonne-moi.

— Tu m'as dit ça si souvent que je pense que ces mots sont dénués de signification pour toi.

— Laisse-moi entrer, je t'en prie. Laisse-moi t'expliquer…

— Non. Je t'ai tout dit. Tout ce que je ressentais. Je me suis mise à nu, complètement. Je t'ai donné l'occasion d'en faire autant. Et en réponse, tu m'as menti. Tu veux partir en Nouvelle-Zélande ? Eh bien, vas-y ! Ne t'inquiète pas pour moi, je me débrouillerai très bien.

Elle allait refermer mais Matt tendit le pied pour l'en empêcher.

— Je voulais te dire ce que j'éprouve pour toi, je te le jure ! Mais je n'ai pas pu. Il me semblait que si je le faisais, je mettrais une croix sur tout ce que j'avais vécu avec Jen. La Nouvelle-Zélande, c'était notre rêve à tous les deux. Pour moi, c'est devenu une façon d'oublier ce qui nous arrive et qui me fait peur, tu ne comprends pas ?

Brooke le considéra d'un air dédaigneux.

— Non. Tu n'as pas le monopole de la peur. Tu crois que ça n'arrive qu'à toi de craindre l'avenir ? Que c'est toi qui risques de perdre le plus sous prétexte que tu as déjà perdu Jen ?

Elle lui marcha sur le pied pour le faire reculer.

— Moi aussi, j'ai perdu Jen qui était ma meilleure amie, ajouta-t-elle. Et j'ai donné mon cœur à un couard égoïste qui refuse de s'avouer les sentiments qu'il éprouve mais qui n'a pas hésité à se moquer de moi !

Brooke avait les joues en feu et sa fureur paraissait inextinguible.

— Maintenant, enlève ton pied, Matt, ou je te l'écrase sans ménagement.

Elle le fusillait du regard. D'un regard plein de larmes mais extrêmement déterminé. Matt ne put faire autrement que de s'exécuter. Brooke lui claqua la porte au nez.

Abasourdi, il demeura un moment immobile, sans savoir quoi faire. Il n'entendit pas le voisin sortir à nouveau sur le palier. Il ne revint à la réalité qu'en entendant la voix de ce dernier dire :

— Eh bien, mon coco, tu as fait un sacré gâchis !

Comme il fermait les yeux, Matt sentit les larmes lui brûler les paupières et son cœur se briser.

Brooke se fit porter malade cette semaine-là.

Ensuite, l'administration annonça à Matt que celle-ci avait demandé à bénéficier d'un congé auquel elle avait droit.

Assis dans son bureau, il se sentait totalement dépourvu d'entrain. En fait, il lui semblait être mort à l'intérieur de lui-même. Il avait tout gâché, et en particulier sa propre vie.

Sans Brooke, il se sentait partir à la dérive. Ne plus la voir chaque jour lui était une parfaite torture. Son esprit ne cessait de s'échapper vers la dernière dispute qu'ils avaient eue, ce qui l'empêchait de bien se concentrer pendant ses consultations. La vie lui paraissait si terne qu'il avait même du mal à sourire à Lily. Comme si cette dernière percevait le désarroi de son père, elle pleurait souvent et réclamait fréquemment qu'il la prenne dans ses bras.

En regardant sa fille jouer sur le tapis, il avait compris qu'il ne souhaitait pas les déraciner. La perspective de partir en Nouvelle-Zélande ne le tentait plus du tout. Il aurait dû parler de ce projet à Brooke, mais celui-ci était si vague encore dans sa tête que cela ne lui avait pas paru nécessaire. C'était l'annonce du journal qui avait brusqué les choses.

En fait, quand Brooke lui avait fait part de ses sentiments, il avait paniqué car ils faisaient si parfaitement écho à ceux qu'il éprouvait pour elle qu'il avait perdu son sang-froid. En sentant qu'il était incapable de les maîtriser, qu'ils s'échappaient tel un troupeau de chevaux sauvages galopant crinières au vent à travers les steppes infinies, il s'était précipité sur ce qui lui avait paru à tort être un moyen de les endiguer. Hélas, comme les fiers mustangs, ils s'étaient avérés indomptables et il avait dû les accepter.

Il avait aimé Jen. Il l'aimerait toujours. Mais cela ne diminuait en rien ce qu'il éprouvait pour Brooke. Il s'agissait de deux univers séparés. Malheureusement, il ne savait comment réparer sa maladresse envers cette dernière. Le mieux était de lui laisser du temps. Si la mort de Jen lui avait appris quelque chose, c'était bien que le temps n'efface pas la souffrance mais qu'il permet qu'elle diminue et qu'on l'apprivoise.

Aussi espérait-il qu'à son retour au travail Brooke lui offrirait l'occasion de tout lui expliquer.

Ces quelques jours de repos avaient permis à Brooke de comprendre qu'elle était retournée à l'hôpital trop vite après la naissance de Morgan, sans être véritablement remise de sa fatigue. Voilà pourquoi elle avait fait la bêtise de tomber amoureuse de Matt.

Maintenant qu'elle contrôlait de nouveau sa vie, elle devait reprendre son travail, ne serait-ce que pour pouvoir donner sa démission. Si Matt était capable d'envisager un exil en Nouvelle-Zélande, elle aussi était capable de changer d'existence. Elle allait partir avec Morgan en Cornouailles quelque temps avant de prendre le poste qu'elle avait accepté la veille.

Ce serait à nouveau un travail aux urgences dans une petite ville, très loin de Londres, de sa grisaille impersonnelle et de son agitation. Là-bas, elle mènerait une vie plus détendue et plus proche de la nature. Déjà, elle avait repéré un petit cottage au bord de la mer où il ferait bon élever ses enfants. Elle écouterait le bruit des vagues, le cri des mouettes, elle ferait de longues marches sur la plage avec sa fille et le nouveau bébé qui s'annonçait.

Quand elle avait découvert qu'elle était enceinte de Matt, elle était tombée des nues. Ils avaient bien sûr pris des précautions, et pourtant… Comment avait-elle pu replonger dans le même imbroglio qu'avec Morgan ? Elle était donc assez naïve pour se comporter comme ces femmes qui ont une nichée d'enfants de pères différents !

La réaction de Matt était facile à prévoir. Il serait horriblement malheureux de savoir qu'un enfant allait être la preuve vivante de son infidélité envers Jen. Elle-même par moments avait l'impression d'avoir trahi son amie. À d'autres, par contre, il lui semblait que, malicieuse comme elle l'était, c'était Jen elle-même qui avait comploté tout cela.

Voilà donc les deux nouvelles qu'elle devait annoncer à Matt ce matin quand elle le verrait.

Elle s'attendait à ce qu'il accepte facilement son départ. Et pourtant, quelque part, au fond d'elle-même, elle espérait qu'il prononcerait les mots qu'elle attendait. Les miracles se produisent parfois... Ne méritait-elle pas sa part de bonheur ?

Avec la naissance de Morgan, son existence avait pris un tournant important. Ce serait la même chose avec le bébé de Matt, et restait à espérer que ce serait pour le meilleur.

La vie avait peut-être décidé qu'elle devait combattre pour obtenir ce qu'elle avait toujours souhaité, une famille, des enfants, un mari... Jamais elle n'avait refusé de lutter. Elle allait se battre et elle gagnerait. Si ce n'était pas aujourd'hui, ce serait plus tard, mais elle gagnerait car elle y était fermement déterminée.

10.

Matt se trouvait dans son bureau, les épaules basses, le regard morne, le front barré d'un pli chagrin. Pendant un moment, elle le regarda par la petite fenêtre. D'habitude, elle n'éprouvait aucun plaisir à voir quelqu'un souffrir, mais aujourd'hui une petite partie d'elle-même était contente de découvrir que la situation n'était pas facile à gérer pour lui non plus. Car jusqu'à maintenant elle avait cru être la seule à être malheureuse.

Elle frappa à la porte. Aussitôt, Matt se leva et vint vers elle.

Elle lui tendit l'enveloppe qu'elle avait préparée à son intention.

— De quoi s'agit-il ? demanda Matt.

— C'est ma lettre de démission.

— Mais, Brooke, ce n'est pas la peine de…

— Rassure-toi, je ne quitterai pas le service avant que tu aies trouvé à me remplacer.

— Mais, Brooke…

— Désolée, je suis pressée.

Elle sortit aussitôt sans avoir le courage de lui faire part de la seconde nouvelle. Car si quitter l'hôpital prouvait qu'elle était capable de détermination, annoncer à Matt qu'elle était enceinte de lui risquait de changer la donne et de la faire apparaître comme une pauvre femme abandonnée, ce qu'elle n'aurait pas pu supporter.

Peut-être ferait-elle mieux d'attendre son dernier jour de travail pour le lui dire ? Elle n'avait pas hâte de se voir rejetée… Elle avait déjà vécu ce scénario avec Eric et n'en gardait pas un bon souvenir. Inutile de se presser pour le revivre avec Matt.

Même si elle pensait que Matt aurait à cœur de réparer leur folie parce qu'il était un homme honnête, il était fort possible qu'il ne le propose pas à cause de Lily. Un nouveau bébé, né d'une autre femme, ne faisait certainement pas partie de ses projets. Il allait être complètement déstabilisé. S'il décidait de faire ce qui convient en pareille circonstance, il serait profondément malheureux car ce serait porter à la connaissance de tout le monde sa trahison envers Jen.

Oui, mieux valait attendre.

Bien droite, le menton relevé, elle prit la fiche du premier patient de la journée.

La lettre qu'elle lui avait remise était parfaitement claire. Brooke quittait le London Grace Hospital…

Matt n'avait pas de mots pour décrire ce qu'il éprouvait. Tout à l'heure, quand elle avait frappé à sa porte, son cœur avait bondi de joie. Il avait espéré qu'elle venait faire la paix avec lui, qu'elle acceptait enfin d'écouter ses explications. Quelle erreur ! Elle s'était montrée brusque et avait rapidement mis un terme à leur conversation.

Heureusement, elle était encore dans le service pour un mois entier. Cela lui laissait le temps de la convaincre de l'écouter. De plus, rien ne l'obligeait à transmettre sa lettre tout de suite au service du personnel, il pouvait attendre quelques jours, au cas où…

Même s'il ne réussissait pas à la faire changer d'avis, il fallait qu'elle écoute les raisons de son comportement. Si cela ne changeait rien à leur relation, elle saurait au moins ce qu'il éprouvait. Elle saurait aussi que leur relation s'était transformée en quelque chose qu'il n'avait jamais imaginé. Que ses sentiments étaient si intenses qu'il était maintenant incapable de les contrôler… qu'il se trouvait plongé dans un trouble immense qu'il ne savait comment gérer.

Un coup frappé à sa porte lui fit lever la tête, plein de l'espoir que c'était Brooke qui revenait. Hélas non. C'était un vieux monsieur dont le visage ne lui était pas totalement inconnu.

— Major Galloway ?

— Oui, que puis-je pour vous ?

— Je suis Arthur, le mari de Patricia, vous vous rappelez ?

Matt se souvenait très bien maintenant de ce vieux monsieur qui avait amené sa femme aux urgences parce qu'elle avait eu une attaque.

— Bien sûr ! Entrez, je vous en prie, dit-il en avançant un siège pour le visiteur. Comment allez-vous ?

Encore bouleversé par la visite de Brooke, il avait du mal à se concentrer sur le nouveau venu.

— Je suis là pour vous remercier, vous et votre équipe.

— Ce n'est pas la peine, Arthur. Nous n'avons fait que notre travail. Comment va votre épouse ?

Le regard du vieux monsieur se troubla.

— Elle est morte deux jours après son retour à la maison de retraite. Très calmement. J'ai pu assister à son enterrement.

— Oh ! je vous présente toutes mes condoléances...

Matt comprenait parfaitement ce qu'Arthur était en train de vivre. Lui aussi avait perdu son épouse. Lui aussi avait assisté à son enterrement. La différence était qu'il n'avait connu que quelques courtes années de bonheur auprès de Jen alors qu'Arthur et Patricia avaient vécu ensemble soixante-trois ans. La profondeur de la solitude que devait connaître ce dernier lui était tout simplement inimaginable.

— Je m'y attendais, reprit le vieux monsieur. Son attaque l'avait beaucoup diminuée.

Il s'éclaircit la voix et essuya ses yeux avec un mouchoir immaculé qu'il sortit de sa poche.

— Je tenais à vous remercier de m'avoir offert quelques jours de plus avec elle. Ils ont été très importants pour nous deux. Elle a connu des moments de lucidité.

— Vraiment ?

— Oh ! pas tout le temps, bien sûr, mais à plusieurs

reprises au cours de ces deux journées. Vous m'avez rendu ma femme. Si vous n'aviez pas été là avec votre équipe, son attaque l'aurait tuée, mais vous me l'avez rendue. Au début, j'appréhendais qu'elle retrouve sa lucidité parce que la fois précédente, quand elle avait découvert ce qui s'était passé, elle avait été très bouleversée et malheureuse. Mais cette fois, on aurait dit qu'elle revenait à elle pour me dire au revoir. Ces moments ont été extrêmement précieux pour moi, docteur Galloway.

Le vieux monsieur s'interrompit un instant, comme pour savourer encore ces moments de bonheur volés à la maladie. Puis il considéra Matt qui l'écoutait avec sympathie mais aussi beaucoup de tristesse.

— On ne sait jamais combien de temps on va pouvoir passer avec ceux qu'on aime. Quand l'heure de la séparation arrive, on trouve que c'est toujours trop tôt, n'est-ce pas ? Et pourtant, est-ce cela qui compte vraiment ? Non. Pas du tout. Ce qui compte, c'est d'avoir vécu dans l'amour. Si vous avez la chance de connaître l'amour, sachez en profiter. C'est ce qui nous est arrivé à Patty et à moi lors de ces derniers jours. L'amour nous enveloppait et nous en avions conscience. Voilà pourquoi je tenais à venir vous remercier de vive voix.

Les mots prononcés par le vieil homme rencontraient un profond écho dans le cœur de Matt.

Arthur avait raison. Mille fois raison. À quoi bon s'inquiéter des petites contrariétés, des soucis mesquins qui émaillent le quotidien ? Dans le fond, tout cela ne pesait rien dans la balance. Si en cet instant il se trouvait sur son lit de mort, est-ce qu'il s'inquiéterait de savoir ce que les gens pensaient des sentiments qu'il éprouvait pour Brooke ? Bien sûr que non ! Tout ce qu'il souhaiterait, ce serait qu'elle reste auprès de lui pour lui tenir la main. Pour qu'il puisse lui dire à quel point il l'aimait. Et l'entendre dire qu'elle l'aimait aussi.

Qui donc étaient les autres pour décider du moment à partir duquel il pourrait aimer à nouveau ? Pourquoi laissait-il la culpabilité étouffer ce qu'il éprouvait pour Brooke ? Cette culpabilité le rendait malheureux comme les pierres ! Au contraire, en compagnie de Brooke, il se sentait profondément heureux. Pourquoi estimait-il devoir renoncer à elle ? Pour quelle obscure raison ne pourraient-ils pas connaître le bonheur tous les deux ?

Cela ne diminuait en rien l'amour qu'il avait éprouvé pour Jen. Absolument pas. Et si certains pensaient que c'était le cas, c'était *leur* problème, pas le sien !

L'amour, l'amour véritable, était chose rare et magnifique. Arthur avait mille fois raison… Quand on avait la chance de l'avoir trouvé, il fallait le savourer à son juste prix. Ne pas se dérober, ne pas se reprocher de l'avoir rencontré. Il pouvait surgir à n'importe quel moment, à l'improviste, totalement inattendu. Dans le fond, n'était-ce pas cela qui le rendait si précieux ?

— Arthur, je vous remercie d'être venu me trouver. Je ferai part de votre visite à mon équipe et je lui transmettrai votre message. Vos paroles sont d'une grande sagesse.

— C'est moi qui vous remercie, docteur. Du fond du cœur. Et maintenant, je vous laisse, je sais que bien des patients vous attendent ! Continuez à sauver des vies.

Ces mots firent l'effet d'un déclic chez Matt. Oui, il sauvait des vies, mais ne devait-il pas commencer par sauver la sienne ? Ces jours derniers, il s'était abandonné à la tristesse et au désespoir. Il se sentait mourir à l'intérieur. C'était fini, désormais. Il allait vivre. Vivre et oser être heureux.

Il prit la main qu'Arthur lui tendait puis le regarda s'éloigner, avant de partir à la recherche de Brooke. Il allait lui parler, tout lui expliquer. Et si les dégâts qu'il avait causés n'étaient pas irréversibles, il allait changer leur vie à tous les deux.

Brooke avait beaucoup de mal à se concentrer. Quand elle avait remis sa lettre de démission à Matt, le fait de savoir qu'elle était enceinte de lui sans pour autant avoir construit une relation solide pesait lourdement sur ses épaules. Pourtant, elle faisait son possible pour s'acquitter de sa tâche avec autant de conscience professionnelle que d'habitude. Quelles que soient les difficultés rencontrées dans sa vie personnelle, ses patients devaient passer en premier.

D'ailleurs, faire passer les autres avant elle était un exercice auquel elle était rompue et qu'elle réussissait de main de maître. Elle y avait été obligée quand elle était enfant et avait choisi un métier qui lui permettrait de continuer sur cette lancée. D'ordinaire, cet effacement d'elle-même lui apportait beaucoup de satisfaction. Aujourd'hui, pourtant, ce bonheur la fuyait.

La paix de l'âme était désormais hors de sa portée. Il lui faudrait beaucoup cheminer, prendre beaucoup de distance, au propre comme au figuré, pour la retrouver.

Le patient qu'elle était en train d'examiner n'aurait pas dû consulter aux urgences. Mais son généraliste ne pouvant pas le recevoir avant trois semaines, il était venu parce qu'il s'inquiétait de la douleur qu'il ressentait dans un genou.

Brooke l'examina de son mieux, sans pour autant détecter quoi que ce soit d'inquiétant. Le patient pouvait s'appuyer sur sa jambe, qu'il remuait tout à fait normalement. Pourtant, il continuait à se plaindre d'un pincement qui lui arrachait un cri de douleur quand il se manifestait.

Comme il avait mentionné la présence d'arthrite dans son histoire familiale, Brooke supposa qu'il était à son tour en train de développer cette maladie. Elle rédigea une ordonnance qui lui permettrait de se procurer des antalgiques et lui conseilla d'aller voir son généraliste si la douleur continuait. Pour l'instant, elle ne pouvait rien faire de plus pour lui.

Le patient se retira en marmonnant entre ses dents qu'on l'avait examiné trop rapidement et que les soins n'étaient plus ce qu'ils étaient. En temps ordinaire, Brooke se serait mise en colère mais, aujourd'hui, elle n'avait pas l'énergie suffisante pour réagir. D'ailleurs, elle n'avait pas d'énergie du tout. Depuis qu'elle avait rompu avec Matt, c'était comme si la vie s'était retirée d'elle. Tout son enthousiasme, tout son dynamisme l'avait quittée.

— Brooke ? Il faut que je te parle !

Matt arrivait dans le couloir.

Elle lui fit face, affichant un visage calme et impassible.

— Inutile de me demander de retirer ma démission, Matt, je ne le ferai pas.

En fait, la démarche de Matt l'agaçait. Ne comprenait-il pas qu'elle partait pour sauver son cœur ? Son âme ? De plus, se tenir si près de lui en s'interdisant de lui passer les bras autour du cou pour l'embrasser était une véritable torture. Il avait tout démoli après lui avoir laissé entrevoir ce que l'amour pouvait être entre eux.

Elle se remit à marcher en direction du bureau des médecins pour rédiger son compte rendu avant d'appeler le patient suivant. C'était le seul moyen qu'elle avait à sa disposition pour s'éloigner de Matt et mettre un terme au supplice de l'avoir tout près d'elle alors qu'il refusait son amour.

— Je ne suis pas ici pour te parler de ta démission…

— Dans ce cas, nous n'avons strictement rien à nous dire !

— Brooke… Je veux te parler de nous. De moi.

Elle effectua une rapide volte-face, contrariée.

— Quelle idée ! Tout a déjà été dit. Tu as été très clair au sujet de tes sentiments envers moi.

— Non, pas du tout !

Matt avait élevé la voix. Elle recula d'un pas, gênée de se rendre compte que plusieurs personnes les écoutaient. Dans la cabine voisine, Kelly avait tourné son visage vers eux, et Michael, l'infirmier en chef, avait arrêté de ranger les pansements et les médicaments sur son chariot. Un peu plus loin, Michelle, l'aide-soignante, restait figée sur place, une pile de draps propres dans les bras.

Fort peu habituée à attirer l'attention sur elle, Brooke se sentit rougir de confusion. Elle adressa un regard furieux à Matt.

— Arrête donc de crier comme ça !

Mais au lieu de faire profil bas, Matt reprit de plus belle.

— Non, je ne me tairai pas ! On peut bien m'entendre, je m'en fiche. D'ailleurs, tout le monde doit savoir ce que je vais dire.

— C'est donc si important ? demanda Brooke sur un ton sarcastique.

— Oui. Très important. Docteur Brooke Bailey, je vous aime et je vous aimerai toujours !

Brooke avala péniblement sa salive.

— Pardon ?

— Je reconnais avoir été maladroit, mais c'est parce que je suis humain. Quand j'ai réalisé à quel point tu étais devenue importante pour moi, j'ai cédé à la panique.

— Piètre excuse ! railla Brooke.

— Je ne voulais pas te faire de peine, je te le jure.

— Et la Nouvelle-Zélande là-dedans ?

— Ce n'était qu'un rêve que nous avions fait, Jen et moi. Depuis qu'elle est morte, pour que Lily connaisse un peu sa mère à travers notre vie, j'essaie de continuer à faire ce que nous avions envisagé avec Jen. J'ai mis Lily à la crèche que Jen avait choisie, je l'emmène aux activités auxquelles elle l'avait inscrite, j'ai pris sa succession à l'hôpital…

En écoutant cette litanie, Brooke avait senti sa colère refluer.

— Le soir, poursuivit Matt, je berçais ma petite fille en lui parlant de sa mère… Et puis… Et puis, je t'ai rencontrée.

Des larmes brillaient maintenant dans les yeux de Matt. Brooke elle-même n'était pas loin de céder à l'émotion.

— Tu comprends, tu es entrée comme un ouragan dans ma vie bien ordonnée, reprit Matt. Tu étais partout, à la crèche, au travail, et même chez moi parce que chaque fois que j'étais seul tu occupais toutes mes pensées.

Brooke pinça les lèvres, trop bouleversée pour dire quoi que ce soit.

— Et après la nuit que nous avons passée ensemble…

Cette fois, elle se sentit rougir jusqu'à la racine des cheveux.

— Je ne savais plus quoi penser, ajouta Matt. Je me sentais

coupable. Pas à cause de ce que nous avions fait, parce que c'était merveilleux, magique, inoubliable, mais parce que je voulais rester avec toi. Oui, je voulais rester dans ton petit appartement si chaleureux et ne jamais plus en sortir. Pendant quelques heures, j'avais oublié Jen et c'est ça qui m'a… Je…

Matt paraissait à cour de mots pour décrire ce qu'il avait éprouvé.

— Je me suis senti obligé de revenir à mon ancienne vie, à ce que je croyais être important, au rôle que les gens s'attendaient à me voir jouer : celui du veuf éploré. Et à attendre des mois, voire des années, avant de tomber de nouveau amoureux d'une autre femme. Pourtant, quand j'ai cru que je t'avais perdue, je me suis senti le plus malheureux des hommes. Tu peux demander à tout le monde comment j'étais pendant ton absence ! C'est Lily qui m'a maintenu la tête hors de l'eau, mais elle n'est pas venue au monde pour me servir de béquille. Elle ne doit pas être ce que tu as été pour ton père. Je veux qu'elle se sente aimée et choyée pour elle-même, exactement comme je le souhaite pour toi.

— Matt…

— Attends, laisse-moi terminer ! Tu me disais que j'étais courageux mais je ne te croyais pas. C'est seulement maintenant que je ressens du courage, grâce à toi, parce que je t'aime et que je veux vivre avec toi. Tu entends, Brooke ? Je veux vivre avec toi pour toujours !

Brooke laissait maintenant les larmes ruisseler sur ses joues. Les mots que Matt avait prononcés venaient du fond du cœur, elle le sentait.

Gênée de se trouver ainsi au centre de l'attention générale, elle fit timidement du regard le tour des personnes qui les observaient. Toutes souriaient, attendant sa réaction.

Qu'allait-elle dire ?

Elle baissa les yeux, aperçut les mains de Matt. Il ne portait plus son alliance.

— Tu m'as laissée tomber, Matt…

— Oui, c'est vrai. Mais je te promets que si tu acceptes mon amour, cela n'arrivera plus jamais.

Brooke esquissa un petit sourire.

— J'ai bien envie de te croire.

— Donne-nous notre chance !

Elle prit une profonde inspiration.

— Je voudrais bien, mais j'ai peur.

Matt s'avança pour lui saisir les mains.

— Moi aussi, j'ai peur ! Mais c'est normal, Brooke. Rien de ce qui a de la valeur n'est dépourvu de risque. Pourtant, je suis sûr que si nous avons peur *ensemble*, nous serons capables d'affronter toutes les difficultés que la vie mettra sur notre chemin.

Elle hocha la tête.

— Elle n'a pas été tendre avec nous jusqu'à maintenant.

— C'est vrai, commenta Matt en lui pressant tendrement les doigts.

Alors elle plongea son regard dans les yeux de Matt, si bleus, qu'elle connaissait si bien, qu'elle apercevait si souvent dans ses rêves.

N'était-ce pas cela qu'elle voulait du plus profond de son être ? L'amour de Matt ? Voilà qu'il venait de le proclamer au vu et su de tout le service ! Il ne s'était pas caché pour lui faire sa déclaration. Il n'en avait pas honte. S'il avait ainsi reconnu ses sentiments, pourquoi n'aurait-elle pas le courage de les accepter ?

Déjà, Matt recommençait à parler.

— Tout à l'heure, un très vieux monsieur est venu me voir. Du haut de toute sa sagesse, il m'a assuré que, dans la vie, il n'y a que l'amour qui est important et que si on a la chance de l'éprouver, il faut le vivre pleinement, en apprécier chaque instant. Brooke, je te dirai mon amour chaque jour que nous vivrons ensemble.

Un sourire encore un peu hésitant flottait sur ses lèvres. Peu à peu, elle sentait la chaleur de la vie ressusciter son corps à demi-mort depuis sa rupture avec Matt.

— Je t'aime, Matt.

— C'est vrai ?

— Oui, je t'aime de tout mon cœur et de toute mon âme.

Avec un grand sourire, Matt l'attira vers lui pour l'embrasser passionnément.

Brooke se laissa aller à la griserie de leur étreinte. C'était si apaisant pour son corps épuisé de sentir son énergie renaître au contact de celui de Matt. C'était comme si la profondeur de l'émotion qu'ils partageaient rechargeait ses batteries que la solitude et la tristesse avaient épuisées. Jamais plus elle ne vivrait sans Matt à ses côtés.

Au bout d'un moment, elle s'écarta un peu de lui.

— J'ai encore quelque chose à te dire…

— Je t'écoute.

Brooke prit soin de baisser la voix pour que Matt soit le seul à entendre ce qu'elle allait dire.

— Je suis enceinte.

Matt écarquilla les yeux de surprise, incapable d'articuler la moindre parole. Puis, tout à coup, il la souleva dans ses bras et tournoya avec elle. Éclatant de rire, Brooke le supplia de la reposer à terre. Ce qu'il fit aussitôt.

— Tu es enceinte ? C'est merveilleux, ma chérie !

— Attends, c'est le tout début. Espérons que tout se passera bien.

— Quoi qu'il arrive, nous ferons face tous les deux.

Il entremêla ses doigts aux siens.

— Est-ce que je t'ai dit que je t'aimais ?

— Oh… une ou deux fois, il me semble.

— Eh bien, je te le répète !

— Tant mieux, parce que, moi aussi, j'ai envie de te redire que je t'aime.

Ils tombèrent à nouveau dans les bras l'un de l'autre.

Après avoir échangé un long baiser passionné, ils regardèrent les spectateurs de leurs retrouvailles. Chacun les observait avec un sourire de sympathie bienveillante.

Personne ne les jugeait.

Autour d'eux, il n'y avait que du bonheur.

Les mots étaient inutiles et le regard qu'ils échangèrent alors signa leur accord tacite : tout au long de leur vie, ils veilleraient à ce qu'il en soit toujours ainsi.

ANNIE O'NEIL

Pour dompter son cœur

Traduction française de
ADELINE MAGNE

BLANCHE

HARLEQUIN

Titre original :
HER HOT HIGHLAND DOC

Ce roman a déjà été publié en 2017.

1.

Indifférent à la pluie glacée qui lui fouettait le visage, Brodie McClellan entra dans le cimetière et s'arrêta devant une tombe fraîchement comblée.

— Salut, papa.

Il s'accroupit et, machinalement, effrita une motte de terre détrempée.

L'hiver s'éternisait sur la petite île écossaise de Dunregan. Il faudrait encore quelques mois avant que le carré verdisse. Callum avait promis de semer du gazon, mais il avait dû oublier. Normal, à force de rester terré dans ses montagnes…

Stop. Son frère avait du cœur, et il souffrait, lui aussi.

De nouveau, Brodie promena la main sur la terre nue.

Le temps se chargerait de la recouvrir. D'ici à la fin du printemps, la tombe ressemblerait à celle d'à côté — celle de sa mère, qu'il avait encore du mal à regarder.

Ces quinze derniers jours, il était venu souvent dans ce cimetière chercher des réponses aux questions qu'il aurait dû se poser avant de partir. Le problème, c'est qu'il n'avait justement pas l'intention de s'attarder ici. Pas après tout ce qu'il avait perdu à Dunregan.

Se redressant, il promena son regard sur les alentours familiers.

Du gris, du gris, du gris. Partout. Des tombes grises, un ciel gris, des maisons grises.

— T'inquiète pas, papa, on ne va pas laisser ta tombe dans cet état. Dès que la saison s'y prêtera, je planterai des fleurs.

Il se revit enfant, lorsque Callum et lui allaient ramasser

des bulbes de perce-neige que leur père leur achetait ensuite pour quelques pennies : un vrai trésor à leurs yeux de gosses.

Il essuya la pluie qui lui dégoulinait sur le visage et se surprit à sourire.

— Ça te dirait, des perce-neige ? C'est joli. Les jacinthes des bois aussi, mais il faudra patienter un peu. J'en mettrai pour toi et maman. Elle adorait les jacinthes, tu te souviens…

Il secoua la tête en se rendant compte qu'il attendait une réponse.

— En ce moment, ça ne marche pas trop fort à la clinique. J'ai fait appel à un remplaçant. Ça me donnera un peu de temps pour réfléchir à la meilleure manière de convaincre les gens que tout va bien… Enfin, que *je* vais bien.

Le vent glacial l'assaillait de toutes parts, charriant d'épaisses rafales de pluie. Il se frotta les mains sur les cuisses de son pantalon maculé de boue et se leva en jurant.

Ces derniers mois, en Afrique, il avait oublié à quel point il faisait froid dans ce petit coin de terre perdu au nord de l'Ecosse.

De retour dans la voiture, il s'efforça de puiser dans les tréfonds de son cœur un semblant de bonne humeur.

Ce type renfrogné qu'il voyait dans le rétroviseur, ce n'était pas lui. Au contraire, il se considérait plutôt comme quelqu'un de bien : bon fils, soucieux des autres. Ici, il avait un frère, des cousins, des oncles et tantes, des amis. Et pourtant, lui, l'enfant du pays, il se sentait complètement déraciné dans cet univers familier. Etranger parmi les siens, et les épaules chargées d'un fardeau émotionnel plus lourd que jamais.

Alors qu'il s'engageait dans l'allée gravillonnée qui menait à l'ancienne maison de ses parents, il freina brutalement.

Un énorme tas de bois encombrait le chemin.

Alors, ça, c'était la meilleure ! Jamais il n'avait commandé un stère de bois !

Il sauta à bas de son 4x4 et fouilla la pile à la recherche d'un bordereau de livraison, qu'il finit par trouver sous des planches de contre-plaqué. Il parcourut le papier en diagonale et comprit de quoi il retournait.

Son père avait dû passer la commande avant de mourir. C'était pour le bateau. Celui que son père et lui s'étaient juré de construire. Celui auquel il avait été incapable de penser depuis ce jour, quinze ans plus tôt, où il était revenu d'une balade en mer sans sa mère…

Il ne pouvait plus faire l'impasse sur ses démons. Saisi d'une émotion violente, il se massa les tempes.

Il fallait qu'il arrive au bout de cette journée, puis de la suivante, et ainsi de suite. Au bout du compte, la souffrance finirait bien par s'éloigner, comme l'hiver sur cette île dont il s'était autrefois considéré l'enfant.

Kali agrippa plus fort le guidon.

Mesdames et messieurs, faites vos jeux : qui va l'emporter, la cycliste ou les éléments déchaînés ? Une bourrasque lui cingla le visage et la fit larmoyer ; elle s'arrêta pour se moucher. Ses cheveux devaient être dans un état… Elle aurait dû se les faire couper court, ainsi qu'elle l'avait envisagé. Avec ce vent, ils ne devaient plus ressembler à rien. Mais tant pis ! Il en fallait plus pour altérer sa bonne humeur.

Elle était bien placée pour savoir à quel point il est difficile de tout recommencer à zéro dans la vie, mais elle avait été loin d'imaginer que ce nouveau départ serait aussi physique. Une petite centaine de mètres la séparaient d'une bonne tasse de thé bien chaude. Qui aurait le dessus ? Les rafales arctiques de Mère Nature ou elle ?

Une nouvelle trombe plus violente fit valdinguer son vélo à proximité dangereuse du fossé. Un fossé rempli de…

Berk ! Un coup d'œil vers cette bouillasse recouverte d'une pellicule de glace suffit à la convaincre de continuer le trajet à pied. Ce qu'elle fit vaillamment jusqu'à ce qu'une éclaboussure glacée lui asperge les mollets : elle venait de marcher dans une flaque.

Quelle idiote aussi d'avoir enfilé des chaussures basses par un jour pareil ! Dès que possible, il lui faudrait se procurer des bottes et une veste plus chaude. En tout cas, son idée de balade sur le littoral de Dunregarn avait fait chou blanc. Au lieu d'arriver à la clinique les joues rosies par le bon air, elle aurait l'air d'une sauvage. Et dire que, à Londres, les tulipes commençaient à fleurir ! Quand le printemps arriverait-il jusqu'ici ?

— Docteur O'Shea ?

Une femme d'une cinquantaine d'années à l'allure dynamique s'arrêta à sa hauteur, vêtue d'un gros anorak étanche, de bottes, de mitaines et d'un bonnet — bref, de tout l'attirail que Kali elle-même aurait dû porter.

— Oui, c'est moi.

Son sourire se figea sous l'effet d'une rafale glacée.

— Enchantée. Je suis Ailsa Dunregan.

Celle-ci sauta de son vélo et se mit à marcher à ses côtés en riant, amusée de l'étonnement de Kali.

— Je sais, c'est dingue, n'est-ce pas ? Je porte le même nom que cette île. Cela dit, ma famille est installée ici depuis longtemps — enfin, surtout celle de mon mari. La mienne ne vit ici que depuis quelques siècles seulement.

Quelques siècles seulement ?

— Comment m'avez-vous reconnue ?

Ailsa rejeta la tête en arrière pour rire, d'un rire sonore que le vent emporta aussitôt.

— Seul un étranger ne…

Etourdie par les bourrasques, Kali peinait à entendre ce qu'Ailsa lui disait. Elle redressa son vélo tout en s'efforçant de se caler sur le pas vif de son interlocutrice.

— Pardon ?

— Je suis l'infirmière du cabinet médical ! cria Ailsa pour dominer le fracas du vent. Au courant de tous les commérages du coin, autant qu'un patron de pub. En plus, par cette saison, les touristes sont rares.

Kali hocha la tête et resserra son emprise sur son vélo, qui oscillait sous les rafales.

— C'est joli, pourtant.

Ailsa partit d'un autre rire.

— Vous trouvez ? Ça dépend des goûts. Si vous aimez les landes désertiques, vous allez être ravie !

Emmitouflée dans l'écharpe de laine qu'elle avait eu tout de même la sagesse d'enfiler avant de partir, Kali sourit.

Le climat et l'isolement ne lui faisaient pas peur. Elle avait vu pire. Ici, au moins, elle n'avait pas à se cacher, à regarder sans cesse par-dessus son épaule. Certes, elle devait garder un nom d'emprunt, mais quelle importance ? Ici, elle avait vraiment l'impression d'être Kali O'Shea. Correctif : le *Dr* Kali O'Shea. Saine et sauve sur une île perdue aux confins de l'Ecosse.

Comme toutes deux penchaient la tête sous l'assaut du vent, celui-ci, comme armé de griffes invisibles, lui arracha soudain son vélo et l'envoya valdinguer au fond du fossé. Déséquilibrée, elle s'effondra sur l'asphalte. Dans la gadoue, une roue tournait dans le vide.

Bon sang, dire qu'elle allait devoir récupérer son vélo dans cette saleté ! Elle allait ruiner ses collants ! Bah, c'était déjà fait : ses genoux étaient tout éraflés. Quelle idée d'avoir choisi comme nom celui de la déesse hindoue de la préservation ! Mais celle de la grâce n'aurait pas été un meilleur choix.

Luttant contre les larmes, elle se frotta les tibias.

Quelle chochotte ! Elle était une grande fille, maintenant.

Ailsa se précipita à sa rescousse.

— Oh non ! Vous n'avez rien de cassé, ma petite ?

— Qu'est-ce qu'il se passe, ici ? Tu soignes les patients dans la rue, maintenant, Ailsa ?

Une paire de bottes rustiques apparut dans le champ de vision de Kali. L'homme à qui elles appartenaient s'était exprimé avec un accent écossais à couper au couteau.

Le regard de Kali remonta le long de jambes interminables, d'une veste imperméable et…

Waouh ! En matière d'hommes, elle pensait ne pas avoir de préférence, mais celui-là... Un physique irrésistible de pêcheur scandinave ou de montagnard, avec des yeux couleur bleuet et une courte barbe blonde, drue comme de la paille. Elle l'imaginait bien chevauchant une grosse cylindrée sur les hauteurs désertiques de l'île. Des hommes comme ça, elle n'en avait pas vu beaucoup à Londres. Peut-être se cachaient-ils tous dans les îles glaciales d'Ecosse, prêts à bondir à l'aide de citadines égarées dans son genre ?

— Ça va, ma petite ?

Certes, tout le monde était grand comparé à elle, mais lui, il l'était vraiment.

Il lui prit l'épaule, évalua son état d'un bref regard puis hocha la tête.

— Ne bougez pas, je vais récupérer votre vélo.

Et galant, avec ça !

Elle se surprit à regretter son contact lorsqu'il la lâcha pour se diriger vers le fossé, et tandis qu'il s'éloignait, elle ne put s'empêcher de revêtir en pensée son chevalier de tenues différentes : costume de Viking en Gore-Tex brillant, kilt, élégant costume de ville... Dans tous, il était à couper le souffle.

— Brodie ? appela Ailsa tandis qu'il glissait sur la pente à la manière d'un surfer. Cette petite dame est le nouveau médecin, le Dr Kali O'Shea.

Brodie s'était figé. Il regarda alternativement Kali puis Ailsa, puis de nouveau Kali avant de remonter le fossé d'un pas décidé.

Kali ouvrit de grands yeux.

Il n'allait pas revenir sur son offre, quand même ?

Mais au même instant, il se pencha avec raideur, empoigna le guidon et le tira hors du ruisseau boueux. En deux grandes enjambées, il fut devant elle et lui tendit le vélo dégoulinant.

— Tenez.

Puis, sans un mot de plus, il tourna les talons et remonta dans le 4x4 abandonné sans cérémonie au beau milieu de la route. Les phares clignèrent, puis il disparut dans un crissement de gravier.

— Ah, ben ça ! s'exclama Ailsa, outrée. C'est… Je ne l'ai jamais vu se comporter de cette… de cette…

Elle n'arrivait même pas à terminer sa phrase.

Kali secoua la tête, riant malgré elle.

Son Viking s'y entendait pour faire de l'effet. Bienvenue à Dunregan ! Au moins, elle aurait une anecdote à raconter à ses amis, quand elle en aurait dans l'île.

Elle empoigna le guidon puis reprit sa marche sans plus se soucier de la boue qui giclait des roues. De toute façon, elle était bonne pour se changer complètement en arrivant.

— Vraiment, je tiens à m'excuser pour Brodie, poursuivit Ailsa. Je ne sais pas ce qu'il lui a pris. D'habitude, il n'est pas aussi grossier.

— Qui est-ce ?

— Comment, vous ne savez pas ?

Saisie d'un frisson d'appréhension, Kali fit non de la tête.

— Ne me dites pas que je vais le retrouver à la clinique ?

— Non seulement ça, mais vous allez voir son nom près de la sonnette et sur la porte de la salle d'examen.

— Le Dr McClellan, c'est lui ?

Aïe. Son nouveau départ ne s'engageait pas sous les meilleurs auspices.

— Ici, on l'appelle le fils McClellan, dit Ailsa. La clinique appartenait à son père, mais malheureusement, il est décédé il y a peu…

Elle pinça les lèvres, le regard fixé sur l'asphalte, comme si elle y cherchait une explication, puis elle se tourna vers Kali avec un sourire d'excuse.

— Brodie n'est pas du genre à faire des courbettes.

Kali hocha la tête.

Délicat euphémisme.

— C'est plutôt quelqu'un de pratique, c'est ça ? Tant mieux, c'est une qualité, répondit-elle, bien décidée à se concentrer sur le positif.

En cela, elle appliquait la consigne de sa psy. Encore à présent, elle se souvenait mot pour mot de ses paroles :

« Ce sera très dur de vivre sans aucun contact avec votre famille, mais le gros avantage, c'est que, à partir de maintenant, votre vie n'appartient qu'à vous. »

Sa mère ne lui avait pas dit autre chose en guise d'adieu quand elle avait dû fuir le domicile parental, cinq longues années plus tôt. Depuis lors, cette capacité à prendre les choses du bon côté lui avait permis de venir à bout des difficultés, quelles qu'elles soient. Il n'y avait pas de raison qu'il en aille différemment aujourd'hui.

— On arrive bientôt, dit Ailsa en indiquant de la tête un toit qui émergeait derrière une butte, un peu à l'écart du village. Sitôt que nous serons arrivées, je verrai à vous trouver des vêtements secs, et je vous préparerai une bonne tasse de thé bien chaude.

Un sourire illumina le visage de Kali.

Du thé ! Toujours voir le bon côté des choses.

S'il n'avait tenu qu'à lui, Brodie ne se serait pas arrêté à la clinique. Il aurait filé tout droit vers la montagne pour essayer de trouver son frère et faire un tour en VTT avec lui, histoire de dépenser son trop-plein d'énergie. Depuis son retour, ils s'étaient à peine vus tous les deux. Des retrouvailles en bonne et due forme n'avaient que trop tardé, d'autant plus qu'il ne verrait sans doute aucun patient aujourd'hui. En toute probabilité, ce serait à la remplaçante de s'en occuper. Le Dr O'Shea…

Irlandaise ? Certainement pas écossaise, en tout cas. Ses cheveux de jais, sa petite taille détonnaient dans cette île.

Ses cheveux. Elle les portait longs. Très longs, même.

Malgré lui, il fit bouger ses doigts comme pour jouer avec une mèche. Se reprenant, il serra les poings.

Quelque chose en elle lui rappelait l'Inde, mais avec un

nom comme le sien, elle avait peu de chances d'avoir des racines indiennes.

Il haussa les épaules.

Lui qui en voulait à la terre entière parce qu'on racontait tout et n'importe quoi à son endroit, voilà qu'il faisait pareil.

Elle l'avait pris de court, cette fille. Lorsqu'un mail lui avait confirmé la venue d'une certaine Kali O'Shea, il s'était attendu à voir arriver une rouquine au visage tavelé de taches de rousseur, certainement pas cette ravissante poupée de porcelaine. Elle était d'une beauté surprenante avec ses cheveux bouleversés par le vent, son vélo ridicule et sa tenue qui ne l'était pas moins par ce froid de canard.

Quelle idée de se balader à deux-roues par un temps pareil...

Devant la clinique, il choisit de se garer à l'arrière du bâtiment, histoire de ne pas être vu et de les laisser se demander où il pouvait être. Il flanqua un coup rageur sur le levier de vitesse pour le faire revenir au point mort, coupa le contact et descendit de voiture. Les pieds fermement plantés sur le sol, il ferma les yeux.

Il avait les nerfs en pelote, il fallait qu'il se calme.

La voix de son père résonna dans sa conscience.

Comment, il avait laissé cette pauvre petite comme ça, sur le bord de la route avec son vélo boueux, sans même lui proposer de la ramener ? Ce n'était pas comme ça qu'on fonctionnait, sur cette île.

Un sourire amer déforma son visage.

La solidarité insulaire, quelle blague ! Mais son père aurait raison en l'occurrence de lui reprocher son comportement.

Il passa une main dans ses cheveux trop longs — à quand remontait sa dernière visite chez le coiffeur ?

Non seulement il se négligeait, mais sa maison et sa vie en général étaient sens dessus dessous. Pour couronner le tout, il était considéré comme persona non grata parmi les siens. Certes, il avait été déclaré guéri, mais il en fallait plus pour convaincre les gens du cru. S'il en doutait, il lui suffisait de se rappeler leur comportement lors des funérailles de son père.

Tout le monde ou presque l'avait ignoré. C'était à Callum qu'étaient allées la compassion, les embrassades et les tapes dans le dos. Lui, le fils prodigue, il n'avait eu droit qu'à de rares poignées de main et à des signes de tête laconiques.

On pouvait mettre cette hostilité sourde sur le compte de son voyage en Afrique, mais son cœur lui disait qu'il n'y avait pas que ça. Rien ne ramènerait jamais sa mère de cette balade fatale à laquelle il l'avait conviée des années plus tôt. Aucune pénitence ne la ferait revenir. Il avait souvent songé à organiser une conférence à la mairie du village pour expliquer son travail en Afrique, les précautions qu'il avait respectées. Mais il n'avait jamais mis ce projet à exécution. Il avait trop peur de ne voir personne se pointer et de devoir s'adresser à une salle vide.

Il fit claquer la portière et courut jusqu'à la maison, assailli par une bourrasque de pluie.

Dire qu'il les avait laissées toutes les deux finir de rentrer à pied ! Crétin ! A coup sûr, Kali ne devait pas penser autre chose de lui. Pour rattraper le coup, il allait préparer le thé.

Il tourna la clé et donna un coup de pied en bas de la porte à l'endroit qui coinçait toujours par temps humide.

Malgré lui, il sourit.

Cette clinique, il la connaissait comme sa poche. Enfant, il y avait usé ses fonds de culottes. C'était ici qu'il avait écouté ses premiers battements de cœur au stéthoscope sous l'œil bienveillant de son père. Et maintenant, comme son père et le père de son père, il avait repris le flambeau…

Enfin, on verrait.

Le visage plissé par une grimace, il se dépêcha d'entrer et de refermer sans regarder derrière lui pour éviter que le vent s'engouffre dans la pièce, mais il rencontra une résistance.

Il poussa de plus belle.

— Décidément, Brodie, tu ne fais aucun effort pour accueillir notre nouveau médecin !

Rouvrant la porte, il vit Ailsa et, derrière elle, le Dr O'Shea.

— Bonjour, dit celle-ci en s'avançant pour lui tendre la main. Appelez-moi Kali.

Il fronça les sourcils et se donna une gifle mentale à la vue de ses égratignures. Aurait-elle voulu lui rappeler qu'il aurait pu l'aider, elle ne s'y serait pas prise autrement.

Devant son hésitation, Kali s'essuya les doigts sur sa veste maculée de boue.

— Désolée. Je ne suis pas vraiment sur mon trente et un, ce matin.

Sa voix dénotait un léger accent anglais enrichi d'inflexions mélodieuses typiquement irlandaises.

— Bon sang, mais laisse-la donc rentrer se mettre au chaud ! intervint Ailsa. Mme Glenn nous a apporté hier des biscuits faits maison. Va donc nous préparer une bonne tasse de thé. Oh ! Et si tu pouvais lui trouver des vêtements secs, aussi.

— Ce sera tout ? dit-il avec humeur tandis qu'elle s'éloignait dans le couloir.

Mais Kali attendait encore dehors, faute d'avoir eu l'audace de passer devant lui en même temps qu'Ailsa.

— Allez, ne restez donc pas là. Entrez vous mettre au sec.

Joignant le geste à la parole, il s'écarta avec un grand sourire, courbé et un bras tendu à la manière d'un majordome.

Kali considéra Brodie avec circonspection.

D'un seul coup, l'ours mal léché s'était transformé en chevalier servant. Enfin presque : il évitait son regard, les yeux fixés sur le parking derrière elle.

Elle se risqua enfin à passer devant lui.

Non, il n'avait rien du prince charmant, mais bon sang, qu'il sentait bon ! Une odeur de pain frais, de tourbe et de terre. Pas d'erreur, il était bien du coin. Elle s'aventurait sur son terrain.

Elle réprima un sourire, s'imaginant déguisée en reine viking, une cape de fourrure sur les épaules et pointant l'épée vers la terre qu'on apercevait du bateau. Une Viking aux cheveux de jais !

Devant elle s'étendait un long couloir ponctué de portes fermées.

— Euh… Je dois aller où ? demanda-t-elle alors que Brodie refermait la porte.

— Au fond du couloir, à gauche, première porte à votre droite. C'est le local à fournitures. Vous y trouverez Ailsa.

Elle lui jeta un bref regard en s'éloignant.

Il avait une belle voix, bien timbrée, avec un accent écossais rocailleux à souhait. Dommage qu'il soit si grincheux. Avec son menton aux lignes volontaires, ses yeux d'un bleu frappant, ses beaux cheveux épais, il avait de quoi retenir l'attention. Malgré son abord abrupt, il ne lui donnait pas l'impression d'être méchant. Mieux vaudrait parler de brusquerie. Il avait de belles mains, et ses doigts ne portaient pas d'alliance. Oui, un vrai loup solitaire, manifestement peu enclin à rejoindre la meute…

Elle se secoua, soudain consciente que ledit loup solitaire était en train de lui parler.

— Donc, je vous conseille de vous dépêcher. Je vais mettre la bouilloire en route, et je vous retrouve dans cinq minutes pour vous débriefer, d'accord ? On ouvre bientôt.

Sur ces mots, il s'engouffra dans une des portes, la laissant seule, et deux secondes plus tard, elle entendit un robinet couler.

Elle tourna les talons, un sourire aux lèvres.

Manifestement, ces insulaires avaient des manières un peu rugueuses. Rien à voir avec les entrées en matière qui avaient cours ailleurs, du style « bienvenue dans notre clinique, je suis le Dr X. Voici le coin-cuisine, et si vous avez le courage d'utiliser le frigo commun, n'oubliez pas de mettre un nom sur votre repas ». En fait, un accueil aussi brusque n'aurait rien eu d'étonnant dans un hôpital surmené de grande ville. Mais on était à Dunregan, que diable ! Et la clinique n'ouvrait pas avant une demi-heure. A la réflexion, ce Brodie McClellan était tout de même excentrique.

Un tintement de tasses entrechoquées résonna dans le silence, ainsi qu'un grommellement de baryton qu'elle n'arriva pas à comprendre.

Bah, quelle importance si son nouveau chef était un ours mal léché ? Elle avait eu affaire à pire qu'un grincheux qui s'est fait recaler à l'école des bonnes manières.

Blague à part, elle s'appuya un moment contre le mur pour récupérer émotionnellement.

Dire qu'elle avait été si heureuse de recevoir cette convocation pour un poste à Dunregan ! Elle tenta de visualiser le message, sans y parvenir, et sortit son téléphone portable pour retrouver le mail en question.

L'écran était brisé ! Pulvérisé, même.

Et voilà ! la nargua une petite voix intérieure. Elle méritait bien cela pour les problèmes qu'elle avait causés autour d'elle, à sa mère, à sa petite sœur.

Elle leva les yeux au plafond avec un long soupir pour résister aux scrupules qui la taraudaient jour après jour.

Là-haut, tout là-haut, au-delà des nuages, le ciel était bleu. Et ce nouveau départ, si mouvementé soit-il, laissait augurer de beaux lendemains. Haut les cœurs !

— Kali, vous êtes…

Ailsa fit irruption dans le couloir et laissa tomber ses bras avec découragement.

— Attendez, ne me dites pas que Brodie vous a laissée plantée ici dans vos vêtements tout mouillés ? Bon sang, il me désespère, aujourd'hui !

Retranchée dans la salle des fournitures pour se changer, Kali regarda avec hésitation un T-shirt à manches longues récupéré dans une brocante. Ça et un pantalon de survêtement qui avait appartenu à Brodie, c'était tout ce qu'Ailsa avait à lui proposer.

D'abord tentée de refuser, elle se résigna, faute de mieux. Alors qu'elle enfilait le T-shirt, elle inhala une bonne odeur fraîche de lessive. Elle se regarda dans une glace et sourit.

Dans ce vêtement, elle nageait complètement, mais au moins elle serait à l'aise et au sec.

Au même instant, une volée de gros mots s'échappa de la cuisine.

— Fichue bouilloire ! Quand va-t-on enfin se décider à la réparer ?

Bon sang… Les murs ne venaient-ils pas de trembler ?

— Arrête ton cinéma, Brodie, fit la voix d'Ailsa, apaisante. Tu sais quand même faire chauffer de l'eau, non ?

Un grommellement indistinct lui répondit.

— Allons, laisse-moi voir ça, dit encore Ailsa.

Puis, après un bref silence :

— Oh ! lala ! Il va vous falloir un pansement, docteur McClellan.

— Ah ! maintenant que je me suis fait mal, je ne suis plus Brodie, mais le Dr McClellan !

— Brodie, Dr McClellan… Tu resteras toujours le bébé dont j'ai changé les couches et que j'ai fait sauter sur mes genoux !

— Ah ! mais lâche-moi, à la fin ! Ce n'est rien, je te dis. Même pas une brûlure.

— Dis donc, c'est comme ça qu'on parle à sa tante ? Et accessoirement, à ton infirmière en chef.

— Pff, facile à dire ! Tu es la seule infirmière.

Kali sursauta au claquement d'une porte et sourit de plus belle tout en tressant ses cheveux.

Pour un peu, on se serait cru dans un *soap opera* écossais. Génial ! Elle n'avait rien connu de tel dans sa famille…

A cette pensée, elle se flanqua une gifle mentale.

Pas d'apitoiement. Ça ne servait à rien, sinon à la plomber davantage. De toute façon, elle n'avait plus de famille. Personne avec qui se chamailler ni sur qui compter.

Rester po-si-tive. Pas d'idées noires. Il y a un bon côté à

tout. En l'occurrence, ne plus avoir de famille, cela voulait dire qu'elle était libre de toute contrainte, sans personne pour la brider…

Ni pour se soucier d'elle.

Comme les larmes montaient, elle ferma les yeux, respira à fond, et tira d'un coup sec sur la ceinture du pantalon.

Un nouveau claquement de porte la fit sursauter. N'entendant pas de bruits de pas dans le couloir, elle se décida à s'aventurer hors de la pièce. A quoi bon se cacher ? Dans moins d'une demi-heure, elle devrait s'occuper de son premier patient, donc autant faire un tour de reconnaissance, histoire de prendre ses repères.

Forte de cette résolution, elle entrouvrit la porte et glissa la tête par l'entrebâillement, mais recula précipitamment car Brodie passait, plus colérique que jamais, une de ses mains soutenant l'autre.

Il la toisa des pieds à la tête.

— Vous avez un sacré look, docteur O'Shea.

L'ironie la fit rougir de gêne.

— Avec une blouse, ça devrait aller.

— Certainement. Je vais chercher la liste des patients.

Il tourna les talons et se remit en marche.

Sentant un léger frisson lui dévaler l'échine, elle s'avança sur le pas de la porte et regarda son dos s'éloigner.

En chausses et pourpoint, il aurait eu l'air d'un chevalier sorti d'un roman de Walter Scott…

Elle dut courir pour le rattraper.

— Je peux y jeter un coup d'œil ?

— C'est le but, non ?

— Je parlais de votre main.

Il lui fit face si brusquement qu'elle faillit se cogner contre lui.

— Je croyais que vous alliez vous dégonfler.

Elle recula instinctivement mais se ressaisit.

Elle en avait vu d'autres. Si elle avait échappé à un mariage arrangé et aux menaces de mort de son père, elle n'allait pas se laisser intimider par un grincheux qui s'était fait une petite brûlure.

Elle s'intéressa à sa main pour éviter de croiser son regard.

— Je me suis déjà occupée de patients difficiles, dit-elle d'une voix neutre. Je vais m'en sortir, vous verrez.

— Et des patients difficiles atteints d'Ebola ?

Ce disant, il tendit la main en un geste de provocation.

— Alors, vous n'avez pas peur de me toucher ?

Perplexe, elle fit appel à son sang-froid, plus déterminée que jamais à ne pas se laisser impressionner par son agressivité. Sans montrer le moindre trouble, elle prit sa main dans la sienne et lui fit tendre les doigts, qu'il repliait sur la paume endolorie.

Brodie réprima un frisson. Au contact des doigts légers de Kali, un soupir faillit lui échapper. Il exhala son souffle et se rendit compte qu'il avait retenu sa respiration.

C'était la première fois depuis des semaines qu'on le touchait, pour ne pas dire des mois, et cela lui allait droit au cœur. Il ne devait pas — ne *pouvait* pas — lui montrer ce qu'il éprouvait en cet instant. Cela dit, pouvait-elle s'imaginer quel soulagement c'était, pour lui, de ne pas être traité comme une maladie ambulante ?

Certes, cette brûlure n'avait rien de grave : il avait été surtout blessé dans son amour-propre. Il n'empêche, le geste de Kali était plus apaisant que n'importe quel remède. Un bisou sur un bobo, songea-t-il, amusé.

Attentif, sérieux, le regard de Kali se promenait sur sa main. Elle avait des yeux verts, d'un éclat inhabituel, quasiment félin. Quand elle les leva vers lui, ses longs cils frémirent comme si elle avait du mal à supporter son regard inquisiteur.

— Franchement, vous n'avez rien trouvé de mieux ?

— Pardon ?

— Eh bien, votre histoire d'Ebola, dit-elle avec dédain. Et puis quoi, encore ? La peste ? Le choléra ?

C'était maintenant au tour de Brodie d'être interloqué. A quoi jouait-elle ? Essayait-elle de le bluffer ?

— Passe encore sur votre accueil, sur vos moqueries à propos de ma tenue. Les nouveaux se font bizuter, c'est de bonne guerre. Mais sérieusement…

Elle haussa les épaules en secouant la tête d'un air qui voulait dire « ne me prenez pas pour une imbécile ».

— C'est votre meilleure idée pour me faire repartir dare-dare sur le continent ? Franchement, Ebola !

2.

Brodie retira sa main, ce qui lui valut un regard indigné.

— Vous croyez que je ne suis pas capable d'examiner une brûlure superficielle ? Je suis diplômée en médecine générale, vous savez.

— Je ne doute pas de vos compétences. Pas du tout. Simplement… Apparemment, l'agence de recrutement ne vous a pas tout raconté.

Kali fronça les sourcils.

— C'est-à-dire ? Normalement, je suis ici pour un mois avec une possibilité de prolongation. Que dois-je savoir de plus ?

Inutile de tourner autour du pot.

— Je sors de vingt et un jours de quarantaine après avoir travaillé pendant trois mois dans un hôpital accueillant des patients atteints du virus Ebola. En Afrique, ajouta-t-il, comme si ce n'était pas évident.

Un silence tomba.

Elle devait avoir à l'esprit le défilé d'images instillées par les médias auprès du grand public : ces fantômes revêtus de combinaisons Hazmat impressionnantes, intervenant dans des situations désespérées. Il ne pouvait pas lui en vouloir, d'autant plus que ces images avaient leur part de vérité. Il avait côtoyé des patients dont on ne pouvait pas partager le même air sous peine de conséquences fatales. Il avait voulu apporter son aide, si dérisoire soit-elle, essayer de changer les choses avant de revenir ici. Et il l'avait fait. Pourtant, cette expérience difficile avait été moins dure à supporter que les regards accusateurs qui l'avaient accueilli à son retour.

Kali le considérait d'un regard inexpressif.

— En effet, on ne m'a rien dit de tout cela, dit-elle d'une voix absolument neutre.

Elle marqua une courte pause pour réfléchir.

— Mais je suppose que vous ne seriez pas là si on ne vous avait pas accordé le feu vert. Donc, la question que je me pose, c'est : à quoi je peux servir, si vous êtes apte à travailler.

Il esquissa un sourire amer.

— Ah ! les mystères de la vie à Dunregan commencent à se révéler. Disons que certains… Non, la plupart des patients sont inquiets à l'idée d'avoir affaire à moi.

Il aurait été plus juste de dire « tous ». Partout, il était vu comme un pestiféré. A moins qu'il ne s'agisse d'un prétexte pour refuser d'avoir affaire à lui — ce qui, à tout prendre, était encore plus blessant.

— Vous avez bien reçu le feu vert des autorités de santé ? insista Kali d'une voix neutre.

Elle ne lui demandait pas des comptes. Elle s'informait simplement.

Il s'éclaircit la gorge.

— Oui. Mais les insulaires dans leur grande majorité n'ont rien à fiche des recommandations du ministère de la Santé.

Il émit un petit rire de dérision.

— Quand je pense à toutes les infections virales que j'ai guéries ici ! C'est incroyable, non ?

Assez. A force, il risquait de verser dans l'amertume. Certes, il était en colère, mais surtout, il souffrait. En des moments comme celui-ci, il aurait tellement voulu vivre dans un anonymat bienheureux, ailleurs que sur cette île.

— Et comme vous avez prêté le serment d'Hippocrate, vous n'exerceriez pas à moins d'en être totalement capable, n'est-ce pas ?

Malgré lui, il fronça les sourcils avec humeur.

Bien sûr, sinon, il ne serait pas autant affecté !

— Ne m'en veuillez pas, docteur McClellan. C'est aussi

mon boulot de m'assurer de votre capacité à assumer vos fonctions.

— Oui, vous avez raison, maugréa-t-il.

Pourtant, il supportait mal d'être interrogé une fois de plus, de surcroît par une personne qui ignorait ce qu'il avait vécu là-bas. Kali O'Shea était sans doute diplômée en médecine générale, mais c'était une oie blanche. A la voir avec son visage de porcelaine, si enthousiaste à l'idée de venir travailler ici, elle devait être inconsciente, ou bien folle.

— Vous sortez tout juste de la fac, n'est-ce pas ?

Elle le dévisagea comme s'il avait des cornes sur le front.

— Je suis un peu plus âgée que cela. Par ailleurs, je ne pense pas que cela vous regarde.

— C'est vrai, désolé. Vous avez l'air tellement…

— Oui, je sais, dit-elle, les bras croisés sur la poitrine. J'ai l'air d'une gamine, on me l'a souvent dit.

— Non, je n'aurais pas dit cela.

Elle ressemblait à un ange avec sa peau de pêche que la vie n'avait pas abîmée. Cependant, à présent qu'il y faisait attention, effectivement, son regard dénotait une maturité surprenante chez une personne si jeune.

— Eh bien, je suis une grande fille, majeure et vaccinée, dit-elle comme si elle s'adressait à un tout petit enfant. Donc, ne vous inquiétez pas, docteur McClellan.

— Brodie.

Décidément, elle lui plaisait, cette fille. Plus ça allait, plus il se disait que, entre eux, ça pourrait coller… Professionnellement, s'entend. Au fond, ils n'étaient pas si différents tous les deux. Comme lui, elle semblait prompte à la repartie si on la titillait. Et avare de sa confiance. Visiblement, son amitié devait se mériter.

— Je ne m'inquiète pas, répondit-il. Quoi qu'il en soit, vous avez de la chance : vos parents vous ont refilé de bons gènes.

Il la vit aussitôt se crisper.

Manifestement, il avait touché sans le vouloir un point sensible. Sans doute n'était-il pas le seul à entretenir des relations conflictuelles avec ses ascendants. Quoique Ailsa l'aidât beaucoup en ce moment, tout comme Caitlyn, qui avait accepté de remplacer à la dernière minute l'assistante qui avait fait faux bond. Il aurait tort de s'estimer seul contre le reste du monde.

— Donc, vous êtes parti en Afrique ? demanda-t-elle.

Il lui sut gré d'avoir changé de sujet et hocha la tête pour se ressaisir.

— Oui, en effet… Pour faire court, je me suis engagé auprès de Médecins Sans Frontières. Comme vous pouvez vous en douter, ils sont très rigoureux en matière de sécurité. Par chance, j'ai pu travailler dans des locaux neufs. A mon retour en Grande-Bretagne, il y a cinq semaines, j'ai été suivi par l'institut de veille sanitaire.

Kali tourna la tête vers Ailsa qui arrivait dans le couloir, les bras chargés de dossiers.

— Ah ! docteur O'Shea, vous avez trouvé des vêtements secs ? Parfait ! Vous avez pensé à suspendre votre veste mouillée au-dessus du radiateur de la pièce du fond ? Celle par laquelle nous sommes entrées. De la sorte, elle séchera beaucoup plus vite. Je vais vous chercher une blouse, mais ne vous en faites pas. Ici, c'est sans chichi. Vous êtes très bien comme ça.

Ailsa se faufila entre eux pour accéder au bureau, non sans jeter au passage un regard noir à Brodie, qui lui répondit par un grand sourire avant de revenir à Kali.

— OK. Je vais faire vite, sans aller dans les détails. J'ai observé une quarantaine de vingt et un jours pendant lesquels j'ai résidé près d'une agence agréée par l'institut de veille sanitaire. Pendant toute cette période, j'ai pris ma température deux fois par jour et fait un point quotidien avec mon référent. J'ai également suivi un traitement préventif contre la malaria, parce que les symptômes du paludisme ressemblent beaucoup à ceux d'Ebola. Au moindre soupçon de fièvre, je devais rester confiné chez moi, sans contact avec les autres, et appeler les secours, comme l'a fait ce médecin à New York — qui, je tiens à le préciser, a été lui aussi déclaré négatif.

— Où avez-vous effectué ce suivi ?

— A Londres, de manière à rester à proximité d'une structure de soins spécialisée en cas de problème. De plus, j'informais régulièrement l'hôpital dont je dépendais, par mesure de précaution supplémentaire.

Comme elle levait les sourcils, il haussa les épaules.

— Je sais. Il y a de quoi devenir paranoïaque, à force. D'un autre côté, une fièvre hémorragique, ce n'est pas joli joli…

Il n'en dit pas plus, d'autant plus que Kali n'avait émis aucun jugement. Elle n'était pas une ennemie, juste un médecin qui s'en tenait à son job. Celui qu'il aurait dû faire si les circonstances le lui avaient permis — mais peu importe.

— Donc, voilà. Pendant trois mois, j'ai porté une combinaison Hazmat à chaque contact avec les malades, j'ai suivi à la lettre les recommandations de décontamination. Et depuis, rien. Jusqu'alors, je n'avais jamais fait attention au nombre de personnes qui éternuent dans les transports en commun.

Il accompagna cette dernière remarque d'une tentative de rire qui se solda par une quinte de toux.

— Très bien, dit Kali. Je suppose que vous avez fait le point avec tout le monde ? Je parle des gens d'ici, de Dunregan.

Il sentit sa gorge se serrer.

Pas vraiment, non. C'était bien là le problème !

— Euh… Tout dépend de ce que vous voulez dire par « parler avec », marmonna-t-il en accompagnant ces paroles d'un geste évasif.

— Je ne sais pas… Vous n'avez pas organisé une conférence à la mairie ou une réunion de ce genre ?

Devant son expression fermée, elle dut comprendre qu'il n'en avait rien fait.

— Vous avez sans doute fait l'objet d'un article dans le… Comment s'appelle le journal du coin ?

— La *Chronique de Dunregan*, grogna-t-il.

— Ne vous fâchez pas. Je demande, voilà tout. Ils ne vous ont pas consacré d'article ou d'interview ?

— Non. De toute façon, j'avais d'autres chats à fouetter — l'enterrement de mon père, notamment, lâcha-t-il avec une brusquerie qu'il regretta aussitôt.

Il fallait vraiment qu'il arrive à contrôler ses nerfs. Kali n'était pour rien dans ses problèmes. Au contraire, elle était venue pour l'aider.

— Désolé. En fait, je croyais que les gens se renseigneraient par le bouche-à-oreille. C'est ce qui s'est passé, d'ailleurs. Mais pas avec les résultats que j'escomptais.

Kali eut un bref hochement de tête.

— Toutes mes condoléances pour votre père. Si vous le voulez bien, laissons cette conversation pour plus tard. J'aimerais me familiariser avec le fonctionnement de la clinique avant de me jeter dans le bain. En revanche, ce soir, si vous êtes libre après la fermeture, je serai ravie de discuter avec vous. De votre travail en Afrique, s'empressa-t-elle d'ajouter. Le peu que vous en avez dit a l'air fascinant.

Il sourit, touché. Kali était la première à lui témoigner un intérêt sincère pour sa mission humanitaire.

— Ça a été une expérience incroyable. Inoubliable.

Un court silence tomba, et Kali se redressa, comme pour revenir à la réalité. Le large col de son T-shirt glissa, laissant apercevoir un bout d'épaule.

Un élan d'attirance le traversa, guidant ses pensées vers de tout autres directions.

Bon sang ! Il devait se ressaisir, elle lui parlait.

— Bon, j'ai compris que vous traversez une mauvaise passe. Rappelez-vous que je suis ici pour vous aider, pas pour vous mettre des bâtons dans les roues. D'accord ?

Il hocha la tête.

Décidément, ce petit bout de fille avait de la sagesse à revendre. Ses yeux verts laissaient deviner des histoires enfouies. Elle lui tendit une main décidée, qu'il prit dans la sienne et secoua deux fois fermement.

— C'est bon, dit-il. A l'avenir, je laisserai la corvée de thé aux autres.

Pour toute réponse, Kali esquissa un sourire poli.

— Sur ce, je vais me présenter au reste de l'équipe.

— Oui, allez-y. En fait, il n'y a que Caitlyn, ma nièce. Elle aussi est nouvelle ici.

— Très bien. Elle et moi sommes à la même enseigne, alors. Ne vous embêtez pas pour le thé. Je préfère le café, de toute façon.

Elle gardait le sourire, comme si elle ne lui tenait pas rigueur de son comportement envers elle.

— Désolé pour l'accueil, ajouta-t-il alors que Kali passait devant lui, suivie par un léger parfum de jasmin.

Elle s'arrêta et lui jeta un regard incertain, comme si elle ne savait pas comment réagir à cette remarque. Elle se détendit lorsqu'elle le vit sourire.

— Ailsa est super ! Par contre, le patron…

Il se mit à rire de bon cœur.

— Ah ! celui-là… J'avoue qu'il est difficile à vivre. Mais il connaît bien son boulot.

— Je n'en ai jamais douté, répondit-elle avec sincérité. Concernant votre main, plutôt qu'un pansement, je recommande une crème antibiotique à base de sulfamide argentique, pour application topique. Même si, comme vous le savez certainement, des études récentes suggèrent que ce produit risque de prolonger le temps de cicatrisation… Mais je suis sûre que vous savez ce qui est le mieux, ajouta-t-elle avec un haussement d'épaules, avant de disparaître par la porte à battants qui menait à la réception.

Il demeura immobile, les yeux fixés sur l'endroit qu'elle avait occupé.

Vraiment, elle était bien, cette fille. Elle avait du caractère et ne se laissait pas marcher sur les pieds ni impressionner par ses sautes d'humeur.

Il se dirigea à son tour vers la réception et posa la main sur la poignée de porte pour aller débriefer Kali et Caitlyn, mais il se figea en entendant Ailsa s'éclaircir la gorge derrière lui.

— En quoi puis-je t'être utile, ma chère tantine ?

— Tu ne vas pas tarabuster Caitlyn, j'espère ?

— Moi ? Non.

Si.

— Bon sang, Brodie, laisse-lui sa chance, à cette petite ! Elle sort tout juste du lycée. Si tu surveilles ses moindres faits et gestes, tu vas la bloquer complètement.

— Tu dis ça pour me dissuader de pointer le nez à la réception et faire peur aux patients ?

Ailsa brandit l'index en signe d'admonestation.

— Brodie McClellan, je te conseille de réfléchir. Tu as des appuis, mais tâche de les ménager. En plus, je te rappelle que, en septembre, Caitlyn ne pourra plus assurer son poste, puisqu'elle part à l'université. Autrement dit, tu as quelques mois, pas plus, pour faire la paix avec tout le monde. Y compris avec le Dr O'Shea. Elle est là pour t'aider, rappelle-toi.

Il se détourna, plus ombrageux que jamais.

— M'aider pour faire un travail auquel je suis parfaitement apte ?

Ailsa lui pressa l'épaule avec douceur.

— Tu m'as comprise, Brodie. Tu ne peux pas en vouloir aux gens d'avoir des craintes. En plus, tu viens à peine de rentrer. Ça te laissera le temps de reprendre tes marques, de jeter de nouveau des ponts.

Il réprima un haussement d'épaules.

Laisser du temps au temps, c'était facile à dire. Au point où il en était, puisque Kali était aux manettes, il était tenté de faire ses bagages et de repartir en mission avec Médecins Sans Frontières, quelque part très loin… Sauf qu'il tenait à la clinique de son père. A moins que sa remplaçante n'ait éveillé sa curiosité ? Ce serait pour le moins intéressant.

Il s'appuya contre le mur et hocha la tête.

— Bon, OK, je vais essayer. Maintenant que Kali est là, tu penses que les patients vont revenir ?

— Ma main au feu.

— Et moi, je suis censé faire quoi ? Me tourner les pouces pendant qu'elle officie ?

— Allons, elle aura sûrement besoin d'aide, par exemple concernant les antécédents d'un patient. A toi de te montrer sous un bon jour. Prouve-lui que tu es le brave gars que j'ai le bonheur de connaître, et pas seulement une espèce d'ours mal léché. Tu n'étais pas très engageant ce matin, je t'assure.

— D'accord, dit-il en se détachant du mur. Le mieux, c'est que je vous laisse toutes les deux aux manettes, tranquilles. Pendant ce temps, je pourrais toujours avancer sur ce bateau dont je parle depuis si longtemps.

— Celui que ton père voulait construire avec toi ? Oui, en effet, voilà une promesse que tu pourrais honorer. Tu peux aussi mettre ton énergie au service de cette petite jeune qui fait l'effort de venir s'enterrer pendant un mois à Dunregan pour te sauver la mise. Et tu ne dois pas oublier non plus cette autre promesse que tu as faite à ton père.

Une promesse faite au chevet d'un père mourant : on aurait dit du Shakespeare.

Il s'efforça de dominer son émotion.

— Oui, bon. Je suis là, non ?

— Ce n'est pas ce que je veux dire, et ton père non plus. Tu le sais bien, Broderick Andrew McClellan.

Ouh là ! Lorsque sa tante Ailsa l'appelait par son état civil, c'était qu'elle n'était pas d'humeur badine. Mais elle avait raison de lui secouer les plumes. Lui non plus ne supportait plus de s'apitoyer sur son sort. Il n'avait jamais été du genre à se complaire dans ses problèmes. L'inactivité lui pesait de plus en plus.

Ailsa s'éloigna avec un *tss-tss* désapprobateur.

— Tu crois que je m'amuse, dis ? s'écria-t-il. Les gens mouraient, là-bas.

Elle tourna la tête vers lui.

— J'en suis bien consciente. Il t'a fallu beaucoup de courage et de générosité pour faire ce que tu as fait, et c'est rageant que les gens d'ici ne s'en rendent pas compte. Mais à te voir, on dirait que tu portes tous les malheurs du monde. Etonne-toi, après ça, qu'on hésite à se frotter à toi.

— *Quoi !*

L'entendant rugir, Kali, qui venait de sortir dans le couloir, fit aussitôt demi-tour et retourna à la réception.

Ailsa adressa à Brodie un regard qui signifiait « je te l'avais bien dit ».

Il prit une longue inspiration.

En effet, il ne pouvait pas continuer ainsi. Il était temps de redresser la barre, ou Kali allait repartir par le premier ferry.

— Tu sais, Ailsa… Maintenant que j'y pense, une paire de mains supplémentaire ne sera pas de trop. Je ne critique pas ton travail, bien sûr, mais papa disait toujours que la clinique tournerait mieux avec un docteur en plus — ou plutôt, *une* docteur. Une personne extérieure à Dunregan, avec qui les patients se sentiraient plus à l'aise pour traiter de questions sensibles.

Alors qu'il parlait, un feu d'artifice d'idées se mit à pétarader tous azimuts dans son esprit.

Si Kali travaillait à temps plein, il n'aurait plus à faire face seul aux permanences à rallonge, aux visites à domicile, aux urgences la nuit ou le week-end, aux opérations de sauvetage en montagne, si fréquentes en été. Il ne boudait pas le travail, loin de là. Au contraire, s'il n'avait tenu qu'à lui, il aurait été à pied d'œuvre du matin au soir. Seulement, il avait à cœur de satisfaire la promesse faite à son père sur son lit de mort, et la tâche lui paraissait lourde pour une seule personne.

Ici, à Dunregan, une prise en charge ne se limitait pas à un rendez-vous d'une dizaine de minutes. Son père et son grand-père s'étaient toujours vantés d'être d'authentiques médecins de famille. Jamais ils ne s'étaient contentés de griffonner des ordonnances et de contrôler un bilan annuel. A Dunregan, tout était personnel, a fortiori les soins de santé. Tout le monde se connaissait, rien n'était secret. C'était d'ailleurs pour cela que le décès prématuré de son père avait causé un tel choc.

Quoi qu'il en soit, si Kali acceptait d'assumer une partie de la charge, peut-être arriverait-il au bout de cette année sans y laisser trop de plumes. Sur l'île, si la mémoire de son père était vénérée, lui, en revanche, n'avait pas droit aux mêmes faveurs. Mais peut-être parviendrait-il à rétablir sa réputation ?

Il s'aperçut qu'Ailsa le dévisageait avec circonspection.

— Tu n'as pas l'intention de te défiler, j'espère ?

— Non.

— Eh bien, mon cher neveu, si tu veux que le Dr O'Shea ne te fasse pas faux bond, je te conseille de te montrer sous un jour plus favorable. Celui que tout le monde connaît, du reste.

Elle lui pinça la joue, et il la serra contre lui avec affection.

— Qu'est-ce que je ferais sans toi et ton bon sens, tata ? Je me suis comporté comme un imbécile, pas vrai ?

— Je ne te le fais pas dire ! J'ai même à l'esprit quelques mots moins polis pour te décrire. Sur ce, tu m'excuseras, mais j'ai du travail.

Quand elle fut partie, il sentit son propre sourire s'évanouir.

En fait, les insulaires avaient bon dos. Le problème venait essentiellement de lui. Il adorait son père et son métier mais ne se sentait pas capable de répondre aux exigences de l'un et de l'autre, d'où sa frustration. Et dire qu'il avait toute une année à tirer sur cette île ! A quoi bon se leurrer ? Il avait besoin de Kali plus qu'il n'aurait voulu l'admettre. Seulement, accepterait-elle de rester plus qu'un mois ? Déjà, avec l'accueil qu'il lui avait réservé, il aurait de la chance si elle acceptait de rester tout court.

Il fit rouler ses épaules pour se détendre.

Ce matin, il s'était comporté en gamin capricieux. Il était temps d'agir en adulte et de se rendre sympathique auprès du Dr O'Shea.

Kali appuya de nouveau sur la touche « Entrée », sans résultat.

Bizarre…

Elle se leva pour passer la tête dans le bureau où Brodie rôdait depuis un moment.

Enfin, « rôder » n'était pas le bon mot. Il se tenait à sa disposition si elle avait besoin de renseignements.

— Dites, l'informatique rame beaucoup, ce matin.

Brodie redressa la tête en souriant.

— Normal. C'est tout le temps comme ça.

Le ventre de Kali se mit à gronder, et elle plaqua sa main dessus pour le faire taire.

— Vous avez déjà faim après trois consultations ?

— Désolée. Ce matin, j'étais tellement excitée à l'idée de commencer le travail que j'ai sauté le petit déjeuner.

— Tant pis pour vous. Encore quinze patients avant midi !

— *Ou alors…*, dit-elle en étirant ces mots. Je crois me souvenir que vous m'aviez proposé une tasse de thé et un biscuit.

Brodie cligna les paupières d'un air surpris.

— Tant que vous y êtes, vous voulez que j'enfile un tablier et que je m'amène avec un petit chariot ?

Elle se sentit rougir. Avait-elle passé les bornes sans le vouloir ? Brodie McClellan était un médecin expérimenté. Son supérieur, de surcroît.

Il se leva et lui pressa l'épaule.

— Ne faites pas cette tête, docteur O'Shea. Je plaisantais. Une bonne petite tasse de thé ne nous fera pas de mal. En plus, c'est la moindre des choses, après vous l'avoir promise il y a une heure, ajouta-t-il avec un clin d'œil.

— OK, merci. Bon, j'y retourne.

Comme pour appuyer ces paroles, il tapota les doigts sur le cadre de la porte mais demeura immobile.

— Ça roule, ce matin ?

— Tout dépend de ce que vous entendez par là, répondit-elle en souriant. Au menu, j'ai eu un examen prénatal et une suspicion de grippe. Heureusement, il s'agissait seulement d'un gros rhume. J'ai aussi vérifié les points de suture sur une petite fille qui s'était fait une coupure à la naissance des cheveux. Rosie Bell, si mes souvenirs sont bons.

— Non. Rosie, c'est sa mère. La petite, c'est Julia.

— Ah, oui, c'est vrai. Bien sûr, vous connaissez tout le monde ici.

Elle s'interrompit en se rendant compte qu'elle jacassait.

— Les points de suture sont propres, tout va bien. Ils ont été posés à l'hôpital. Sur le continent, donc… Pas de problème, ça a été vite expédié. Et tout le monde est super accueillant avec moi.

Brodie fronça les sourcils.

— Bien, je ne vous retarde pas davantage, docteur O'Shea. Je vais enfiler mon tablier.

— Merci, balbutia-t-elle alors qu'il sortait dans le couloir.

Bien joué, Kali ! Juste après s'être reproché de jacasser à tort et à travers. Pour un peu, elle aurait voulu que le sol s'ouvre sous ses pieds et l'engloutisse. Cependant, qu'y pouvait-elle ? C'était la stricte vérité : elle avait été accueillie à bras ouverts par tout le monde.

Elle se dirigea vers la réception avec un soupir.

— Qui est le prochain, Caitlyn ?

— Désolée, docteur, je n'arrive pas à vous envoyer le dossier du patient. J'ai du mal, avec ce logiciel. En plus, les gens n'arrêtent pas d'arriver.

Kali jeta un coup d'œil vers la salle d'attente bondée.

— C'est toujours comme ça ?

— Eh bien…

Elle fit glisser sa chaise jusqu'à Kali et prit un ton de conspirateur.

— Depuis que j'ai commencé ici la semaine dernière, les gens venaient surtout pour mam… Enfin, l'infirmière Dunregan. Pas mal de rendez-vous avaient été annulés au retour de tonton… Du Dr McClellan. Mais la plupart ont réapparu comme par enchantement en apprenant que vous étiez arrivée.

— Mais je ne suis ici que depuis hier soir !

— Vous êtes venue par le ferry, n'est-ce pas ?

Elle hocha la tête.

A moins de posséder un hélicoptère ou un jet privé, il n'y avait pas d'autres moyens d'accéder à l'île. Décidément, les nouvelles allaient vite, ici !

La porte s'ouvrit pour laisser entrer une dame d'un certain âge qui salua Caitlyn de la main au lieu de venir s'enregistrer comme dans n'importe quel autre cabinet médical.

— Bonjour, madame Brown. On va voir ce qu'on peut faire. Vous risquez d'attendre un peu.

— Ce n'est pas grave, ma petite. J'ai apporté mon tricot.

Interloquée, Kali se tourna vers Caitlyn.

— Les gens arrivent et tentent leur chance ?

— On peut dire ça comme ça, répondit celle-ci. Au fond, qu'est-ce qu'ils risquent ? Au fait, je parie que vous aurez droit à un article dans la *Chronique de Dunregan.*

Kali s'efforça de sourire malgré le frisson glacé qui lui parcourait l'échine.

— Moi ? En quel honneur ?

— Vous seriez étonnée de tout ce qu'on trouve dans le journal. Même mon hamster a eu droit à la rubrique nécrologique !

Sur ces mots, Caitlyn se remit à tapoter sur le clavier de son ordinateur.

Kali émit un soupir silencieux.

Si l'attention dont elle faisait l'objet se limitait à une salle d'attente archi-comble, tant mieux. Elle n'en demandait pas plus, et surtout pas un encart dans le canard local. Rien qui menace la discrétion à laquelle elle aspirait par-dessus tout.

— Oh ! docteur O'Shea, désolée ! J'ai complètement oublié. Pourriez-vous voir M. Alexander Logan ? Il vient d'arriver et dit qu'il s'agit d'une urgence. Il n'a pas l'air dans son assiette…

— Pas de problème.

Elle était ici pour exercer la médecine. Et pour se faire oublier.

3.

Kali ouvrit la porte de la salle d'attente.

— Alexander Logan ?

Un vieux monsieur à l'épaisse chevelure blanche s'efforça de se redresser, dans une canne d'une main, une casquette dans l'autre.

— *Aye*, c'est moi. Et vous êtes ?

— Le Dr O'Shea.

Le vieil homme lui décocha un grand sourire, les yeux brillants.

— Avec un nom pareil et ces beaux yeux verts, vous êtes irlandaise, non ?

Elle lui sourit, espérant ne rien montrer du chagrin que lui causait cette remarque. En effet, sa mère avait une lointaine ascendance irlandaise. Et cela lui avait sauvé la vie. Mais ça, ni lui ni personne n'était censé le savoir.

— Voyez-vous, ma femme était irlandaise. Un brin de femme plein d'entrain.

Comme l'était sa mère.

— Elle devait être quelqu'un de très bien. Qu'est-ce qui vous amène, monsieur Logan ? Voulez-vous que je vous aide à vous lever ?

— Oh non… Enfin, si, un peu.

Courbé en deux, il la regarda avec un sourire qui s'épanouissait.

— Ouaip, vous avez les mêmes yeux que ma petite Tilly.

Elle passa un bras autour de lui.

— Essayons d'aller en salle d'examen, voulez-vous ?

— Pas de problème. Désolé, mes jambes ne sont plus ce…

Il porta une main à sa bouche pour tenter de contenir un éternuement sonore, qui le fit vaciller et pousser un cri de douleur. Aussitôt, la moitié des patients se précipitèrent à sa rescousse. Alors que Kali lui maintenait le coude plus fermement, elle entendit les portes battantes s'ouvrir.

— Sandy, ça va ?

C'était Brodie.

— Ça va, ça va… C'est juste ma hanche.

Manifestement, non, M. Logan n'allait pas bien, mais lorsque Brodie s'approcha de lui, le vieil homme se pressa contre Kali, comme terrifié.

— Non, non, dit-il avec un petit geste de la main. Ça va bien, Brodie. Le Dr O'Shea s'occupe de moi.

Elle n'en revenait pas. Personne dans cette salle d'attente n'avait l'air mieux portant que Brodie !

— J'allais juste…, commença ce dernier, avant de battre en retraite. Caitlyn, peux-tu demander à Ailsa d'aider M. Logan à aller en salle d'examen ? C'est votre hanche qui fait des siennes, n'est-ce pas, Sandy ?

— *Aye*, dit le vieil homme en se détournant.

Du coin de l'œil, Kali vit une femme se couvrir le nez avec un mouchoir. Le message était clair : Brodie devait quitter la pièce.

Un élan d'indignation la souleva. De quel droit osaient-ils se comporter de la sorte ? Jamais Brodie n'aurait mis en danger la vie d'autrui. C'était même l'inverse.

— Si vous avez l'habitude du Dr McClellan, je peux vous laisser avec lui, proposa-t-elle.

A cette suggestion, M. Logan se serra davantage contre elle.

— Oh non ! Tu n'y vois pas d'inconvénient, hein, Brodie ? Je ne veux pas manquer de politesse envers le Dr O'Shea qui nous a fait la gentillesse de venir à Dunregan. Tu comprends ?

Brodie se contenta de hocher la tête.

— Bien sûr, Sandy.

Il prit deux lingettes antiseptiques avant de ramasser la canne du vieil homme pour l'essuyer avec ostentation.

Ailsa entra à cet instant et promena les yeux sur la scène avant de prendre la canne des mains de Brodie. Ce dernier disparut de la pièce avant que Kali ait pu croiser son regard, mais elle se doutait bien que l'incident devait l'avoir humilié. Elle-même l'aurait été à moins.

— Mon Dieu, Sandy, dit Ailsa d'une voix flûtée. On dirait que votre hanche vous fait encore des misères.

— Tout allait bien jusqu'à ce que Bess et moi, on aille se promener du côté de Ben Regan…

— Le long des falaises ?

— *Aye*… La montée, ça allait. Mais pour redescendre…

— Vous pouvez marcher jusqu'au bout du couloir, Sandy ? Votre sciatique vous a ennuyé pendant cette promenade ?

— Non, non. Je fais toujours ce truc de flexion que Brodie m'a montré la dernière fois.

— Mais vous avez senti votre prothèse sortir de l'articulation à l'instant, n'est-ce pas ? demanda Kali.

— Bon sang, un peu, oui !

Ailsa jeta à Kali un regard qui voulait dire : « Vous vous sentez de taille pour effectuer la manœuvre ? » Kali acquiesça d'un hochement de tête, les lèvres pincées sous l'effort car M. Logan faisait son poids.

— Avec votre aide à toutes les deux, je devrais arriver à marcher jusque là-bas, dit-il avec un sourire reconnaissant.

Toutefois, à peine eut-il fait deux ou trois pas dans le couloir qu'il éternua de nouveau et faillit s'effondrer par terre.

Ailsa cessa de marcher.

— Bon. Sandy, si vous n'y voyez pas d'inconvénient, n'allons pas plus loin et tâchons de réparer ça ici même.

Kali appuya ses propos d'un hochement la tête.

— Allez-y, dit-il, haletant. N'importe quoi, pourvu que ça aille mieux.

Kali étendit les jambes du vieil homme sur le carrelage du couloir.

L'une était plus courte que l'autre, et le genou gauche était bloqué. M. Logan blêmissait à vue d'œil et il respirait en brèves bouffées saccadées.

— Monsieur Logan ? Vous souffrez d'une luxation postérieure. Ce que je vais faire, c'est ramener votre jambe…

— Faites ce que vous avez à faire, mais vite !

— Ailsa… Madame Dunregan… Infirmière, balbutia-t-elle. Pourriez-vous tenir la tête de M. Logan ?

— C'est plutôt son bassin que je devrai maintenir pendant que vous procédez à la réduction. Allez vite chercher les médicaments dont vous avez besoin.

— OK.

Elle jeta un coup d'œil par-dessus son épaule comme si un chariot de médicaments allait apparaître miraculeusement, puis elle se pencha vers Ailsa.

— J'ai pratiqué ce geste une seule fois, murmura-t-elle. Et encore, c'était en chirurgie, sous anesthésie.

— Mais vous l'avez fait ?

— Oui…

— Il n'y a pas d'hôpital à Dunregan, ma petite. M. Logan a une prothèse de hanche, donc la tête fémorale est artificielle. Vous devez effectuer cette réduction au plus vite, d'accord ? Ne vous en faites pas, tout ira bien, ajouta-t-elle avec un sourire rassurant.

Kali courut jusqu'à la salle d'examen. Elle y trouva Brodie, les mains gantées de latex, occupé à remplir une seringue.

— C'est de la morphine. Vous devrez sans doute lui donner ça aussi, dit-il en lui en tendant une deuxième.

Elle la prit d'une main dont elle s'efforça de maîtriser le tremblement.

— C'est quoi ?

— Du midazolam, pour la sédation. Vous êtes sûre d'être à la hauteur ?

— Oui, bien sûr, s'empressa-t-elle de répondre.

— Vous avez déjà procédé à une réduction de la hanche dans des conditions similaires ?

Pas vraiment, non. Disait-il cela pour la rassurer ou parce qu'il doutait de ses capacités ?

Elle regarda Brodie.

Il y avait de la bonté dans son regard. Il opina du chef comme pour dire « Allez-y ».

Encore une fois, les circonstances la mettaient au pied du mur puisque M. Logan avait exigé d'être soigné par elle. Heureusement, Brodie paraissait disposé à la soutenir.

Il se tourna vers l'évier pour se laver les mains… Ou pour l'ignorer ? Elle regarda fixement son dos, tentée de lui tirer la langue.

— Avez-vous un conseil pour m'aider ?

— Non. Allez-vous effectuer cette réduction, ou avez-vous besoin d'aide ? demanda-t-il sans se retourner.

Sa voix se mêlait au bruit de l'eau qui coulait, et elle ne put discerner si son ton exprimait l'énervement ou la gentillesse.

— Ce n'est pas comme si on pouvait appeler quelqu'un d'autre, non ?

En le voyant crisper les épaules, elle regretta ces paroles.

— C'est bon, j'y vais. Ne vous en faites pas, je vais m'en sortir.

Elle appuya cette phrase d'un hochement de tête décidé puis tourna les talons.

Elle examina les deux seringues et vit que Brodie avait pris la peine de les étiqueter. Puis dans son champ de vision apparut un chariot équipé notamment de tampons d'alcool et de seringues sans aiguille déjà raccordées à une tubulure reliée à un robinet à quatre voies.

Elle lança un sourire reconnaissant à Brodie.

— Merci, dit-elle en poussant le chariot devant elle.

— Attendez ! Vous aurez aussi besoin de ça.

Il arrivait avec une boîte de gants en latex, un rouleau de papier hygiénique et des draps d'examen.

Ailsa le débarrassa et lui demanda de mettre Caitlyn au courant de ce qu'il se passait pour qu'elle ne leur envoie pas d'autre patient pour le moment.

Le visage déformé par la douleur, M. Logan avait du mal à respirer.

Kali enfila une paire de gants et respira à fond.

— Très bien, monsieur Logan. Nous allons vous administrer deux piqûres…

— Tout ce que vous voulez, mais vite ! Je ne vais pas tenir le coup longtemps, et Bess est restée dans la voiture.

— Ne vous inquiétez pas pour votre chienne, Sandy, intervint Ailsa. Caitlyn va s'occuper d'elle. Ne bougez pas, nous allons vous mettre sous sédatif. Vous n'avez pas d'allergie, je crois ?

— Quoi ? Non, non.

Ailsa prit un tampon antiseptique qu'elle frotta sur le bras gauche du vieil homme puis, en quelques gestes précis, enfonça l'aiguille dans le pli du coude tout en présentant la tubulure à Kali pour qu'elle y insère les deux seringues de calmants.

Kali injecta soigneusement d'abord la morphine, puis le midazolam. Tandis qu'elle surveillait les effets des sédatifs, elle réfléchissait à un sujet de discussion.

De nouveau, Ailsa vint à sa rescousse.

Comment va Bess, Sandy ?

— Comme ci comme ça. Comme son patron, en somme.

— Vous la gâtez toujours autant ?

— Pas du tout, dit-il en souriant. Je ne vais pas devenir gaga pour un chien.

— Non, bien sûr. Même si Bess est une brave bête fidèle.

Ailsa tâta le poignet de Sandy et se pencha vers Kali.

— Il y a un moniteur dans la salle d'examen, murmura-t-elle. Celle où se trouve Brodie. Ça ne vous dérangerait pas…

— J'y vais.

Tout en se levant, Kali regarda sa montre.

M. Logan parlait d'une voix légèrement empâtée, signe que les sédatifs commençaient à faire effet. Elles n'auraient pas à attendre longtemps pour intervenir.

Elle rencontra Brodie sur le seuil de la salle d'examen, le moniteur dans ses mains gantées.

— Vous n'écoutez pas aux portes, j'espère ?

— A peine, rétorqua-t-il, furieux.

Le pauvre était ulcéré de ce qu'il lui arrivait. Elle-même l'aurait été à sa place.

Sans se formaliser, elle prit le moniteur et se dépêcha de rejoindre son patient, qui ronflotait et qui marmonna des réponses inintelligibles aux questions qu'elle lui posa.

OK, le moment était venu d'effectuer la manœuvre.

— Monsieur Logan, nous allons vous enlever votre pantalon.

Il répondit par un grognement léger qui se perdit dans un ronflement.

Ailsa sourit.

— Je crois qu'il est d'accord.

Et pour cause. Dans son état, Sandy Logan se fichait bien qu'on l'habille en Père Noël ou en pom-pom girl, du moment qu'on lui répare sa hanche.

Kali s'installa à califourchon sur ses jambes et lui souleva le bassin tandis qu'Ailsa tirait sur le pantalon avec des paroles de réconfort. Le patient, les yeux fermés, continuait à sourire.

— Alors ? Antérieure ou postérieure ? demanda Ailsa.

Postérieure. C'était évident, à la vue du genou et du pied tournés vers l'intérieur. Par acquit de conscience, Kali palpa quand même le bassin d'une main aussi légère que possible.

Pas de doute, la tête fémorale était déboîtée vers l'arrière.

— Postérieure, répondit-elle. Il faut exercer une traction sur le genou fléchi en maintenant la hanche en flexion, en adduction et en rotation interne.

— Mais oui ! Bien sûr ! dit Ailsa, comme si la mémoire lui revenait tout à coup.

Si elle n'avait pas été une excellente infirmière, elle aurait pu faire une grande carrière d'actrice.

Kali replia le genou de M. Logan et passa le bras dans le pli de la jambe. Ensuite, de la tête, elle fit signe à Ailsa de maintenir immobile le bassin du vieil homme. Les talons ancrés dans le sol, elle tira sur la jambe et la fit pivoter. Elles entendirent alors un déclic : la hanche était remise en place. Kali croisa le regard d'Ailsa, et toutes deux se mirent à rire, ravies.

— J'y suis arrivée !

— Bravo, docteur O'Shea !

— Beau travail.

Elle sursauta à la voix de Brodie. Avait-il surveillé le déroulement des opérations ?

Gênée comme chaque fois qu'elle était au centre de l'attention, elle haussa les épaules.

— Il faudrait l'installer sur une civière pour le transporter jusqu'à une chambre, commenta Ailsa.

— Je vais chercher le matériel, annonça Brodie.

— Vous avez des chambres pour les patients ?

— Oui, deux, répondit Ailsa. C'est utile en cas d'urgence nocturne, ou pour des situations comme celle-ci.

— Merci, Ailsa, chuchota Kali.

Celle-ci la dévisagea avec surprise.

— De quoi ?

— Eh bien, pour votre aide. C'est un peu…

Alors qu'elle cherchait ses mots, Brodie revint avec la civière.

— Très bien, dit-il. Dépêchons-nous de l'emmener avant qu'il se réveille et s'aperçoive que je l'ai touché.

Kali le regarda fixement.

— Merci pour tout.

— Pas de problème. On le soulève à trois ?

Ils couchèrent M. Logan sur la civière et se mirent en marche. Soudain, Brodie se mit à rire.

— Qu'y a-t-il de si drôle ?

— Rien. J'ai oublié de préparer votre thé.

Brodie poussa un profond soupir.

3 heures de l'après-midi, et toujours pas un seul patient. Ils venaient tous pour Kali. Lui, on l'ignorait comme un pestiféré. Comble de l'ironie, lorsqu'il s'était enfin souvenu de préparer le thé, Caitlyn venait de faire une tournée générale.

C'était à s'arracher les cheveux. A ce rythme, il ne tiendrait pas le coup longtemps. Il comprenait maintenant ce que doit éprouver un innocent injustement condamné. C'était dingue. Il était nanti d'une santé de fer, digne d'un sportif de haut niveau. Le médecin qui le suivait en était à chaque fois vert d'envie. Et tout ça pour quoi ? Pour se tourner les pouces en espérant ramasser quelques miettes d'activité ?

Heureusement, Kali se familiarisait vite avec le fonctionnement de la clinique. Elle avait le sourire chaque fois qu'il la voyait. Il aurait été ravi pour elle s'il n'avait pas été aussi désœuvré ! Son père avait-il imaginé une telle situation lorsqu'il lui avait fait cette demande ?

« Juste un an, Brodie, avait-il dit. Reste juste un an. »

Si seulement les gens l'avaient évité pour ne pas perturber son deuil, ils auraient vite compris qu'il voulait poursuivre l'œuvre de son père et honorer la promesse qu'il lui avait faite.

A moins que… Son père aurait-il dit aux gens de l'île de le tenir à distance ?

Impossible. Son père avait toujours été fier de lui, un appui inébranlable. Il doutait peut-être de beaucoup de choses, mais pas de la loyauté de son père à son égard.

Une petite sonnerie annonça l'arrivée d'un message sur son ordinateur.

Il se redressa et regarda l'écran avec espoir.

Un patient ?

M. Donaldson — urgent.

Un patient ! Enfin !

Tout en se sentant ridicule d'éprouver une telle joie, il bondit de sa chaise et se précipita à la réception de peur que M. Donaldson ne change d'avis entre-temps.

Toutefois, lorsqu'il ouvrit la porte, son allégresse retomba comme un soufflé.

— Tu es sûr, papa ?

Il reconnut Anne Donaldson, quoiqu'elle lui tourne le dos. Elle, en revanche, ne l'avait pas vu entrer.

— Je te dis que oui. C'est mon docteur, bon sang !

— Mais…

En désespoir de cause, Anne se tourna vers Caitlyn en quête d'un appui, mais, occupée au téléphone, la jeune fille demeura en dehors du débat.

— Bonjour, monsieur Donaldson, dit Brodie d'une voix qu'il s'efforça de garder calme. Que puis-je faire pour vous ?

Au son de sa voix, Anne réprima un mouvement de recul et se couvrit la bouche.

— Je vous en prie, Anne. J'ai été déclaré guéri. Je vous assure que je ne suis pas contagieux.

— Oh ! je sais, Brodie… Enfin, docteur McClellan. C'est juste que…

Elle s'interrompit, les yeux agrandis par l'appréhension.

— Vous êtes sûrement au courant pour cette infirmière qui vient de repartir à l'hôpital. Elle était allée justement dans les mêmes coins que vous, en Afrique.

Oui, lui aussi avait vu les gros titres dans les journaux. Pauvre femme, sa générosité et son courage étaient mal payés en retour. En tout cas, il comprenait mieux à présent pourquoi les gens se couvraient la bouche et le nez dès qu'il apparaissait à trente mètres.

Il secoua la tête.

— En effet, j'en ai entendu parler. Mais je vous certifie sur l'honneur que vous ne risquez rien avec moi.

— Brodie, si je le pouvais, je m'approcherais bien de toi pour te saluer comme il se doit, mais…

M. Donaldson termina sa phrase en pointant du doigt le chiffon ensanglanté qui enveloppait son pied.

— Vous êtes sorti en chaussette de laine, monsieur Donaldson ?

— Eh oui ! J'aurais bien gardé ma botte pour venir, mais Anne m'a dit que vous me l'auriez découpée, et ça, c'est hors de question. Une botte toute neuve, de cinq ans à peine !

Pour le coup, Anne oublia de garder la main sur la bouche.

— Papa ! Ta botte est inutilisable maintenant que tu as flanqué ce coup de bêche dedans.

— Vous vous êtes blessé avec votre bêche ? s'exclama Brodie, impressionné.

Même chez un homme plus jeune, s'infliger une telle blessure dénotait une vigueur hors du commun, alors chez un vieillard de quatre-vingt-cinq printemps… M. Donaldson était une force de la nature.

— *Aye*, fiston. Pas la peine de le crier dans tout le village.

— C'était un compliment, monsieur Donaldson. Passons en salle d'examen, si vous le voulez bien. Attendez, je vous aide.

Alors qu'il lui enroulait un bras autour des épaules, Kali entra avec un dossier.

— Tu viens, Anne ? dit le vieil homme en se tournant vers sa fille.

Celle-ci eut une expression épouvantée qu'elle ne chercha même pas à dissimuler.

Kali s'avança.

— Je peux aider ?

Sans attendre de réponse, elle s'approcha du vieil homme et lui prit l'autre bras pour le soutenir.

Brodie lui sourit avec gratitude, mais il avait du mal à avaler la pilule.

Certes, quelques confrères l'avaient prévenu qu'il risquait de rencontrer ce genre de situation, mais il avait négligé ces mises en garde. Il était un enfant du pays, bon sang ! A son retour, il ne s'était pas attendu à une haie d'honneur et à des flonflons, mais de là à imaginer que les gens auraient peur de lui… Vraiment, ça le dépassait.

— Merci, dit M. Donaldson en agrippant l'avant-bras de Kali. Vous devez être très occupée, mais…

Tandis qu'ils quittaient la salle d'attente, il tourna la tête vers Anne et haussa la voix pour se faire entendre.

— Pourriez-vous prendre la peine d'expliquer à cette

écervelée que le fils de John McClellan ne transmettra la peste ni à moi ni à personne à Dunregan ?

Brodie leva les sourcils avec étonnement.

Alors, ça ! Voilà ce qui s'appelait un soutien inattendu. Il connaissait M. Donaldson depuis toujours, mais ils n'étaient pas proches.

Quoique… Combien d'heures le vieil homme et son père avaient-ils passées ensemble à jouer aux échecs ? Des milliers, sans doute, si ce n'est plus.

— Avec plaisir, répondit Kali. La santé publique est l'un de mes domaines d'intérêt.

M. Donaldson opina du chef avec enthousiasme.

— Fort bien, fort bien. Sur ce, chère petite, poursuivit-il en posant sa main parcheminée sur la sienne, savez-vous que Brodie McClellan ici présent est l'un des meilleurs partis de l'île ?

Stupéfait, Brodie jeta un coup d'œil à Kali.

Elle haussait les sourcils, l'air intéressé. Souriait-elle pour de vrai ou non ?

— Ah ! vraiment ?

— Absolument. N'est-ce pas, Brodie ? Le problème, c'est que la plupart des filles de l'île sont déjà casées. Or, il lui en faudrait une qui en ait dans la cervelle, vous voyez ce que je veux dire. Par conséquent…

Depuis quand M. Donaldson jouait-il les marieurs ? Abasourdi par le tour qu'avait pris la conversation, Brodie ne songeait même pas à intervenir.

— Avec un Ecossais, vous êtes sûre de ne pas vous tromper, docteur O'Shea, poursuivait celui-ci. Ce sont des gars fidèles, sérieux. Et si vous avez un faible pour les jolis garçons, notre Brodie ici présent porte très bien le kilt.

— Je… Je saurai m'en souvenir, monsieur Donaldson.

A l'expression de son visage, il était clair qu'elle n'était pas intéressée.

Brodie ouvrait la bouche, la refermait, cherchant désespérément comment mettre un terme à cette discussion.

Sa vie sentimentale, c'était chasse gardée, secret-défense, et tout à coup, il avait l'impression d'être un gamin de douze ans !

— Monsieur Donaldson, c'est la première porte à gauche, marmonna-t-il.

— Donc, docteur O'Shea, continua le vieil homme, vous n'oublierez pas, hein, de passer le mot à Anne et aux autres comme quoi je n'ai pas attrapé la peste, le choléra ou je ne sais quoi d'autre.

— Je ferai de mon mieux, monsieur…

— Donaldson. Anne, c'est ma fille. Au fait, on va dans quelle direction, fiston ?

— A gauche, répéta Brodie en souriant, amusé malgré lui.

Kali avait l'air déconcertée, à juste titre. A peine arrivée, on essayait déjà de la caser avec un homme du cru ! Dans la nature, les animaux cherchent à agrandir leur pool génétique lorsqu'une communauté diminue en nombre. M. Donaldson avait-il à cœur d'augmenter la population de l'île ?

Kali lui jeta un coup d'œil interloqué.

Aurait-il ricané à haute voix ?

— Je vous expliquerai tout ça plus tard, lui chuchota-t-il en aparté.

Sur ces entrefaites, ils étaient entrés en salle de consultation.

— Où voulez-vous que je me pose ?

— Juste là, monsieur Donaldson. Kali, pouvez-vous m'aider, s'il vous plaît ?

Ensemble, ils installèrent le vieil homme sur le divan d'examen.

— Voilà donc l'objet, dit celui-ci plaisamment en tendant son pied. Non, mais quel idiot, je vous demande un peu ! Je rêvassais en ramassant de la tourbe, et voilà le travail. Et en arrivant à la clinique, il y avait deux heures d'attente pour le Dr O'Shea. Toutes ces sornettes sur toi et Ebola…

Il secoua la tête d'un air consterné et les regarda l'un et l'autre comme pour quêter leur approbation.

— Comme si on pouvait ramasser cette cochonnerie sur une île aussi froide !

— Euh… Ce n'est pas vraiment comme ça que ça marche, dit Brodie à contrecœur.

— *Ach*, suffit ! Je sais très bien comment ça s'attrape, Brodie McClellan. C'était juste une plaisanterie. Oh ! lala ! déride-toi donc ! Tu as une vraie mine d'enterrement. Vous aussi, ma petite.

Avec un petit rire, il tapota la main de Kali, qui l'aidait à étendre ses jambes sur le divan d'examen.

— Retournez là-bas et expliquez une bonne fois pour toutes à ma fille que personne ici ne va attraper Ebola si c'est le Dr McClellan qui le dit. Le fils de John McClellan ne risquerait jamais la santé des autres.

Brodie détourna les yeux, étonné de l'émotion que suscitaient en lui ces paroles.

Kali s'était tournée vers lui. Il y avait un je-ne-sais-quoi d'anxieux dans son expression, mais avant qu'il ait pu mettre le doigt dessus, un franc sourire était déjà revenu.

— Je serai ravie de répondre à toutes les questions de votre fille, monsieur Donaldson.

— Merci beaucoup. Sur ce, ma petite, laissez-nous donc entre hommes réparer ma bêtise. J'aimerais me faire bander le pied pour finir de ramasser ma tourbe avant que toute l'île apprenne que j'ai failli m'estropier.

Kali quitta la pièce sur un dernier sourire.

Un sourire qui suscita des sensations nouvelles en Brodie. Qu'avait-il fait pour mériter la compréhension qu'elle lui avait témoignée aujourd'hui ?

— *Aye*, c'est une bien jolie fille. Pas vrai, docteur McClellan ?

Entendant son nom, Brodie revint au présent.

— Pardon ?

— Tu ne penses tout de même pas que je perds la vue, pendant que tu y es ?

— Absolument pas, mais…

— Mais rien du tout. Quand une personne comme celle-ci débarque ici, on la remarque.

Ils regardèrent tous les deux vers la porte fermée, mais les seules recommandations qu'on y voyait étaient celles d'une affiche de santé publique.

Brodie s'éclaircit la gorge.

Kali n'était pas venue ici pour être courtisée. De plus, il avait un patient !

— Bien. Monsieur Donaldson, à quand remonte votre dernier rappel antitétanique ?

4.

— Ils ne font pas de la cuisine gastronomique, mais au moins, on y mange bien, déclara Brodie.

Sans effort apparent, il installa le vélo de Kali sur le toit de son 4x4. Puis, avec une élégance qui détonnait avec la rusticité du véhicule, il lui ouvrit la portière avec une légère courbette, tel un majordome.

— Mademoiselle ?

Se sentant rougir, elle s'empressa de grimper en voiture et s'affaira à attacher sa ceinture, se félicitant que la nuit tombe si tôt.

Voilà qu'elle jouait les coquettes avec monsieur l'ours mal léché ! Ridicule. Cette énorme envie de flirter ne lui ressemblait pas. Ou alors, son empathie fonctionnait à plein régime. Brodie venait de passer une mauvaise journée. Quoi de plus normal que de remonter le moral d'une personne en proie à la déprime ?

Une image de lui étendu sur d'épais tapis en peau de mouton devant un feu de cheminée s'invita dans son esprit. Malgré elle, elle le vit ôter son pull d'un geste fluide, révélant un torse puissant à la lumière des flammes.

Elle ferma fort les yeux, mais l'image resta derrière ses paupières.

Etait-ce cela, la liberté pour laquelle elle avait fui ? Celle de pouvoir choisir un homme qui lui plairait ? Dans le monde où elle avait grandi, il n'en était pas question. L'amour, c'était la cerise sur le gâteau du mariage si le partenaire choisi par les parents était quelqu'un de bien. Ce qui n'avait pas été le cas pour elle.

A ce souvenir, un frisson lui parcourut l'échine.

L'amour... L'air frais de Dunregan lui montait à la tête, manifestement.

Un grincement métallique la fit sursauter. Brodie bondit à l'intérieur et referma la portière dans un claquement qui fit trembler l'habitacle.

— Elle résiste un peu, expliqua-t-il en souriant. A sa décharge, Ginny a connu des jours meilleurs.

— Ginny ?

— Oui, c'est le nom de cette guimbarde.

— Ah…

Elle avait du mal à s'ôter de l'esprit l'image d'un Brodie à moitié nu. Merci, monsieur Donaldson ! Elle n'avait jamais eu ce genre de fantasmes à Dublin. En même temps, à Dublin, elle était toujours plus ou moins sur le qui-vive.

Elle appuya son front sur la vitre froide tandis que Brodie démarrait.

— Kali, il faut que je vous prévienne d'une chose…

Quoi ? Qu'il ait déjà trois fiancées et qu'il n'envisageait pas d'en prendre une quatrième ?

— Oui ?

— Je ne suis pas retourné au pub depuis le début de tout ce *stramash*.

Elle ne put s'empêcher de sourire.

Elle ne se lassait pas de ce parler local, avec ses « r » roulés et ses mots étranges, surtout venant d'une bouche aussi… Oups, concentration !

— Ce quoi ?

— Désolé, c'est un mot écossais pour dire « bazar ».

— On peut aller ailleurs, si vous préférez.

Brodie éclata d'un rire retentissant.

— A cette époque de l'année, on n'a pas vraiment le choix ! C'est soit le pub, soit un *fish'n chips* à emporter de chez le Vieux Jock.

— Peu importe, les deux me vont.

— Eh bien, dit-il avec un clin d'œil, risquons-nous au pub, histoire de voir si votre campagne d'information a fait de l'effet au-delà de notre modeste clinique. Et puis, il y fera quand même plus chaud que sur un banc devant chez le Vieux Jock.

Elle opina en souriant.

« *Notre* clinique ». Bien sûr, elle devait se garder de surinterpréter ces paroles, mais elles lui faisaient du bien. Pour une fois, elle avait l'impression d'être intégrée dans une équipe. Avant d'arriver à Dunregan, jamais elle n'avait séjourné dans un endroit totalement déconnecté de sa vie passée. C'était d'ailleurs pour cela qu'elle avait candidaté pour un poste dans cette île qualifiée d'inhospitalière dans la petite annonce. Son père n'aurait jamais l'idée de la chercher ici, aux confins brumeux de l'Ecosse.

— Bon, dit Brodie en enclenchant la marche arrière. Quand il faut y aller…

Cinq minutes plus tard, ils poussaient l'antique porte d'un pub de carte postale.

Ici, mieux valait être petit, songea Kali en entrant.

Un escalier de pierre aux marches profondes permettait d'accéder à une grande salle basse de plafond à poutres apparentes. Les clients semblaient aussi vieux que les murs épais comme ceux d'un donjon… Quoique, à y regarder de plus près, la clientèle était plus variée qu'il n'y paraissait d'abord. Un groupe de jeunes en parka échangeaient des plaisanteries avec la tenancière, une grosse femme dans la cinquantaine avec un physique de videur. Deux femmes rougeaudes se firent une place parmi eux pour pouvoir commander des consommations.

Tout à coup, les regards se braquèrent sur Brodie et elle, et un silence glacé remplaça le brouhaha des conversations.

Etalé sur une table non loin, un journal consacrait sa une à l'infirmière atteinte d'Ebola.

Brodie fit comme s'il ne l'avait pas vu.

— Salut tout le monde, dit-il avec un grand sourire. Je vous ai amené le nouveau médecin, le Dr O'Shea. Merci de lui faire bon accueil.

Quelques hommes hochèrent la tête en maugréant quelques saluts de mauvaise grâce.

A demi cachée derrière la large carrure de Brodie, Kali aurait voulu se faire petite souris et passer inaperçue. Elle avait toujours détesté être la cible de l'attention des autres.

Pourtant, en l'occurrence, elle devinait qu'elle devait surmonter cette aversion et s'afficher, dans l'intérêt de Brodie.

La tenancière sortit de derrière le bar pour s'approcher d'eux.

— Ça fait longtemps qu'on ne t'a pas vu ici, Brodie. Comment vas-tu ?

Elle parlait d'un ton badin, en décalage avec la sévérité de son expression.

— Ma foi, j'ai bon pied bon œil, Moira.

— C'est ce qu'on raconte, oui. D'après les autorités anglaises, tu es guéri, c'est ça ?

— Tout à fait.

— Le conseil écossais pour la santé n'était pas assez bien pour toi ?

Brodie hocha la tête.

— Les Ecossais ne connaissent rien à cette maladie. On est tous d'une santé de fer, pas vrai ? dit-il en promenant les yeux sur la salle avant de revenir à Moira. Mis à part un coup de bêche occasionnel, bien sûr. Tu en as parlé avec Anne ?

Ding ! Une lumière s'alluma dans l'esprit de Kali.

Bien sûr ! Moira ressemblait comme deux gouttes d'eau à Anne Donaldson.

— Oh ! *Aye !* Elle m'a appelée après avoir ramené papa de la clinique. On est tous au courant. Elle m'a dit aussi que le Dr O'Shea avait pris la peine de répondre à ses questions.

Brodie haussa les sourcils.

— Parfait. Ton père sera vite rétabli. Et personne ne saura jamais qu'il est venu à la clinique, ajouta-t-il avec un clin d'œil de conspirateur. Il ne s'est jamais blessé en ramassant sa tourbe, OK ?

Moira hocha la tête en souriant.

— Compris. Ravie de te revoir aussi fringant, surtout après tout ce que tu as vécu, avec le décès de ton père et tout. Pas vrai, les gars ?

Une vague de murmures et quelques hochements de tête lui répondirent.

— Ça vous dit de passer dans l'arrière-salle ? J'ai allumé un feu. Je vais vous apporter quelques petites choses à grignoter.

Kali suivit le regard de Brodie.

La pièce en question se situait à l'autre bout du pub et en était séparée par une grosse porte.

— Je suppose que vous avez beaucoup à vous raconter, sur le boulot et autres choses, sans vouloir être dérangés.

Moira voulait-elle les mettre ensemble, elle aussi ? Mais, somme toute, mieux valait penser cela que de croire qu'elle voulait les mettre en quarantaine.

— Excellente idée, Moira. Après vous, Kali.

Joignant le geste à la parole, Brodie s'écarta pour lui laisser le passage et tendit la main en un signe d'invite.

Kali se sentit devenir cramoisie. Tous les regards étaient à présent braqués sur elle. Jamais traverser une pièce ne lui avait semblé aussi long.

Sourire !

Elle se contraignit à relever les lèvres et croisa deux ou trois regards, quelques hochements de tête et quelques bonjours sur son passage. Malgré elle, elle baissa les yeux et détailla le plancher composé de grosses planches rustiques agrémentées ici et là de vieilles plaques en étain faisant la réclame d'une marque de bière ou d'un marchand de légumes.

On avait l'impression de marcher sur tout un pan d'histoire locale !

— Eh, n'est-ce pas romantique ? murmura Brodie, suffisamment fort pour que tout le monde l'entende. Nous avons l'arrière-salle pour nous tout seuls.

Visiblement, il s'adressait avant tout aux oreilles indiscrètes des gens rassemblés autour du bar.

Mortifiée, elle s'installa sur une banquette matelassée et fit semblant de s'absorber dans la contemplation du feu de cheminée.

— Qu'est-ce que je vous apporte à boire ?

— Vous n'allez pas retourner là-bas ?

Regrettant aussitôt ses paroles, elle se couvrit la bouche de la main.

Mais Brodie souriait, comme si la perspective de plonger dans la fosse aux lions lui donnait des ailes.

— Mais si ! Moira a jeté les bases de mon retour au pub. En plus, je vous dois une fière chandelle pour votre travail d'aujourd'hui. Inutile de les tenir à distance, non ?

Elle hocha la tête.

Il avait raison. Mieux valait éviter d'envenimer la situation.

— Par ailleurs, ajouta-t-il avec un clin d'œil, à présent que vous avez fait connaissance avec Dunregan et sa vie trépidante, vous devez avoir hâte de retourner à la civilisation, je suppose ?

— Oh ! je suis sûre que je pourrai rester quelque temps ici, s'empressa-t-elle de répondre.

— Rassurez-vous, je n'en doute pas, dit-il en riant. Cela n'a rien à voir avec vos compétences de médecin. Vous avez amplement fait vos preuves aujourd'hui. Simplement, j'ai du mal à imaginer qu'on puisse vouloir s'enterrer ici, sauf à y être contraint.

Elle accueillit cette remarque avec un sourire gêné.

En fait c'était la première fois depuis des années qu'elle se sentait en sécurité quelque part.

Brodie tendit le bras par-dessus la table pour couvrir sa main de la sienne, tiède et réconfortante.

— Eh ! C'était juste une plaisanterie, Kali. Si vous pensez que je peux faire changer ces andouilles d'avis rien qu'en allant commander deux verres au comptoir, vous vous mettez le doigt dans l'œil. Je les connais, ils sont têtus comme des mules.

— Vous parlez d'expérience, on dirait.

Il retira sa main et haussa les épaules.

— Qui sait ? Si ça se trouve, vous leur plairez tellement que vous serez obligée de rester.

Elle se mordilla la lèvre pour réprimer un sourire.

— Eh bien, je ne dirai pas non à un spritzer au vin.

— Avec la journée que vous avez eue, je vous conseillerais plutôt un double whisky.

— Oh ! j'ai vu pire ! Le fils McClellan a l'air irascible, mais il se laisse apprivoiser assez facilement.

— Touché ! dit Brodie en riant. Bon, j'y vais. Vous me souhaitez bon courage ?

Il accompagna cette question d'un long clin d'œil qui fit virevolter des rubans de chaleur dans le ventre de Kali.

Une fois seule, elle enfouit la tête dans ses mains en gémissant.

Bon sang, mais qu'est-ce qu'il lui arrivait ? Une petite discussion avec elle-même allait s'imposer tout à l'heure, lorsqu'elle serait seule dans le cottage qu'elle avait loué pour le mois.

Un cottage glacé, sans chauffage et quasiment sans fenêtres. Heureusement, le canapé-lit était confortable.

— Donc…

Elle sursauta à la voix de Brodie, qui revenait avec un verre de spritzer et une bière.

— Racontez-moi tout, dit-il en s'asseyant.

— C'est-à-dire ?

— Eh bien, votre vie, d'où vous venez, tout ça.

Elle faillit s'étrangler avec sa boisson, mais si Brodie remarqua quoi que ce soit, il n'en montra rien.

— Oh ! il n'y a pas grand-chose à dire.

— Allons, ça m'étonnerait.

— Je vous jure que si : une enfance tout ce qu'il y a de plus normale, les études, et puis maintenant ce poste.

Oui. Mais entre chacune de ces étapes, on aurait pu écrire un roman avec tout ce qu'il lui était arrivé : le mariage arrangé, la colère de son père, la fuite dans l'inconnu avec tout juste un peu d'argent. C'était un bagage énorme à endosser. Et encore, les autorités avaient accepté de lui accorder une nouvelle identité, sinon…

— Si je ne m'abuse, vous avez une pointe d'accent irlandais, insista Brodie.

— En effet. Je suis diplômée de l'université de Dublin.

Pour le coup, elle ne mentait pas.

— Mais vous avez grandi en Angleterre ?

Elle opina du chef en avalant une gorgée de vin.

— Moi, où que j'aille, je n'arrive jamais à me débarrasser de mon accent, remarqua-t-il en secouant la tête.

Et alors ? Son accent était absolument adorable. Mais comme elle ne se voyait pas lui faire un tel compliment, autant changer de sujet.

— Vous avez beaucoup voyagé ?

— Pas mal, oui. Beaucoup, même. A l'inverse de la plupart de ceux qui sont nés sur ce bout de caillou, je n'avais qu'une hâte : partir.

— Pourquoi ?

— C'est évident, non ?

— Eh bien, non, justement. Elle est très bien, cette île.

— *Aye*… Vous n'avez pas grandi ici.

Le regard de Brodie se perdit dans un lointain auquel elle n'avait pas accès.

— Où avez-vous voyagé ?

— Partout où je pouvais, au départ.

— Comment ça, « au départ » ?

— Mon père a toujours espéré que je reprendrais le flambeau une fois mes études terminées.

Il s'interrompit un instant, comme à la recherche de ses mots.

— J'ai du mal à vivre ici.

Sur le point de dire quelque chose, elle se ravisa et pinça les lèvres.

— De temps en temps, je venais lui prêter main-forte. Il y a de quoi faire, surtout à la saison touristique. En revanche, durant l'hiver, je faisais du bénévolat à l'étranger : dans des orphelinats, des camps de réfugiés, des villages sans accès aux soins…

Brodie lui sourit, les yeux brillants.

— Lors de mon premier voyage, j'ai usé en moins de deux semaines le kit médical fourni par l'agence. J'ai dû demander à mon père de me réapprovisionner à chaque fois que je changeais de pays.

Il se tut et contempla le feu d'un air sombre.

Elle le tira de sa songerie par une question sur son travail en Afrique, puis par une autre, et encore une autre. Sans qu'ils s'en rendent compte, deux heures s'écoulèrent au rythme des anecdotes et des histoires partagées. Les soucis du quotidien s'effaçaient devant cette joie indéfinissable qui accompagne les grandes complicités, de ces complicités qui réunissent les…

Les âmes sœurs ?

Kali se figea à cette pensée, et ses yeux glissèrent vers la main de Brodie.

Ses doigts encerclaient sa pinte de bière et son index frottait distraitement la condensation sur son verre tandis qu'il lui parlait de son grand-père et de l'équipe que celui-ci avait mise sur pied pour construire la clinique, en échange des délicieux shortbreads de sa femme. Les gens fonctionnaient ainsi à Dunregan, disait-il : ensemble.

Tout le contraire de sa vie à elle, solitaire, volontairement anonyme. Méritait-elle de connaître quelqu'un, elle qui avait abandonné sa mère et sa jeune sœur à la merci du père qu'elle fuyait ?

— Et puis, lorsqu'il a pris sa retraite à la montagne, il a remis les clés à mon père, conclut Brodie avec un sourire affectueux. Je ne crois pas avoir jamais raconté cette histoire en entier jusqu'à présent. Vous avez dû m'ensorceler.

Leurs regards se croisèrent, et elle sentit une chaleur se répandre dans tout son corps.

Elle eut un petit rire timide.

— Donc, vous étiez destiné à reprendre cette clinique, non ?

Brodie avala une gorgée de bière en fronçant les sourcils.

— Plus ou moins, oui. Ecoutez, Kali… Puisque j'en suis à raconter ma vie, autant que je vous dise quelque chose sur moi. Parce que tôt ou tard vous risquez d'en entendre parler, et je préfère que ce soit par ma bouche.

Elle se figea dans une attente inquiète.

— J'avais une dizaine d'années quand ça s'est passé. Je suis parti pour une balade en mer avec ma mère. Je me rappelle l'avoir tannée pour qu'elle accepte. Elle et moi n'avions pas fait de bateau depuis la naissance de mon frère. Bref, pour faire court, le temps a tourné à l'orage, et notre bateau a chaviré. Je suis revenu sain et sauf, mais pas ma mère.

Elle serra les doigts à s'en faire blanchir les phalanges.

— Mon Dieu, Brodie, c'est terrible !

Brodie secoua la tête.

— Je n'ai pas dit cela pour avoir votre pitié. Je voulais juste que vous compreniez pourquoi je ne saute pas de joie à l'idée de revenir vivre ici.

— Pourquoi êtes-vous revenu, alors ? s'enquit Kali.

— A cause d'une promesse. Une promesse faite à mon père. Il adorait cette île, et il souhaitait que je m'y plaise, moi aussi. Il m'a demandé de rester ici une année entière sans interruption après sa mort. Peut-être aussi pour que je m'occupe de Callum, mon petit frère.

— Et au terme de cette année, s'attendait-il à vous voir fermer la clinique ou à la céder à quelqu'un d'autre ?

— Ah, ça non, alors ! Non, il devait espérer que je m'acclimaterais à la vie ici.

— Et alors ? Jusqu'ici, ça marche ?

Haussant les épaules, il leva sa pinte et la vida d'un trait.

— Comme sur des roulettes, docteur O'Shea ! Rien de tel qu'une petite suspicion d'Ebola pour se faire accepter de personnes qu'on a fuies toute sa vie !

Un silence tomba.

— Vous savez, dit enfin Kali. Ce qu'il se passe ici entre vous et les gens de Dunregan… Eh bien, je trouve ça vraiment passionnant.

Il ne put s'empêcher de rire.

— Vous avez le chic pour toujours voir le positif, Kali. Vous ne vous rendez pas compte que quasiment personne n'est venu à la clinique avant votre arrivée, et qu'on nous a mis à l'écart dans cette pièce où personne ne vient jamais, sauf pour y lire le journal tranquille ?

Ses yeux verts brillèrent comme si elle s'apprêtait à lui révéler un grand secret.

— C'est en cela que vous vous trompez ! rétorqua-t-elle vivement.

Si tout autre lui avait dit qu'il se trompait, il aurait pris la mouche. Mais, bizarrement, pas de sa part à elle. C'était dingue, mais après quelques heures en sa compagnie, il se sentait plus proche d'elle que de n'importe qui en dehors de sa famille. Sans savoir comment ni pourquoi, il lui racontait ses pensées secrètes et il en éprouvait du soulagement. C'était presque thérapeutique.

— Ne vous vexez pas, Brodie, mais j'ai l'impression que vous prenez la réaction des villageois beaucoup trop à cœur. Il y a de quoi, bien sûr, s'empressa-t-elle d'ajouter comme il ouvrait la bouche pour protester, mais je me demande si les gens n'utilisent pas cette histoire d'Ebola comme prétexte.

Il grommela une réponse qui voulait dire « je vous écoute ».

— A présent que je connais vos raisons, je comprends pourquoi vous ne vouliez pas retourner vivre ici. C'est un gros fardeau à porter, d'autant plus que vous n'avez rien à vous reprocher…

Elle leva une main pour lui signifier qu'il devrait l'entendre jusqu'au bout, sans l'interrompre.

— Peut-être — je dis bien *peut-être* — les gens d'ici pensent-ils que vous leur avez tourné le dos ? Réfléchissez. Votre boulot, c'est de les aider à un moment où ils se sentent faibles, démunis, effrayés. Si vous mêlez à cela de la peur…

Peur que vous ne soyez pas disponible lorsqu'ils voudront vous confier leurs soucis…

— C'est la catastrophe assurée, conclut-il en hochant la tête. Je vois où vous voulez en venir.

Il la contempla, impressionné.

C'était incroyable comme elle, une étrangère, avait tout de suite mis le doigt sur ce qui n'allait pas. Elle avait raison. Jamais il n'avait accepté la compassion dont il avait fait l'objet lorsque sa mère avait disparu, et même au décès de son père. Les gens d'ici étaient des taiseux, peu adeptes des grandes manifestations d'affection, mais ils lui avaient bel et bien tendu la main. On leur avait offert des boîtes de scones, de délicieux ragoûts. Mais il s'était toujours ingénié à tenir les gens à distance.

— Vous n'avez jamais songé à vous spécialiser en psychologie ?

— Oh non ! dit-elle en riant.

— Dommage. Vous êtes perspicace, docteur O'Shea.

Les yeux baissés, Kali fit glisser son index le long de son verre.

— On a tous des obstacles à surmonter un jour ou l'autre, dans la vie. Je sais à quel point on peut se sentir désarmé, sans personne pour vous aider, seul contre tous. Mais quand on y pense, il y a toujours un moyen de s'en sortir, non ?

Il devina qu'elle faisait référence à des expériences personnelles à des lieues de ce qu'il avait vécu, mais il choisit de ne pas l'interroger à ce propos. Ce soir, il était question de lui.

Il se pencha en avant avec espoir.

— Mon petit doigt me dit que vous avez une ou deux idées concernant la manière dont je pourrais reconquérir le cœur des gens d'ici.

— Tout à fait ! dit-elle avec enthousiasme. Dans une communauté comme celle-ci, les généralistes sont les principaux représentants du système de santé, n'est-ce pas ? Ils sont des figures d'autorité, en définitive.

Il opina. En effet, il avait toujours considéré son père

comme investi d'une autorité. A présent, le flambeau lui avait été transmis, mais il avait du mal à l'accepter.

— Justement, à votre avis, que dois-je faire de cette autorité ?

— Eh bien, vous avez beaucoup roulé votre bosse et traversé des expériences incroyables. Vous pourriez vous en servir pour éduquer les gens sur des thématiques de santé publique.

Elle s'empara d'un journal qui traînait non loin pour le brandir tel un drapeau rouge.

— Rendez-les moins bêtes sur des sujets brûlants comme Ebola, le virus Zika…

— Quoi ? Après avoir semé une psychose à propos d'Ebola, je devrais les faire paniquer à propos des moustiques susceptibles d'envahir leurs côtes sacrées ?

Kali balaya l'air de la main en riant.

— Pourquoi pas, après tout ?

Tandis qu'il la regardait parler, il se sentit gagné par une émotion étrange.

Il n'avait jamais cru au destin, mais cette fille était un cadeau du sort. Il avait l'impression de discuter avec une amie retrouvée après une longue absence plutôt qu'avec une étrangère qu'il ne connaissait pas la veille encore.

— Vous comprenez, disait-elle. Si les gens se méfient de vous, c'est parce qu'ils ne comprennent pas : Ebola, bien sûr, mais aussi vos raisons pour détester Dunregan. Et, en toute franchise, je ne leur donne pas totalement tort sur ce point. Vous les tenez à distance. Du coup, vous avez l'air d'un ogre.

— Un ogre, moi ? Je vous fais peur ?

— Oh non ! Chien qui aboie ne mord pas.

C'était drôle comme une pique pouvait passer lorsqu'elle était dite avec un beau sourire par une jolie femme.

— Donc, d'après vous, comment dois-je procéder pour me faire accepter de personnes qui refusent de respirer le même air que moi ?

— C'est simple : portez un masque à gaz, répliqua-t-elle d'un air sérieux.

Il la dévisagea avec incrédulité.

— C'est ça, votre idée de génie ? Un masque à gaz ?

Kali éclata d'un rire qui la secoua de la tête aux pieds.

— Désolée, désolée…

Elle se redressa et pinça les lèvres pour se ressaisir.

— Ecoutez, vous n'êtes pas obligé de monter au front tout seul. Je peux vous aider.

— C'est vrai ?

— Oh ! je le ferai autant pour moi que pour vous ! dit-elle en affectant une expression sérieuse. J'ignore si vous l'avez remarqué, mais nous avons un gros retard de consultations. Et puis, rappelez-vous qu'il faut laisser du temps au temps, docteur McClellan.

Un sourire jaillit sur les lèvres de Brodie.

— Vous a-t-on déjà dit que votre enthousiasme est contagieux, mademoiselle O'Shea ?

— Pour vous, c'est *docteur* O'Shea, répliqua-t-elle avec un sourire timide.

Il inclina la tête de côté et la contempla d'un œil neuf.

Elle était d'une beauté remarquable, avec ses épais cheveux noirs qui encadraient l'ovale parfait de son visage. Menue, sans être fragile. Et ces yeux… Mais ce n'était ni le lieu ni le moment pour une romance.

— Donc, quel est le plan de bataille ? dit-il en se frottant les mains. On les prend un par un, ou on les rassemble dans un stade, à la cosaque ?

— Non, non, surtout pas. Il vaut mieux y aller tout doux, patte de velours.

Elle pointait le menton, les lèvres entrouvertes et le regard à moitié dissimulé par ses longs cils.

Il eut toutes les peines du monde à ne pas tendre la main pour repousser une mèche retombée sur sa joue veloutée. Mais elle se redressa et, soudain, se retrancha derrière des barrières invisibles. En un clin d'œil, elle était passée d'une expression amène à une autre qui disait sans ambages « reste où tu es ».

Il aurait tort de se faire des idées. Kali O'Shean n'était pas censée rester à Dunregan. Et lui non plus, d'ailleurs.

De retour chez elle, Kali étala son manteau sur la couette, frissonna et, s'emparant de sa valise, l'ouvrit au-dessus du lit pour y déverser ses vêtements.

Comme la veille, ses tentatives pour faire un feu avaient fait chou blanc. Dieu merci, elle avait convaincu Brodie de la laisser rentrer à vélo, ce qui lui avait permis de se réchauffer un peu.

Après avoir enfilé une paire de collants et une polaire, elle alla s'assurer que la porte de la chambre était bien fermée.

Et celle du cottage ?

Verrouillée à double tour : elle avait vérifié deux fois.

Elle se glissa dans le lit glacé et soupira.

Ces cinq dernières années, jamais personne ne l'avait reconduite chez elle. Elle avait toujours réduit ses fréquentations au minimum vital. Et pourtant, ce soir, combien de fois avait-elle été tentée de raconter sa vie à Brodie ? Combien de fois s'était-elle laissée aller à penser « si seulement » ?

Bien trop souvent. Elle était ici pour le travail, pas pour trouver l'âme sœur. D'autant plus que Brodie détestait cet endroit autant qu'elle s'y plaisait.

Nichée sous les couvertures, elle se recroquevilla sur elle-même et souffla pour se réchauffer avec son haleine.

Les frissons ne s'apaisaient toujours pas, mais au moins, en grelottant, elle générait de la chaleur corporelle…

Ça ressemblait à une blague, même si ça n'en était pas une.

Elle sourit. Quoique frigorifiée, elle se sentait gagnée par une douce chaleur qui montait du plus profond de son être.

Ici, à Dunregan, elle se sentait en sécurité, et rien ne pouvait lui ôter le sourire des lèvres.

5.

— Noooon !

Trop tard. Catastrophé, Brodie regarda s'effondrer le bois qu'il avait chargé sur le toit de son 4x4.

Il ne pouvait s'en prendre qu'à lui-même. C'était un miracle qu'il ait tenu aussi longtemps en équilibre, et il pouvait s'estimer heureux de ne pas avoir blessé quelqu'un.

Toujours est-il que les planches avaient dégringolé en tas, pile devant la clinique. Pour couronner le tout, Kali n'allait pas tarder à arriver.

Il poussa un morceau avec le pied en secouant la tête. Par quel bout allait-il entamer ce bazar ? Il n'avait jamais brillé par son esprit pratique, et il le regrettait à présent plus que jamais.

Il entendit soudain quelqu'un s'éclaircir la gorge.

Kali. Kali qui réprimait un fou rire.

Malgré son énervement, il fut touché de la voir sourire. Depuis cette soirée étrangement complice au pub, elle l'avait tenu poliment à distance.

— C'est un nouveau projet ?

— Il faut bien que je m'occupe. C'est un bateau.

— Ohhh… Je le vois, maintenant que vous le dites.

— Ah ! ah ! Très drôle.

— Non, je suis sérieuse. Et vous le construisez ici parce que ?

— J'ai réfléchi à ce qu'on s'est dit, l'autre soir, et je me suis demandé comment me rapprocher des insulaires.

Elle eut une moue dubitative.

— Et vous pensez y arriver en construisant un bateau ?

— Pourquoi pas ? Les gens d'ici ont toujours un avis ou un conseil sur la question.

— Donc, vous ne songez plus à partir ?

Il se frotta le menton, pensif.

— J'envisage plutôt de les sensibiliser à certains thèmes de santé publique.

Elle lui jeta un regard oblique, indéchiffrable.

— Et ce bateau fait partie de votre plan pour les convaincre que vous n'avez pas Ebola ?

— Eh bien, oui. Qui peut résister à un gaillard en aussi parfaite santé que moi ?

Pour accompagner ces paroles, il se figea en une pose de mannequin, le regard lointain.

Bien sûr, il fanfaronnait. Mais il avait fait sourire Kali, c'était l'essentiel. Il prit une pose de bodybuilder pour tenter d'en glaner un deuxième…

Bingo !

Une délicieuse chaleur explosa au creux du ventre de Kali, une fois, puis deux. Allait-il arrêter ?

— Alors, qu'en pensez-vous ? Irrésistible ou repoussant ?

Les yeux bleus de Brodie croisèrent les siens, et elle sentit ses genoux flageoler.

Quel âge avait-elle ? Douze ans ? Un peu de cran, bon sang ! Cet homme était dangereux pour elle.

— Eh bien… Non, je ne dirais pas repoussant.

Brodie rejeta la tête en arrière pour rire.

— Touché !

Puis il lui lança un clin d'œil qui lui mit des papillons dans l'estomac.

— Sur ce, à nous l'océan, dit-il en reportant son attention sur le tas de bois. Dommage qu'il manque la notice d'assemblage.

Elle prit congé d'un petit signe de la main.

Malgré tous ses efforts pour se concentrer sur le travail et rien d'autre, elle était en train de tomber amoureuse de Brodie

McClellan. Ce sentiment l'effrayait, même s'il lui donnait des ailes. Brodie n'avait pas l'intention de rester à Dunregan. Manifestement, ce bateau s'inscrivait dans un plan d'action, et sitôt terminé, pouf ! Adieu, Roméo. Ou plutôt, adieu, Kali. Brodie aurait tôt fait de regagner le cœur des habitants de Dunregan, et dès lors, il n'aurait plus besoin d'elle ici.

Comme elle entrait dans la clinique, l'esprit plein de ces réflexions, la voix d'Ailsa lui parvint de la cuisine.

— C'est vous, Kali ? Je viens de mettre de l'eau à chauffer. Pour vous, c'est avec du lait et sans sucre, n'est-ce pas ?

Kali sourit malgré ses idées noires.

— Oui, comme d'hab !

— Mon neveu nous fera-t-il l'honneur de sa présence aujourd'hui ?

— Il est devant la clinique, occupé à construire un bateau.

Ailsa haussa les sourcils avec étonnement.

— *Aye ?*

Kali hocha la tête en affectant un air neutre.

— Eh bien !

Pour le coup, elle ne put s'empêcher de sourire. Depuis trois jours qu'elle était là, elle avait appris que ce « eh bien » voulait dire beaucoup de choses pour un Ecossais.

— Kali, le premier patient est arrivé, dit Caitlyn depuis la réception. Ça ne vous dérange pas de vous occuper de lui dès à présent ?

— Non, pas du tout, répondit-elle en acceptant la tasse de thé que lui tendait Ailsa. Au contraire, avec plaisir.

Et elle était sincère. Elle avait l'impression d'être à sa place ici. Une sensation ô combien nouvelle.

— Voyez qui arrive, fière sur son destrier à roues !

Kali mit pied à terre en riant de la boutade de Brodie.

— Une semaine sur l'île a suffi pour vous changer, ajouta-t-il. Vous avez des couleurs.

Elle rougit de plaisir, ravie que ses joues soient déjà colorées par l'effort physique.

— Il faut dire que le vent n'est plus aussi…

— Hostile ?

— Voilà.

Cela dit, elle préférait ne pas s'attarder à l'extérieur. Le chauffage ne fonctionnait toujours pas chez elle, de sorte que, pour se réchauffer, elle en était réduite à faire le trajet à vélo et à s'arrêter chaque matin à la boulangerie — ce qui n'était apparemment pas pour déplaire à Brodie.

— Qu'est-ce qu'il y a dans le panier magique, ce matin ?

Il se pencha sur la corbeille en osier qu'il l'avait aidée à accrocher devant le guidon.

— Surprise.

— Attendez, n'ouvrez pas tout de suite, dit-il, les yeux brillants. Je suis sûr que je peux deviner rien qu'à l'odeur. Voyons… Ce ne sont pas des brioches… Il est trop tôt pour des pâtés de viande. Des scones ! C'est mon dernier mot.

— Sûr et certain ?

Elle souleva lentement le couvercle du panier et révéla une pile de scones légers et appétissants, puis elle referma d'un geste vif comme il tendait la main pour se servir.

— Non, non, non. Ils sont pour tout le monde.

— Kali, vous nous gâtez trop, on risque de s'y habituer.

— Qui ça, « on » ?

— Bon, d'accord. Moi.

Elle éclata de rire.

— Ouste, dit Brodie. Allez vite vous mettre au chaud et laissez-moi me geler, le temps que j'arrive enfin à assembler ce tas de bois.

— Pas de problème. Mais à force, je vais finir par vous rafler tous vos patients.

Elle regretta aussitôt cette plaisanterie en voyant son visage se fermer.

— Rien ne m'empêche de revenir assurer des consultations, siffla-t-il. Après tout, cette clinique porte mon nom, pas le vôtre.

Ces paroles cinglantes l'atteignirent comme des flèches, et aussitôt, ses défenses se dressèrent. Et bim ! Voilà qui lui apprendrait à croire aux contes de fées.

— Ne vous fâchez pas. Je suis tout à fait consciente qu'il s'agit d'un remplacement temporaire. C'est juste que…

Elle détourna le regard, s'efforçant de repousser ses larmes.

C'était sa faute. Elle avait été trop impatiente, trop désireuse de trouver sa place… De croire à ce frisson qu'elle éprouvait en présence de Brodie. Elle avait trop ouvert son cœur, trop tôt. Elle était pourtant bien placée pour savoir à quel point c'était une erreur d'accorder sa confiance aux gens ! Son propre père l'avait trahie.

De rage, elle donna un coup de pied sur le sol et se contraignit à regarder Brodie droit dans les yeux.

C'était comme cela qu'elle avait toujours affronté ses problèmes : de face, carrément. Sans ciller.

Pendant un moment qui sembla s'étirer des heures, ils se jaugèrent, tels deux cow-boys hésitant à rengainer leur arme.

A son regard, il était clair que Brodie regrettait sa réaction autant qu'elle, la sienne, et qu'il aurait tout donné pour revenir en arrière.

— Je n'ai jamais voulu vous évincer.

— Et moi, je suis désolé de m'être emporté.

Il tendit la main et plongea ses longs doigts dans la masse désordonnée de ses cheveux en l'interrogeant du regard.

— On recommence tout depuis le début ?

Il avait dit cela avec ce petit sourire qui ne manquait jamais de la faire fondre.

— D'accord, dit-elle en maîtrisant le tremblement de sa voix.

— Que diriez-vous d'une tasse de thé ?

Elle ne put s'empêcher de pouffer de rire.

— C'est votre solution à tout, je vois ? Non, merci. Vous avez raison, je préfère ne pas retarder un homme occupé à bricoler.

Balayant son refus d'un geste, Brodie lui prit son vélo et passa son bras libre sous le sien pour gagner la clinique.

— Allons, docteur O'Shea. Si je peux construire un bateau, je peux a fortiori vous préparer un thé, non ?

— Sans doute que oui, mais en combien de temps ? Le premier jour, vous avez mis cinq heures.

— Justement. Accordez-moi une deuxième chance, et en prime, je vous le sers avec les délicieux sablés de Mme Glenn, dit-il en imitant la voix de sa tante.

Elle lui sourit, les joues rosies par le froid.

— Merci, c'est très gentil.

Comme elle le regardait, les yeux brillants, il dut lutter contre l'envie de l'embrasser. S'attacher à Kali alors qu'il n'avait pas la moindre idée de ce qu'il allait faire de son avenir, c'était pour le moins risqué, pour lui comme pour elle. Il lâcha son bras et se mit en demeure d'attacher le vélo au râtelier derrière la clinique.

— Très bien, je ne vous retarde pas davantage. Passez une bonne journée. Moi, je dois assembler mon tas de bois.

Il prit congé avec un salut comique mais rata son effet, car au même instant, Ailsa pointa la tête par l'entrebâillement de la porte.

— Ah, vous voilà, tous les deux. Je me demandais si je devais faire tourner la boutique toute seule, aujourd'hui. Oh ! lala ! Kali, vous êtes frigorifiée, ma parole !

Brodie se tourna vers celle-ci pour la considérer.

— C'est vrai, vous avez froid ?

Kali étira les lèvres en un sourire qui tenait davantage de la grimace.

— Non, pas vraiment.

— Seigneur, ne restez donc pas plantée là ! s'écria Ailsa. Je viens de mettre la bouilloire à chauffer. Que diriez-vous d'une bonne petite tasse de thé avec les délicieux sablés de Mme Glenn ?

Brodie et Kali échangèrent un regard avant d'éclater de rire.

Ailsa haussa les épaules en soupirant.

— Voyez donc ces deux innocents ! Dépêchez-vous d'entrer, je n'ai pas envie de chauffer les oiseaux.

Kali rassembla les dossiers de la journée en une pile dont elle égalisa les côtés avant de les reposer avec satisfaction.

Encore une journée de consultations qui s'était passée comme sur des roulettes, songea-t-elle.

Brodie avait fait plusieurs séjours dans la cuisine pour y lire au chaud divers manuels expliquant le maniement d'une quantité d'outils sans cesse grandissante. Elle avait profité de l'une de ces pauses pour aller jeter un coup d'œil au chantier dans la grange, et elle avait souri devant la pile de bois intacte. Cela dit, qui était-elle pour se moquer, elle qui n'avait jamais bricolé de sa vie ?

Elle s'apprêtait à partir lorsqu'elle reçut un appel de la réception.

— Docteur, cela ne vous dérangerait pas de vous occuper d'un dernier patient ? M. Fairways vient d'arriver. Son appareil auditif lui cause des problèmes.

— N'aurait-il pas davantage intérêt à…

Sur le point de lui suggérer d'aller consulter un spécialiste, elle se ravisa en se rappelant qu'il n'y avait pas d'hôpital sur l'île.

— Bien sûr, dit-elle. J'arrive tout de suite.

En salle d'attente, un homme maigre d'une cinquantaine d'années, vêtu d'une veste cirée et d'un pantalon de moleskine, discutait avec Caitlyn, appuyé au comptoir de la réception. Il lui tournait le dos.

— Monsieur Fairways ?

L'avait-il remarquée ? Il continuait à gratifier Caitlyn d'un rapport détaillé sur la météo du jour. De là où elle se tenait, elle crut entendre un sifflement aigu et s'approcha.

Pas de doute, l'une des aides auditives sifflait.

— Monsieur Fairways ? répéta-t-elle en lui touchant l'épaule.

— Ah ! bonjour.

Il tourna vers elle un visage aux yeux d'un brun profond. L'avait-elle déjà vu quelque part ? Ces magnifiques moustaches en guidon de vélo ne passaient pas inaperçues.

— Donc, vous êtes l'aventurière qui s'est risquée sur notre belle île ?

— On peut dire ça, répondit-elle en souriant. Vous avez des problèmes avec votre appareil auditif ?

Un grincement dissonant emplit la petite salle d'attente.

— Plaît-il ?

Caitlyn étouffa un rire, et Kali lui jeta un regard horrifié. Se moquer d'un patient, ça ne se faisait pas !

— Vous venez au sujet de votre appareil auditif, c'est ça ?

— Désolé, ma chère petite, j'ai du mal à comprendre votre accent. Je viens au sujet de mon appareil.

Il jeta un coup d'œil par la fenêtre.

— On dirait que le fils McClellan s'est mis en tête de construire un bateau.

— Du moins, c'est ce qu'il dit, dit Kali en souriant.

Elle réprima une grimace tandis qu'un nouveau sifflement leur déchirait les oreilles.

— Quel est le volume de votre appareil, monsieur Fairways ?

— Quoi ?

Cette fois-ci, Caitlyn ne chercha même pas à dissimuler le fou rire qui la secoua.

Kali lui intima l'ordre de se taire, mais pas avant que M. Fairways remarque son hilarité.

— Fais ta maligne, dit-il en secouant un index affectueux. A ton âge, on a bon pied bon œil, mais tu verras, tu seras bientôt vieille et ridée comme moi — avec la vue qui baisse, les oreilles bouchées et sans cesse à te demander ce que les gens racontent autour de toi.

Caitlyn balaya ces paroles d'un haussement d'épaules juvénile.

— N'exagérez pas, monsieur Fairways. Mon arrière-grand-mère a deux fois votre âge. A mon avis, vous avez dû faire une bêtise avec votre appareil. Il ne devrait pas vous embêter autant.

— Ah ! c'est comme ça depuis le jour où je suis né.

— Vous avez toujours porté un appareil ? demanda Kali.

— *Aye*, eh bien…

Elle sourit.

Elle commençait à s'habituer à cette réponse typiquement écossaise qui permettait de rester dans le vague.

— Voulez-vous passer dans mon bureau pour que je vous examine ?

Quelques minutes plus tard, Kali avait réglé le volume de l'appareil, nettoyé le conduit auditif de son patient à l'aide d'une poire et taillé les poils qui encombraient le pavillon des oreilles.

— Votre appareil fonctionne très bien, monsieur Fairways. En revanche, veillez à éviter l'excès de poils et de cérumen.

— Je sais bien, mais sans personne pour qui me faire beau, j'avoue que je me laisse parfois aller.

— Vous êtes toujours le bienvenu ici.

Le front de M. Fairways se plissa de rides soucieuses.

— *Aye*, eh bien…

— Voulez-vous que je vous prenne un rendez-vous avec l'ORL pour sa prochaine visite sur l'île ? A moins que vous n'ayez l'habitude de vous rendre sur le continent pour ce genre de soins ?

— Oh non ! Voyez-vous, je suis maire honoraire de Dunregan, alors j'évite autant que possible de partir. Je suis heureux, ici.

— Dans ce cas, je vais voir avec le Dr McClellan au sujet d'un rendez-vous, et je vous tiens au courant.

— Parfait, dit-il avec un hochement de tête satisfait.

— Vouliez-vous me parler d'autre chose ? demanda-t-elle comme il n'esquissait pas le geste de se lever.

— Non… Non, pas vraiment. C'est juste que…

— Oui ?

— Eh bien, j'ai remarqué que Brodie n'a pas une base

stable pour ses cadres triangulés, et ça risque de déséquilibrer le bateau.

Elle sourit de plus belle.

— Désolée, je crains de ne rien avoir compris à ce que vous venez de me dire. Le mieux serait que vous lui en parliez directement en sortant.

Elle le regarda réfléchir à sa suggestion.

— C'est que je ne voudrais pas l'embêter…

— Mais pas du tout ! Au contraire, il serait ravi, d'autant plus que vous lui rendriez doublement service.

— Ah bon ? Comment ça ?

Elle se pencha vers lui d'un air de conspirateur.

— Eh bien, beaucoup de gens n'ont pas l'air de se rendre compte qu'il a été déclaré officiellement guéri.

— Vraiment ? dit M. Fairways en se tordant la moustache.

— C'est aussi vrai que je vous vois.

— *Aye*. En effet, les gens en parlaient l'autre jour au pub.

Elle se rappelait à présent où elle l'avait vu : au pub !

— Alors, comme vous êtes le maire de Dunregan…

— Honoraire, ma chère, honoraire.

— Justement ! Tout le monde vous respecte, ici. Du coup, si l'on vous voit parler à Brodie… Vous savez, histoire de lui donner quelques conseils… Cela tranquilliserait les esprits.

Elle s'interrompit pour lui laisser le temps d'assimiler ces paroles.

— Moi-même, j'ai lu le dossier médical de Brodie. Voulez-vous y jeter un coup d'œil ?

— Non, non, c'est inutile, dit le vieil homme qui se leva avec effort. Je l'ai vu à l'enterrement de son père. J'avais peur de le déranger, c'est tout.

— Bien. Dans ce cas, je ne vous retarde pas davantage.

Tout en ajustant sa veste, il lui adressa un léger hochement de tête accompagné d'un sourire.

— Vous avez du succès, ici. Qui sait ? Nous allons peut-être faire de vous une insulaire à part entière ?

— Au revoir, monsieur Fairways, et bonne continuation.

Brodie salua d'un geste le maire et le regarda s'en aller au pub d'un pas de sénateur pour y boire sa pinte du soir.

Alors, ça, pour une surprise… M. Fairways, planté en plein milieu de la rue pour discuter avec lui à la vue de tout le village ! Pourtant, il avait été le premier à annuler son rendez-vous en apprenant que le fils McClellan était revenu d'Afrique. Un sacré coup dur, d'autant plus que, après ça, les autres patients avaient fait de même un à un.

— Alors, cette petite discussion ?

Kali !

Il lui fit face brusquement.

— Désolé, j'avais la tête ailleurs. Vous disiez ?

— M. Fairways voulait vous parler de poutres ou de châssis, je n'ai pas très bien compris.

Il s'approcha d'elle en souriant.

— Kali O'Shea, vous n'êtes pour rien dans le fait que M. Fairways se soit soudain transformé en moulin à paroles ?

— Moi ? Non, pas du tout. Il s'intéressait à votre projet. Comme je n'avais pas idée de quoi il parlait, j'ai pensé que…

— Kali, Kali… Vous êtes transparente comme du cristal.

Elle eut un sourire qui illumina son regard et creusa une fossette dans l'une de ses joues.

Jamais il n'avait rencontré une femme aussi craquante.

— Peu importe, au fond. Quoi que vous ayez dit ou pas dit, merci.

Il étala une bâche sur le tas de bois et rangea ses outils.

— Malgré tout, ce n'est pas encore demain que je vais récupérer mes patients.

— En fait, c'est ce qu'il y a de fou, dans la vie : on ne sait jamais. N'est-ce pas ? insista-t-elle en haussant les sourcils.

— Oui, peut-être. Je ne sais pas.

S'il pouvait reprendre son travail à la clinique, le compte à rebours de l'année promise à son père commencerait. Et Kali n'aurait plus de raisons de rester. Or, il n'avait pas envie de la laisser repartir si vite.

— Quoi qu'il en soit, ici les choses avancent à l'allure d'un glacier. Et que feriez-vous si je monopolisais les patients ? Votre contrat est pour un mois…

— Je suis sûre que je trouverais à m'occuper.

— A Dunregan ? Vous plaisantez ?

— Pas du tout ! Je n'ai même pas besoin de faire un tour à l'office de tourisme, les patients se chargent de me renseigner. J'ai entendu parler d'un club de pâtisserie, de circuits de randonnée et de courses à pied…

— Vous aimez courir ?

Kali opina du chef et cala son vélo contre sa hanche pour souffler sur ses mains gantées d'épaisses mitaines.

— Je vois que vous vous êtes enfin acheté des vêtements d'hiver.

— Oui ! J'ai dû dépenser un mois de salaire pour me payer une garde-robe adaptée au climat, mais au moins, j'aurai chaud ce soir.

— Pourquoi ? Le chauffage ne marche pas, chez vous ?

— Euh, pas vraiment, non. Mais ce n'est pas grave, vraiment. Quoique ça irait mieux si je savais faire du feu.

— Je pourrais vous montrer. Où habitez-vous, déjà ?

— Brodie, je vous jure que ça va. C'est juste un petit cottage, et maintenant, j'ai des vêtements chauds. Lorsque je les porte les uns sur les autres, je suis comme un coq en pâte.

— Kali, j'insiste. *Quel* cottage ?

— Mais ça va !

— Manifestement, non. Vous ne pouvez pas rester dans une habitation non chauffée par un temps pareil. Je peux parler à votre propriétaire, si vous voulez.

— Sérieusement, je vais bien !

Il l'observa avec inquiétude.

Non, manifestement, elle n'allait pas bien. Elle paraissait même complètement paniquée, à tel point qu'il avait envie de la prendre dans ses bras pour la cajoler.

— Chut… Je n'essaie pas de m'immiscer dans votre vie,

Kali. Je voudrais simplement vous aider, être sûr que vous ne mourez pas de froid.

— Désolée, désolée. Je suis juste un peu…

— Fatiguée, je sais. La journée a été longue. La semaine aussi, d'ailleurs. Mais vous vous en sortez très bien.

Elle hocha la tête en empoignant le guidon du vélo.

— A demain, Brodie.

— Non, Kali, désolé ! Je ne peux pas vous laisser rentrer dans une maison sans chauffage. Si vous n'y voyez pas d'inconvénient, je vais installer votre vélo sur mon 4x4, et je vous ramène chez vous pour vous aider à faire un feu.

Kali le regarda avec méfiance avant de secouer la tête.

— Excusez-moi, je ne voulais pas en faire toute une histoire.

— A Londres, vous aviez trop d'hommes qui vous couraient après, c'est ça ?

— On peut dire ça comme ça, dit-elle avec un sourire pincé.

Il s'abstint d'insister.

Il était sûr à présent que quelque chose lui était arrivé. Quelque chose qui expliquait sa réticence à s'ouvrir aux autres, *a fortiori* à un homme. Ce soir, après l'avoir aidée, il s'en irait. Il devait respecter son intimité. Il était bien placé pour savoir qu'on peut hésiter à raconter certains secrets.

6.

— Donc, ce n'est pas seulement moi ? Ça me rassure.

Kali était presque soulagée de voir Brodie souffrir autant qu'elle pour faire démarrer le feu : c'était la preuve qu'elle n'était pas complètement inapte à gérer sa vie.

Se redressant, Brodie s'assit sur les talons.

— Je crois savoir d'où vient le problème.

— Oui ?

— Eh bien, c'est un cottage d'été.

— Et alors ? Est-ce une raison pour que la cheminée ne marche pas ? Après tout, les étés ne sont pas tropicaux, par ici.

— Non, en effet.

Brodie reporta son attention sur le foyer.

— Plusieurs raisons peuvent expliquer que le feu ne prenne pas. A mon avis, le chapeau de la cheminée a dû tomber, de sorte que le conduit s'est retrouvé obstrué par des feuilles ou un nid d'oiseau. Du coup, il n'y a plus de tirage. C'est simple à réparer avec les bons outils. On peut demander à Jimmy Crieff d'y jeter un coup d'œil demain. Mais pour ce soir, vous venez chez moi.

— Pardon ?

Malgré sa protestation, Kali se surprit à ressentir du soulagement.

Enfin, quelqu'un se faisait du souci pour elle ! Et pas n'importe qui. Un homme avec qui elle se sentait en sécurité.

— Eh bien, oui. Je ne vais tout de même pas vous laisser dans cette maison glaciale. Imaginez que vous attrapiez une pneumonie ? Je serais obligé de faire venir une remplaçante à la remplaçante du médecin, occupé à préparer du bouillon de poule.

Elle ne put s'empêcher de sourire.

— Bon, d'accord. Mais à la condition que je me charge du dîner.

— Parfait. Rassemblez vos affaires. Pendant ce temps, je fais chauffer la voiture.

Obtempérant, elle se rendit dans sa chambre, étonnée de la facilité avec laquelle elle avait accepté.

C'était comme si elle faisait naturellement confiance à Brodie. Ça ne lui était pas arrivé depuis des années.

Preuve que sa mère avait eu raison.

— Aie confiance, avait-elle murmuré en lui glissant un peu d'argent dans la main avant de la serrer dans ses bras une dernière fois. Un jour, tu rencontreras un homme qui méritera ton amour et qui saura te rendre heureuse.

Elle pressa les paupières pour faire barrage à l'émotion.

C'était peut-être pour cela qu'elle se sentait proche de Brodie. Tous les deux étaient des orphelins de la vie en quête d'un havre de sécurité.

Elle referma son sac et s'empressa de le rejoindre dans la voiture.

— C'est ici que vous avez grandi ? s'exclama-t-elle peu après.

Elle n'en croyait pas ses yeux. Même en pleine nuit, la silhouette imposante de la maison ne passait pas inaperçue. Et lorsque Brodie alluma en entrant, ce qu'elle vit lui coupa le souffle.

La maison était conçue dans un design scandinave qui faisait la part belle au bois, au verre et à la pierre. Clairement, il s'agissait d'une création d'artiste qui revisitait l'architecture traditionnelle de l'île en la modernisant. D'énormes piliers de chêne soutenaient le plafond et encadraient de vastes baies vitrées. Au centre, un épais mur de pierre conférait à l'ensemble une impression de solidité, renforcée par un carrelage de grandes dalles. A cette heure-ci, l'obscurité cachait l'extérieur, mais en journée, et surtout l'été, cette maison devait s'intégrer à l'environnement et procurer un sentiment de liberté.

Absorbée par sa contemplation des lieux, elle entendit à peine la réponse de Brodie.

— Je suis né dans l'un des cottages que vous avez vus en bord de mer, près des quais. Mais à la naissance de mon frère, mes parents ont décidé de construire cette maison avec l'aide d'un héritage inattendu.

— Parlez-moi de votre frère.

— Ah, Callum…

Brodie donnait à sa voix un accent de légèreté, comme pour dissimuler ses sentiments.

— Mon petit frère est né pour vivre dans la montagne. C'était un gamin sauvage qui disparaissait sans cesse dans la nature pour être ramené des heures plus tard par un voisin, tout couvert de mousse et des brindilles dans les cheveux, un grand sourire aux lèvres. En tant qu'aîné, j'aurais dû mieux m'occuper de lui.

— Il a l'air intéressant.

— Il l'est. Un dingo de première ! Il fait partie du groupe de sauvetage et gagne sa vie en testant des pistes de randonnée à vélo partout en Europe pour le compte de fabricants de VTT.

— C'est vrai ? Il ne vit pas ici avec vous ?

— Non. Enfin, si, ça dépend. Il vient lorsqu'il a besoin de quelque chose, mais il reste la plupart du temps dans un cottage de deux pièces, un peu comme celui que vous louez. Mais au moins, chez lui, la cheminée fonctionne.

Brodie parlait de son frère avec une affection manifeste, qui trouva un écho douloureux en Kali.

Elle aurait tout donné pour passer un jour avec sa sœur, juste pour s'assurer qu'elle allait bien, que leur père n'avait pas reporté sa colère sur elle.

Elle s'efforça de concentrer son attention sur la maison.

D'épais canapés invitaient au repos. Un énorme tapis en peau de vache était étalé devant une cheminée ouverte.

— Votre maison est si différente des autres, dit-elle tout bas, comme à l'église. Elle est magnifique.

— *Aye*, eh bien…

Kali se mit à rire, et le charme fut rompu.

— C'est une phrase typique de tous les Ecossais, ou juste des habitants de cette île ?

— C'est un tic de langage fréquent en Ecosse. Comme vous avez dû vous en apercevoir, notre dialecte est assez particulier. Bon ! dit Brodie en se frottant les mains. Je vais vous montrer où vous allez coucher.

Il lui fit visiter rapidement le reste du chalet, constitué notamment d'une vaste cuisine, d'un garde-manger grand comme son ancien appartement irlandais, d'un petit salon douillet, et à l'arrière d'une salle de séjour depuis laquelle un escalier menait aux chambres.

Il accueillit ses compliments de façon laconique et marmonna qu'ils se retrouveraient dans la cuisine pour le repas.

En redescendant de l'étage, Brodie s'efforça de considérer la maison au travers du regard de Kali.

Les années avaient émoussé l'émerveillement qu'il avait éprouvé, enfant, en la voyant surgir de terre. Certes, elle avait un charme indéniable, mais elle avait le tort de représenter tout ce qui lui rendait la vie problématique ici : l'obligation de se poser quelque part, de fonder une famille, de s'engager envers quelqu'un. Et pourtant, il avait éprouvé de la fierté en faisant visiter le chalet à Kali. Elle avait le chic pour toujours mettre en lumière le positif, et cela lui faisait du bien. C'était presque thérapeutique.

Kali fit irruption dans la cuisine, vêtue d'un chemisier à motif fleuri et d'une petite jupe flottante. Son enchantement n'avait pas diminué d'un iota.

— Qu'est-ce qu'il fait bon, chez vous !

— Mes parents ont fait installer un chauffage par le sol. De la sorte, il fait toujours chaud dans la maison, même en hiver.

— Au printemps, vous voulez dire ?

— D'où vous venez, c'est sans doute le printemps, mais à Dunregan, il ne va pas arriver avant un bon mois. Et encore, si on a de la chance.

— Taratata ! Vous ne me ferez jamais croire qu'il y a des désavantages à vivre ici.

— Vous êtes une éternelle optimiste, n'est-ce pas ?

Les yeux verts de Kali vacillèrent, puis se reportèrent sur lui.

— On peut dire ça comme ça. Vos parents ont fait appel à un architecte ?

— Non, c'était la profession de ma mère. C'est elle qui a dessiné les plans. Pour elle, cette maison était un peu son troisième enfant. C'était du moins ce qu'elle disait.

— Elle a fait du beau travail.

Il se mit à inspecter le contenu du réfrigérateur pour réfléchir à des idées de repas plutôt qu'aux édifices que sa mère aurait construits si elle avait vécu.

Elle lui manquait tous les jours. Jamais il n'avait compris comment son père et son frère ne lui avaient pas tout bonnement tourné le dos après la catastrophe. Certes, ici, la météo pouvait changer très vite. Parfois, la tempête s'abattait sur un côté de l'île et épargnait l'autre. Il n'empêche que sa maman ne serait jamais partie en mer ce jour-là s'il n'avait pas insisté. En un sens, séjourner ici, dans cette maison, c'était une sorte de pénitence… Cette culpabilité, il devrait la supporter jusqu'à la fin de ses jours. Simplement, ici, à Dunregan, elle était encore plus pénible. Vivre ici tout seul lui rappelait sans cesse l'absence de ses parents, et même celle de son frère, dont il n'avait jamais été assez proche.

L'esprit ailleurs, il sortit quelques denrées du réfrigérateur et les déposa sur le plan de travail.

— Je suppose que, avec le temps, j'ai fini par oublier de la voir.

— Votre mère a tout fait toute seule ?

— Non, mon père l'a aidée. Il était très habile de ses mains, un génie du bricolage.

Kali lui sourit gentiment.

— Ça a sauté une génération ?

— Non, mon frère a récupéré ses gènes. Pas moi, malheureusement.

Décidément, Kali n'avait pas son pareil pour lui redonner du ressort. Grâce à elle, il considérait sa famille à travers le prisme de l'affection et non à travers celui de la culpabilité et du chagrin. A présent comme l'autre soir au pub, la présence de Kali lui apparaissait comme un signe du Destin.

Entre ses parents, ça avait été pareil : deux êtres qui partageaient la même vision de la vie et qui avaient bousculé le train-train de Dunregan. Au moins, sa mère avait vu sa maison terminée. Elle y avait même vécu avec « ses hommes », comme elle aimait les appeler tous les trois. Et son père, solide comme un roc… Dieu seul savait comment il avait trouvé la force de chérir cette maison et ses fils à chaque instant de sa vie. Quelle meilleure preuve d'amour envers sa femme et ses fils ?

Il était temps de revenir au présent.

— Bon ! s'exclama-t-il, vous aimez le poulet Strogonoff ?

— Je ne sais pas, je n'en ai jamais goûté, répondit Kali en prenant les légumes qu'il lui tendait.

— Alors, on va inventer la recette. Et si elle vaut vraiment le coup, on la baptisera « poulet à la McClellan ».

Une heure plus tard, une marmite bouillonnait sur la gazinière, répandant une odeur délicieuse, et la chaîne stéréo diffusait une musique pop assourdissante.

Kali avait l'impression d'être dans un univers parallèle. Ou alors, cette maison était enchantée. En tout cas, ici, avec Brodie, elle se sentait chez elle…

Elle étouffa aussitôt cette pensée de peur d'attirer le mauvais œil.

En face d'elle, Brodie agitait la tête en cadence.

— Monte le son !

— Je viens de le faire, cria-t-elle par-dessus la mélodie.

— Encore ! J'adore cette chanson. Allez, on danse.

Sans attendre sa réponse, il bondit au centre du salon et se mit à gesticuler avec enthousiasme, balançant les bras et les jambes de façon désordonnée.

Elle ne se fit pas prier pour le suivre. Lentement tout d'abord, ses hanches se calèrent progressivement sur le rythme de la musique. Bientôt, ses notions de l'espace et du temps se perdirent dans un brouillard.

Cette chanson la ramenait à son adolescence, à l'époque bénie où elle vivait sans soucis avec ses parents et sa sœur et où elle respectait encore son père.

Les yeux fermés, elle leva les mains au-dessus de la tête et se mit à onduler des hanches tandis que ses bras échappaient à sa volonté pour obéir à la musique.

Soudain consciente qu'on la regardait, elle rouvrit les yeux.

Brodie la couvait d'un regard chargé de magnétisme qu'elle ne lui avait jamais vu. D'un accord tacite, leurs mouvements se synchronisèrent et ils respirèrent en cadence, d'un souffle profond, énergique. Sans que l'un ou l'autre s'en avise, la musique changea, et la danse se fit lente et sensuelle. A présent, Brodie était tout près. Elle contemplait son visage, ses épaules ondulant sur un tempo qui appelait l'intimité. Il posa ses grandes mains sur sa taille et l'attira à lui.

— M'accordez-vous cette danse ?

Ses yeux bleus étaient animés d'un feu qui fit courir un frisson sur tout le corps de Kali. Soudain, sa peau était devenue étrangement sensible au contact de ses vêtements, aux frottements de son soutien gorge, de la bordure de sa jupe juste au-dessous de son nombril, au point qu'elle avait l'impression que Brodie la touchait à cet endroit là.

Elle sentit l'une de ses mains remonter le long de son dos tandis qu'il mêlait son autre main à la sienne et la portait à son cœur, si près qu'elle en percevait les battements.

Cet instant avait un enivrant parfum d'interdit, un interdit marqué du sceau de l'inévitable. Elle frissonna, en proie à des crépitements intérieurs. Toutes ses perceptions prenaient une ampleur démesurée — le frôlement de ses cheveux sur ses épaules, les doigts de Brodie sur sa taille, la caresse de son souffle.

De l'index, il lui souleva le menton, et il effleura ses lèvres en un baiser presque timide, aussitôt suivi d'un autre, plus affirmé. Sa barbe courte était d'une douceur incroyable. Les yeux fermés, elle caressa la ligne de sa mâchoire et sentit qu'il lui prenait la main. Elle entrouvrit la bouche, désirant plus que tout goûter et explorer ses belles lèvres. Un gémissement fusa sans qu'elle sache qui l'avait poussé, elle ou lui, débordée qu'elle était par un afflux de sensations débridées. Entre ses bras, elle se sentait délicate, protégée, et libre de s'abandonner à la chaleur qu'il faisait naître en elle.

D'un geste souple, Brodie passa les mains sous ses fesses pour la hisser sur le plan de travail.

Elle ne se reconnaissait pas. Elle avait l'impression d'être une autre femme. Etait-ce bien elle qui avait émis ce rire de gorge un peu rauque, la tête rejetée en arrière ?

Brodie nicha son visage contre son cou exposé et se mit à le picorer de petits baisers. Les yeux fermés, elle plongea les doigts dans ses cheveux blonds et ne put retenir un murmure de plaisir lorsqu'il promena les pouces sur sa poitrine galbée.

— Veux-tu qu'on aille plus loin ?

Comme elle hochait la tête avec assurance, il lui prit le menton en coupe pour un long baiser.

— Viens, je vais te montrer la chambre où j'ai grandi.

Il recula et lui saisit la main tandis qu'elle sautait du plan de travail. En riant, elle se tourna pour éteindre sous la marmite : le repas attendrait. Pouffant comme deux adolescents, ils montèrent l'escalier quatre à quatre. En bas, un chanteur accompagné d'une guitare égrenait une ballade langoureuse.

Lorsqu'ils arrivèrent sur le palier, Brodie se tourna vers elle.

— Tu es vraiment sûre ? Avec le travail, tu n'as pas peur que les choses deviennent bizarres ou compliquées…

— Si l'on faisait le compte de tout ce qui est bizarre dans notre relation, on ne se serait jamais embrassés.

— Très bien dit, ma douce.

« Ma douce ». Personne ne l'avait appelée ainsi, avant. De même que, dans sa modeste expérience amoureuse, aucun homme ne lui avait donné à ce point l'impression d'être vivante et heureuse de l'être. Ce soir, elle serait à Brodie McClellan, toute à lui. *Par choix.*

Tout en montant, ils se débarrassèrent de leurs vêtements sans interrompre leurs caresses. Puis Brodie hissa de nouveau Kali dans ses bras et poussa la porte sans ménagement.

Kali O'Shea n'avait rien d'une timorée. Elle était même audacieuse, d'une audace qui alimentait la sienne. Il adorait son corps menu, ses longs cheveux de jais, l'éclat félin qui brûlait dans ses yeux verts. Entre eux, l'air crépitait d'une tension érotique qu'il n'avait éprouvée avec aucune femme auparavant.

Il se pencha pour la laisser glisser sur le lit.

Elle n'avait plus sur elle que ses sous-vêtements et un débardeur à bretelles spaghettis violet foncé. Fasciné, il la contempla comme s'il avait devant lui une déesse. A la voir étendue sur la couette, offerte, son désir monta encore d'un cran. Il voulait lui enlever son débardeur, dégrafer son soutien-gorge, libérer ses seins pour les exposer à ses caresses, ses baisers…

Elle se redressa sur un coude, ramassa ses cheveux dans une main pour les entortiller négligemment et leva vers lui des yeux aux paupières alourdies, langoureuses.

— Tu as une protection ?

— Oui, oui, dit-il, revenant à la réalité. Je m'en occupe.

Il se pencha vers la table de chevet mais s'interrompit pour se tourner vers elle.

— Ne bouge pas. Reste exactement comme tu es.

Kali cligna les yeux, surprise, puis sourit en jouant avec les bretelles de son débardeur.

— Eh bien, qu'attends-tu ?

Il ouvrit un tiroir précipitamment, et des chaussettes volèrent dans la pièce. Enfin, il mit la main sur ce qu'il cherchait et se tourna triomphalement vers elle.

— Ne bouge pas, répéta-t-il.

Toutefois, indifférente à sa consigne, elle se lova contre lui en un mouvement qui fit relever son T-shirt.

Ils étaient peau contre peau, les mains avides.

Kali approcha sa bouche du cercle sombre d'un mamelon pour le titiller du bout de la langue cependant qu'elle saisissait la boucle de sa ceinture, qui résista avant de céder.

Chaque geste, chaque découverte intensifiait le désir de Brodie. Il ôta son pantalon et s'allongea sur elle, en appui sur les avant-bras.

Kali se pressa contre lui avec impatience, l'encourageant à poursuivre.

— Tout doux, tigresse, murmura-t-il.

Ils avaient toute la nuit devant eux. Il voulait y aller lentement, prendre son temps pour savourer chaque courbe, chaque centimètre de son corps.

7.

Dans la tiédeur de la couette, Kali émergea lentement d'un sommeil profond et s'étira comme un chat.

C'était le sixième… Non, le septième jour depuis qu'elle et Brodie avaient décidé que son cottage était décidément trop froid pour qu'elle continue d'y loger. Depuis lors, ils cohabitaient avec bonheur. Certes, dans la journée, il leur arrivait d'être un peu timides au sujet de cet arrangement, mais au lit, il n'était plus question de timidité, bien au contraire. En une semaine, ils s'étaient nichés ensemble dans un cocon d'intimité confiante, bien au chaud.

Elle s'étira avec volupté, savourant le contact du corps musclé de Brodie.

C'était fou, à y repenser. Il avait suffi de quinze jours avec lui à Dunregan pour la rendre plus heureuse qu'elle ne l'avait jamais été. Pour la première fois depuis une éternité, elle se sentait entière. Comme si Kali O'Shea était une vraie personne, et non pas un nom qu'elle avait dû s'inventer pour échapper à son père et à l'homme qu'elle aurait dû épouser.

Brodie entrouvrit des paupières ensommeillées et les referma. Il émit un murmure de contentement et la serra davantage contre lui.

Elle se sentait bien avec lui, tellement bien que c'en était presque ridicule. D'ailleurs, si jamais il lui proposait de rester définitivement, elle dirait oui sans hésiter.

Elle poussa un soupir silencieux.

Elle *l'aimait*. Autrement, comment expliquer cette paix, cette joie profonde qu'elle éprouvait avec lui ? Un tel bonheur finissait par lui faire peur. Vivre tous les deux à l'abri du reste du monde et de ses problèmes, c'était trop beau pour durer.

Elle fit glisser l'index le long de sa pommette, sur le contour de ses lèvres. Les yeux fermés, il posa sur le bout de son doigt un baiser qu'elle reporta sur ses lèvres à elle en souriant. Brodie se retourna face à la fenêtre, et elle se lova tout contre lui.

Leurs corps s'emboîtaient à la perfection…

Au fond, c'était aussi bien qu'elle ne s'attarde pas à Dunregan. Elle s'attachait déjà beaucoup trop à cet homme. A force, elle risquait de l'entraîner dans ses mensonges, et ça, c'était hors de question. Jamais elle n'irait l'encombrer de son passé compliqué, de cette famille qu'elle avait laissée derrière elle, de ce père qui avait irrévocablement brisé sa confiance.

Comme pour lui rappeler que leur temps était compté — encore deux semaines, seulement deux petites semaines —, Brodie rejeta soudain la couette. Il sauta hors du lit pour se tenir devant la fenêtre.

— Eh ! il neige !

— Quoi !

Toutes idées noires aussitôt reléguées à l'arrière dans son esprit, elle se précipita à ses côtés.

En effet, il neigeait. De gros flocons tombaient paresseusement du ciel plombé et commençaient tout juste à recouvrir, ici un toit d'ardoise, là un bosquet de sapin, et non loin, le quai en bordure de la baie que surplombait la maison.

La scène était d'une beauté à couper le souffle.

— C'est magnifique…

— Tu vois toujours le bon côté des choses, n'est-ce pas ?

— C'est envoûtant à regarder.

— Et dangereux.

— Toi, tu vois toujours le mauvais côté des choses, monsieur McLugubre.

Brodie sourit.

— Peut-être. Mais avec toi ici, ça devient difficile.

Il l'attira contre lui et l'enveloppa de ses bras. Dans une

étreinte immobile, ils se turent, absorbés par la contemplation du paysage.

La sonnerie de l'horloge du rez-de-chaussée les ramena à la réalité. Il déposa un baiser sur le haut de sa tête.

— Il est temps de bouger. Tes patients t'attendent, et moi, j'en suis toujours à réfléchir à comment construire ce bateau.

— Il doit y avoir des vidéos là-dessus sur Internet, dit-elle en passant dans la salle de bains.

Le miroir du lavabo lui renvoya le reflet d'une femme épanouie, les cheveux en bataille, un large sourire aux lèvres.

Elle s'empressa de passer sous la douche.

— Ma foi, c'est une approche originale.

— Johnny ! Je ne t'avais pas entendu arriver.

Brodie posa la ponceuse et s'essuya le front avec l'avant-bras avant de serrer la main de son ancien camarade de classe.

Il avait neigé toute la matinée, mais l'effort physique le préservait du froid.

— J'allais justement fixer le… Euh, serre-bauquière sur la pièce à l'avant. La proue.

Johnny partit d'un rire retentissant.

— Mon vieux, tu t'imagines que je ne le vois pas ? Des bateaux comme celui-ci, j'en ai construit neuf pendant que tu usais tes fonds de culotte à la fac.

— Neuf, tu dis ? Pourquoi ? Ils prenaient tous l'eau ?

Johnny éclata d'un rire bon enfant.

— Non mais dis donc ! Sérieusement, ils ne t'ont rien appris d'utile, à la fac de médecine ? Comme, je ne sais pas… construire un bateau, par exemple ?

— Si, juste avant le cours sur les maladies hépatiques.

Johnny passa une main experte sur une planche et entreprit de la placer de manière plus cohérente.

— Donc, apparemment, tu es revenu vivant d'Afrique.

— Tout juste. Vous allez devoir me supporter à nouveau.

Johnny se redressa, bouche bée.

— Non, c'est vrai ? Tu es revenu pour de bon ?

L'instinct commanda à Brodie de répondre par un rire facétieux.

— En tout cas, je n'ai pas l'intention de repartir pour l'instant, dit-il prudemment.

Johnny eut un hochement de tête approbateur.

— Ah bon. On pensait que tu allais filer Dieu sait où chercher fortune ailleurs après le décès de ton père, qu'on n'était pas assez bien pour toi.

Brodie leva les yeux vers le ciel chargé de neige, cherchant les bons mots.

— Non, c'est faux. Simplement… je voulais juste découvrir le monde.

— Et comme un sage, te voilà de retour à Dunregan, le foyer de la civilisation !

Ils éclatèrent de rire et contemplèrent le petit village situé à un jet de pierre de la clinique : une rue, avec d'un côté le boucher, le boulanger, le café qui faisait également office de bureau de poste, et de l'autre le pub et épicerie solidaire qui permettait de financer la société de sauvetage en mer. Et, bien sûr, la pâtisserie.

Que demander de plus ?

— Elle est comment, la fille — enfin, la remplaçante que tu as fait venir pour convaincre les plus récalcitrants d'entre nous qu'ils peuvent te toucher sans risquer la mort ?

— Kali ? Elle est bien. Très bien, même.

Dans tous les sens du terme.

Johnny hocha la tête.

— OK. Je ne vais pas tarder à m'en rendre compte.

— Tout va bien ?

— Oui, oui. Je viens juste faire contrôler mon diabète. Je maîtrise la situation, à présent, mais Helen me tanne sans cesse pour ces visites annuelles.

Il haussa les épaules avec l'air de dire « ah, ces femmes » et se tourna vers la clinique.

— Ça fait plaisir de te revoir, Brodie. Il faudra qu'on se

retrouve un de ces soirs au pub, hein ? Histoire de rattraper le temps perdu. Si tu restes ici, je passerai te filer un coup de main avec ce bateau. Il ne faudrait pas que tu coules avec…

A peine ces paroles prononcées, Johnny grimaça.

— Désolé, mon vieux. Je ne voulais pas…

Pour la première fois, Brodie prit cette plaisanterie pour ce qu'elle était : une boutade sans conséquence.

— Ne t'en fais pas, va. Tes conseils me seront précieux. A tout à l'heure ?

Johnny opina du chef avec enthousiasme.

— Oui, à tout à l'heure.

Après une dernière poignée de main, Brodie regarda Johnny se diriger vers la clinique.

C'était sympa de sa part de s'être arrêté pour bavarder cinq minutes. Dire que, absorbé par son travail, il n'avait même pas remarqué son ancien camarade de classe !

Il eut un petit rire qui se matérialisa en nuage de vapeur dans l'air froid.

A coup sûr, son père avait tablé sur des moments comme celui-là pour le convaincre de rester. C'était facile de se couper des gens d'ici lorsqu'il vivait à des milliers de kilomètres. En revanche, recevoir de l'aide pour construire un bateau qu'il ne savait pas par quel bout prendre, voilà qui suscitait l'humilité et contribuait à éroder les défenses érigées entre lui et tous ceux qui avaient choisi de rester.

Il sentit son téléphone vibrer dans sa poche et écarquilla les yeux en voyant qui appelait.

— Callum ?

Il sortit de l'appentis et leva les yeux vers les montagnes, comme s'il allait y voir son frère.

— Qu'est-ce qu'il se passe ?

— Il y a eu un accident.

Le cœur de Brodie se mit à battre à cent à l'heure.

Bon sang, Callum ! Etait-il blessé ?

— Je vais bien, poursuivit son frère comme s'il devinait ses pensées. Mais s'il te plaît, viens vite, avec de l'aide si possible. C'est au niveau du col de Taywell.

— Qu'est-ce qui est arrivé ?

— La neige est épaisse par ici. Un camion qui transportait des rondins a glissé et s'est mis en travers. Il a heurté deux voitures qui sont sorties de la route. L'une est renversée sur le toit, l'autre est en équilibre au bord d'un petit loch. Amène les sauveteurs. Il faut aussi des mâchoires de survie et des cordes de remorquage.

— Tu as ton matériel de survie ?

— Non, juste l'essentiel. J'étais parti tester un nouveau vélo dans la neige.

— Tu as le 4x4 ? On pourrait y installer des victimes si nécessaire.

— Je suis à vélo, Brodie, répéta-t-il avant de se taire, le souffle court.

— Callum, ça va ?

— Oui, oui. Fais vite.

— OK. Donne-moi dix, vingt minutes. J'arrive avec des renforts.

— Dépêche-toi, Brodie. Le chauffeur du camion va très mal. Il a peut-être une hémorragie interne. Et puis, une petite dame est coincée dans une des voitures.

— Tu as appelé l'ambulance aérienne ?

— Non, pas encore. Je pensais plutôt aux pompiers.

— Appelle-les aussi, au moins pour les mettre au courant.

— OK. Mais dépêche-toi, Brodie.

Il ne se le fit pas redire. Son frère lui avait affirmé qu'il allait bien, mais quelque chose dans sa voix l'alertait.

En proie à un sombre pressentiment, il se précipita dans la clinique. Peu après, Caitlyn avait décommandé tous les rendez-vous, Ailsa contactait la brigade de pompiers volontaires et le capitaine du ferry pour le retenir au port, pour le cas où il faudrait transporter des victimes à l'hôpital.

Son kit médical à la main, Brodie chargea deux civières dans le 4x4 ainsi que tout le matériel qu'il jugea nécessaire.

Kali apparut sur le pas de la porte, son nouvel anorak boutonné jusqu'au menton.

— A quoi puis-je être utile ?

— Monte en voiture. Au besoin, il faudra replier les fauteuils à l'arrière pour véhiculer des victimes.

— Mais l'ambulance ?

— C'est ça, l'ambulance.

Il sortit le gyrophare de la boîte à gants et le fixa sur le toit du 4x4. Au même instant, la tête de Johnny apparut dans l'entrebâillement de la porte arrière de la clinique.

— Brodie, il paraît que tu as besoin des pompiers ?

— *Aye*, dit-il en grimpant dans la voiture.

— Je suis le chef de la brigade.

— Ah bon ? Ce n'est plus Davie Henshall ?

— Il est à la retraite. Je vous retrouve là-bas, le temps de recruter deux ou trois hommes.

Sur un signe de la main, il disparut dans la clinique, aussitôt remplacé par Ailsa qui accourut jusqu'à la voiture.

— Tiens, de l'eau chaude au cas où, dit-elle en lui tendant des thermos. Il y a des sachets de thé et du sucre dans la boîte à gants.

— Merci, Ailsa. On te tient au courant.

Il se mit en route, talonné par un pressentiment grandissant. L'appel de son frère tournait en boucle dans son esprit sans lui livrer le moindre indice.

Quand même, Callum le lui aurait dit, si quelque chose n'allait pas, non ?

Seigneur, faites qu'il ne lui soit rien arrivé. Il ne supporterait pas de perdre à nouveau un être cher. Tout ça, c'était la faute de cette île. Ce bout de caillou ne faisait que ça : prendre, prendre, prendre, encore et encore.

Il jura en sourdine.

Il fallait qu'il arrête ses jérémiades. La vie n'est parfaite nulle part, pas plus à Dunregan qu'ailleurs. En revanche, ses parents chérissaient ce coin de terre autant qu'ils s'aimaient tous les deux, et qu'ils l'aimaient, lui. Il était ici, vivant, il pratiquait le métier de ses rêves, et il était assis à côté d'une femme magnifique qui illuminerait le reste de ses jours pour peu qu'il lui en laisse la possibilité. Sur ce, un peu de cran.

Kali regarda Brodie à la dérobée.

Il manœuvrait sur les petites routes tortueuses avec l'habileté de celui qui connaît l'île comme sa poche. Il semblait faire corps avec le paysage. Mais jamais elle ne l'avait vu aussi concentré.

— Ça va ? finit-elle par dire pour briser le silence.

— Oui, oui. On arrive dans deux minutes. Je réfléchissais à la meilleure manière d'agir sur place.

— Pour trier les patients ?

— Oui.

— Tu dois avoir l'habitude de ce genre de situations, avec ton expérience chez Médecins Sans Frontières.

— Hum.

Elle avait l'impression de s'adresser à un bloc de granite.

Ce Brodie-là n'avait rien à voir avec celui qui, un peu plus tôt dans la matinée, l'avait immobilisée contre un mur pour l'embrasser. La mâchoire serrée, il ne quittait pas la route des yeux. Son expression était indéchiffrable.

— Je ne suis jamais intervenue sur un accident.

Il lui jeta un bref regard pénétrant.

— En dehors d'une clinique ou d'un hôpital, je veux dire, s'empressa-t-elle de préciser.

— Tout ira bien, tu verras. On devra se débrouiller sans infirmière et avec moins d'équipement que d'habitude, mais avec l'aide des pompiers, on devrait s'en sortir.

Il lui jeta un autre regard, plus amène celui-ci, et lui prit la main pour la serrer brièvement.

— Désolé, Kali. Mon frère est impliqué dans l'accident. Il m'a dit qu'il allait bien, mais j'ai un mauvais pressentiment.

— Pourquoi ?

— Il est secouriste de montagne. Normalement, il aurait dû faire quinze choses à la fois tout en me parlant, mais là, il avait l'air complètement inactif. Ah… Je crois qu'ils sont là.

Brodie arrêta le 4x4 et embrassa la scène du regard puis sauta hors du véhicule.

Sur les bas-côtés, la neige lui arrivait déjà aux chevilles.

— Callum ?

Les montagnes environnantes ne lui renvoyèrent que l'écho de son cri.

Kali apparut à ses côtés, toute petite sous l'énorme barda qui contenait l'équipement médical.

— Laisse-moi porter ça, dit-il en empoignant la bride du sac. Peux-tu décharger les civières ? *Callum !*

De nouveau, le nom rebondit d'une colline à l'autre avant d'être englouti par le silence enneigé.

Il courut vers le camion dont le chargement de bois s'était déversé çà et là sur la route. Il grimpa sur le marchepied et aperçut dans la cabine le chauffeur prostré sur le volant, inconscient. Ouvrant la portière d'un coup sec, il s'empara du poignet de l'homme.

Son pouls était perceptible mais filant.

— Eh, ça va ? Vous m'entendez ?

Pas de réponse. La tête du conducteur reposait sur l'airbag gonflé, et du sang coulait de son nez. Il s'était certainement cogné contre la vitre de la portière.

— J'amène la civière, dit Kali depuis le bord de la route. Que veux-tu que je fasse ?

De la cabine, Brodie observa les lieux.

Ainsi que son frère l'avait dit, une voiture s'était immobilisée à une vingtaine de mètres, tout près d'un loch, et une autre était renversée sur le toit à quelques mètres de là où ils se trouvaient. Il sauta à terre.

— Evaluons les victimes en vitesse. Ensuite, on mettra

dans l'ambulance ceux qui en ont besoin. Tout le monde doit avoir une couverture de survie. *Callum !*

Rien.

Ils coururent vers le véhicule renversé et s'agenouillèrent près des vitres.

Une femme, le regard paniqué et retenue sur son siège par sa ceinture de sécurité, pressait les mains contre le toit du véhicule.

— Madame, comment vous sentez-vous ?

— Mon garçon ! Il faut que vous mettiez mon petit garçon à l'abri. Billy ! Tu m'entends, mon chéri ? Ça va ? Maman est ici.

Brodie respira profondément. Les victimes, c'était une chose, mais ne pas entendre son frère donner signe de vie… Un goût amer lui monta à la gorge. Voyant la femme esquisser le geste de déboucler sa ceinture, il donna un coup à la vitre pour attirer son attention.

— Gardez votre ceinture, sinon vous risquez de vous blesser les cervicales. Je suis le Dr McClellan. Nous allons vous aider à sortir de là, vous et votre fils. Comment vous appelez-vous ?

— Linda. Linda Brown. Billy, tu m'entends, chéri ?

Kali tira la portière arrière d'un coup sec.

— Elle est coincée !

Brodie tenta à son tour d'ouvrir, en vain.

— Va vite inspecter l'autre voiture pendant que je m'occupe d'eux.

Tandis qu'il parlait, la plainte d'une sirène fusa au loin : les pompiers arrivaient.

— File, dit-il à Kali avant de se tourner de nouveau vers la passagère. Linda, couvrez-vous le visage, s'il vous plaît. Je vais briser la vitre du côté de Billy, OK ?

— Mais et lui ? Vous n'allez pas le blesser ?

— Je vais faire de mon mieux, mais il faut le tirer de là.

Brodie donna un coup de marteau contre la vitre, qui se fendit en mille morceaux, mais resta en place. Il ménagea un petit trou dans un coin de la vitre, qu'il tira ensuite vers lui, et elle tomba d'un bloc à l'extérieur du véhicule. Il courut alors chercher une civière, attrapant au passage son sac de matériel médical. De retour à la voiture, il promena les doigts sur le cou de l'enfant pour prendre son pouls, tout en ouvrant le sac dans lequel il chercha à tâtons une minerve.

— Comment va-t-il ? demanda Linda.

— Son pouls est normal. A première vue, il a l'air d'aller bien, mais il faut s'assurer qu'il n'a subi aucun choc interne.

Linda se mit à pleurer tout en murmurant une litanie de « non, non, non ».

D'un geste rapide, Brodie ouvrit le col de l'enfant. Son cou était strié d'une marque rouge à l'endroit où la ceinture avait appuyé, mais il n'était pas enflé, ce qui écartait le risque d'hémorragie interne. Toutefois, il faudrait lui faire passer des tests et des radios, de préférence dans un hôpital mieux équipé que ne l'était leur modeste clinique.

Callum avait-il appelé l'ambulance aérienne ? D'ailleurs, l'hélicoptère pouvait-il circuler par un temps pareil ? En à peine dix minutes, la neige s'était intensifiée.

« Bon sang, Callum, où es-tu ? »

— Brodie ?

Johnny était apparu à ses côtés, revêtu de son uniforme. Brodie cligna les yeux, et l'espace d'une seconde il revit le rouquin avec lequel il jouait à la balle dans la cour de l'école.

— De quoi as-tu besoin ?

Brodie énuméra rapidement une série de consignes : installer le chauffeur du camion sur une civière, mais pas avant de lui avoir mis une minerve. Ensuite, s'assurer qu'il n'avait pas d'hémorragie interne et vérifier ses signes vitaux.

— Auparavant, tu peux m'aider à sortir cette dame pour qu'on puisse les mettre au chaud dans le 4x4, elle et son fils ?

— Pas de problème.

Brodie jeta un regard vers la voiture immobilisée près du loch sans voir personne autour.

Où diable était passée Kali ?

Il se contraignit à rester immobile un instant pour contrôler la panique qui montait en lui.

Allons, il avait vu pire. En Afrique, il s'était occupé de centaines de personnes en situation de détresse vitale.

Johnny attira son attention en lui tapotant la jambe.

— Brodie ? On peut prendre le relais, si tu veux aller jeter un coup d'œil à l'autre voiture.

— OK, merci. Il y a des couvertures et du matos supplémentaire à l'arrière du 4x4.

Il se dirigea vers le véhicule renversé, accélérant le pas lorsqu'il assimila les détails de la scène.

L'avant de la voiture, un break, était complètement défoncé. Ce serait un miracle si le ou les occupants s'en sortaient indemnes, voire vivants. Des jappements s'échappaient de l'habitacle. Il s'arrêta devant la portière du conducteur. A l'intérieur, une femme d'environ soixante-dix ans, visiblement morte. A l'arrière, les aboiements résonnèrent de plus belle, comme si les chiens se doutaient du destin de leur maîtresse. Il nota dans sa tête de contacter le vétérinaire, puis il courut de l'autre côté du break.

Kali était là, agenouillée près des restes désarticulés d'un vélo et de…

Oh ! Non, non, non… Callum !

Son torse dépassait de la carcasse, mais tout le bas de son corps était coincé dessous.

8.

Brodie tomba à genoux à côté de Kali, prêtant une oreille distraite aux informations qu'elle délivrait avec efficacité : la voiture s'était mise à rouler vers le loch, et Callum avait fait déraper son vélo en travers pour tenter de le jeter sous les roues du break dans l'espoir de l'arrêter. Par malheur, ses pieds s'étaient coincés dans les pédales, et il n'avait pas pu s'écarter à temps.

Choqué, Brodie assimila en silence la vision du visage blafard de son frère, s'efforçant de ne pas laisser son imagination tourner en roue libre.

La réalité suffisait. Ses jambes ne devaient recevoir aucun afflux sanguin, ou à peine. Les muscles, les tissus étaient endommagés, une paralysie était à craindre. Il avait vu pire, bien sûr, mais là, il s'agissait de Callum… Et trouver son petit frère dans cet état était une souffrance telle qu'il n'en avait jamais ressenti.

Il avala sa salive pour maîtriser son émotion.

— Eh ! frérot, tu m'entends ?

La tête calée sur une couverture de survie, Callum entrouvrit les yeux et s'efforça de hausser le cou pour mieux le voir, malgré le guidon du vélo qui lui immobilisait le torse.

— Non, non, ne bouge pas. Pourquoi n'a-t-il pas de minerve ? demanda-t-il sèchement à Kali.

— Il ne se plaint pas de douleurs cervicales.

Elle parlait sur un ton qu'il reconnaissait pour l'avoir lui-même employé maintes et maintes fois avec les proches de patients. Le ton qui signifiait : « Vous êtes dépassé. Respirez profondément et attendez que je vous explique. »

— Il est blessé à une jambe, Brodie. Je ne lui ai encore rien donné contre la douleur. Il faut d'abord savoir à quoi ça ressemble là-dessous. D'ici là, c'est comme travailler dans le noir.

Elle sortit un portable de sa poche et le brandit.

— Ta tante Ailsa a téléphoné à ton frère faute de pouvoir te joindre. Une ambulance aérienne est en chemin. Ils ne peuvent en risquer qu'une seule à cause du temps qu'il fait.

— Elle arrive quand ?

— Dans une dizaine de minutes. Un quart d'heure grand maximum.

— OK.

Il jura en sourdine et consulta sa montre.

— Evidemment, ils n'ont pas réussi à retenir le dernier ferry ?

— Non…

Kali lui posa la main sur le bras pour réprimer le mouvement de colère qu'il esquissait.

— Mais Ailsa a réussi à joindre le capitaine. Il fait débarquer tout le monde en vitesse et revient avec deux ambulances. Ensuite, il ramènera les blessés sur le continent.

Brodie hocha la tête en silence, conscient de la générosité de ce geste.

En bons insulaires, tous faisaient de leur mieux pour s'aider les uns les autres. Chacun apportait sa pierre.

Il sourit et pressa dans la sienne la main de Kali.

— OK, frérot, voyons voir ce qu'il t'arrive.

Il se baissa pour regarder sous la voiture, sans parvenir à rien discerner clairement parmi l'amas d'éléments qui s'entremêlaient là-dessous. Il se redressa en secouant la tête.

— Pourquoi ne m'as-tu pas dit que tu avais des ennuis quand tu as appelé ?

Brodie s'efforçait du mieux qu'il pouvait d'affecter un ton

léger et affectueux. C'était bizarre, comme la colère et l'amour pouvaient se mêler dans une situation pareille.

— Ça allait encore à ce moment-là, expliqua Callum d'une voix faible. J'ai vu l'accident en descendant la montagne. J'ai fini d'arriver aussi vite que j'ai pu et j'ai fait le tour des victimes pour évaluer leur état. Et puis, la voiture d'Ethel s'est mise à glisser vers le loch.

— Ethel ?

— La femme au volant du break.

Callum fit un geste pour désigner l'avant du véhicule et poussa un gémissement de douleur.

— Il... fallait que... je l'arrête.

Brodie pressa l'épaule de son frère et se rendit compte qu'il tremblait à cause du froid et du choc.

— Kali, pourrais-tu apporter d'autres couvertures ?

— J'y vais.

Elle se releva d'un bond et courut jusqu'au 4x4.

— Callum ? Comment te sens-tu ? Tu m'entends, dis ?

Les yeux fermés, son frère répondit avec application.

— Il n'y avait rien pour bloquer cette voiture. Je n'allais pas laisser les chiens se noyer, en plus de tout ce qu'il s'était passé.

A mesure qu'il parlait, sa voix s'amenuisa jusqu'à n'être plus qu'un murmure.

De nouveau, Brodie lui pressa l'épaule.

— Tu les as sauvés.

Il se pencha pour observer la jambe de son frère, coincée sous le VTT et la roue arrière du break.

Si un rayon du vélo s'était fiché dans la chair, on pouvait craindre une perforation d'une artère tibiale ou de l'artère fibulaire.

— Dis-moi comment tu te sens.

— Je ne sens rien ou quasiment à partir du genou. Autrement, je n'ai rien de cassé, tout juste une contusion au bas du dos à cause de cette cascade de ouf.

— Tu n'en rates pas une, hein ? grommela-t-il.

— Merci, toujours aussi agréable.

Brodie accusa le coup sans répondre.

La voix de Kali brisa le silence.

— Tiens, les couvertures.

Elle s'affaira en gestes rapides et précis, apportant une diversion bienvenue à la culpabilité qui menaçait de le submerger.

Il respira un grand coup et secoua la tête.

Il allait tirer son frère de là. Comment, il n'en savait encore rien, mais il allait trouver le moyen de se racheter.

— Kali… Il faut enlever cette voiture, dit-il à voix basse.

— Oui, mais elle va vraiment finir de tomber dans le loch si on le dégage de là. En plus, il faut d'abord évaluer ses blessures. Il s'agit d'une plaie par écrasement. Si on le libère, on risque d'aggraver les choses.

Elle avait raison, bien sûr. Il ne manquerait plus que Callum fasse une hémorragie avant l'arrivée des secours ! Dire que ce même objet qui menaçait sa vie lui permettait d'attendre l'ambulance…

— Brodie ?

Il se pencha vers son frère.

— Oui ?

— Les chiens… Ils sont à l'arrière de l'auto.

— OK, j'y vais.

Il savait que son frère se démenait pour un animal encore plus que pour un être humain. Il avait vraiment raté une carrière de vétérinaire. Mais pour ça, il aurait fallu qu'il consente à quitter l'île pendant cinq ans : impensable. De même, il ne serait pas tranquille tant que ces chiens seraient en danger.

Par bonheur, l'arrière de la voiture n'était pas endommagé, de sorte qu'il put ouvrir le coffre sans encombre.

Aussitôt, deux énormes terre-neuve bondirent hors du véhicule. L'un d'eux émit un jappement de douleur en atterrissant. S'était-il cassé la patte ? Brodie trouva facilement leurs laisses, ainsi qu'un paquet de friandises pour chien — autant de minutes précieuses qu'il ne consacrait pas à son frère.

Heureusement, Kali était à la hauteur.

Il s'efforça, sans y parvenir, de faire asseoir les deux molosses.

— Brodie ? Peux-tu faire venir les chiens ? Callum voudrait leur dire bonjour.

— Encore faut-il que j'arrive à m'en faire obéir, grommela-t-il en terminant de leur attacher les laisses.

L'un boitillant, l'autre renâclant, les bêtes se laissèrent traîner jusqu'à Callum, mais sitôt qu'elles le virent, leur comportement changea du tout au tout. Elles se précipitèrent vers lui et lui léchèrent le visage, les pattes posées sur son torse comme pour le caresser. Sans nul doute, ces trois-là se connaissaient, son frère recevait de ces chiens des témoignages d'affection plus chaleureux que de sa part à lui. Devant ce constat, Brodie se sentit gagné par un sentiment de honte.

— C'est Ethel.

Une fois de plus, la voix de Kali le tira de ses pensées. Il secoua la tête sans comprendre.

— Ton frère dit qu'il s'agit d'Ethel Glenn, au volant. Ces chiens sont à elle.

Brodie ouvrit de grands yeux.

Ethel Glenn, la dame aux fameux sablés ! Elle n'avait jamais quitté la petite métairie dans laquelle elle avait vécu avec son mari, disparu vingt ans plus tôt : une excentrique qui s'était toujours contentée du strict minimum. Les villageois allaient vers elle plutôt qu'elle vers eux.

Il vit Johnny accourir et se releva.

— Ça y est, on a chargé le conducteur du camion.

— Quelqu'un est resté à côté de lui ?

— Non, il a l'air d'aller bien.

— Oui, mais l'airbag a pu le blesser en se déclenchant. Il saignait du nez, rappelle-toi.

— C'est vrai. Il faudra lui réparer le nez.

Brodie hocha la tête.

— Ça, et lui faire passer des radios afin d'écarter le risque de transection aortique, de lésions de la valve tricuspide ou de contusions cardiaques. Il n'est pas tiré d'affaire, loin de là.

— Entendu. Je vais le faire surveiller par un de mes gars. Linda et Billy se réchauffent dans la cabine de notre camion. Là encore, ils ont l'air d'aller bien, mais d'après ce que tu dis, il vaudrait mieux les amener à l'hôpital, par précaution. Et maintenant, qu'est-ce qu'on fait ?

A peine Johnnie avait-il fini de parler que le vrombissement d'un hélicoptère retentit au loin.

Brodie faillit pousser un soupir de soulagement.

Enfin ! Dans leur malheur, ils avaient au moins la chance que l'accident se soit produit en zone dégagée, sur laquelle l'appareil pouvait atterrir sans risque.

Kali apparut à ses côtés.

— Qu'est-ce que je fais ?

— Reste où tu es. Les secouristes vont nous rejoindre. Il va bien ? demanda-t-il à voix basse.

Elle fit oui d'un signe de tête.

— Il est conscient, il garde les yeux fermés pour se reposer.

Il s'approcha d'elle et lui caressa la joue.

— Tu as assez chaud ?

Souriante, Kali attrapa la main de Brodie et déposa un baiser dans sa paume.

Ce genre de geste ne lui ressemblait pas, mais quelle importance ? Dès qu'elle avait posé le pied sur cette île, elle avait senti du changement dans l'air. Elle se souciait de Brodie et tenait à lui montrer qu'il comptait pour elle. Et si la situation se retournait contre elle, eh bien, tant pis. Elle apprendrait à vivre avec, voilà tout.

Brodie posa la main en coupe sous son menton pour lui faire relever la tête. Il la contemplait avec une gratitude qui la fit trembler au plus profond d'elle-même.

Son instinct ne l'avait pas trompée !

Cette intimité fut de courte durée. Déjà, deux urgentistes accouraient vers eux, chargés d'une civière et de kits médicaux. Les pompiers se disposèrent autour de la voiture, prêts à la soulever au signal de Brodie.

— Je m'occupe du vélo, dit-il. Il ne faut surtout pas l'enlever brutalement : un rayon peut s'être planté dans sa jambe. Donc, d'abord on soulève la voiture, ensuite on la tire. Compris ?

Un chœur de « oui » et de« entendu » lui répondit tandis qu'on attachait des cordes à l'avant défoncé du véhicule et qu'on mettait en place des clamps et des tables élévatrices. Le break fut soulevé en quelques secondes, ainsi que le vélo, imbriqué dans la carcasse.

Callum poussa un cri de douleur dont l'écho se répercuta d'une montagne à l'autre.

Brodie avait vu juste. C'était même pire que ce qu'il avait imaginé : deux rayons étaient fichés dans la jambe de son frère.

— Vite, on l'installe sur la civière de relevage, dit-il.

Chacun s'affairait avec empressement dans un ballet sans faille dont il était le maître.

— Fractures multiples du tibia et du péroné, dit inutilement l'un des urgentistes.

Elle bondit vers Callum et pressa ses mains gantées sur un jet de sang.

— Hémorragie artérielle ! Vite, un clamp !

Un urgentiste se mit aussitôt à fouiller son sac.

— Il me faut aussi des poches de sang, une intraveineuse et de la morphine.

— Pas avant de lui avoir posé une attelle, intervint Brodie. En tout cas, pas d'intramusculaire pour ne pas aggraver les douleurs.

— Vous avez de la diamorphine nébulisée ? Il est en train de perdre connaissance, hors de question de lui faire avaler quoi que ce soit.

— OK, dit l'urgentiste en lui tendant un clamp.

Brodie se pencha vers son frère et lui tapota le visage.

— Callum ? Reste avec nous. Je suis là… Il ne réagit pas, marmonna-t-il entre ses dents.

Il replia son autre main pour donner un coup sur le sternum de Callum.

— Son groupe sanguin est A+. Vous avez un défibrillateur ?

— On s'en sert en ce moment pour le camionneur. Il vient de faire un arrêt cardiaque.

Brodie jura en sourdine et massa de nouveau la poitrine de son frère.

— Allez, allez… Reviens, nom de Dieu !

De leur côté, les urgentistes plaçaient l'attelle du mieux qu'ils pouvaient. Réveillé par la douleur, Callum poussa un nouveau cri.

— Je suis son frère, dit Brodie aux secouristes tandis qu'ils soulevaient la civière et se mettaient en marche vers l'hélicoptère. S'il y a de la place, j'aimerais vous accompagner.

— OK, je vais dire à l'un de mes gars d'accompagner la mère et l'enfant sur le ferry.

— Et le conducteur du camion ? La réanimation a marché ?

— Plus ou moins. Il y a un problème avec son cœur. Il part avec nous dans l'hélico. Il a besoin d'une surveillance constante.

Brodie jeta un coup d'œil à sa montre puis planta les yeux dans ceux de Kali,

— Tu pars aussi sur le ferry ?

En cet instant, l'échange entre eux dépassa en intensité et en émotion tout ce qu'ils avaient éprouvé l'un pour l'autre jusqu'alors. A présent, elle en était sûre, ses sentiments étaient partagés !

Elle hocha la tête, car cette certitude la rendait muette. Mais un regain d'énergie s'empara d'elle. Maintenant qu'elle ne doutait plus de ce que Brodie ressentait pour elle, elle se sentait capable de déplacer des montagnes.

— Vous ne faites pas confiance à mes hommes ? dit le chef des urgentistes.

— Ce n'est pas ça, mais vu la situation, j'aurai besoin d'une présence amicale dans les heures qui viennent.

— Il faut charger ! cria l'un des urgentistes, depuis l'hélicoptère dont les pales tournaient déjà.

Brodie fouilla dans sa poche et tendit un trousseau de clés à Kali, puis il lui pressa la main.

— Suis le convoi des pompiers, ils t'aideront pour le transfert en ambulance. J'essaierai de te rejoindre de l'autre côté, sinon, on se retrouve à l'hôpital. Ailsa t'attendra sur les quais, à tous les coups.

Elle hocha la tête en énumérant dans sa tête les tâches à accomplir puis courut vers le 4x4, garé près du camion des pompiers dans lequel Linda s'était abritée avec son fils.

Avant de monter, elle se retourna pour regarder l'hélicoptère décoller.

— Docteur ?

Johnny tenait les chiens en laisse.

— Vous pouvez déposer ces deux-là chez le véto ?

— Euh, oui, bien sûr…

Deux grosses têtes poilues étaient dressées vers elle avec un air d'attente. Seigneur, on aurait dit de petits yetis !

— On va vous aider à les charger dans le 4x4. Par contre, si vous pouviez amener la voiture jusqu'ici, ça éviterait un déplacement inutile à celui-ci, ajouta Johnny en désignant le chien à la patte blessée.

Elle se secoua, gênée de retarder tout le monde avec ses rêvasseries.

— Oui, pas de problème. J'arrive tout de suite.

— Je viendrai plus tard dans la soirée voir comment vous vous portez, vous et Billy, OK ? A tout à l'heure.

Kali agita la main tandis que Linda et son garçon étaient transportés par brancard jusqu'à la salle de radio.

Tous deux souffraient de multiples contusions, mais elle croisait les doigts pour qu'ils n'aient rien de plus grave.

— On peut vous apporter quelque chose, docteur O'Shea ? Un café, un thé ? Vous risquez d'être coincée ici pour la nuit.

Kali se tourna vers l'infirmière en chef avec un temps de retard. La journée avait été longue et elle commençait à accuser le coup.

— Non, ça ira, merci. Pourriez-vous me dire où trouver l'un des patients amenés par l'ambulance aérienne ?

— Reggie Firle ?

— Non, pas lui. C'est le camionneur, si je ne m'abuse. Il va bien ?

— Oui. Il est encore sous surveillance cardiaque, mais il est quasiment tiré d'affaire. Donc, il s'agit de…

— Callum McClellan, dit Kali.

— Ah oui, en effet. Le frère du médecin.

L'infirmière lui indiqua le chemin du service de chirurgie, où Callum subissait en ce moment même la première d'une longue série d'opérations.

Le pauvre s'était démené pour sauver ces chiens et la dépouille d'Ethel au risque de sa vie. Tout ça à cause d'une stupide pédale de vélo. Allait-il pouvoir remarcher ?

Lorsque Kali apparut au bout du couloir, Brodie éprouva un soulagement d'une intensité qui le prit de court.

Jamais il n'avait autant eu les nerfs à vif, et il était terrifié à l'idée de se montrer vulnérable. Toutefois, un regard à Kali suffit à le rassurer à ce sujet. Elle le rejoignit sans un mot, et son doux sourire, la compassion qu'il lisait dans ses yeux, ses bras tendus, tout concourait pour lui dire « Tu n'es pas seul ».

Affalé sur sa chaise, il l'attira entre ses genoux, noua les bras autour de sa taille et la serra contre lui. Avec douceur, elle lui prit la nuque et lui pressa le front contre elle.

Alors, il succomba enfin aux émotions qu'il s'était épuisé à repousser, et la détresse qui lui bloquait la gorge se libéra en un flot ininterrompu de larmes.

— Tu veux ton café noir ou avec de la crème ? demanda Kali.

— Avec une bonne dose de whisky, de préférence. Mais dans un endroit pareil, autant rêver, bougonna Brodie.

— Alors, ce sera avec un peu de crème et quelques biscuits pas très appétissants.

Elle lui tendit un gobelet en plastique fumant ainsi qu'un paquet de petits gâteaux au gingembre qu'elle venait d'acheter au distributeur automatique.

— Il y a du bon dans le fait d'être ici en pleine nuit, remarqua-t-elle en s'asseyant à côté de lui.

Son café dans une main, il passa l'autre bras autour de ses épaules.

Il ne la remercierait jamais assez d'être venue. Sa présence l'apaisait, le rassurait. Avec elle, rien ne pourrait aller mal.

— Comment ça ? dit-il avec un sourire.

Kali ôta ses grosses bottes et cala les pieds sous elle, puis elle trempa un biscuit dans son café et émit un petit « oups » lorsqu'elle en perdit la moitié dans sa tasse.

— On n'est pas obligés de se battre pour une place assise, expliqua-t-elle.

Il acquiesça avec un petit rire.

— Longtemps, j'ai rêvé de travailler dans un endroit comme celui-ci.

— Ah bon ? Pourquoi ?

— Enfin, pas exactement comme celui-ci. Je me voyais davantage dans un hôpital de quartier sensible, actif, toujours sur la brèche.

— Je croyais que tu préférais les missions à l'étranger ?

— Aussi, oui. Médecins Sans Frontières fait un travail formidable. Mais ce qui me plaisait, c'était de faire partie d'une communauté et de contribuer à quelque chose d'utile.

— Comme à Dunregan, par exemple ?

— Touché !

Il avala une gorgée de café.

— Ce qu'il s'est passé aujourd'hui me fait réfléchir, j'avoue.

— Donc, tu réévalues tes priorités ?

Plus qu'une question, cette phrase était un constat.

Il lui caressa la joue en souriant.

— C'est l'expérience qui parle, on dirait.

Elle leva les yeux au plafond puis regarda la pièce autour d'eux.

— Disons que, en cas d'imprévu, c'est la famille qui compte.

— Cette famille dont tu ne parles jamais ?

Elle pressa l'une de ses petites mains sur sa joue.

— En ce moment, c'est de ta famille à toi qu'il s'agit.

En proie à une nouvelle vague d'émotion, il posa son gobelet à côté de lui et se couvrit le visage.

— Je… J'aurais pu faire tellement plus…

— Comme quoi ? Tu as fait tout ce que tu as pu, au contraire.

— Non, je ne parle pas d'aujourd'hui.

Il se passa la main dans les cheveux.

— C'est à cause de moi qu'il a grandi sans sa mère, et je n'ai pas été le grand frère dont il aurait eu besoin. Je l'ai laissé à lui-même. Qui ferait une chose pareille ?

Kali laissa ces paroles retomber avant de répondre d'une voix douce.

— Un homme qui ne s'est jamais pardonné une chose dont il n'est pas responsable ?

— Mais si, c'est ma faute ! Enfin, *c'était.*

Elle d'ordinaire si perspicace, comment pouvait-elle ne pas se rendre à l'évidence ? Ce jour-là, il avait littéralement supplié sa mère de partir en mer.

Kali s'écarta et, les mains croisées sur les genoux, se mit à tapoter ses index l'un contre l'autre d'un air songeur.

— Le passé est ce qu'il est. La seule chose que l'on peut changer, c'est l'avenir. Il est entre tes mains.

Il poussa son genou avec le sien.

— On dirait un petit Bouddha.

Elle pinça les lèvres puis posa la tête contre son épaule.

— Disons que la vie m'a souvent donné des leçons.

Doucement, il se mit à caresser ses cheveux de jais.

— C'est vrai ? Et quelle serait celle d'aujourd'hui, alors ?

— Qu'il faut se serrer les coudes, en toutes circonstances.

Un silence tomba, à peine troublé par la rumeur de l'hôpital. Normalement, l'opération de Callum allait bientôt s'achever, après quoi ils sauraient mieux à quoi s'attendre.

Les yeux dans le vague, Brodie promena le pouce sur la main de Kali. Il inspirait son parfum de miel et de fleurs sauvages quand une pensée soudaine le figea.

Elle avait raison : son avenir était entre ses mains, et elle était la pièce manquante du puzzle.

La vie l'avait mis au pied du mur, face à ses problèmes, et il aurait tellement voulu que Kali l'accompagne dans cette épreuve. Bien sûr, il devrait se débrouiller seul, mais s'il savait qu'elle était là à l'attendre…

— Kali ? As-tu quelque chose de prévu après ton remplacement à Dunregan ?

— Non, pas encore.

— Ça te dirait de rester ?

Il la sentit sursauter contre lui.

— A la clinique, tu veux dire ?

— A la clinique, oui, dit-il, les yeux fixés sur les doubles portes du service. J'ignore combien de temps je vais devoir passer ici, à l'hôpital… Mais veux-tu rester avec moi ? Abandonner ton cottage glacial et venir vivre chez moi ?

Elle serra fort ses doigts dans les siens et, après un long silence, hocha la tête.

— OK, on ne peut pas rêver mieux que de vivre avec un type compliqué sur une île avec laquelle il entretient une histoire non moins compliquée.

Il émit un petit rire, sentant son cœur bondir.

— Kali, je n'ai pas grand-chose à t'offrir, mais… S'il te plaît, ne pars pas.

A bout de mots, il pressa ses lèvres sur les siennes.

Elle lui rendit son baiser avec douceur, en silence. Ils demeurèrent un instant immobiles, front contre front, indifférents au monde qui les entourait.

Jamais il ne s'était senti aussi proche d'elle, pas même lorsqu'ils avaient été intimes physiquement. Ces moments avaient été merveilleux, mais ça… Ça, c'était de l'amour.

— Oui, murmura enfin Kali. Je resterai aussi longtemps que tu auras besoin de moi.

9.

Tu me manques. J'ai hâte de revoir tes beaux yeux. Je viens de rêver que je te tenais dans mes bras.

Kali poussa un soupir langoureux et se contraignit à éteindre son portable.

Depuis qu'elle était revenue à Dunregan, trois jours plus tôt, Brodie et elle n'avaient cessé d'échanger des messages, tels deux adolescents amoureux. Dans le stress des événements récents, ces mots doux étaient comme de petites gouttes de paradis.

Ailsa frappa à la porte et entra, deux tasses à la main.

— Vous êtes combien, maintenant ? J'ai entendu Caitlyn passer un nouveau coup de fil il y a quelques minutes.

Kali considéra la liste de bénévoles avec incrédulité.

— Encore ! C'est presque une alerte nationale !

— A Dunregan, pas besoin d'alerte : le téléphone suffit, ou un tour au pub.

Ailsa poussa une tasse vers elle et posa une fesse sur le bord du bureau.

— Tenez, ça vous fera du bien.

Kali parcourut la page du doigt.

— A votre avis, comment dois-je procéder ? Brodie tient à rester encore quelques jours au chevet de son frère, le temps qu'il sorte des soins intensifs.

Ailsa ouvrit de grands yeux.

— Comment, il n'est pas encore en unité postopératoire ?

— Non. Depuis deux jours, il subit intervention sur intervention.

Gagnée par l'émotion, Kali s'éclaircit la gorge.

— Ce matin encore, Brodie se faisait du souci au sujet de sa tension. Il a perdu beaucoup de sang avant d'arriver à l'hôpital, et on envisage de le réop…

Elle buta sur le mot, incapable de le prononcer.

Ailsa s'approcha d'elle pour la serrer dans une étreinte maternelle.

— Chut. Notre Callum est fort comme un bœuf. Si quelqu'un est capable de s'en tirer, c'est bien lui. Sans vous, Brodie aurait craqué, il me l'a dit.

Kali s'écarta, les larmes aux yeux.

— Il a dit ça ?

— Bien sûr…

Ailsa se pencha pour saisir un mouchoir en papier dans la boîte.

— D'ailleurs, je me doute bien que quelque chose se passe entre vous deux.

A ces mots, Kali se sentit devenir écarlate.

— C'est que… Enfin…

Ailsa éclata de rire.

— C'est ce que c'est. Mais faites attention, il traverse une mauvaise passe en ce moment. Et puis, Dieu sait que j'adore mon neveu, mais je ne l'ai jamais vu se projeter dans le long terme pour quoi que ce soit, exception faite de son travail.

La voyant pleurer de plus belle, Ailsa la serra de nouveau dans ses bras.

— Allons… Je ne suis pas en train de dire qu'il va vous laisser tomber. Je vous dis juste de rester prudente. On s'est tous bien habitués à vous, et ça nous ferait de la peine de vous voir partir.

— Justement, Brodie m'a demandé de rester.

Ailsa la dévisagea avec incrédulité.

— En tant qu'associée à la clinique ? Il l'envisageait déjà avant votre arrivée, mais je ne pensais pas qu'il était sérieux. Nous parlons bien du même Brodie ? Mon neveu rebelle qui ne s'est jamais engagé à rien, même pas à être à l'heure pour le repas ?

— Oui, lui-même. Mais…

Kali se couvrit le visage et respira profondément pour se maîtriser.

— Il n'a rien dit de précis au sujet de la clinique. Je suppose qu'il compte sur moi jusqu'à ce que Callum sorte de l'hôpital et que la situation redevienne normale à Dunregan.

— Ma petite Kali, « normal », ce n'est pas l'adjectif qui convient pour Brodie, ni pour Callum, ni pour Dunregan en général.

Le cœur de Kali se mit à battre à tout rompre.

— Selon vous, il vaudrait mieux que je parte ?

— Hein ? Mais pas du tout ! Désolée, Kali, je ne suis qu'une vieille tante envahissante. Ce qu'il se passe entre vous et Brodie ne me regarde pas. Si vous voulez tout savoir, vous êtes la meilleure chose qui soit arrivée à Brodie depuis que ce pauvre garçon a perdu sa mère. Seulement, il n'a jamais manifesté le désir de s'établir ici. Vous, en revanche, vous êtes comme un poisson dans l'eau sur cette île.

Elle s'interrompit avec un soupir.

— Soyez bien claire sur ce que vous désirez. Dunregan et Brodie ne vont pas forcément ensemble.

Le cœur lourd, Kali accusa le coup en silence.

Son regard tomba sur la liste de volontaires qu'elle venait de compiler.

Soudain, elle se sentait très fatiguée. Toute l'énergie positive qui l'avait soutenue au cours des jours précédents s'était évaporée pour faire place à une lassitude découragée.

Brodie lui avait demandé de rester. Pas en qualité d'épouse ou de quoi que ce soit, certes, mais il lui avait demandé de *rester*. Et là, sur ce bureau, elle avait une liste de personnes prêtes à l'aider à revenir s'installer à Dunregan. Ce matin seulement, une vingtaine de volontaires l'avaient appelée pour lui proposer de se relayer au chevet de Callum pour que Brodie puisse se reposer un peu.

Elle rassembla les papiers d'un geste et se contraignit à sourire.

— Bon. Autant réfléchir à ce planning avant l'arrivée des patients. La journée s'annonce chargée.

— Je ne vous le fais pas dire.

Ailsa secoua la tête, l'air désolé.

— Kali, je ne voulais surtout pas vous saper le moral ! Je suis trop prudente, voilà tout. Au fait, Johnny va partir sur le continent pour remplacer Brodie et lui permettre de revenir prendre des vêtements propres.

A cette nouvelle, Kali s'illumina malgré elle, mais elle ne s'autorisa à sourire que lorsqu'elle fut de nouveau seule dans le bureau.

Après tout, Ailsa n'avait sans doute pas tort de l'inciter aux précautions. Pourtant, lorsqu'elle fermait les yeux, c'était Brodie qu'elle voyait. Brodie, ses cheveux en bataille et ses belles lèvres ourlées de ce sourire qui ne manquait jamais de la faire frissonner jusqu'aux tréfonds de son être. Sans doute était-il temps de partir, de s'aventurer à nouveau en terrain inconnu, parce que fermer son cœur à cet homme… Non, décidément, c'était impossible.

Mais le lui ouvrir, c'était trop risqué.

Brodie approcha son siège de celui de Kali, qui se familiarisait avec les dossiers des patients de l'après-midi.

— Fais-moi une petite place, s'il te plaît. Ah, enfin un peu de routine ! Ça fait du bien.

Elle obtempéra en souriant.

Jamais elle ne l'avait vu aussi fatigué. Heureusement, les nouvelles étaient bonnes : Callum venait de quitter les soins intensifs au bout de quatre jours. D'après les médecins, il avait de la chance. Beaucoup de chance.

Ensemble, ils passèrent en revue la douzaine de dossiers.

Ici et là, Brodie apportait des précisions qu'elle ne manquait pas d'incorporer dans ses notes.

A eux deux, ils formaient une bonne équipe, unie dans une ambiance de travail chaleureuse, complice. Elle aurait pu rester assise à côté de lui toute la journée. Pourtant, la phrase d'Ailsa ne cessait de tourner en boucle dans sa tête.

« Dunregan et Brodie ne vont pas forcément ensemble. »

Elle sentit soudain la main de Brodie s'insinuer sous son chemisier à la recherche d'une bretelle de soutien-gorge.

— C'est bientôt fini ? murmura-t-il. J'ai envie de procéder à un examen d'une autre sorte.

Elle le repoussa du coude tout en s'appliquant à taper des notes sur l'ordinateur. Il insista par un chatouillement, auquel elle répondit par un haussement d'épaules.

Dans l'état émotionnel qui était le sien, elle préférait jouer la prudence.

— J'en connais un qui néglige son travail.

— Tu fais passer tes patients avant ton…

Il s'interrompit, et ses yeux se dirigèrent vers la gauche, comme à chaque fois qu'il réfléchissait à ses paroles.

— Mon quoi ? rétorqua-t-elle un peu sèchement.

— Je ne vais pas dire « petit ami », ça sonne un peu stupide. Ton bon ami ? Ou alors… Tu fais une tête bizarre. J'ai brûlé les étapes ?

— Non ! Non, répéta-t-elle d'une voix plus douce. Au contraire, je trouve ça mignon.

— Mignon ? Et moi qui croyais que tu appréciais mon côté viril et rugueux !

Cette fois-ci, elle se mit à rire franchement.

— C'est vrai ! Tu es mon Viking pensif.

Brodie l'attira à lui pour presser sur ses lèvres une série de baisers, auxquels elle répondit avec la ferveur d'une épouse viking dont l'homme reviendrait de plusieurs mois en mer. Impatientes, leurs mains coururent sur leurs corps en une exploration ponctuée de gémissements étouffés.

Ils se figèrent en entendant un coup frappé à la porte et

rectifièrent leur tenue en toute hâte. Ils pouffaient encore de rire lorsque Ailsa entrebâilla la porte, hésitante.

— Je ne vous dérange pas ?

— Non, pas du tout, tantine. Que veux-tu ?

— Je vous amène des patients.

Kali vérifia l'heure à l'horloge.

— Déjà ? Je croyais que nous avions encore dix minutes devant nous.

La porte s'ouvrit un peu plus, et deux énormes créatures velues firent irruption dans la pièce.

— Hamish ! Dougal ! s'exclama-t-elle.

Les chiens se jetèrent dans ses bras grands ouverts.

Ces derniers jours, elle s'était rendue quotidiennement chez le vétérinaire afin d'envoyer à Brodie des photos pour rassurer Callum sur l'état des chiens d'Ethel — les siens à présent.

— Voilà des retrouvailles qui font plaisir à voir, dit Ailsa en souriant, avant de regarder Brodie droit dans les yeux. Es-tu sûr de pouvoir t'occuper de ces monstres tant que ton frère est à l'hôpital ?

— Sûr et certain.

Ailsa continuait de le dévisager avec sévérité.

— Je sais, Kali serait ravie d'aider. Mais c'est toi qui poses question. Tant que ces deux-là auront besoin de toi, il n'est pas question que tu repartes en Afrique ou Dieu sait où.

Brodie regarda les chiens, puis Kali qui le dévisageait elle-même avec espoir.

— Oui, tante Ailsa, répéta-t-il avec un hochement de tête décidé. Tu as ma parole.

Celle-ci applaudit avec satisfaction.

— Parfait. Vas-tu les emmener aux funérailles d'Ethel ? D'après Callum, elle a exigé dans son testament qu'ils soient présents lors de la cérémonie.

Les bras autour du cou des chiens, Kali se tourna vers elle.

— L'enterrement est prévu pour vendredi, si je ne m'abuse ?

— En effet, et c'est d'ailleurs dommage qu'il ait lieu si tôt. Callum aurait été le mieux placé pour délivrer l'éloge funèbre.

— On ne peut pas tenter une connexion par Skype ? proposa Kali.

Brodie hocha la tête.

— Bonne idée. Ou alors, on pourrait attendre qu'il revienne, puisque la crémation doit de toute façon précéder la cérémonie ? S'il ne peut pas se déplacer, on n'aura qu'à l'amener en chaise roulante sur la plage voir le bateau brûler.

— Pardon ?

Il sourit de la stupéfaction de Kali.

— Callum ne t'a rien dit ?

— La dernière fois que je l'ai vu, il était sous tranquillisants. J'ai cru qu'il délirait.

— Pas du tout. C'est une tradition qui vient tout droit des Vikings. Evidemment, les autorités nous obligent à des concessions, mais Ethel tenait absolument à ce que ses cendres soient dispersées en mer. Apparemment, elle pensait descendre d'une lignée de dieux norvégiens. Elle a toujours été un peu excentrique.

Il se figea, saisi d'une idée subite.

— Et si je demandais aux autres de m'aider à terminer le bateau ? On pourrait l'utiliser pour le bûcher. J'aurais besoin d'une quinzaine de jours pour le finir. D'ici là, avec un peu de chance, Callum sera sorti de l'hôpital.

— Oh non, Brodie ! dit Ailsa en secouant la tête. Pas ton bateau.

— Pourquoi pas ?

Il les regarda alternativement comme si son idée tombait sous le sens.

— Ne vous inquiétez pas, je m'occupe de tout. Ethel aura des funérailles en grande pompe, c'est moi qui vous le dis !

— Hum… C'est le moment de la journée que je préfère, murmura Kali en s'étirant dans le lit tout contre Brodie.

— Et pourquoi donc, mon adorée aux cheveux de jais ?

Question de pure forme. Il connaissait très bien la réponse, mais il voulait l'entendre de ses lèvres.

— C'est le calme avant l'orage.

— Quel orage ? Les patients vont débouler tous en même temps ? Tu dois promener les deux molosses de Callum ?

— Non. Ça, c'est la vie quotidienne.

Il l'attira à lui pour déposer un baiser ensommeillé sur son front.

— En tout cas, mon calme à moi, c'est toi. Moi, par contre, je n'ai pas amené beaucoup de tranquillité dans ta vie.

— Ça aurait pu être pire. Tu aurais pu avoir Ebola. Auquel cas, notre histoire aurait été de courte durée.

— C'est vrai. Et toi aussi, tu y serais passée, vu tous les baisers que nous avons partagés.

— Comme Roméo et Juliette !

— Sauf que ma famille ne peut pas détester la tienne, puisque tu la gardes jalousement secrète.

A ces mots, il sentit aussitôt Kali se crisper contre lui, preuve qu'il avait touché la corde sensible, sans même essayer.

Il se redressa sur un coude et lui souleva le menton.

— Ma chérie… J'ignore pourquoi tu n'évoques jamais ce sujet, mais si tu ressens le besoin d'en parler… Tu m'as beaucoup aidé avec ma famille à moi, ce ne serait qu'un juste retour des choses.

Kali afficha un sourire espiègle, mais le cœur n'y était pas, il le savait. Comme désireuse de clore cette conversation, elle plaqua un baiser rapide sur sa joue et se défit de son étreinte pour filer hors du lit.

— Il faut se dépêcher. La journée s'annonce chargée, et je dois promener les chiens avant de commencer à la clinique. Sans parler du reste.

Il hocha la tête.

— Oui, la cérémonie d'Ethel. Et mon frère sort aujourd'hui. Crois-tu qu'il faille préparer la chambre du rez-de-chaussée ou lui réserver une place dans la niche des chiens ?

— Ah ! ah ! très drôle. Je vais me laver.

Il retomba sur l'oreiller.

Pourquoi diable avait-elle autant de mal à évoquer sa famille ? Naïvement, il avait espéré que, par esprit de réciprocité, elle accepterait de se confier à lui sur ce sujet, mais non. Manifestement, c'était secret-défense. Il espérait qu'elle parviendrait, comme lui, à faire la paix avec les siens. Longtemps, il avait pensé ne pas avoir besoin de sa famille, sans jamais comprendre à quel point eux avaient besoin de lui. Ils n'avaient pas voulu l'étouffer, loin de là : ils l'avaient aimé, tout simplement. Et pour la première fois depuis le décès de sa mère, il s'estimait enfin digne de leur amour.

De même que, d'ici quelques jours, il verrait s'il était digne de celui de Kali.

Il roula vers le bord du lit et ouvrit le tiroir de la table de chevet, dans laquelle il avait caché le petit étui vert rapporté de son dernier déplacement sur le continent. Il l'ouvrit d'une chiquenaude et sourit à la vue du bijou qu'il contenait : un diamant solitaire serti sur un anneau d'or.

Il ne restait plus qu'à trouver le bon moment.

Toute la population de l'île s'était donné rendez-vous au port. Sur l'étendue de la crique, de grandes torches étaient fichées dans le sable tous les cinq mètres environ.

— Tu as suffisamment chaud comme ça ?

Sans attendre la réponse, Kali posa sur les genoux de Callum un plaid supplémentaire — en tartan, bien sûr, de même que son kilt.

Celui-ci repoussa ses mains d'un petit geste impatient.

— Je ne suis pas sénile, Kali. Il faut juste que je m'habitue à ma nouvelle jambe bionique.

Brodie lui tapota l'épaule affectueusement.

— Ne t'inquiète pas, va. On sera là pour voir tes premiers pas. Hein, Kali ?

Elle hocha la tête avec un sourire poli.

Jusqu'à présent, elle n'avait jamais pris la peine de songer à l'avenir, et moins encore depuis qu'elle connaissait Brodie. C'était au-dessus de ses forces.

Celui-ci la tira de ses pensées en lui déposant un baiser sur la joue.

— Eh! tu rêves ? Tout va bien ?

— Absolument, répondit-elle avec un grand sourire.

A son signal, elle alluma la première torche.

Un silence respectueux tomba sur l'assemblée tandis que, en quelques mots simples et affectueux, Callum rendait hommage à Ethel. Quelques minutes plus tard, des dizaines de lanternes volantes illuminèrent le ciel. Hamish et Dougal se mirent à hurler comme pour dire adieu à leur ancienne maîtresse.

Un nouveau silence ponctua ce moment solennel.

— C'est à toi, Brodie, murmura Callum.

Brodie s'avança, les yeux fixés sur l'esquif qu'il avait achevé avec l'aide des hommes de l'île.

— Chers tous, nous voici réunis pour offrir un dernier voyage à notre chère amie, Ethel Glenn. Je suis sûr qu'elle aurait été ravie de partir ainsi, sur le *Queen Ethel*…

Il s'interrompit, la gorge visiblement nouée.

— Ce bateau, c'est notre œuvre à tous : à mon père, qui avait commandé le bois, et à vous qui m'avez aidé à le construire. A tous, un grand merci. Je vous invite maintenant à lever vos verres en l'honneur de notre regrettée Ethel.

Callum lui tendit la torche qu'il avait tenue pendant le discours. Brodie la leva en l'air au son des cornemuses tandis qu'un homme désamarrait le bateau. Un jet de lumière fendit l'obscurité, et la torche atterrit sur l'embarcation au milieu des cris et des hourras.

Fascinée, Kali contemplait l'incendie flottant qui s'éloignait lentement sur les flots, quand elle perçut du coin de l'œil du mouvement. Beaucoup de mouvement. Elle regarda vers la plage et observa, sidérée, une scène absolument inédite : hommes, femmes, enfants, tout le monde se débarrassait de ses habits et courait se jeter à l'eau en sous-vêtements, voire tout nu. Un kilt atterrit dans ses bras, et Brodie se hâta de les rejoindre.

Elle éclata d'un fou rire irrépressible.

Ils étaient si drôles, tous, les fesses à l'air dans le froid ! On aurait dit une fête plus qu'un enterrement.

Le bateau d'Ethel flottait au large et le bûcher illuminait les vagues fluorescentes en un spectacle magique.

Oui, elle se voyait très bien vivre ici, jusqu'à la fin des temps.

— Ah ! vous voici, Kali ! Si vous pouviez m'aider, ça m'arrangerait.

Elle se tourna vers Ailsa, qui venait d'apparaître à ses côtés, chargée d'un énorme sac de serviettes de toilette.

— Bon sang ! Vous avez dévalisé un centre thermal ?

— C'est la mairie qui fournit. En sortant de l'eau, les gens se sèchent et boivent quelque chose de chaud — vous voyez les tables, là-bas ? Ensuite, les serviettes utilisées partent au pub.

— Au pub ?

— Oui, les patrons possèdent une blanchisserie. Elle sert surtout en été, avec les touristes.

Kali souleva un coin du sac avant de se figer.

Au milieu du vacarme des cornemuses et des rires, elle avait cru percevoir un cri. Elle tendit l'oreille.

— Jack ! criait une femme. Jaaaaaaack !

Elle connaissait ce ton. Il exprimait la peur, une terreur absolue.

10.

De l'endroit où elle se tenait, sur la jetée, Kali aperçut une femme qui fouillait d'un regard paniqué la plage bondée et la mer. Ses cris, de plus en plus perçants, détonnaient au milieu de la fête.

— Ailsa, murmura-t-elle en lui touchant le bras. Pouvez-vous l'aider ? Cherchez l'enfant sur la plage. Moi, je me concentre sur la mer.

Ailsa courut rejoindre la femme, non sans alerter au passage les personnes qu'elle croisait.

Aussi calme que possible, Kali examina la côte.

— Prends les chiens avec toi, dit Callum.

— Pardon ?

— Les chiens d'Ethel. Ils sont dressés au sauvetage en mer.

Une sirène retentit. Aussitôt, les cornemuses se turent, ainsi que les cris et les rires. Des projecteurs inondèrent la plage de lumière tandis que, sur la mer, un bateau braquait des phares sur l'eau. En un instant, des équipes de secours s'étaient organisées et parcouraient la plage. Tout à l'heure festive et chaleureuse, la crique était devenue une étendue dangereuse, noyée d'ombres.

— Kali ?

Elle fit volte-face en entendant la voix de Brodie. Il s'approchait à grands pas, une serviette à la main et deux combinaisons étanches de l'autre.

— Je pars dans l'un des bateaux avec l'un des chiens. Tiens, ajouta-t-il en lui tendant l'une des tenues de Néoprène.

Elle risque de t'être un peu grande, mais peux-tu l'enfiler et aller explorer le rivage avec l'autre chien ?

— Bien sûr.

Elle revêtit fébrilement la combinaison.

Chaque seconde comptait.

La surface cutanée d'un enfant est proportionnellement plus grande que celle d'un adulte, les risques de déperdition de chaleur sont majorés. Toutefois, paradoxalement, cette hypothermie a un énorme avantage : le corps se met à fonctionner au ralenti et le sang va en priorité aux organes vitaux — le cerveau, le cœur.

Brodie l'aida à ajuster la combinaison et plongea son regard dans le sien.

— Jack a quatre ans, il porte une doudoune bleu ciel. Ses cheveux ont la même couleur que ta combinaison : orange vif. Ça ira ?

Il lui déposa un baiser rapide sur le front.

— A tout à l'heure. Fais attention.

— Toi aussi, murmura-t-elle à sa silhouette qui s'éloignait déjà.

Elle flatta le dos tiède du chien, soulagée de pouvoir compter sur lui.

— OK, Dougal. Au travail.

Kali vit la première le petit corps, suivie par Dougal, une demi-seconde plus tard. Elle souffla aussitôt dans son sifflet et se mit à courir si vite que ses poumons lui brûlaient. Jack avait été emporté plus loin qu'elle ne l'avait pensé, mais peu importe. Ce qui comptait, c'était de le mettre au sec.

Le terre-neuve fila dans l'eau et ne tarda pas à rejoindre le garçonnet, qu'il attrapa par la capuche de sa doudoune. Derrière lui, Kali nageait de toutes ses forces.

Le courant était plus fort qu'elle ne l'avait cru, et elle n'avait plus pied, mais elle réussit quand même à l'atteindre.

Blême, les lèvres cyanosées, le garçonnet était entre la vie et la mort.

Elle donna un autre coup de sifflet et retourna vers la rive en veillant à ce que l'enfant garde la tête hors de l'eau.

A l'instant où elle reprenait pied, Brodie s'approchait dans un canot de sauvetage. Le projecteur qu'il braqua sur elle faillit l'aveugler. Au prix d'un effort herculéen, et avec l'aide de Dougal, elle parvint à hisser l'enfant hors de l'eau et dans les bras de Brodie. Elle sentit qu'on la soulevait à son tour pour la faire monter sur le canot, mais elle déclina l'offre d'un geste. Elle avait besoin de regagner la plage et de marcher jusqu'à la jetée afin d'évacuer l'adrénaline qui secouait son corps de longs tremblements.

L'embarcation retourna aussitôt vers le quai, où un groupe de personnes attendait.

Brodie reprit le pouls de l'enfant et secoua la tête.

Toujours rien. Le massage cardiaque demeurait sans effet.

— Quelqu'un peut m'apporter les sacoches de premiers secours qui sont dans mon 4x4 ?

On les lui apporta rapidement, ainsi qu'un sac de serviettes-éponges, de couvertures et de vêtements secs. Autour de lui, il entendait les murmures et les bruits de pieds des personnes attroupées.

Kali fendit la foule et tomba à genoux à côté de lui.

— L'ambulance aérienne n'arrive que dans une heure. Il en est où ?

— Il ne réagit pas, répondit-il, essoufflé. Hypothermie sévère, à 25 degrés. Ça fait bien dix minutes que j'essaie de le réanimer.

Kali hocha la tête.

— OK, continue le massage. Attends, je vais le couvrir.

— Il faudrait l'intuber.

— Je vais t'aider. Ensuite, on l'installera sur une planche pour l'emmener à la clinique.

— J'ai une planche de surf, cria quelqu'un.

— Super, dit-il. Amène-la.

En quelques gestes efficaces, ils intubèrent l'enfant, puis Kali prit le relais du massage cardiaque tandis qu'il pressait un ballon pour le ventiler. Six hommes se penchèrent autour de la civière de fortune pour la soulever.

— Attention, les gars, dit-il. Pas de geste brusque. Tu lui as posé une perfusion ? demanda-t-il à Kali.

— Non, pas encore. De toute façon, c'est prématuré.

Il hocha la tête. Elle avait raison. Il faudrait le réchauffer très lentement pour ne pas aggraver le choc.

— OK, on le glisse tout doucement dans la voiture.

Le trajet jusqu'à la clinique se déroula dans une agitation fébrile et concentrée. La mère de Jack, en pleurs, se tenait à l'arrière du 4x4, face à Kali, qui continuait le massage cardiaque.

— Ça s'annonce mal, dites ?

— Pas forcément, répondit Kali, essoufflée par les compressions. J'ai lu… un article sur un enfant… de deux ans… tombé dans une rivière glacée… Il y est resté au moins… une demi-heure. On lui a fait… un massage pendant une heure et demie… Mis sous dialyse… Moyennant quoi, on l'a récupéré.

Brodie serra les dents.

Oui, mais dans quel état ?

Le risque de séquelles graves ne pouvait être écarté, mais le mentionner, ce serait finir d'affoler cette pauvre femme.

— On arrive, dit-il en freinant doucement devant la clinique. Kali, si tu veux bien t'occuper de la poche intraveineuse, je prends le relais.

Ils s'empressèrent d'installer Jack en salle d'intervention et de le connecter au système de monitoring.

— Ça y est, j'ai un pouls ! s'écria Kali au bout de quelques minutes.

Tout le monde poussa un soupir de soulagement.

— Vous aurez besoin du ventilateur ? demanda Ailsa depuis le seuil de la pièce.

— Merci, Ailsa. Oui, cela facilitera la ventilation, et on pourra lui administrer des médicaments par aérosol.

Il effectua de nouvelles compressions thoraciques mais s'interrompit en sentant l'enfant tressaillir. Il l'entendit tousser puis s'étouffer.

— Position de sécurité, vite !

Il s'empressa de tourner Jack sur le côté.

A peine l'eurent-ils bougé qu'il se mit à hoqueter, et un filet d'eau salée s'échappa de ses lèvres. Sa mère s'affaissa sur un siège avec un gémissement soulagé.

Il se tourna vers Kali, qui lui adressa un hochement de tête joyeux : ils avaient réussi, Jack était revenu à la vie ! Ils allaient le sortir de là. Tous ensemble.

Il aurait voulu la serrer dans ses bras, même s'ils n'étaient pas encore tirés d'affaire.

— OK, les gars, il faut traiter son hypothermie. Elle en est où, cette ambulance ?

— Regarde qui a les honneurs de la première page !

Avec un grand sourire, Brodie brandit la *Chronique de Dunregan* !

Kali blêmit et sursauta comme si elle avait reçu un coup. Il continuait à bavarder gaiement, mais elle ne parvenait à fixer aucune de ses paroles.

Au prix d'un effort, elle se contraignit à se concentrer sur ce qu'il disait.

— D'après Craig, l'histoire est susceptible d'intéresser la presse nationale, voire internationale. Tu te rends compte ? Tu vas devenir célèbre ! Eh, qu'est-ce qui ne va pas ?

A deux doigts de défaillir, elle s'était mise à respirer par saccades.

Brodie posa le journal sur la table pour s'agenouiller près d'elle. Incrédule, elle fixa la une sur laquelle s'étalait une photo d'elle et de Dougal au moment où ils hissaient l'enfant dans le canot de sauvetage.

Elle ne pouvait s'empêcher d'être frappée par l'assurance qu'elle affichait sur ce cliché : tout le contraire de la panique qu'elle éprouvait en ce moment même.

— Kali, qu'est-ce qu'il y a ? Tu devrais être fière d'être l'héroïne du jour.

— Ce n'est pas ça. C'est… C'est…

Des larmes jaillirent de ses yeux, et elle secoua la tête convulsivement.

— Kali, tu me fais peur. Qu'est-ce qui ne va pas, bon sang ?

Non, non, non… Incapable de parler, elle continua d'agiter la tête.

Ça y était. Le moment qu'elle avait tant redouté était arrivé. Elle allait devoir expliquer à Brodie que la Kali qu'il connaissait n'était qu'une fiction. Comment pourrait-il lui faire confiance, après cela ?

— Viens ici, dit-il en ouvrant les bras.

Mais elle ne pouvait pas. Elle demeura figée, comme pétrifiée.

— Attends, dit Brodie en se levant. Je vais te préparer une bonne tasse de thé. Ensuite, mademoiselle O'Shea, vous allez m'expliquer ce qui vous met dans un état pareil.

— Je ne suis pas Kali O'Shea.

Il se figea en plein mouvement, puis il se retourna lentement et croisa les bras sur la poitrine, comme pour se protéger contre ce qu'elle allait lui dire.

— Qui es-tu, alors ?

Elle avala sa salive avec difficulté. Elle avait l'impression que son sang s'était glacé dans ses veines.

Elle ne lui en voulait pas. L'important, c'était de regagner sa confiance. Maintenant ou jamais.

— Mon nom de naissance est Aisha Kalita. Mon père est originaire de l'Inde, et il est… très traditionnel.

D'un ton monocorde, elle se mit à lui raconter son enfance heureuse, l'aide qu'elle avait reçue de ses parents pour se lancer dans des études de médecine, et puis…

— Il a arrangé un mariage pour moi. Mon père.

— *Quoi !*

Au cri de Brodie, les deux chiens qui se prélassaient sur le tapis du salon déboulèrent dans la cuisine et les regardèrent alternativement, prêts à défendre celui qui en aurait le plus besoin.

Brodie leur ébouriffa distraitement la tête.

— Désolé, Kali. Continue, s'il te plaît.

Droite comme un i, elle se contraignit à poursuivre son récit.

— Il avait tout préparé depuis des mois à notre insu. Aucune d'entre nous n'était au courant. Ni moi, ni ma mère, ni ma sœur.

— Tu as une sœur ?

Elle opina du chef et continua.

— C'était un homme qui venait du même village que mon père. Il était très estimé pour son sens des affaires, mais pour sa moralité, c'était une autre histoire. Mon père s'était débrouillé pour lui obtenir un visa pour l'Angleterre, ajouta-t-elle dans un sanglot… Laisse-moi finir, s'il te plaît, dit-elle en dressant une main.

Avant cela, elle sentait qu'elle ne pourrait pas accepter son réconfort.

Brodie, qui avait esquissé le geste de s'approcher, se ravisa. Il tira une chaise de l'autre côté de la table et lui fit signe de poursuivre d'un air indéchiffrable.

— Un soir, mon père l'a amené pour dîner. Il a dit à ma mère et à ma sœur de quitter la pièce, et je me suis retrouvée seule avec cet homme. Il m'a tout de suite annoncé la couleur : je devais arrêter mes études pour m'occuper de lui. Comme j'ai protesté, il…

Elle s'interrompit, secouée par les pleurs.

— Il m'a frappée. Ensuite, tout est arrivé très vite. Mon père a déboulé, et il s'est excusé… Tu te rends compte ? Il s'est excusé devant cet homme de mon comportement ! Lorsqu'il est parti, j'ai supplié mon père de me libérer de cet engagement. Il m'a dit que c'était impossible. Que la seule manière pour moi d'y échapper, c'était… c'était de mourir.

Brodie ferma les yeux et étala les mains sur la table, visiblement tendu.

— Ensuite, que s'est-il passé ?

— Ma mère m'a réveillée en pleine nuit. Elle m'a donné un peu d'argent et l'adresse d'un parent lointain en Irlande, et elle m'a dit de fuir. Et de les oublier. De ne plus jamais revenir.

En quelques mots, elle résuma le reste : sa peur tandis qu'elle fourrait à la hâte quelques vêtements dans un petit sac à dos, le silence qui régnait dans la maison lorsque sa mère et sa sœur l'avaient accompagnée à pas de loup jusqu'à la porte. Les larmes qu'elle avait été incapable de verser lorsqu'elle les avait serrées pour la dernière fois dans ses bras.

— Ensuite, je suis partie en courant. J'ai passé la première nuit dans une auberge de jeunesse, mais j'avais peur que mon père me retrouve. Alors, j'ai passé mes journées dans les hôpitaux. Pour une étudiante de médecine, c'était le lieu idéal. Je dormais dans la salle d'attente des urgences. Une infirmière a fini par me remarquer et m'a mise en contact avec les services sociaux. Ils m'ont aidée à me forger une nouvelle identité. Mais en devenant Kali O'Shea, j'ai fait une croix sur tout espoir de revoir un jour ma mère ou ma sœur.

Brodie secoua la tête, la gorge nouée.

Kali, Aisha, peu importait le nom. Pour lui, c'était la même femme, celle qu'il aimait. Lui aussi avait quitté sa famille, mais son expérience était totalement différente. Personne ne lui avait imposé cette décision. Son choix avait été celui d'un adolescent égocentrique aveuglé par la culpabilité. Kali, elle, avait été trahie, contrainte d'abandonner les personnes les plus chères à son cœur.

Il aurait tant voulu la toucher, la caresser, prendre sur lui cette douleur !

— Et tu ne les as jamais revues ?

— Non, jamais. J'ai déménagé à Dublin pour me rapprocher des parents de ma mère. Je ne les ai jamais rencontrés, mais, mine de rien, ce lien m'a aidée à tenir bon.

— C'est pour cela que tu as choisi ce nom, O'Shea ?

Enfin, elle leva les yeux et le regarda avec fermeté.

— Non. C'est celui de l'infirmière qui m'a aidée à contacter les services sociaux et à tout recommencer à zéro. Sans elle, je ne serais jamais devenue qui je suis.

Incapable de se retenir davantage, il s'approcha d'elle et la serra contre lui.

Elle ne le repoussa pas. Le visage contre son torse, elle se remit à pleurer.

— Kali chérie, si belle, si courageuse… Enfin, Aisha, corrigea-t-il en riant avec gêne. Comment préfères-tu que je t'appelle ?

— Kali, répondit-elle sans hésitation. C'est le nom que j'ai choisi parce que je pensais qu'il m'apporterait du cran, de la force. Et ici, je suis vraiment devenue celle que je voulais être. Grâce à toi, à Ailsa, et à tout le monde à Dunregan.

— Mais surtout moi, non ?

Elle pressa sa main dans la sienne.

— Oui, surtout toi.

Il la conduisit vers le canapé du salon, sur lequel ils s'installèrent.

— Et tu n'as jamais cherché à savoir ce que devenaient les tiens ?

— Non. Les premières années, j'avais trop peur. Avec toutes ces histoires de crimes d'honneur qui circulent, je n'avais pas envie de me rapprocher de mon père. Mais pas un jour ne passe sans que je pense à ma mère et à ma sœur. Tous les jours, je me demande ce qu'il leur est arrivé, si mon père n'a pas déversé sa colère sur elles.

Elle secoua la tête, l'air épuisé.

— Est-ce que… Tu ne m'en veux pas, dis ?

— Tu plaisantes ! Bien sûr, c'est une sacrée histoire à digérer, mais je t'aime, Kali. Même si tu changes de nom, tu resteras toujours la même personne à mes yeux.

Elle cligna les paupières et se mordilla la lèvre inférieure.

— Tu m'aimes ?

— Mais bien sûr. Qu'est-ce que tu croyais ?

— Je ne sais pas… Je…

Il l'attira tout contre lui dans une étreinte pleine de tendresse.

— Chut ! dit-il en riant. Je t'aime, Kali O'Shea, et je ferai tout pour te protéger. Je t'en donne ma parole.

Il déposa un baiser sur sa tête, heureux de la sentir s'apaiser dans ses bras.

Jamais il n'avait tenu de tels propos à une femme, ça lui était venu du fond du cœur. Il ne lui restait plus qu'à trouver un moment romantique pour lui demander sa main.

— Kali ?

Assise à son bureau, Kali redressa la tête.

Sur le seuil de la pièce, Brodie lui tendait son portable.

— Tu avais laissé ton téléphone en salle de repos. J'espère que tu ne m'en voudras pas, mais j'ai décroché à ta place.

Une sueur glacée dévala l'échine de Kali.

— Qui est-ce ? Un homme ou une femme ?

— Une femme, répondit-il en souriant. Je pense que tu voudras lui parler. C'est une certaine Mme Kalita.

Les larmes aux yeux, elle se leva d'un bond et s'empara du téléphone à deux mains, de peur de le laisser tomber tellement elle tremblait.

Brodie recula d'un pas et lui fit signe qu'il s'éclipsait.

Elle fit oui de la tête pour se raviser aussitôt et le retenir.

Il faisait désormais partie de sa vie. Elle ne voulait plus avoir de secrets pour lui.

Elle prit une grande inspiration et porta l'appareil à son oreille.

— Allô, dit-elle dans un murmure à peine audible.

— Aisha ? Tu m'entends, ma chérie ?

A la voix familière qui résonnait dans le combiné, elle

sentit ses joues se mouiller. Elle hocha la tête et prononça le mot qu'elle ne s'était pas autorisée à prononcer à haute voix pendant cinq longues années.

— Maman-ji !

11.

Kali reposa le téléphone puis se leva. Avec l'impression d'agir en pilotage automatique, elle se dirigea vers la petite cuisine.

Elle emplit la bouilloire, écouta l'eau chauffer. Sans qu'elle ait besoin d'y penser, ses mains prirent quatre tasses, ouvrirent la boîte à thé, dosèrent les tasses selon les goûts de chacun : avec une lampée de lait pour Ailsa, un sucre pour Caitlyn, un sachet supplémentaire pour elle-même et un autre pour Brodie, qu'elle laissa infuser plus longtemps et auquel elle ajouta quelques gouttes de lait, une… deux… trois… quatre…

Quatre semaines. C'était le temps qu'il lui avait suffi pour assimiler les petites habitudes des uns et des autres. Pour se faire adopter, autant que pour adopter cette île et les gens qui la peuplaient. A présent, allait-elle devoir partir ? Abandonner tout cela derrière elle ?

— Eh, ça va ?

Arrivé derrière elle, Brodie fit glisser ses mains sur ses hanches et noua les bras autour d'elle, puis il posa les lèvres sur son cou pour y égrener une série de petits baisers.

En proie à l'inévitable frisson de désir, elle inclina la tête de côté et murmura des paroles indistinctes. Elle aimait la douceur de son contact, son parfum, le fait de savoir comment faire son thé ou de quel côté il préférait dormir.

Alors qu'elle se tournait vers lui, un flot de larmes jaillit de ses yeux.

Brodie fronça les sourcils avec inquiétude.

— Ma chérie, qu'est-ce qu'il se passe ? Qu'a-t-elle dit ?

Il prit la boîte de lait de sa main et la posa sur le plan de travail.

— C'était ta mère, c'est ça ?

Etouffée par les sanglots, elle parvint juste à hocher la tête.

— Et donc ?

Soucieux, il se passa une main dans les cheveux, ce qui fit tomber son bonnet de laine.

— Kali, qu'est-ce qu'elle t'a dit ? Elle va bien ?

De nouveau, elle opina du chef et se contraignit à se calmer.

— Oui, elle va bien. Et ma sœur aussi.

Elle s'interrompit pour récupérer son souffle.

— Excuse-moi, c'est trop…

— Trop d'émotions ?

Elle fit oui de la tête et relâcha lentement son souffle avant de lui relater ce qu'elle venait d'apprendre.

— Ma mère vit en Irlande avec ma petite sœur dans le village où réside sa famille. Ma sœur va bien. Elle…

De nouveau, ses yeux s'emplirent de larmes.

— Elle est en fac de médecine.

Brodie tapa joyeusement ses mains l'une contre l'autre.

— Sur les pas de sa grande sœur ?

— Oui. Et mon père…

Elle secoua la tête avec incrédulité.

— Mon père a… Il a divorcé de ma mère et est parti vivre en Inde. Il est devenu moine !

Elle écarquilla les yeux, stupéfaite.

— Il m'a recherchée pendant au moins un an. Il était absolument furieux, à en devenir fou. Un soir, il a failli frapper ma sœur parce qu'elle prenait ma défense et lui demandait de me laisser ma liberté. C'est là qu'il a tout laissé tomber. Il a dit à ma mère qu'il ne pouvait pas vivre avec la honte que je lui avais imposée, et il est parti vivre dans un sanctuaire religieux, quelque part en Inde. Si tu savais ! J'avais tellement peur pour ma mère et ma sœur. Tellement envie de leur écrire, de leur dire de continuer comme si j'étais à leurs côtés. Parce que, ajouta-t-elle, la main sur le cœur, au fond, elles ont toujours été avec moi.

Brodie la serra contre lui.

— Bien sûr, ma chérie.

De toutes les personnes au monde, elle était heureuse que ce soit à lui qu'elle ait réservé la primeur de son récit : à l'homme avec qui elle envisageait son avenir. Elle ouvrit les yeux pour le regarder et vit une ride d'inquiétude sur son front, mais il s'écarta brusquement et arbora un grand sourire.

— Donc, ça veut dire que tu vas nous quitter ?

— Eh bien, oui, fit-elle en se massant le crâne comme pour rassembler ses idées. Il faut que j'aille les voir.

— Bien sûr, répéta-t-il.

Il hocha la tête d'un air neutre qui la glaça jusqu'au sang.

Elle le connaissait à présent suffisamment pour savoir qu'il cherchait ainsi à se protéger, et elle le comprenait. Même si elle en était peinée, elle ne se serait pas comportée autrement à sa place.

Callum éteignit la télévision avec un soupir.

— Arrête donc d'aller et venir, bon sang ! Tu me donnes le tournis.

Brodie haussa les épaules.

— Allons, ne fais pas cette tête, ajouta son frère d'une voix adoucie. Je te dis qu'elle va revenir.

— Ça va faire une semaine qu'elle est partie.

— Et alors ? Vous vous téléphonez, non ?

— Je sais, mais elle est heureuse avec sa famille.

— Tu n'es pas content pour elle ?

— Si, bien sûr ! rugit Brodie avant de se maîtriser. Bien sûr. C'est juste que…

Il avait peur de ne plus la revoir, voilà.

— Je ne pense pas que Kali soit du genre à laisser lanterner quelqu'un, dit tranquillement Callum.

Brodie pivota sur les talons afin de lui faire face.

— Qu'est-ce qui te fait dire ça ?

Son frère pinça les lèvres pour contenir un petit rire.

— Allez, vas-y, rigole ! dit Brodie avec impatience. Profites-en tant que tu le peux, parce que… parce que…

A court de mots, Brodie secoua la tête en un geste d'impuissance.

— Brodie… Tu as tes défauts comme tout le monde, mais tu n'es certainement pas du genre à abandonner.

Il répondit par un grognement, en fourrageant le feu dans la cheminée.

Cette fois-ci, Callum éclata d'un rire sonore et haussa une de ses béquilles pour lui donner un petit coup affectueux.

— Tu devrais aller faire un petit tour sur les quais.

— Sur les quais ? Pourquoi faire ?

— Le ferry va bientôt arriver, dit Callum en consultant sa montre. J'aimerais que tu me ramènes quelque chose.

— Ben voyons ? Pour qui me prends-tu ? Ton larbin ?

Callum se remit à rire.

— Pas du tout ! Mais tu trouveras peut-être quelque chose qui me rendra ta cohabitation moins pénible.

— Quoi ? dit Brodie avec un haussement d'épaules. Des boules Quiès ?

— Quelque chose de ce genre, oui. Allez, file. Et sors les chiens, pendant que tu y es.

Sur ces mots, Callum ralluma la télévision et feignit de s'absorber dans la contemplation d'une émission.

Le ferry venait d'arriver. Les passagers commençaient à affluer sur la passerelle lorsque l'un des chiens se mit à s'agiter.

Brodie tira sur la laisse pour tenter de le maîtriser, en vain.

— Qu'est-ce qu'il t'arrive, Dougal ?

Avec un aboiement joyeux, celui-ci se libéra de son emprise et bondit vers la passerelle. Hamish le suivit sur le bateau, entraînant Brodie avec lui.

— Bon sang, les chiens, calmez-vous !

Sans l'écouter, les deux bêtes se ruèrent vers un passager qu'ils firent tomber à la renverse. A leurs gémissements joyeux et à leurs battements de queue, il était clair que cette personne ne leur était pas inconnue. Il aperçut soudain une longue mèche de cheveux noirs sous le pelage blanc des chiens.

— Kali ?

C'était bien elle ! Plaquée sous les chiens, elle s'efforçait de se relever en riant.

Il l'aida à se remettre sur ses jambes et la serra contre lui.

— Qu'est-ce que tu fais ici ?

Elle s'écarta et le regarda avec un sourire timide.

— J'avais envie de rentrer.

Elle lui prit la main et ramassa les laisses pour lui en tendre une.

— Ça te dirait, une promenade sur la plage ?

Quelques minutes plus tard, tout le monde descendit de voiture sur le front de mer. Le trajet avait été silencieux, ponctué de sourires complices. Plus que jamais, Kali était sûre d'avoir pris la bonne décision.

— Donc, tes retrouvailles avec ta famille…

Des larmes d'émotion noyèrent ses yeux.

— C'était génial ! Ma sœur est fantastique, et ma mère… C'est la personne la plus forte que je connaisse.

— Et ça t'a fait quoi de revenir en Irlande ? demanda Brody avec une inquiétude qu'il ne put dissimuler.

Kali lui prit la main et la serra dans la sienne.

— J'ai adoré. Mais c'est ici que je me sens vraiment chez moi. Avec toi, ajouta-t-elle en pressant sa main sur son cœur.

Brodie poussa un soupir de soulagement perceptible.

— Ah. Je suis bien content.

— Bien content ? C'est tout ?

— OK ! Je suis soulagé, fou de bonheur, sur un petit nuage…

— C'est bon, n'en jette plus, coupa-t-elle pour plaisanter.

Ils éclatèrent de rire, puis Brodie prit son visage entre l es mains pour l'embrasser.

Dès l'instant où leurs lèvres se touchèrent, elle sentit vibrer dans tout son corps des étincelles de désir. Haussée sur la pointe des orteils, elle fit remonter ses bras sur le torse de Brodie et les noua autour de son cou. Il resserra son étreinte autour d'elle et l'attira contre lui, si près qu'elle perçut les battements accélérés de son cœur.

— Je t'aime, Brodie McClellan, murmura-t-elle contre sa bouche.

— Moi aussi, je t'aime, ma toute petite.

Relâchant son étreinte, il la tint à bout de bras en la considérant avec une gravité solennelle.

— J'ai une demande à te faire.

— Oui ?

Elle retint son souffle tandis qu'il plongeait la main dans la poche de sa veste et en extrayait une petite boîte qu'il ouvrit avec le pouce.

L'écrin contenait un diamant que la douce lumière printanière fit luire comme la surface de la mer. Brodie posa un genou en terre et la regarda en haussant le bijou devant lui.

— Kali O'Shea, me ferez-vous l'honneur de devenir ma femme ?

Elle le dévisagea, bouche bée.

— Kali O'Shea ?

— Oui !

Elle se laissa tomber à genoux pour l'étouffer de baisers.

— Oui ! Mille fois oui.

Elle l'embrassa encore et encore puis s'écarta.

— On reste à Dunregan, n'est-ce pas ?

— Du moment que tu es heureuse ici.

— Et comment ! Je ne désire pas vivre ailleurs. Par contre, ta belle-mère sera une Indienne foldingue avec un accent irlandais improbable. Ça ne te fait pas peur ?

— Non, si elle accepte d'avoir comme gendre un Ecossais timbré.

— Elle va t'adorer. Mais pas autant que moi, impossible !

Ils éclatèrent de rire, et elle enroula les bras autour de son futur époux.

Brodie lui caressa le nez en souriant.

— Dis-moi, quel nom veux-tu afficher sur la porte de la clinique ? O'Shea ? Kalita ?

— McClellan, répondit-elle sans la moindre hésitation. Les Drs McClellan.

LYNNE MARSHALL

La famille dont ils rêvaient

BLANCHE

HARLEQUIN

Titre original :
MIRACLE FOR THE NEUROSURGEON

Ce roman a déjà été publié en 2017.

1.

Dans son vieux T-shirt blanc troué et trempé de sueur, Wesley Van Allen ne payait pas de mine. Certes, il était cloué dans un fauteuil roulant, mais pour Mary il avait toujours dans le regard l'étincelle de fierté qu'elle admirait tant chez lui autrefois. À en juger par les veines gonflées de ses deltoïdes et de ses biceps, il avait dû interrompre une séance de gymnastique pour venir lui ouvrir.

Elle se pencha vers lui et l'embrassa sur la joue.

— Tu te souviens de moi ?

— Comment oublier une peste comme toi ? répondit-il avec un sourire moqueur.

Il avait les cheveux plus longs qu'autrefois, il était sexy avec sa tignasse noire en bataille et des mèches humides collées sur le front. Chez cet homme très fier qui aimait parader, rien ne semblait avoir changé… Du moins dans la moitié supérieure de son corps.

Ses yeux couleur café au lait dans le souvenir de Mary étaient désormais plus foncés, et le regard plus intense que jamais. Pourquoi avait-elle pris le risque de venir ici ?

Elle le savait pertinemment. Wesley avait presque tout perdu. Il s'entraînait tous les jours, de manière beaucoup trop intensive lui avait-on dit, dans l'espoir de retrouver son assurance.

Elle s'efforça de ne pas laisser paraître son chagrin devant ce qu'il était devenu. *Ne pleure pas. Tu ne dois pas pleurer.*

— Je suis venue voir si je pouvais me rendre utile, dit-elle avec un grand sourire. Je suis experte en la matière, tu sais.

Sans doute n'était-il pas dupe, mais elle était décidée à arriver à ses fins.

Alexandra, la sœur de Wesley, avait pris contact avec elle neuf mois plus tôt, au moment de l'accident. La nouvelle avait laissé Mary tétanisée, pouvant à peine respirer. Son cœur s'était déchiré en pensant à cet homme qu'elle n'avait pas pu connaître comme elle avait rêvé de le faire, autrefois. Lorsque Wesley avait eu son accident de ski nautique, Mary venait juste de signer un engagement de six mois comme kinésithérapeute dans un hôpital à Bangor, dans le Maine. Retenue à l'autre bout du pays, elle n'avait pu venir le voir. Mais elle avait pleuré et s'était inquiétée, avait pensé constamment à lui, puis Alexandra l'avait rassurée, il était hors de danger. Mais il ne pourrait plus marcher.

Combien de fois elle avait eu envie de prendre son téléphone et d'appeler Wes, ou de lui envoyer une carte pour lui dire qu'elle pensait bien à lui ! Mais elle avait toujours renoncé. Au nom de quoi lui aurait-elle écrit ? Elle n'était qu'une fille qu'il avait connue autrefois. Rien de plus.

Alexandra l'avait rappelée la semaine précédente, de la panique plein la voix, au comble du désespoir. Une fois de plus, Wes avait renvoyé la kinésithérapeute qui s'occupait de lui à domicile. C'était la troisième qu'il congédiait en quelques mois.

— Il n'en fait qu'à sa tête, avait expliqué Alex, personne ne le supporte.

En désespoir de cause, Alex avait appelé son amie de toujours à l'aide.

Mary était sur le point de signer un nouveau contrat, au Nouveau-Mexique cette fois, mais elle s'était arrangée pour venir ici. C'était l'avantage de travailler en intérim. Elle parcourait le pays et s'organisait comme elle l'entendait. N'ayant pu être auprès de Wes juste après l'accident, elle allait aider maintenant l'homme pour qui elle nourrissait des sentiments depuis l'âge de quinze ans.

— Sérieusement, que fais-tu ici ? demanda-t-il sèchement.

Il recula son fauteuil pour la laisser entrer. C'était déjà cela.

— Je te l'ai dit, je suis venue t'aider.

— Ce n'est pas la peine. Je me débrouille très bien.

Son regard méfiant semblait traquer tout signe de pitié en elle. Au moindre soupçon, il passerait à l'attaque.

— Vraiment ? dit-elle. Quelqu'un qui a renvoyé trois kinésithérapeutes en trois mois n'a pas besoin qu'on l'aide ? Permets-moi d'en douter.

Il se racla la gorge, l'air contrarié, et fit pivoter son fauteuil en direction de la salle de séjour, une grande pièce joliment meublée dans un style balnéaire. Les larges baies vitrées donnaient sur l'océan Pacifique dont le bleu argenté scintillait sous le soleil. Le contraste était frappant avec la maison qui semblait éteinte, sombre et délaissée.

Mary était-elle censée suivre Wes ? Elle prit le risque et franchit derrière lui des portes-fenêtres qui débouchaient sur un énorme vestibule. Un escalier courbe avait l'air d'y ouvrir les bras, mais, depuis l'accident, son accès restait à jamais interdit à Wes. Comme ce devait être pénible de se voir ainsi rappeler tous les jours, de façon aussi brutale, sa situation !

— Je suis sérieuse, Wes. Tu ne peux pas renvoyer tout le monde. Cela ne te rendra pas tes jambes.

Elle avait toujours été directe, en tout cas lorsqu'elle savait de quoi il retournait. Dans le cas de Wes, elle savait exactement pourquoi il était devenu cet homme farouchement indépendant et perpétuellement sur ses gardes. Il s'était retrouvé paraplégique et s'efforçait de surmonter son handicap en s'entraînant de façon excessive. Personne ne pouvait supporter le rythme infernal que d'après Alexandra il s'imposait.

— Je n'ai pas besoin de toi, fit-il brutalement, réagissant au discours de vérité qu'elle venait de tenir.

Que restait-il du brillant neurochirurgien qui, adolescent, avait décidé du chemin qu'il prendrait dans la vie. Qui aurait pu prédire ce qui lui était arrivé ?

— Alex n'est pas d'accord, elle m'a demandé de venir t'aider quelque temps.

Comme il ouvrait la bouche pour protester, elle l'arrêta d'un geste.

— Parce qu'elle t'aime.

— Alex ferait mieux de se mêler de ce qui la regarde. Elle a un mari et des gosses, qu'elle s'occupe d'eux ! Je la libère de toute responsabilité en tant que sœur, fais-lui passer le message. Et maintenant, tu peux t'en aller.

Mary éclata de rire, ce dont elle fut la première surprise. Elle n'avait pas vu Wesley depuis le mariage d'Alexandra, dix ans auparavant. Ce jour-là, ils s'étaient accordé leur second baiser torride, qu'ils avaient attribué à un excès de champagne.

— Plus facile à dire qu'à faire, Wes. J'ai pris deux mois de congé pour venir ici. J'ai plié bagage et quitté le Nouveau-Mexique pour la Californie.

— Sans même me demander mon avis ? Mais pourquoi ?

— Parce que c'est ce que font les amis. Ils débarquent et offrent leur aide.

— Mes amis commencent toujours par me demander mon avis.

Une fois de plus, il se montrait blessant.

Avait-il jamais invité ses amis chez lui ?

Peut-être la considérait-il encore comme la pauvre fille misérable que sa sœur avait ramenée un jour de l'école comme on recueille un chaton perdu ? Mais elle avait vaincu la pauvreté et triomphé de tous les obstacles. Elle ne méritait pas qu'on lui parle de cette façon.

— Tu disais que j'étais ta petite sœur n° 2. Je vivais pratiquement chez vous, Wes. Tu ne peux pas nier que vous étiez *tous* comme une seconde famille pour moi. Tes parents m'ont ouvert leur maison et toi, tu répétais que je devais faire quelque chose de ma vie.

Il lui avait dit cela le soir où il *s'était porté volontaire* pour l'accompagner au bal de fin d'année de l'école.

Elle alla vers lui, espérant de tout son cœur percer sa carapace.

— Eh bien, c'est ce que j'ai fait. J'ai étudié, passé un PhD, et maintenant, je suis là pour toi, comme une thérapeute face à un confrère.

La vie prenait parfois un tour bizarre.

— Alors, c'est une façon de me payer en retour ? dit-il brutalement en la fixant droit dans les yeux.

Il croyait sans doute qu'en se moquant d'elle, en l'insultant, il la découragerait et qu'elle s'en irait, le laissant seul.

— Je n'ai pas besoin de ton aide, dit-il de nouveau. Mais merci quand même.

Il se dirigea vers l'ascenseur, sans doute dans l'espoir qu'elle resterait plantée là, la bouche ouverte. Mais c'était mal la connaître. La colère la saisit, elle ne se laisserait pas renvoyer ainsi comme une domestique.

— On m'avait dit que tu te comportais comme un imbécile.

Et maintenant j'en ai la preuve.

Elle avait parlé aux parents de Wes avant de venir. Après avoir passé les six premiers mois de sa convalescence avec lui, ils avaient renoncé et étaient repartis en Floride.

— Quelqu'un doit te sortir de là, dit-elle.

— Tu as parlé à mes parents ? À ce cher vieux papa qui m'en veut de ce qui m'est arrivé ? Je n'ai pas besoin de la compagnie de personnes aussi toxiques.

Son père n'était pas un tendre, mais Wes avait toujours bénéficié du soutien de sa mère.

— Moi, je ne le suis pas. Toxique.

Son père lui avait-il vraiment reproché son accident ? Quelle honte ! M. Van Allen avait de grandes ambitions pour ses deux enfants, mais surtout pour Wes. Il était devenu fou de rage lorsque Alex avait renoncé à faire médecine pour s'orienter vers la diététique, qui n'exigeait pas le même niveau d'études. Si Wes avait osé s'écarter du chemin tout tracé qu'il s'était fixé, qui savait comment M. Van Aallen aurait réagi ? Les enfants Van Allen n'avaient pas droit à l'échec, mais de là à reprocher à son fils un accident qui avait bouleversé sa vie… ? Incroyable.

— Tu ne vois pas que je me débrouille très bien ?

À première vue, il avait en effet l'air de *bien se débrouiller*, mais il avait besoin de l'aide quotidienne d'un kinésithérapeute qui lui ferait travailler muscles et articulations avec des mouvements passifs. Qu'il devrait également apprendre à faire lui-même. D'après l'impressionnante musculature de son torse et de ses bras, ses séances de gymnastique devaient être d'une grande rigueur, mais il fallait quelqu'un auprès de lui au cas où il se blesserait. Risquer d'aggraver encore l'état de sa colonne vertébrale était hors de question. Non, elle ne partirait pas. Du moins pas aujourd'hui.

— Tu as déjà opéré quelqu'un sans consulter d'abord un autre neurochirurgien ?

— Quel rapport ?

— Tout. Tu crois savoir ce que tu fais, mais que ce soit le cas ou pas, tu dois prendre l'avis de quelqu'un d'autre.

Leurs regards s'accrochèrent pour ce qui sembla de longues secondes, et ce fut lui qui, le premier, détourna les yeux.

— Autant te faire à cette idée, Van Allen, je ne partirai pas.

Elle attendit qu'il se tourne de nouveau vers elle.

— Pas avant deux mois. Quoi que tu en penses, je suis la personne la plus indiquée pour m'occuper de toi.

Pure bravade.

Les genoux tremblants, elle lui posa la main sur le bras. Il sursauta, mais n'eut pas de mouvement de retrait.

— Je suis sûre que tu te donnes à fond, mais tu ne peux pas tout faire seul. Quelqu'un doit superviser tes exercices. Je ne suis là qu'à titre temporaire, mais, pour le moment, tu as besoin de moi. Tu es intelligent. Tu sais que j'ai raison. Alors laisse-moi t'aider.

Qu'importait si l'idée qu'il la rejette lui nouait l'estomac ! Ses nerfs, ou son ego, étaient moins importants que la santé future de Wes. Pourtant, s'il lui disait une fois encore de s'en aller, elle ne s'imposerait pas davantage.

Il secoua la tête, manifestement irrité. Quelque chose souffla à Mary de prendre les devants. Elle devait insister une dernière fois, utiliser tous les arguments possible.

— C'est grâce à toi que je suis aujourd'hui la personne idéale pour te venir en aide. Ce n'est pas toi qui me disais de faire quelque chose de ma vie ? De ne pas laisser mes parents et la pauvreté me tirer en arrière ? Eh bien, me voilà, devenue une excellente kinésithérapeute, à ton service. Je comprends ta surprise, mais je crois savoir ce dont tu as besoin à ce stade de ta convalescence. Et je ne partirai pas avant que tu ne sois remis sur pied.

Seigneur ! L'expression était malheureuse. Il crispa la mâchoire. Sans le vouloir, elle l'avait blessé.

— Façon de parler, bien sûr, dit-elle.

Trop tard, le mal était fait.

— J'ai cru que tu allais me faire l'article et te vendre en faiseuse de miracles.

Il poussa un soupir exaspéré, comme si elle lui avait proposé quelque chose dont il n'avait ni envie ni besoin mais qu'il serait néanmoins obligé d'accepter.

— Si c'est ton argument de vente, je suppose que je dois te payer ?

— Non !

Elle s'y était très mal prise, mais comment faire marche arrière maintenant ?

— Mettons cela au clair dès le départ. *Je ne travaille pas pour toi.* Je suis ici en tant qu'*amie*.

Ainsi, il ne pourrait pas la congédier !

— Et où comptes-tu vivre ?

— J'ai tout prévu.

— Comme tu voudras, fit-il avec un soupir, comme si cela lui était égal. Je vais faire ma gymnastique.

Une fois de plus, il se défilait.

Pas si vite, mon bonhomme.

— Je serai là demain matin à 8 heures pour commencer les séances. Au fait, tu as un jardinier ? J'aurais besoin d'un coup de main.

Il lui lança un regard interrogateur, puis cria :

— Rita !

La gouvernante ? Lorsque la dénommée Rita sortit du fond de la cuisine, Mary prit la mesure des dimensions colossales de la maison. Wes demanda à Rita de trouver Heath, puis il fit rouler son fauteuil jusqu'à l'ascenseur qui l'emmena à l'étage.

Rita jeta un regard inquisiteur à Mary.

— Je l'appelle tout de suite, dit-elle.

— Merci. Je serai dans la véranda.

Elle sortit de la maison, les mains moites, tremblant de tout son corps. Elle s'appuya contre le mur et se mordilla la lèvre, clignant des yeux pour ne pas pleurer. L'homme qu'elle idolâtrait adolescente était cloué dans un fauteuil roulant pour le restant de ses jours. Elle s'y attendait, bien sûr, mais le voir — à la fois le même et pourtant si changé —, c'était autre chose. Elle était bouleversée.

L'océan devenait flou, elle avait la peau brûlante et le pouls trop rapide. Retenir ses larmes devenait de plus en plus difficile. Il y avait si longtemps qu'elle n'avait pas pleuré. Le visage enfoui dans le creux de son bras, elle étouffa le bruit de ses sanglots, heureusement à demi-couverts par les cris de mouettes.

Wesley s'accorda une pause. Interrompant son entraînement intensif, il jeta un coup d'œil par la fenêtre et n'en crut pas ses yeux. Heath, le jardinier, guidait Mary qui effectuait une marche arrière pour déposer sur le gravier, à côté du garage, un minuscule chalet en bois doté d'une véranda miniature.

Ah, c'était cela, ce qu'elle appelait « avoir tout prévu » !

Elle manœuvrait son pick-up en vraie pro. Après s'être garée, elle descendit du véhicule pour vérifier le résultat. Visiblement satisfaite, elle se frotta les mains et détacha le chalet qu'elle avait en remorque. Ce n'était visiblement pas la première fois qu'elle se livrait à l'exercice.

La maisonnette ne devait pas faire plus de neuf mètres carrés, grand maximum. Certes, Mary était petite — à peine un mètre soixante et cinquante-cinq kilos toute mouillée —, mais on devait être à l'étroit dans cette maison de poupée. Pourquoi s'imposer de vivre pendant deux mois dans de telles conditions ?

Elle souriait, l'air très contente d'elle. La détermination avait toujours été l'une de ses grandes qualités, c'était ce qu'il admirait chez elle. Jusqu'à aujourd'hui, où elle avait fait irruption chez lui, lui imposant sa présence. Il n'avait besoin de personne. Sa famille ne l'avait-elle donc pas compris ? Il secoua la tête, agacé mais amusé. La ténacité de Mary avait été la clé de sa survie. Pouvait-il lui reprocher de ne pas s'être laissé renvoyer ?

Il reprit son entraînement, cette fois avec des haltères.

Mary avait connu un mauvais départ dans la vie, avec des parents défaillants, incapables de gérer leur vie et reprochant leurs échecs à la terre entière plutôt que de se remettre en question. Heureusement, Mary n'avait pas fait preuve de la même complaisance. En fait, elle avait pris l'exact contre-pied. Après avoir longuement observé ses parents, elle s'était convaincue qu'elle pouvait s'en sortir mieux qu'eux. Et elle l'avait prouvé. Elle avait passé un doctorat et pouvait désormais travailler où elle voulait. Pour l'instant, elle avait choisi de le faire ici. Quelle chance il avait !

La première fois où Alexandra avait ramené Mary chez eux, celle-ci était décharnée et portait des vêtements qui sortaient d'une friperie. Elèves dans la même classe, elles devaient travailler sur un projet scientifique. Loin de juger Mary sur les apparences, Alex l'avait traitée comme ses autres amies, même si ses autres amies étaient toutes riches. Elle avait rapidement découvert combien Mary était brillante, en plus d'être une fille charmante et agréable à vivre. Leur projet avait remporté le premier prix. Prenant conscience que Mary ne mangeait pas toujours à sa faim chez ses parents, elle l'avait invitée à partager les repas de la famille Van Allen. Mary était rapidement devenue une habituée de la maison et les deux adolescentes s'étaient liées d'une profonde amitié.

À l'époque, Wes appréciait l'optimisme de Mary et avait

aussi été secrètement séduit par la longue chevelure blonde qui lui arrivait jusqu'aux reins. Aujourd'hui, elle portait les cheveux courts. Ses yeux verts au regard perçant faisaient l'effet de joyaux insolites dans une maison où tout le monde avait les yeux bruns. Dès la première rencontre, il avait été attiré par celle qui allait devenir la meilleure amie de sa sœur.

Par ailleurs, il avait vu autre chose dans ces grands yeux qui brillaient d'intelligence. De l'admiration. De l'admiration pour lui. Pour son plus grand plaisir, il fascinait la nouvelle amie d'Alex. Il en avait été très fier et l'avait accepté, encourageant même de temps en temps l'attirance qu'elle avait pour lui.

Mais c'était une jeune fille innocente, vulnérable et, en raison des parents qu'elle avait, avide d'amour et d'attention. Il s'était donc montré vigilant. Son père nourrissait de grandes ambitions pour lui, son avenir prendrait donc une tout autre direction que celui de Mary, aussi avait-il été prudent et joué gentiment avec le cœur de l'adolescente tout en veillant à la tenir à distance. Toutefois, en garçon égoïste de dix-huit ans, il avait accordé assez d'attention à Mary pour entretenir une certaine forme d'espoir chez elle.

Comme il s'était montré médiocre à l'époque ! Ou insouciant ? En tout cas, un monstre d'égoïsme. Sa famille ne le surnommait-elle pas le *prince de Westwood* ? Médiocre, il l'avait été spécialement la fois où il avait dérapé et permis à sa curiosité ou à son désir de l'emporter.

Bien avant l'époque du téléphone portable et des réseaux sociaux, Mary était apparue, à bout de souffle et toute excitée, à la porte de leur maison. Alexandra n'était pas là, et personne d'autre que lui non plus, mais il avait pourtant invité Mary à entrer. Devant sa déception de ne pas pouvoir partager la grande nouvelle avec Alex, il lui avait promis de transmettre personnellement le message à sa jeune sœur.

Mary s'était alors confiée, elle allait continuer ses études l'année suivante à l'école Magnet. Elle y avait été admise l'année précédente seulement parce que l'établissement, comme d'autres écoles privées, réservait un certain nombre de places aux adolescentes défavorisées. La joie de Mary avait été si communicative, son sourire si rayonnant — le même qu'elle avait encore eu récemment sur le seuil de sa porte — qu'il n'avait pu s'empêcher de l'embrasser.

Ce qui avait commencé comme un simple baiser de félicitation s'était rapidement mué en quelque chose de beaucoup plus ardent, ce qui n'avait rien d'étonnant pour un adolescent qui avait scrupuleusement caché le désir qu'elle lui inspirait depuis leur première rencontre. Et elle avait répondu avec la même fièvre. Ce baiser avait été si torride qu'aujourd'hui encore il s'en souvenait. Si sa mère n'était pas rentrée à ce moment-là de sa vente de charité, qui savait ce qui se serait passé entre eux ?

Il s'imposa des poids de plus en plus lourds, répétant inlassablement les mêmes gestes, en y mettant toute son énergie.

Cette méthode lui avait toujours réussi. Elle l'empêchait de s'égarer, lui faisait garder le cap, que ce soit le sien ou celui d'autres personnes, son père par exemple. Il avait voulu être médecin, et pas n'importe quel médecin : neurochirurgien. Il avait planifié sa vie entière dans cet objectif. Une jeune et jolie fille comme Mary ne pouvait pas se mettre en travers de son chemin. Ses parents étaient larges d'esprit, mais son père n'aurait pas laissé son fils se marier avec une fille sortie de nulle part. La famille Van Allen avait suffisamment prouvé son grand cœur en acceptant Mary comme la meilleure amie d'Alexandra.

Deux ans plus tard avait eu lieu le bal de fin d'année organisé par l'école. Une semaine après l'annonce officielle du bal, aucun garçon n'avait encore proposé à Mary de lui servir de cavalier, et Alexandra avait supplié Wesley de se porter volontaire. Il avait refusé, mais, au bout de quinze jours, Alexandra avait fait intervenir sa mère et il avait finalement accepté d'accompagner Mary. Pourtant, il avait vingt ans, il était déjà à l'université et il allait se retrouver avec des élèves de deux ou trois ans de moins que lui.

À l'époque, il avait encore de vagues sentiments pour

Mary mais il était devenu un étudiant plein de morgue. Hors de question de se laisser piéger par une fille de dix-sept ans qui n'était pas du même milieu que lui. Il l'avait malgré tout escortée au bal de l'école pour que sa famille puisse se féliciter d'être si charitable.

Lorsque Mary était apparue dans la robe longue offerte par sa mère, il avait eu un choc. La tenue n'était pas aussi coûteuse ni aussi spectaculaire que celle d'Alexandra, bien sûr, mais elle allait parfaitement à Mary.

Il était allé la chercher dans le camping où elle partageait un vieux mobile home avec ses parents. Ces derniers n'avaient même pas essayé de sauver les apparences. Peut-être par gêne ? N'y prêtant pas attention, il avait ramené Mary chez lui où Alexandra et ses amis les attendaient pour partir au bal. Comment une aussi jolie fleur que Mary avait-elle pu pousser dans un environnement aussi minable ?

Il avait passé la soirée à la tenir à distance, jouant le jeune étudiant donneur de leçons. Le prince de Westwood expliquant à Mary qu'elle devait faire quelque chose de sa vie. Affirmant le peu d'importance d'un bal de fin d'études dans le cours d'une vie. Alors, pourquoi y pensait-il encore ?

Surtout, il l'avait mise en garde contre les hommes — comme lui — qui profiteraient sûrement d'elle.

Il avait été tellement pontifiant. Si stupide. Si ému par sa pauvreté. Si condescendant. Puis il l'avait invitée à danser. Lorsqu'il l'avait tenue dans ses bras, il avait commis l'erreur de plonger dans ses yeux d'un vert un peu plus foncé que la couleur pastel de sa robe. Des yeux innocents, magnifiques, qui le touchèrent au plus profond de lui-même. Des yeux qui imploraient son amour.

C'était impossible, il le savait. Il n'allait pas prendre un tel risque. Lorsqu'il l'avait raccompagnée chez elle, éperdue de reconnaissance, elle lui avait passé les bras autour du cou et il avait failli l'embrasser comme il en avait rêvé toute la soirée. Mais, s'il cédait à la tentation, cela changerait tout. Il voulait faire ses études de médecine. S'engager avec une fille comme Mary bouleverserait sa vie. En mieux ? Qui aurait pu le dire ?

Il s'était contenté de lui donner un chaste baiser. Elle avait paru déçue, mais était restée tout aussi charmante. Elle l'avait remercié, jouant à la perfection son rôle de « petite sœur ». Avant de la quitter, il lui avait dit combien il la trouvait jolie et, malgré l'obscurité, il avait vu qu'elle rayonnait de plaisir. Il avait donc ce pouvoir sur elle… Raison de plus pour ne pas la faire tomber dans ses griffes. Pourtant, il était reparti plein de questions. Lequel d'eux avait le plus de pouvoir sur l'autre ? Une chose était sûre, il laissait derrière lui un petit morceau de son cœur. Pour toujours.

Le moins qu'il pouvait faire, aujourd'hui, était de la laisser partager avec lui son expertise de kinésithérapeute. Qui savait ? Peut-être apprendrait-il quelque chose. Et si cela lui permettait de reprendre le travail, il ne regretterait pas de replonger dans ces vieux souvenirs.

Le lendemain du bal, il était retourné à l'université et avait relégué cette soirée si spéciale avec Mary au fin fond de sa mémoire. En fait, il avait tenté de l'oublier, en vain. Il avait gardé ces souvenirs une dizaine d'années, jusqu'au baiser stupéfiant qu'il avait échangé avec elle lors du mariage de sa sœur.

Il attrapa la barre de musculation et se souleva de son fauteuil roulant pour appuyer le menton dessus. Il répéta l'exercice inlassablement, jusqu'à ce que la sueur coule le long de ses tempes et qu'il ait des tremblements dans les bras.

L'effort ne l'empêchait pas de ressasser le passé. Alors qu'il était déjà sur la voie du succès, il s'était fiancé à Giselle, une jeune femme du même milieu social que lui, munie de toutes les qualifications requises pour devenir femme de médecin à succès, et d'ailleurs elle-même médecin. Cette union avait en outre la bénédiction de ce cher vieux papa. Oui, cela avait été une décision froide et calculée, mais qui s'intégrait bien dans ses projets d'avenir.

Et puis il y avait eu le baiser torride, à cause d'un excès

de champagne, qu'il avait échangé avec Mary le jour du mariage d'Alexandra.

À vingt-quatre ans, Mary ne ressemblait plus à l'adolescente qu'il avait connue. Elle était devenue une femme, qui se connaissait bien et qui savait jouer de son pouvoir sur les hommes. Elle avait pris le contrôle de sa vie comme elle lui avait promis de le faire et rayonnait de confiance en elle, de paix intérieure. Il l'avait trouvée superbe dans sa robe bustier de demoiselle d'honneur, dont il se souvenait d'ailleurs parfaitement la couleur bleu glacé. Cela le fit sourire.

Une sensation oubliée, une sorte de chatouillement, lui parcourut le dos jusqu'à la zone où sa colonne vertébrale avait été blessée. Là, elle disparut. De nouveau, il jeta un coup d'œil par la fenêtre. Mary balayait la minuscule véranda de son chalet, tandis qu'il ressentait des picotements imaginaires dans les orteils. Que se passait-il ? S'était-il déplacé quelque chose pendant l'entraînement ?

Mary méritait de fonder une famille, d'avoir un foyer. De faire sa vie avec un homme bien. Il avait eu la sagesse de comprendre qu'ils ne vivraient jamais ensemble, elle et lui, aussi n'avait-il pas nourri de regrets sur « ce qui aurait pu arriver si… ». Ces pensées-là étaient inutiles, elles ne débouchaient sur rien de concret.

Il s'essuya le visage avec une serviette-éponge et chercha une autre activité, un autre instrument de torture qui chasserait ces ruminations. Son choix se porta sur la poulie et ses câbles. Après avoir abaissé les côtés de son fauteuil roulant, spécialement adapté à ses séances d'entraînement, il commença une série d'extension de câble destinée à faire travailler les triceps.

Était-ce donc ainsi que Mary vivait, désormais ? En traînant cette mini-maison partout où elle allait, comme un énorme sac à dos ? Quelle sorte de vie était-ce pour une femme comme elle ? Elle avait grandi dans un camping, élevée par des parents irresponsables. Ne voulait-elle pas se fixer quelque part, fonder une famille digne de ce nom, bien différente de celle dans laquelle elle était née ? Même s'il avait toujours eu du mal à imaginer un homme digne d'elle, il la voyait installée, élevant ses enfants. Mais elle sillonnait apparemment le pays toute seule, dans ce chalet qui ressemblait à une maison de poupée.

Et toi, regarde-toi. Quelle vie mènes-tu ? Il avait plus d'argent qu'il n'en fallait pour vivre, il habitait une forteresse construite de matériaux dernier cri, sa maison avait une vue imprenable sur l'océan Pacifique et valait une fortune, pourtant il était complètement seul.

Pourquoi s'interroger ainsi sur sa situation ? Mieux valait penser à autre chose.

Il secoua la tête. Il n'était pas encore prêt à envisager l'avenir. Pas après l'humiliation qu'il avait subie trois mois plus tôt, quand il avait essayé de reprendre le travail. Il avait été profondément blessé lorsque son chef de service lui avait fait comprendre que la démarche était prématurée. Il devait prendre le temps de se rétablir avant de réintégrer son poste !

Il n'avait pas oublié la phrase de son père, « Échouer n'est pas une option. Le problème, c'était qu'il l'avait déjà fait. » Il avait échoué de façon spectaculaire.

Regardant une nouvelle fois par la fenêtre, il aperçut Mary de dos qui rentrait dans sa maisonnette.

Il n'avait pas pu esquiver le baiser qu'elle lui avait donné sur la joue en arrivant. Curieusement, ce contact avait déclenché une délicieuse vague de chaleur en lui. Il lui avait fait ressentir quelque chose à lui qui, depuis son accident, s'interdisait d'éprouver la moindre sensation. La seule qu'il s'autorisait, c'était la douleur d'un entraînement trop dur ou trop long. La souffrance physique lui rappelait qu'il était encore en vie, pas seulement un homme qui s'enterrait dans sa vaste demeure en bord de mer.

Quittant la salle de gymnastique, il se rendit dans sa chambre en regrettant de n'avoir pas assez de force pour claquer la porte. Il devait accepter la réalité. Il était un homme cloué dans un fauteuil roulant.

Mary avait terminé l'installation de sa maison. Depuis deux ans et au prix d'une demi-douzaine de déménagements, elle vivait dans cette minuscule maisonnette dont elle avait dessiné elle-même les plans et qu'elle avait payée comptant. Une autre leçon involontaire de ses parents.

Elle avait choisi d'emporter sa maison partout où elle décrochait un contrat plutôt que de vivre dans des locations provisoires ou des chambres d'hôtel sans âme. Ce chalet était son foyer. Elle l'avait conçu pour y faire tenir l'essentiel dans un minimum de place. L'ensemble ne dépassait pas les neuf mètres carrés. Construite en bois recyclé, la maison était étonnamment légère et facile à transporter, à condition d'avoir un pick-up. Le véhicule lui avait coûté presque aussi cher que le chalet !

La salle de séjour était équipée d'une télévision à écran plat. Dans la cuisine, un chef-d'œuvre d'ingéniosité, elle pouvait confectionner de bons petits plats. Elle disposait d'un réchaud à gaz avec deux brûleurs, d'un comptoir exigu et d'une table pliante qu'elle ouvrait pour prendre ses repas ou disposer si nécessaire de plus de place pour cuisiner. Un mini-réfrigérateur lui permettait de manger plus frais et plus sain, car elle ne pouvait pas faire de stock. Certes, l'évier était un peu petit pour se nettoyer le visage ou se laver les dents, en revanche elle avait fait installer une douche de taille presque standard. Elle avait aussi une machine à laver/sèche-linge miniature et de petites toilettes. Tout cela se trouvait au fond de la salle de séjour, qui occupait le rez-de-chaussée.

Elle rit. Sa maison de poupée avait un étage. Son endroit préféré était la chambre, installée dans une mezzanine. Cela constituait un étage, non ? L'échelle en bois conduisant à la chambre servait de montant à une bibliothèque en forme de A. Aucun espace n'était perdu et elle aimait vivre de cette façon, si contraire à ce qu'elle avait connu avec ses parents. Ici, elle se sentait chez elle. C'était douillet, chaleureux, plein de vie. Sa vie.

Sans doute ne pouvait-elle pas tenir debout dans sa chambre, mais elle voyait chaque matin le lever du soleil par la petite fenêtre à la tête de son lit. Le paysage variait souvent et, jusqu'à présent, cela lui plaisait. Cette fois, elle avait le luxe de se poser dans la grande propriété de Wesley à Malibu, avec vue imprenable sur l'océan. Si le revoir ne l'avait pas tant déprimée, elle aurait été tout excitée à l'idée d'habiter ici les deux prochains mois. Ce qu'elle devait faire, c'était trouver la bonne attitude avec lui.

S'allongeant sur le long canapé confortable qui servait aussi de coffre de rangement, elle mit à portée de main la tasse de thé qu'elle s'était préparée et songea à Wesley.

Son cœur se brisait devant la situation dans laquelle il était. Il avait toujours été son héros, le garçon qui avait le monde à ses pieds. Le prince de Westwood ! Invincible. Il lui avait donné l'envie de se dépasser, d'avoir un rêve et de le réaliser. Grâce à lui, elle avait fait un doctorat après avoir obtenu son diplôme de kinésithérapeute. Luttant pour ne pas pleurer, elle but une gorgée de thé.

Il était handicapé, d'après les normes en vigueur, mais c'était aussi un neurochirurgien talentueux, le monde avait encore *besoin* de lui. Il ne pouvait pas se cacher nuit et jour dans sa salle de gymnastique.

Il devait réapprendre à être lui-même. L'homme qu'il était autrefois, confiant, sociable. Cette tâche-là dépassait de loin son travail de kinésithérapeute. Peut-être, une fois qu'ils auraient retrouvé leur amitié et un respect mutuel l'un pour l'autre, pourrait-elle l'aider à redevenir celui qu'il était avant l'accident, plutôt que l'obsédé de gymnastique qu'il était devenu ? Ne savait-il donc pas que la vraie force venait de l'intérieur, pas des muscles ?

Son téléphone sonna. C'était Alexandra.

— Comment cela se passe-t-il ?

— Un peu dur, au début, mais il a accepté que je reste pour l'instant.

— Comment est-il ?

Génial ! Toujours aussi sexy.

— Déterminé et, de toute évidence, encore plus buté qu'avant.

— Si quelqu'un peut lui faire entendre raison, c'est toi.

— Je ferai de mon mieux.

— Promis ?

Maman ! Maman ! firent des voix d'enfants en arrière-fond. Mère de trois jeunes enfants, Alexandra ne pouvait pas téléphoner sans être interrompue.

— Promis.

— Je vais raccrocher.

— Je comprends. Embrasse les enfants pour moi, double ration pour Rosebud, d'accord ?

— Rose a déjà un an, tu crois ça ?

— Incroyable.

Mary n'avait pas pu assister à l'anniversaire de la petite fille, car elle travaillait alors à l'autre bout du pays, mais, grâce à Internet, elle l'avait vue découvrir le cadeau qu'elle lui avait envoyé. Un petit cheval à bascule qui parlait à son cavalier. Rose l'avait aussitôt adoré et le sourire qui était apparu sur son visage avait bouleversé Mary.

Après avoir raccroché, Mary se rappela le jour où, pour la première fois, elle avait tenu Rose dans ses bras. Le bébé n'avait pas encore une semaine et, aux yeux de Mary, rien au monde n'était plus fabuleux que ce nouveau-né.

Ses déplacements l'avaient empêchée d'assister à la naissance des deux premiers enfants d'Alexandra, Oliver et Bailey. Mais elle avait eu l'honneur de devenir la marraine de Rose et elle avait attendu avec impatience de faire la connaissance de sa filleule. Cette rencontre avait changé sa vie.

Une bienfaisante chaleur l'envahit au souvenir du premier contact qu'elle avait eu avec le bébé. Rose avait touché son cœur et éveillé un besoin dont elle n'avait jamais osé rêver jusque-là.

Tournant le regard vers la plage, elle réfléchit à sa situation. Sa vie était à une croisée des chemins ; à presque trente-quatre ans, elle savait à présent ce qu'elle voulait plus que tout au monde. Un enfant.

C'était la faute de la petite Rosebud. Et de Matthew, le solide petit bonhomme de six mois qu'elle avait tenu dans ses bras la semaine précédente pendant que la mère du bébé, sa patiente, faisait quelques exercices. Elle avait confié son fils à Mary, toujours prête à rendre service. Mais quand le bébé, avec ses petites mains potelées pleines de fossettes, son double menton et son ventre rebondi de bouddha, l'avait regardée au fond des yeux en poussant des petits cris de joie, elle s'était sentie fondre. Jamais elle n'avait eu autant envie de câliner un nourrisson, de le couvrir de baisers. Oh oui, elle voulait avoir un bébé.

À présent, elle en rêvait. Cela n'avait malheureusement aucun sens, puisqu'elle n'avait pas d'homme dans sa vie, ni de racine, ni aucune stabilité, avec des jobs précaires qui la faisaient voyager à travers tout le pays. Qu'importait ! Elle voulait plus que toute autre chose devenir mère. Avoir un bébé à elle… Avant que ce ne soit trop tard.

Ayant terminé son thé, elle se leva et lança un regard vers la grande demeure au bout de l'allée. Une demeure devenue une prison puisque Wesley Van Allen s'y coupait du monde.

Assez, avec son désir d'enfant. Pour l'instant, Wes devait être sa seule priorité.

Toutefois, elle tenait absolument à fixer une date limite avec lui. Deux mois, pas plus. Deux mois sans salaire, c'était tout ce qu'elle pouvait se permettre. Si elle persévérait dans son désir d'enfant, elle devrait prendre un poste stable. Elle voulait offrir à son bébé ce qu'elle-même n'avait jamais eu. La permanence, l'amour inconditionnel, la protection et des perspectives. Avec ou sans père, elle voulait cet enfant, de toute son âme, de tout son cœur.

Elle lava sa tasse et décida d'aller marcher sur la plage. Peut-être au retour aurait-elle envie d'ouvrir la bouteille de vin qu'elle avait achetée. Elle irait s'asseoir dans sa véranda et porterait un toast à ses projets d'avenir.

Elle pouvait bien passer la soirée à rêver à son désir d'être mère, pour l'instant, son premier coup de cœur était sa priorité.

2.

Le lendemain matin, Mary fut accueillie par Rita qui l'escorta jusqu'à l'escalier. Grimpant les marches quatre à quatre, elle se rendit dans la salle de gymnastique où Wesley l'attendait déjà. Vêtu d'un T-shirt noir et d'un pantalon de jogging gris, il était coiffé et rasé de près.

— Il y a du changement, dit-elle en souriant.

Il ne lui retourna pas son sourire. Mais il ne lui lança pas non plus un regard noir. Il y avait du progrès.

— Plus vite nous en aurons fini, plus vite…

Il se tut. Mais elle devina ce qu'il allait dire. *Plus vite tu t'en iras.*

— Deux mois. Tu te souviens ? Accorde-moi deux mois et tu seras un autre homme.

Il la fusilla du regard.

— Je suis déjà un autre homme.

Il était hors de question d'entrer dans son jeu.

— Tu es sans doute plus musclé que jamais, mais il y a encore du travail. Même si les résultats sont moins spectaculaires, ces exercices sont néanmoins nécessaires.

Sans lui laisser le temps de protester, elle attrapa un tabouret à roulettes et l'approcha du fauteuil roulant de Wes.

— Je dois procéder à une évaluation complète de tes muscles et de tes réflexes.

Il fronça les sourcils.

— Tu ne t'imaginais pas que j'allais commencer des séries d'exercices sans évaluer ton état moteur et sensoriel ? Nous allons faire cela tout de suite, dit-elle en sortant de son sac un document de plusieurs pages.

— J'ai déjà passé ce genre de tests, répondit-il en grommelant.

Elle le savait, elle avait eu accès à son dossier médical.

— Oui, mais cela date de plusieurs mois. Je dois comparer ton état actuel et l'ancien.

Elle voulait mesurer sa force musculaire, son tonus et son niveau de flaccidité. Elle testerait les modalités sensorielles, à la fois superficielles et profondes, au-dessus de la blessure, et les évaluerait en utilisant l'Échelle américaine de dépréciation de lésion médullaire. La blessure de Wes se situait au niveau des vertèbres thoraciques 11 et 12, ce qui faisait de lui un paraplégique, mais il pouvait s'asseoir seul, respirer sans difficulté et tousser. Ces deux derniers points étaient importants pour sa santé et son bien-être.

La première phase de l'évaluation dura une bonne demi-heure, durant laquelle Mary constata une forte augmentation de la masse musculaire dans la partie supérieure du corps par rapport à l'évaluation précédente. En revanche, elle s'inquiéta du déclin de l'utilisation des articulations situées en dessous de la taille. Wes avait mis toute son énergie dans ce qu'il pouvait changer, et délaissé les zones sur lesquelles il n'avait aucun contrôle, c'est-à-dire ses hanches et ses jambes.

Elle poursuivit son examen. Comme elle lui palpait les cuisses, elle perçut son malaise.

— Hé, ce n'est pas comme si c'était la première fois qu'une femme te tripotait, non ? dit-elle pour détendre l'atmosphère.

— D'habitude, elles sont nues, répondit-il, sans doute pour plaisanter, lui aussi.

Le mieux était de continuer sur le même ton.

— Tu es en train de me demander de me déshabiller ?

Elle croisa son regard. D'où lui venait cette audace ?

— C'est une bonne idée, murmura-t-il d'une voix rauque.

Jamais elle ne s'était comportée ainsi avec un patient. Il était temps qu'elle se reprenne.

— Excuse-moi, Wes. C'était parfaitement déplacé. Je suis allée trop loin. Que tu sois un vieil ami ne m'autorise pas à faire ce genre de plaisanterie.

Il ne la quittait pas des yeux. Se reprochant amèrement sa hardiesse, elle attendait sa réaction.

— Je prends ta première proposition en considération, dit-il.

Une lueur taquine brillait dans son regard. Il la testait. À son tour, elle se sentit mal à l'aise.

— Bon, tu as gagné, Wes. Je n'ai pas à jouer les vamps avec toi. Je suis la femme la moins sexy de la planète.

— Qui a dit une chose pareille ?

— Oh ! crois-moi, c'est vrai. De toute façon, tu as gagné. Je m'incline.

Elle venait de réaliser la portée de sa plaisanterie. Wes était paralysé de la taille aux pieds. Elle se sentait en sécurité avec lui et, sans même s'en rendre compte, l'avait rangé dans la catégorie des hommes dont elle n'avait rien à craindre.

Quel regard les gens devaient porter sur lui ! Sans le vouloir, elle lui avait collé l'étiquette d'homme inoffensif et s'était comportée avec lui comme elle ne l'aurait jamais fait avec un autre patient. Parce que c'était un ami cloué dans un fauteuil roulant. Quelle honte !

Il était incroyablement intelligent et doté de beaucoup d'intuition. Avec des amis comme elle, pas étonnant qu'il vive en reclus et pratique intensivement la musculation. Les haltères ne jugeaient pas !

Elle prit une profonde inspiration et poursuivit son examen avec un professionnalisme sans faille.

Cela lui serra plus encore le cœur. Les articulations de ses hanches, de ses genoux et de ses chevilles étaient raides et presque bloquées. Elle devait lui faire comprendre l'impact négatif que cette faiblesse aurait sur la force qu'il avait développée au-dessus de la taille. Sans parler de la circulation sanguine et de la prise d'oxygène. Wes avait l'impression de n'être plus qu'une « moitié d'homme », mais c'était la meilleure moitié qui lui restait, un cerveau, de larges épaules et des bras musclés. Cela l'aiderait à améliorer l'autre moitié. À condition qu'il en ait la volonté. Mais il ne pouvait pas traiter ainsi par le mépris les zones qu'il ne contrôlait plus.

— Voilà ce que je propose, dit-elle. Nous allons fortifier la partie inférieure de ton corps en commençant par une série d'exercices de mobilité passive.

Elle n'obtint pour toute réponse qu'un regard vide.

— Nous devons préserver les articulations. Tes hanches, tes genoux, tes chevilles. Il faut éviter que tu n'aies un pied tombant.

— Pourquoi ?

— Pour garantir une meilleure qualité de vie. On trouvera sûrement un jour le moyen d'aider les paraplégiques à marcher de nouveau.

Silence.

— Allons, Wes, tu es neurochirurgien. Tu as sûrement pensé à ce qui arriverait dans le futur, non ?

— Ces temps-ci, je ne pense qu'au présent.

Il faisait fonctionner ses mécanismes de défense à plein régime.

— Foutaises ! Tu as aidé et sauvé des centaines de patients. Ils ont besoin que tu reprennes le travail. Tu as un brillant avenir devant toi.

— Personne ne t'a jamais dit à quel point tu étais agaçante ?

— Tu me trouves agaçante ? Eh bien, oui, comme je suis kinésithérapeute, je passe mon temps à harceler mes patients. Cela fait partie de ma stratégie.

Elle reprit son sérieux.

— Je sais que je t'ennuie, mais c'est parce que c'est important. Au fait, où est ton vélo d'appartement ?

Il eut un rictus.

— Au cas où tu ne l'aurais pas remarqué, je ne peux pas me servir de mes jambes.

— Tu dois faire des exercices d'aérobic pour améliorer ta circulation et ton oxygénation. Laisse-moi te montrer.

Elle sortit un catalogue de son sac.

— Ce vélo est un peu cher, dit-elle, mais, vu ta maison, je ne doute pas que tu aies les moyens de te l'offrir.

Il jeta un coup d'œil au catalogue, sans enthousiasme. Le vélo était équipé de courroies qui, d'après la notice, maintenaient les jambes et les pieds en place pendant que les muscles du patient étaient stimulés. Selon une étude norvégienne, « ce modèle relevait de la haute technologie et se révélait indispensable pour les paraplégiques ».

— Depuis cette étude, dit Mary, j'ai recommandé ce vélo à tous mes patients paraplégiques, et même aux quadriplégiques.

Il lui lança un regard dubitatif qui ne la découragea pas.

— Ne t'imagine pas que cette machine fasse tout le travail, mais, tu verras, ce petit bijou va te maintenir en forme.

Elle n'en dit pas plus, mais il comprit qu'elle allait prononcer le mot « détérioration » et parler de l'espérance de vie chez les paraplégiques.

— Écoute, Mary, je suis au courant. Mon médecin m'a montré une vidéo à l'époque où je voulais tout laisser tomber.

Cette vidéo était très connue. Elle relatait le lent déclin d'un jeune paraplégique jusqu'à son décès. Mary en avait certainement une copie sur son ordinateur, qu'elle utilisait avec les patients récalcitrants dans son genre.

Le jeune homme de la vidéo avait eu un accident de skateboard à l'âge de dix-huit ans. Le vidéaste avait filmé son évolution, faisant défiler dix années en une minute. Un jeune homme en bonne santé y devenait l'ombre de lui-même. Wes s'était juré de ne pas tomber dans le piège et, à dater de ce jour, il avait travaillé comme un forcené à sa rééducation. Même quand le personnel de l'hôpital lui conseillait de ralentir, il refusait. Depuis qu'il était rentré chez lui, si le kinésithérapeute qui s'occupait de lui n'approuvait pas sa façon de s'entraîner, il lui donnait congé.

— Alors, je n'ai pas besoin de te faire de dessin, n'est-ce pas ? dit-elle.

— Non, en effet. J'ai vu la vidéo, je ne veux jamais devenir comme cela.

Cette pensée le terrifiait. Il ne voulait pas finir ainsi. Pas sans livrer bataille jusqu'au bout.

— Alors, je commande ce vélo pour toi ? Ils livrent rapidement, entre huit et dix jours.

Un lourd silence s'abattit dans la pièce. Ils ne se quittaient pas des yeux. Pourquoi voulait-elle tellement lui faire acheter ce vélo ? Avait-elle des actions dans l'entreprise ? Ou bien savait-elle quelque chose qu'il ignorait ?

— Tu es toujours médecin, Wesley. Tu peux parfaitement exercer de nouveau ton métier *et* opérer des patients.

— Mais oui, bien sûr !

Il ne croyait plus un mot de ce qu'elle disait.

— J'ai déjà essayé de reprendre le travail, ça s'est soldé par un échec cuisant. Mon chef de service m'a renvoyé chez moi.

— Parce que c'était trop tôt. Comment quelqu'un d'aussi intelligent que toi peut-il être aussi bête ?

Elle avait un regard tellement sûr d'elle. Peut-être ferait-il mieux d'écouter ce qu'elle avait à dire.

— Tant que nous garderons tes capacités motrices intactes et ton esprit alerte, rien ne t'empêchera de reprendre le travail lorsque tu seras prêt. La phrase clé est : « quand tu seras prêt ».

Elle plongea de nouveau dans son grand sac et en sortit des revues médicales qu'elle lui tendit.

— Pourquoi ne jetterais-tu pas un coup d'œil sur les travaux les plus récents en neurochirurgie ?

— Écoute, j'apprécie ton enthousiasme et l'attention que tu me portes, mais j'ai mon propre plan pour reprendre le travail.

— S'acharner et transpirer comme un malade, ce n'est pas un plan, Wes. Tu ne deviendras pas parfait avec mon plan à moi, mais je te garantis qu'il augmentera tes chances de pratiquer de nouveau la neurochirurgie.

— Comment peux-tu me le garantir ?

Elle plongea son regard dans le sien et il eut l'impression que ses yeux verts pénétraient dans son cerveau. Lisait-elle vraiment les pensées contradictoires qui bataillaient dans sa tête ?

— Fais-moi mentir, dit-elle. Donne-moi un mois et tu verras la différence. Un mois de plus et tu seras stupéfait du résultat. J'y crois dur comme fer. Bien sûr, je dois avoir toute ta coopération.

Elle ne lâcherait pas l'affaire. Il sentit se raviver la minuscule lueur d'espoir qui avait refusé de s'éteindre malgré le traumatisme, la déception et la douleur. L'enthousiasme de Mary lui rendait confiance en la médecine moderne et la possibilité d'un avenir meilleur pour lui.

— Bon, je relève le défi, j'espère que ce sera toi la gagnante.

Elle parut aussi surprise qu'il l'était lui-même.

— Génial ! Alors, je peux commander ce vélo ?

— Mais oui, commande cette maudite machine.

Et il quitta la salle de gymnastique.

Le lendemain matin, Wesley attendait Mary dans le hall d'entrée. Ils se rendirent à l'étage, elle par l'escalier, lui par l'ascenseur.

— Nous allons commencer par des exercices d'assouplissement, dit-elle lorsqu'ils furent dans la salle de gymnastique.

Elle lui montra un matelas étendu au sol.

— Peux-tu t'allonger là-dessus ?

— Bien sûr, même si je n'en ai pas l'habitude.

— Tu as des bras costauds, ce devrait être facile pour toi.

S'appuyant sur les accoudoirs de son fauteuil dont il avait bloqué les roues, il se souleva de son siège, se pencha en avant et rectifia lui-même la position de ses jambes. Utilisant toute la force musculaire qu'il avait dans les bras et les épaules, il se baissa et, s'approchant au maximum du matelas, se laissa tomber dessus.

— Parfait, dit Mary en l'aidant à s'allonger. Bon, tu sais ce que je vais faire, n'est-ce pas ?

— Mais oui.

Il devait se montrer coopératif. Elle était là pour l'aider, et elle allait imprimer à ses jambes une série de mouvements passifs. Elle lui saisit la jambe droite, la souleva doucement et, pliant le genou, la poussa vers son torse. Elle fut frappée par sa raideur. Depuis combien de temps Wes s'était-il désintéressé de cette partie-là de son corps ?

Après une série d'exercices destinés à assouplir les hanches et les genoux, elle se concentra sur les chevilles, puis elle répéta les mouvements avec l'autre jambe.

— Quand j'aurai assoupli tes articulations, dit-elle, je te montrerai comment pratiquer tout cela toi-même.

— C'est une bonne idée.

— En effet, alors pourquoi ne fais-tu pas ces exercices ?

Il répondit d'un haussement d'épaules. Elle aurait voulu deviner ses pensées. Pourquoi avait-il ainsi négligé la partie inférieure de son corps alors qu'il s'entraînait jusqu'à l'épuisement pour muscler la partie supérieure ?

— Bon, dit-elle, c'est assez pour aujourd'hui. Tu peux te rasseoir dans ton fauteuil, nous allons passer à ton entraînement favori.

Assise sur ses talons, elle admira avec quelle aisance, s'aidant seulement de ses bras, il reprenait place dans son fauteuil. C'était impressionnant.

Wes soulevait des poids suivant le programme établi par Mary, et réfléchissait à l'équilibre qu'elle restaurait dans sa rééducation, faisant autant travailler le haut et le bas de son corps. En se désintéressant de ses jambes, il avait agi selon l'idée puérile que, s'il n'y pensait pas, le problème disparaîtrait. Mais une chose était sûre : la paraplégie était toujours là. Elle n'avait pas disparu.

Il admirait la vigilance dont Mary faisait preuve tandis qu'il s'exerçait. Elle étudiait sa technique, rectifiant de temps en temps la position de son coude ou de son épaule. Il appréciait l'attention qu'elle lui portait.

Plus tard, alors qu'il quittait son fauteuil pour s'installer sur le banc de la presse de musculation, elle se transforma en coach, l'encourageant à persévérer dans ses efforts. Il n'avait pas besoin d'être motivé davantage qu'il ne l'était déjà, mais, à sa grande surprise, l'intérêt et l'aide de Mary lui faisaient plaisir. Les autres kinésithérapeutes à qui il avait eu affaire s'étaient montrés indifférents et il les avait traités de la même façon. Mary n'était pas comme eux.

— Augmentons les poids, dit-il.

Lui laisserait-elle une marge de liberté ?

— Bien sûr, répondit-elle en posant d'autres poids sur la barre.

Parfait. Elle ne l'empêchait pas d'aller au bout de ses forces.

Imaginant la tête qu'elle ferait s'il soulevait la charge maximale, il éleva la barre au-dessus de sa tête et éclata de rire, perdant sa concentration et de la force. Mary se précipita pour attraper la barre avant qu'elle ne lui retombe sur le torse. Certes, il était parfaitement capable de faire face seul à la situation — ce genre d'incident lui était arrivé à maintes reprises, comme en témoignaient les bleus sur son corps —, mais il était content qu'elle vole aussi vite à son secours.

— Ça va ? demanda-t-elle.

— Très bien. Je me demandais simplement à quel moment tu t'étais transformée en esclavagiste.

— C'est toi qui m'as demandé d'augmenter la charge !

— Et c'est toi qui l'as fait.

— Tu aimerais faire une pause, c'est ce que tu veux dire ?

— Je boirais bien un peu d'eau.

Elle lui tendit une bouteille.

— Pause de cinq minutes.

Il but une gorgée.

— Je retire ce que j'ai dit. Tu n'es pas une esclavagiste, mais une dominatrice. Il ne te manque que le fouet et la combinaison en cuir.

— Bon, la pause est terminée. Finis ton eau et reprenons les exercices.

Il croisa son regard.

— Tu vois ce que je veux dire ?

Elle leva les yeux au ciel, comme elle le faisait adolescente lorsqu'il la taquinait.

Il s'installa sur le banc de musculation et elle lui fit passer les jambes de chaque côté, la barre de tractions se trouvant alors hors de sa portée, au-dessus de sa tête. À son tour, elle enfourcha le banc et s'assit face à lui, lui offrant ses jambes comme support pour ses genoux et bloquant ses pieds avec les siens.

— Nous allons commencer par vingt-cinq kilos, dit-elle.

— « Nous » ? C'est moi qui soulève les poids, non ?

— Mais bien sûr.

Elle lui pressa l'épaule et il n'eut plus envie de plaisanter. Ce simple geste réveillait en lui tout un réseau de terminaisons nerveuses, il avait une sensation de brûlure. À coup sûr, n'avoir eu aucun contact avec une femme depuis son accident lui avait pesé.

Il se rappela la dernière fois où il avait vu Mary, lors du mariage de sa sœur. Ils avaient bu trop de champagne et, bientôt, s'étaient comportés comme s'ils avaient perdu la tête. Ils avaient échangé des baisers torrides et s'étaient caressés sans aucune retenue.

Il jeta un regard vers la poitrine de Mary et détourna aussitôt les yeux. Il devait se débarrasser de ces pensées scabreuses.

— D'accord, dit-il, je vais faire ces exercices, mais raconte-moi ce qui s'est passé dans ta vie ces dix dernières années.

Il aurait pu se passer de son aide pour rester en équilibre sur le banc. Il le faisait tous les jours, en stabilisant ses pieds avec des sacs de sable. Mais il était content qu'elle soit auprès de lui, aussi il garda ses commentaires pour lui.

— La dernière fois que je t'ai vue, dit-il, tu venais d'obtenir ton master. Et tes cheveux étaient beaucoup plus longs qu'aujourd'hui.

Il s'empara de la barre et répéta les exercices. Vingt-cinq kilos, ce n'était pas grand-chose. Elle observait le moindre de ses mouvements, prête à le rattraper s'il perdait équilibre.

Il la laisserait faire même si ce n'était pas nécessaire, cela lui donnerait le sentiment d'être utile.

— Eh bien, dit-elle, j'ai eu mon PhD et je suis devenue kinésithérapeute.

— Cela, je le sais. Ce que je veux, c'est le côté croustillant de ta vie. Combien de cœurs as-tu brisés ? Raconte-moi tes histoires sentimentales.

Elle eut un rire bref.

— Cela ne prendra pas plus de deux minutes.

— Je n'en crois pas un mot.

— Je ne pensais qu'à ma carrière et c'était difficile de rencontrer des hommes bien.

— Alors, parle-moi des autres. Allez, raconte. Il a bien dû y avoir quelqu'un.

Elle soupira, chevauchant le banc, les mains sur les hanches, les jambes écartées. Elle était incroyablement sexy. Il serra les doigts autour de la barre.

— À vingt-neuf ans, j'ai été fiancée, principalement parce que j'étais paniquée à l'idée d'avoir bientôt trente ans, à mon avis.

— Les femmes ont encore ce genre de peur ?

— Tu vis vraiment coupé du monde, Wes. Certaines choses ne changent pas. Là, j'ai presque trente-quatre ans et je suis en plein bilan sur ma vie. Si j'attends trop longtemps, ce sera peut-être trop tard.

— Tu as à peine l'air d'avoir trente ans. En fait, tu n'as pas changé depuis le mariage de ma sœur. C'était il y a dix ans, non ? Et puis, trop tard pour quoi ?

— Mes ovules vieillissent.

— Tes ovules ? Oh ! Tu n'as qu'à prendre un chien, ou un oiseau, ou n'importe quoi. Tu peux avoir un animal de compagnie dans ton chalet, non ?

— Je pourrais, mais je ne suis pas sûre que cela le rende heureux.

— Prends un oiseau en cage. Cela ne ferait pas de différence pour lui.

Elle haussa les épaules et détourna les yeux.

— Dis-moi, pourquoi n'as-tu pas épousé l'homme auquel tu étais fiancée ? Tu pourrais avoir une ribambelle d'enfants aujourd'hui.

— C'est lui qui a décidé de ne pas se marier avec moi.

— Ah ! C'est rude.

— Disons que j'ai été surprise, dit-elle avec un petit rire triste. Il faut croire qu'il ne m'était pas destiné.

— Tu penses vraiment qu'on a quelqu'un qui nous est destiné ? Moi, j'ai abandonné cette idée après mes premières fiançailles.

Elle le regarda, visiblement intéressée.

— Combien de fois t'es-tu fiancé ? Alex ne m'en a jamais rien dit.

— À la fin de mes études de médecine, j'ai cru être amoureux. Mais tout s'est terminé lorsque j'ai surpris ma petite amie dans le lit de mon colocataire. Quand Alexandra s'est mariée, j'ai senti une certaine pression peser sur moi. J'ai demandé à ma petite amie du moment de m'épouser. Elle était médecin, elle aussi, elle pratiquait la chirurgie thoracique. Notre relation tenait souvent de la compétition. Nous étions tous les deux très pris par notre travail et nous n'avions pas de temps l'un pour l'autre.

— Pourquoi n'es-tu pas venu avec elle au mariage d'Alexandra ?

En fait, il n'avait pas invité Giselle au mariage, car il avait appris que Mary y serait, en tant que demoiselle d'honneur. Il projetait d'épouser Giselle, mais il avait décidé d'attendre d'avoir revu Mary pour franchir le pas. Il sentait que ce serait plus honnête vis-à-vis de Giselle.

— Elle n'était pas libre ce jour-là.

Pas étonnant que ces fiançailles-là aient tourné court, elles aussi.

Gardant le silence, Mary lui fit prendre une nouvelle position qui faisait travailler un seul bras à la fois avec un haltère. Comme d'habitude, l'exercice était douloureux, mais cette souffrance était positive à ses yeux. Elle le faisait se sentir vivant.

— Comment s'appelait cet idiot ? demanda-t-il.

— Qui ça ?

— Ton ex-fiancé.

Elle rit.

— Charles Chuck.

À son tour, il partit d'un rire sonore.

— Oh ! Non, ce n'est pas possible. Tu ne pouvais pas épouser un type qui s'appelait Chuck.

Elle sourit et cela lui fit du bien.

— Comment s'appelait ta fiancée ?

— Giselle.

— Bien sûr, ta fiancée ne pouvait porter qu'un prénom de ce genre, dit-elle en faisant la grimace.

— Dis-m'en plus sur ta vie ces dix dernières années.

Elle lui parla des six endroits où elle avait travaillé les deux années précédentes. Elle lui raconta comment elle avait conçu et fait construire son petit chalet pour qu'il corresponde exactement à ses besoins. Comment elle avait appris à conduire un pick-up, combien elle était contente de sauter d'un poste à un autre, et à quel point elle aimait la liberté d'être complètement autosuffisante. Toutefois, elle ne semblait pas complètement remise d'avoir été abandonnée par son fiancé.

Un autre point le préoccupait. La liberté qu'elle évoquait. Pour la première fois depuis des semaines, il songeait à ce qui lui manquait plus que tout. Son indépendance. Le cœur serré, il faillit laisser tomber l'haltère.

— Oh ! Ça va ? demanda-t-elle, inquiète.

— Je crois que j'en ai assez fait pour aujourd'hui.

Étonnamment, elle ne le poussa pas à continuer.

— C'était génial. Je vois comme tu t'es entraîné dur ces derniers mois. Quand nous aurons remis tes articulations en état, des hanches jusqu'aux pieds, tu te sentiras vraiment bien. Je te le promets.

Il plongea son regard dans ses yeux verts couleur de l'océan.

— Je ne te lâcherai pas tant que nous n'y serons pas parvenus. Autant que tu le saches.

— Mais j'y compte bien.

Il reprit place dans son fauteuil et se dirigea vers la porte.

— Ne me laisse pas tomber.

— Sûrement pas ! D'ailleurs, je reviens cet après-midi pour une autre série de mouvements passifs.

— J'ai hâte d'y être, dit-il en s'essuyant avec la serviette qu'elle lui avait donnée.

Finalement, ils s'étaient dit peu de choses sur leurs vies respectives. Et c'était mieux ainsi. Il ne tenait pas à se souvenir du passé. Cette époque-là était terminée. *Je suis paralysé.* À présent, il vivait dans le monde de l'AP — l'après paraplégie. Il ne pouvait plus aller et venir à sa guise. Tout avait changé pour lui.

Il quitta la salle de gymnastique, Mary toujours en tête. Ce matin, elle portait un pantalon de yoga avec une brassière. Il aimait ses rondeurs. Elle était musclée, sans pourtant perdre de sa féminité. Chez elle, cette musculature était sexy.

Pourquoi avait-il le moral en baisse depuis qu'il l'avait revue ? Parce qu'elle lui rappelait ce qu'il avait perdu ? Pourquoi alors avait-il envie de passer du temps avec elle ?

Depuis qu'elle était réapparue dans sa vie, rien ne semblait plus avoir de sens. Avant, il ne pensait qu'à s'entraîner jusqu'à l'épuisement, ce qui lui faisait trouver le sommeil. Et oublier. À présent, à cause d'elle, il replongeait dans ses souvenirs alors qu'il aurait voulu les effacer. À quoi bon se rappeler le passé ? C'était trop tard.

Dans ce cas, pourquoi était-il impatient de reprendre dans quelques heures les exercices de mobilité passive ?

3.

Mary mangeait des céréales arrosées de lait et réfléchissait à sa nouvelle journée de travail avec Wesley Van Allen. Assise dans sa véranda, elle regardait l'océan. Le bruit des vagues était étrangement apaisant. Elle venait de passer une semaine à s'occuper de Wesley, ce qui avait réveillé nombre de souvenirs en elle. Elle se rappelait comment il était à dix-huit ans, l'année où elle l'avait rencontré. Grand, bronzé, athlétique. Pas aussi musclé qu'aujourd'hui, mais très en forme. Les cheveux noirs, les yeux marron, il était très indépendant, très sûr de lui. Ses parents le traitaient comme un prince. Alexandra lui avait même donné le surnom de prince de Westwood, sobriquet dont ils l'affublaient chaque fois qu'il leur en donnait l'occasion.

Quel drame pour lui d'être devenu paraplégique. Lui qui n'avait jamais relevé un défi sans le gagner. Était-ce pour cela qu'il lui avait accordé les deux mois qu'elle réclamait ? Parce qu'elle lui avait lancé un défi ?

Il avait choisi d'étudier à UCLA. L'université était à moins de quinze kilomètres de la maison familiale à Los Angeles, mais il avait pris une chambre d'étudiant, sans doute pour se sentir plus indépendant. Il revenait cependant chaque week-end chez ses parents et était souvent là au dîner, pour sa plus grande joie à elle, car elle partageait fréquemment les repas de la famille. Secrètement amoureuse de lui, elle n'en avait rien dit à Alexandra, de peur que cela ne nuise à leur amitié.

Jamais elle n'avait aussi bien mangé que chez les Van Allen.

Chez elle, les plats surgelés mis à réchauffer au micro-ondes étaient qualifiés de « faits maison ».

Aujourd'hui, Wes était encore plus séduisant qu'autrefois, avec ses tempes parsemées de fils d'argent et les fines pattes d'oie qui accentuaient l'intensité de son regard.

Lorsqu'elle parvenait à le faire sourire, ce qui arrivait de plus en plus souvent, elle adorait les sillons qui se creusaient de chaque côté de sa bouche. C'était un sourire authentique, qui illuminait tout son visage.

Depuis son arrivée, huit jours auparavant, les barrières avaient commencé à sauter entre eux. La veille, il l'avait même invitée à regarder un film avec lui, une histoire d'hommes et d'animaux qui protégeaient la galaxie. Qui l'aurait imaginé aimant ce genre de films ? Elle avait adoré rire de cette histoire avec lui en partageant un saladier de pop-corn. Avait-il toujours été un homme ordinaire, sans qu'elle le remarque, ou bien était-ce son accident qui l'avait changé ? Mais pouvait-on qualifier d'« ordinaire » un homme cloué dans un fauteuil roulant pour le restant de ses jours ?

Sa situation lui serrait le cœur, mais elle ne devait pas se laisser abattre. Elle avait soigné des patients en bien plus mauvais état que lui. Ce qui faisait la différence entre ceux qui jetaient l'éponge et ceux qui se battaient, c'était l'espoir. Selon les médecins, Wes ne marcherait plus jamais, mais sa vie n'était pas finie. Elle serait différente, voilà tout.

Elle consulta sa montre. Seigneur ! Elle allait être en retard. Elle termina ses céréales et rentra rincer son bol et se brosser les dents.

Elle avait programmé des exercices plus difficiles pour la journée. Peut-être Wes avait-il raison en la traitant de dominatrice. L'idée la fit sourire.

Deux heures plus tard, Wes soulevait en serrant les dents la barre où Mary avait ajouté douze kilos.

— Tu ne t'es jamais perdue dans ta « maison », Harris ? demanda-t-il d'une voix hachée.

Elle aimait bien qu'il l'appelle ainsi. *Harris.*

— Elle est assez grande pour moi, Wes. J'y ai tout ce dont j'ai besoin.

Il lui lança un regard insistant, la détaillant de haut en bas.

— C'est plus confortable d'être en survêtement quand on vit à l'étroit.

— J'ai tout un tas de vêtements classiques.

— Si je t'emmenais dîner chez Geoffrey's, tu aurais la toilette qu'il faut ?

— Une robe élégante, tu veux dire ? Mais qui s'habille pour sortir, de nos jours ? Allons, nous sommes à Malibu, tout le monde est habillé décontracté.

— Tu n'es jamais allée chez Geoffrey's, n'est-ce pas ?

— Non, mais toutes les femmes dignes de ce nom possèdent une petite robe noire, moi comprise.

— Le mot-clé, c'est « petite », étant donné l'endroit où tu vis !

— Quand es-tu allé au restaurant pour la dernière fois ? demanda-t-elle.

Il ignora la question.

— Ta robe est sexy ? Elle met tes formes en valeur ?

— J'ai des formes ? Depuis quand ?

Il lui lança un regard significatif, puis changea de sujet.

— Bon, parle-moi de ta maison, dit-il en se concentrant de nouveau sur ses exercices de musculation.

— Elle contient tout ce que j'ai toujours voulu avoir.

— Tu n'as jamais voulu grand-chose, non ?

Elle fit mine de lui donner un petit coup de pied.

— Viens la visiter, tu seras surpris.

— Je doute de pouvoir entrer avec mon fauteuil roulant.

— Mais si, voyons. D'ailleurs, j'ai demandé à Heath de m'aider à installer une rampe d'accès. Quand veux-tu venir ?

— Tu es sérieuse ?

— Je te préparerai même à dîner, si tu me conseilles un endroit où faire des courses dans le coin. Qu'en dis-tu ?

Il hésitait. Bien sûr, il allait décliner. Il se punirait sa vie entière de son accident de ski nautique. Comme son père, il pensait que c'était sa faute.

— Pourquoi pas ? C'est d'accord.

— Sérieux ? Tu viendras ?

— Bien sûr.

Eh bien, il ne restait plus qu'à trouver quelle recette spectaculaire lui préparer.

À 19 heures tapantes, Wesley emprunta la rampe que Mary avait installée pour accéder à la véranda. Pour la première fois depuis l'accident, il avait mis une chemise à manches longues et un chino. Il flottait dans ce pantalon qu'il n'avait pas remis depuis des mois. Avant de venir, il avait pris une grande décision. Armé d'une tondeuse électrique, il s'était presque rasé les cheveux en une coupe militaire. Les petits chignons de samouraï n'étaient vraiment pas son style.

La porte d'entrée était ouverte. À première vue, l'éclairage et les murs lambrissés offraient un cadre chaleureux et accueillant, bien que restreint. Du jazz jouait en sourdine.

Mary lui tournait le dos. Elle était au fond de la pièce unique, dans la zone réservée à la cuisine. La lumière des lampes donnait un éclat particulier à sa chevelure blonde. Elle avait mis des leggings et une tunique sans manches, en voile, qui lui arrivait aux hanches. Pieds nus dans sa cuisine, bohémienne et sexy, elle préparait le dîner.

Il avait eu tort de venir. À quoi bon? Il était troublé et se sentit pris de claustrophobie à l'idée d'entrer, cloué dans son fauteuil, dans cette maison. Il allait faire demi-tour avant qu'elle ne remarque sa présence. Il allait rentrer chez lui et oublier tout cela. Il n'aurait qu'à lui téléphoner et invoquer un prétexte quelconque.

— Eh, salut ! Entre. Je suis contente que tu sois venu.

Trop tard. Il ne pouvait plus s'en aller.

— Qu'as-tu fait à tes cheveux ? demanda-t-elle en souriant.

— Vu l'entraînement intensif que tu m'infliges, autant adopter une coupe militaire.

— Ça change ! Le style grunge n'a jamais été ton genre.

D'ordinaire soucieux de son apparence, il n'y faisait plus attention depuis l'accident. À présent, il accordait de l'importance à ce que Mary pouvait en penser.

— Allez, fais-moi visiter, même si j'ai l'impression d'avoir tout vu.

— Il y a toutes sortes de raffinements subtils qui vont te surprendre. Laisse-moi te montrer.

La pièce principale semblait plus grande qu'elle ne l'était en réalité, avec ses murs lambrissés et son sol en bois sombre. Quatre fenêtres de taille normale laissaient pénétrer ce qui restait de la lumière du jour, et Wes sentit sa claustrophobie s'évanouir.

Mary avait accroché un grand tableau coloré au mur, juste au-dessus d'un bureau rabattable, près d'un grand coffre recouvert de coussins qui faisait sans doute office de canapé. Sur le mur voisin trônait un grand écran de télévision qui diffusait du jazz sur de magnifiques images de nature. Il respirait mieux. La musique l'apaisait.

— Mm, cela sent bon chez toi, dit-il.

— Merci. J'ai trouvé des filets de poulet au Malibu Ranch Market et j'essaye une recette italienne, à base de pesto maison. Pour le vin, j'ai choisi un *pino grigio*. Tu veux le goûter ?

— Volontiers. Je suis désolé, je n'ai rien apporté. J'aurais pu au moins venir avec le dessert.

— Mais non ! Tu es mon invité. Tout ce que je voulais, c'était que tu viennes découvrir mon petit nid.

Elle posa la bouteille sur un étroit comptoir fixé à côté du réfrigérateur et l'ouvrit.

— Qu'y a-t-il derrière cela ? demanda-t-il en pointant un encadrement de porte masqué par un rideau vert.

— Ma salle de bains et ma buanderie.

Elle écarta le rideau pour qu'il jette un œil dans la petite pièce, de la taille d'un cagibi.

Tous les éléments étaient à échelle réduite. Même les toilettes n'avaient pas les dimensions standards. La cloison vitrée de la douche rendait la pièce plus grande qu'elle n'était. La machine à laver et le sèche-linge étaient trois fois plus petits que la taille normale. On se serait cru dans la maison de Ken et Barbie. Mais c'était parfait pour une personne seule qui aimait sillonner les routes, à condition de s'arrêter dans un endroit où se brancher sur l'eau et l'électricité. C'était parfait pour qui aimait faire du camping toute l'année. Mais sûrement pas pour quelqu'un en fauteuil roulant.

— C'est compact, dit-il, mais étonnamment fonctionnel, je suppose.

— Absolument.

Elle déplia la table rabattue contre le mur et la stabilisa avec un crochet avant d'y poser deux verres, qu'elle remplit de vin. Il leva le sien pour porter un toast.

— En pensant à tous les endroits où tu es allée, ce qui me surprend le plus… et qui me fait plaisir, c'est que tu aies atterri ici. À ta santé !

Il but une gorgée tandis que Mary le regardait, sidérée.

— Tu es content que je sois là ?

— N'en profite pas, Harris. Allez, bois un coup.

Elle s'exécuta, le visage éclairé d'un grand sourire. Il remplit de nouveau son verre et leva les yeux vers la mezzanine.

— Voilà une chambre qui tient forcément à distance un homme comme moi.

Loin d'être choquée, elle éclata de rire et, s'avançant vers lui, passa la main sur son crâne rasé. Il eut l'impression d'être un chien qu'on caresse et, une seconde, il la détesta. Mais son regard tendre et paisible montrait qu'il s'agissait d'un geste d'affection qui n'avait rien de blessant.

— Avec la force que tu as dans les bras, tu pourrais sûrement monter là-haut avec l'échelle sans le moindre problème.

Cela le fit rire.

— C'est la descente qui risque d'être plus difficile. Dis-moi, tu ne te cognes pas le crâne contre le plafond quand tu es assise dans ton lit ?

— Au début, oui, mais maintenant je me suis habituée.

— Tu es cinglée, tu sais ?

— Cinglé, heureux, c'est un peu la même chose. Moi, je me sens bien dans cette maison.

Cela se voyait, en effet.

— Même si elle ressemble à une cabane dans les arbres ?

— C'est la plus belle cabane que j'aie jamais vue.

Elle semblait si heureuse, si libre, qu'il en avait presque le souffle coupé.

— Un bon coup de vent, et il n'en resterait rien.

Comme toujours, le sarcasme lui servait de système de défense.

— Écoute, je sais que c'est petit, mais comme je te le disais, j'ai tout ce dont j'ai besoin et j'y suis très bien.

Il regarda par la fenêtre l'allée qui menait à sa grande maison déserte.

— Je ne pourrais en dire autant, alors, tant mieux, je suis content pour toi.

La sonnerie du four retentit et Mary sortit le poulet, cuit à point avec du pesto et du fromage.

Le dîner démarra en silence, chacun savourant ce qu'il avait dans son assiette. Wes n'avait pas aussi bien mangé depuis l'accident. Des mois durant, il avait renoncé à profiter de la vie, mais, grâce à Mary, il y reprenait goût. Un jour, il devrait l'en remercier vraiment.

La qualité du repas et le bon vin leur délièrent la langue. Ils évoquèrent le passé, évitant pourtant les moments les plus importants. Leur premier baiser par exemple, pourtant resté si vivace dans leur esprit. Ce soir-là, il avait pris conscience qu'elle était la plus belle femme qu'il avait jamais rencontrée, et qu'il la désirait comme un fou. Ils ne parlèrent pas non plus de leur second baiser, tout aussi perturbant.

Le dîner s'acheva avec un magnifique dessert, un crumble

aux pommes accompagné d'une glace à la vanille. À l'issue du repas, Wes se sentait de nouveau humain. Un homme avec des sentiments, de la passion, de l'expérience, et un énorme appétit. Finalement, la nostalgie avait du bon. En tout cas, c'était bien meilleur que l'isolement et l'amertume.

Puis, rencontrant les accoudoirs de son fauteuil roulant, il se rappela qu'il ne pourrait plus jamais marcher. Mary avait presque réussi à lui faire oublier ce détail. Serrant les dents, il devint mutique. Fichue réalité.

— Ça va ? demanda Mary.

— Mais oui.

Elle n'était pas dupe. Elle ne le quittait pas des yeux, cherchant son regard. Il devait s'en aller. Mais le temps s'arrêta. Mary vint vers lui pour l'embrasser sur la joue. Il se perdit dans le parfum fleuri de ses cheveux.

— Je sais que ça doit être incroyablement difficile de faire face, dit-elle, mais sache que tu es l'homme au monde qui m'inspire le plus profond respect. C'est toi qui as changé ma vie. Rien n'effacera cela.

Emu et légèrement abasourdi, il soutint son regard, d'une totale sincérité. Soudain, elle posa ses lèvres sur les siennes et lui donna un bref baiser qui le laissa sur sa faim. Il voulait plus, beaucoup plus.

Ce soir-là, malgré son estomac rempli de bon vin et de nourriture délicieuse, il quitta le chalet dévasté, meurtri et frustré émotionnellement. À bien des niveaux, la soirée avait été une torture, elle l'avait replongé dans le passé alors qu'il ne redeviendrait jamais celui qu'il était à l'époque.

Il avait apprécié la compagnie de Mary, mais il n'était plus l'homme qu'elle avait connu autrefois. Celui qui avait changé sa vie. Il s'était réfugié dans une pratique physique intensive, mais cette échappatoire devenait de plus en plus difficile à gérer du fait de sa présence.

Il s'était comporté en parfait gentleman en partant. Il ne lui avait pas imposé de baiser fiévreux, alors qu'il en mourait d'envie. Décidé à ne pas franchir la ligne rouge, il s'était éclipsé rapidement pour qu'elle ne se doute pas de l'état dans lequel il se trouvait. Surestimait-il ses talents de comédien ? Peut-être avait-elle vu clair en lui. Mais elle ne s'était pas offusquée de son départ brutal.

Une fois chez lui, la promesse qu'il lui avait faite lui revint en tête : répéter seul, au moment du coucher, les assouplissements des articulations de ses membres inférieurs. Il s'allongea sur le lit et, agrippant une de ses jambes, plia le genou et le ramena vers son torse. Cela lui était bien plus facile que la dernière fois où il l'avait fait, un mois ou deux plus tôt. Et c'était grâce à Mary. Il fit travailler sa cheville, lui imprimant un mouvement de rotation, puis il fléchit et pointa son pied, Mary toujours à l'esprit. En dépit de la famille dans laquelle elle avait grandi, c'était un esprit libre. Autrefois déjà, il avait de l'admiration pour elle. Cela lui avait fait prendre conscience combien lui-même était dépendant de *ses* parents. Avait-il jamais été un esprit libre ? Pourquoi n'avait-il pas choisi une université plus éloignée de chez lui alors qu'il en avait la possibilité ?

Les yeux clos, il fit la grimace. *C'était à cause d'elle.* À l'époque déjà, elle avait un impact sur sa vie. Elle avait touché chez lui quelque chose resté intact jusque-là. Il avait voulu veiller sur elle, mais pas à la façon d'un grand frère. S'il avait fait ses études à Harvard, comme ses parents le souhaitaient, il n'aurait pas été présent le jour où Alexandra lui avait demandé d'escorter Mary au bal de fin d'année. Et s'il n'avait pas encouragé Mary à aller de l'avant et à réaliser ses rêves, aurait-elle eu une vie différente ? Elle disait qu'il avait changé sa vie. Était-ce vrai ? Comment en être jamais sûr ?

Que de questions obsédantes. Il allait avoir du mal à trouver le sommeil.

Au cours du dîner, elle lui avait dit pouvoir gagner trois fois plus d'argent avec un emploi stable dans un grand hôpital, mais cette vie vagabonde lui faisait découvrir le pays. Sa famille n'étant jamais partie en vacances, elle voulait rattraper le temps perdu. Rester fixée à un endroit précis n'était pas une option pour elle.

Alors que, pour lui, désormais, c'était la seule option possible. Comme les choses avaient changé !

Autre point qu'il admirait aussi chez elle, elle ne se plaignait jamais de son sort. Rien ne semblait pouvoir l'abattre. Elle avait compris très jeune qu'elle aurait un jour sa vie en main et, au lieu de faire des reproches à ses parents, elle avait consacré toute son énergie à se construire un avenir.

S'allongeant sur le lit, il se tourna sur le côté. Grâce aux exercices qu'il pratiquait maintenant régulièrement, il ressentait déjà une différence dans la rotation de sa hanche.

Mary. Très jeune, elle avait eu des sentiments pour lui. Sans doute n'était-ce à l'époque qu'un amour d'adolescence, une de ces passions qui, en général, s'effaçaient avec le temps. Mais chez elle, ce type d'attachement pouvait persister et se transformer en un amour appelé à durer toujours. Il ne s'était pas senti prêt alors, pour s'engager dans une relation durable. Mais il était attiré par elle et il l'avait embrassée.

Après ce premier baiser, l'idée d'une relation durable ne lui avait plus paru une si mauvaise idée que cela.

C'était pourtant une mauvaise idée. Très mauvaise.

Heureusement, il s'était ressaisi à temps et n'avait pas poussé les choses plus loin avec elle. À ce moment-là, il avait de grands projets d'avenir, et son père en avait aussi pour lui. Mary n'y avait pas sa place. Ce cher vieux papa aurait eu une attaque si son fils avait épousé cette fille sortie de nulle part.

Le second baiser échangé dix ans plus tard lui avait révélé qu'il la désirait toujours autant.

Mais quelle importance, aujourd'hui, alors que tout avait changé ?

La revoir, passer du temps avec elle, c'était comme se rouler sur du verre pilé. Cependant, il aimait l'avoir auprès de lui. Même s'il n'était plus l'homme qui l'avait fait rêver, elle avait toujours de l'estime pour lui, il le savait.

Juste après son accident, il avait perdu le goût de vivre, mais il avait finalement trouvé une raison de s'accrocher — tout faire pour reprendre le travail. Sauver à nouveau des vies.

Il avait voulu recommencer trop tôt, alors qu'il n'était encore prêt ni physiquement ni moralement. Mais maintenant que Mary était là, et même si elle réveillait en lui des souvenirs douloureux, elle représentait un énorme espoir. Celui de pratiquer de nouveau la neurochirurgie.

Elle lui avait lancé un défi, et il espérait de toute son âme en sortir vainqueur.

Elle lui avait offert une seconde chance. Pour l'instant, c'était tout ce qui comptait pour lui.

4.

Mary se sentait bien dans sa chambre, elle avait le sentiment d'être protégée par la mezzanine. Pourtant, cette nuit, elle ne trouvait pas le sommeil. Était-ce parce qu'elle avait passé la soirée avec Wesley Van Allen et bu du vin ? Sans parler du baiser qu'elle lui avait donné.

Avec sa nouvelle coupe de cheveux, il ressemblait davantage à celui qu'il était autrefois. Elle avait eu envie de l'embrasser. Elle avait honte de l'avouer mais, assis dans un fauteuil roulant, il lui avait paru plus accessible.

Elle avait adoré ce baiser, et Wes aussi. Elle l'avait vu au frémissement de ses narines, à l'éclat de son regard.

Elle ne devait plus penser à lui. Elle s'allongea dans le noir, fixant le plafond des yeux, et retourna à la question qui l'obsédait depuis un an — son désir d'enfant.

À bientôt trente-quatre ans, elle ne pouvait guère attendre de rencontrer l'homme idéal pour réaliser son rêve de maternité. Plus elle avançait en âge, plus elle risquait des complications durant la grossesse et au moment de l'accouchement. Le temps pressait.

Devait-elle avoir recours à la fécondation in vitro, ou à la bonne vieille méthode traditionnelle ?

Ah, ah, très drôle ! Avec qui ?

L'image d'un bel homme au crâne rasé lui traversa l'esprit.

Elle entendait déjà le ricanement sarcastique de Wes s'il avait le moindre soupçon de ce qu'elle avait en tête. Pourtant, l'idée paraissait séduisante. Quel merveilleux ADN il transmettrait au bébé ! La beauté, l'intelligence… Décidément, elle avait trop bu ce soir, ses élucubrations le prouvaient.

Si elle abordait le sujet avec Wes, il la mettrait probablement à la porte. Il penserait qu'elle n'était pas venue pour l'aider, mais pour obtenir ce qu'elle voulait. Qu'il lui fasse un enfant.

Quelle horreur ! Jamais elle n'avait imaginé un tel marché, mais il ne la croirait pas. Elle devait laisser tomber. Cesser d'y penser.

Elle se tourna sur le côté dans l'espoir de s'endormir.

Les quelques jours qui avaient suivi le dîner dans le chalet, Wes s'était montré coopératif. Mais aujourd'hui il semblait avoir du mal à faire les exercices. Il y mettait toute son énergie mais, n'obtenant pas les résultats qu'il espérait, il se sentait frustré.

— Tu n'as pas la tête à cela aujourd'hui, dit Mary. Il faut s'attendre à cela de temps en temps.

— J'ai l'impression de me cogner contre un mur.

Il laissa tomber les haltères, qui heurtèrent le sol avec un bruit sourd.

— Ne te décourage pas.

Il la foudroya du regard.

— Ne me dis pas ça !

— D'accord, cogne-toi contre le mur si c'est ce que tu veux. Je dis simplement que nous pourrions nous accorder un jour de repos.

Elle lui lança une serviette qu'il attrapa au vol. L'air tendu, il s'essuya le visage.

Mary but un peu d'eau et, prenant la bouteille de Wes, la lui proposa, mais il secoua la tête. Il boudait.

— Si tu t'entraînes trop, dit-elle, tu vas régresser. Fais une pause aujourd'hui. Regarde des films. Ou sors prendre l'air.

— Je déciderai moi-même ce que je veux faire, merci.

Elle fit quelques pas dans la salle de gymnastique, mettant de la distance entre eux. Depuis le soir où ils avaient dîné chez elle, il semblait nerveuse. Quelle idée elle avait eue de l'embrasser !

Ne culpabilise pas, sa mauvaise humeur peut venir d'un tas d'autres choses dont tu n'as pas la moindre idée.

Soudain, il vida sa bouteille d'un trait. Ces derniers temps, il faisait tout de façon exagérée. Il exigeait trop de lui, il voulait toujours aller plus loin.

Il avait besoin d'un autre exutoire que la gymnastique.

— J'ai une idée, dit-elle. Pourquoi ne pas profiter de ce beau jacuzzi dans le patio ?

Il réfléchit un moment, les sourcils froncés.

— Ce n'est pas une mauvaise idée. J'ai peut-être besoin d'une pause.

— Génial !

— Tu m'accompagnes ?

— Je croyais que tu en avais assez de moi.

— Ce n'est pas le problème.

— Alors, c'est quoi, le problème ?

— Tu es obligée de faire des histoires à propos de tout et de rien ? C'était ton idée, non ? Alors viens avec moi. On se retrouve là-bas dans un quart d'heure, dit-il en se dirigeant vers la porte.

— D'accord.

Vingt minutes plus tard, Mary fit son entrée dans le patio. Wes était déjà dans le jacuzzi. Il ne la quitta pas des yeux tandis qu'elle ôtait le paréo qu'elle avait mis sur son maillot de bain, aussi entra-t-elle à la hâte dans l'eau et s'assit-elle en face de lui. Il l'accueillit en l'aspergeant et elle lui rendit aussitôt la monnaie de sa pièce. Bientôt ils souriaient, immergés dans une eau chaude, transpirant sous le soleil, parfaitement détendus.

— On est bien, dit-elle en laissant la tête aller en arrière contre le rebord du jacuzzi.

— Oui. Je devrais venir là plus souvent.

— Je te l'ai dit ! Pourquoi ne le fais-tu pas ?

— Je n'aime pas faire ça seul.

— Pour des raisons de sécurité ?

— Non. Tous ces sièges prouvent bien que c'est une activité à pratiquer en groupe. Pas en solitaire.

— Tu as raison. Cependant, elle a aussi un effet thérapeutique. C'est bon pour la circulation sanguine.

— Peux-tu arrêter, ne serait-ce qu'un instant ? Tout ce que nous faisons ne doit pas nécessairement être ramené aussitôt à ma rééducation. Ne pouvons-nous pas être là tous les deux, comme de vieux amis qui apprécient ce moment de détente ?

— Je suis désolée, Wes. Je ne me rendais pas compte.

— Je sais que tu es venue m'aider, mais franchement, Harris, tu as accompli ta mission. Maintenant que ton vélo merveilleux est arrivé, tout est réglé. J'ai tout ce dont j'ai besoin.

— Tu n'as plus besoin de moi, c'est ce que tu veux dire ?

— Mais non ! dit-il en se rapprochant d'elle. J'aimerais que tu commences à te considérer comme mon invitée.

— Et pas comme ta dominatrice ?

Il éclata de rire.

— Si tu veux jouer ce rôle, ce ne sera pas dans la salle de gymnastique, fit-il avec un clin d'œil. Écoute, depuis ton arrivée, c'est toi qui prends les choses en main. Je comprends que c'est pour m'aider, mais j'aimerais avoir mon mot à dire, moi aussi.

— Que ce soit davantage un travail d'équipe ?

— Oui, ce serait déjà un début. Ce que je dis, c'est que, puisque nous passons du temps ensemble, pourquoi ne pas aussi nous amuser ?

— Ce bain chaud t'a vraiment détendu !

— Peut-être devrions-nous faire cela plus souvent, dit-il avec un sourire.

Rita apparut, un plateau avec des sandwichs et de la limonade à la main.

— J'ai pensé que vous aimeriez manger quelque chose, dit-elle en posant le plateau sur une table de jardin protégée par un parasol.

Et elle repartit aussi discrètement qu'elle était venue.

— Merci ! dit Wes.

Mary savourait son plaisir. Le ciel était d'un bleu limpide, l'eau à la température idéale, et l'homme musclé assis à côté d'elle dans le jacuzzi semblait chaud comme la braise.

Elle ferma les yeux avec un soupir d'aise. Soudain, deux bras l'enlacèrent tandis que des lèvres s'emparaient des siennes. En d'autres circonstances, elle se serait peut-être crispée, mais là, tout était si parfait… Y compris l'irrésistible baiser que lui donnait Wes.

Rêvait-elle ? Elle ouvrit les yeux. Wes l'embrassait dans le cou en la caressant.

— Voilà à quoi j'ai pensé toute la matinée, murmura-t-il.

— À m'embrasser dans un jacuzzi ?

— Je sais, j'étais de mauvaise humeur. Ça arrive, non ?

Il n'avait eu aucune relation avec une femme depuis l'accident, elle le savait.

— D'où te vient cette mauvaise humeur ? Tu le sais ?

Il la lâcha aussitôt. La question avait mis fin à leur « moment » et elle le regretta immédiatement.

— J'accorde trop d'attention à mon état, mais je m'en accommode. Et toi, tu es là, et tu fais la même chose que moi. Ce matin, dans la salle de gymnastique, j'avais l'impression d'être examiné au microscope. Tout ce que je voulais, c'était me voir un bref instant comme un homme normal.

— C'est ce qui se passe dans ce jacuzzi ?

— Je suis simplement un homme assis dans un spa avec une jolie femme, en train de passer un bon moment avec elle, dit-il en lui lançant de l'eau au visage.

Elle poussa un cri perçant mais prit aussitôt sa revanche, lui lançant à son tour de l'eau de ses deux mains.

Il éclata de rire et la bataille continua. Ils s'aspergèrent mutuellement comme des gamins déchaînés jusqu'à ce qu'ils se calment, sans pour autant cesser de rire. C'était si bon !

— J'ai faim, dit-il.

— Moi aussi.

Elle sortit de l'eau et trouva deux draps de bain posés sur

une chaise longue. Elle en noua un autour de sa taille et, avant même qu'elle n'ait eu le temps de donner l'autre à Wes, celui-ci avait déjà quitté le jacuzzi pour s'asseoir sur le bord.

— Peux-tu me donner mon fauteuil roulant ? demanda-t-il.

Ce qu'elle fit, après avoir étendu le drap de bain sur le siège. Wes se hissa sans peine jusqu'au fauteuil et tous deux s'installèrent près de la table pour déguster, à l'ombre du parasol, sandwichs et limonade.

Quel fabuleux après-midi de détente. Wes lui avait reproché de se focaliser sur son handicap, d'oublier la personne qu'il était. Le spectacle qu'il lui offrait en ce moment lui plaisait au plus haut point. Le problème était de garder un juste équilibre. Partagée entre sa conscience professionnelle et les sentiments qu'elle avait pour lui, elle marchait sur une corde raide.

Le repas terminé, chacun partit de son côté, sans un mot sur le baiser qu'ils avaient échangé dans le jacuzzi.

Le lendemain matin, Mary retrouva Wes dans la salle de gymnastique. Il était encore plus maussade que la veille.

— Aujourd'hui, nous pourrions travailler l'un à côté de l'autre, dit-elle. Qu'en penses-tu ?

Il marmonna quelque chose d'inaudible.

— Hé, ça va ?

Il poussa un grognement.

Soudain, tout lui parut clair. La nuit précédente, elle avait réfléchi à ce qui se passait entre eux. À l'attirance qu'ils éprouvaient l'un pour l'autre et qui s'était traduite, la veille, par des baisers passionnés dans le jacuzzi.

— Tu sais de quoi il s'agit, n'est-ce pas ?

— Comment ça ? demanda-t-il en laissant lourdement retomber les poids qu'il venait de soulever.

Il la regardait comme une mutante capable de lire ses pensées. Elle avait intérêt à ne pas se tromper.

— Le sexe. Il s'agit de sexe.

Il la fixait d'un air menaçant.

— Cela te manque, dit-elle. Tu en as besoin.

— Pour l'amour du ciel, lâche-moi !

Qu'importait s'il l'envoyait promener ! Elle insista.

— Tu essayes d'évacuer cette énergie sexuelle refoulée, mais tu n'y arrives pas.

— Merci de me le rappeler, Harris.

Il la foudroya du regard. Le voir si en colère contre elle lui faisait mal, mais elle refusait de détourner les yeux.

— Tu peux avoir une vie sexuelle normale, Wes.

Il ne bougeait pas, visiblement déterminé à rester maître de lui-même.

— Au cas où tu ne l'aurais pas remarqué, il n'y a plus rien de normal chez moi, maintenant.

— Tu es neurochirurgien. Tu sais que c'est possible. Seulement, ce ne sera pas de la même façon qu'avant.

Il lui lança un regard incendiaire qui la fit rougir.

— Et alors ?

Son ton exaspéré la surprit. Elle avait souvent eu ce genre de conversation avec des patients, mais il la déstabilisait. Il avait gagné. Pour l'instant, elle renonçait à lui en dire davantage sur le sujet.

Elle ramassa des haltères qu'elle s'amusa à faire tourner dans ses mains.

— Tu serais surpris.

— Oui ? demanda-t-il en venant vers elle.

De toute évidence, le sujet n'était pas clos. Elle devait rester parfaitement professionnelle.

— Il y a de par le monde des femmes merveilleuses qui sont les très heureuses partenaires d'hommes paraplégiques, et inversement.

Wes était plus musclé et plus costaud qu'il ne l'avait jamais été, mais il était aussi très fragile.

— J'ai toujours eu un faible pour toi, Wes, et c'est encore le cas. Ton fauteuil roulant n'a rien à voir là-dedans. Rien du tout. Tu es un homme fascinant et attirant.

La colère de Wes avait fait place à un désir brûlant. Très

ému par ce qu'elle venait de dire, il lui prit la main et l'attira à lui. Et lorsqu'elle fut à sa hauteur, il l'embrassa, oubliant son fauteuil roulant et la raison pour laquelle elle était chez lui. Tout ce qu'il voyait, c'était une femme qu'il n'avait pas pu chasser de son esprit et qui avouait avoir des sentiments pour lui.

Ses doutes et les obstacles qu'il avait en tête disparurent. Elle avait déclenché un incendie en lui et, après une si longue abstinence, il en était bouleversé.

— Prouve-le, lui murmura-t-il à l'oreille. Prouve-moi que je peux encore avoir une vie sexuelle.

Mary était profondément troublée par le défi que Wes venait de lui lancer. Reprenant ses esprits, elle s'écarta. *Prouve-le.* Elle n'était pas prête à prouver quoi que ce fût !

Comme elle se redressait, il la retint par la taille, la regardant avec l'autorité dont il faisait preuve par le passé. Elle lut dans ses yeux le désir brutal qui l'habitait. *Aide-moi à être de nouveau un homme.* Il avait besoin d'elle et, si elle voulait être honnête, elle aussi avait besoin de lui, compte tenu de son désir d'enfant. Pouvaient-ils conclure un marché ?

Elle sentit son estomac se nouer. Ce serait une grossière erreur. Et absolument pas professionnel de sa part.

S'arrachant à ses mains qui la tenaient maintenant par les hanches, elle réfléchit frénétiquement. Comment reprendre son rôle de kinésithérapeute ?

— Nous sommes tous les deux conscients que ce serait une énorme erreur, je crois.

— Hier et avant-hier, c'était une erreur aussi ?

— Je suis désolée si je t'ai envoyé des signaux ambigus. J'ai gardé de si merveilleux souvenirs de toi. Et c'était si agréable de te recevoir chez moi, et hier, dans le jacuzzi… J'ai dépassé les bornes. Je suis vraiment désolée.

Allait-il vraiment la croire ? Ce n'était qu'une demi-vérité.

— « Merveilleux », « agréable ». Ça me paraît bien tiède,

ça ne correspond pas à ce que j'ai ressenti hier, ni même aujourd'hui.

— Écoute, j'éprouve la même chose que toi, mais ce n'est pas ce qui compte. Je suis venue en amie, pour t'aider à te remettre…

Oh ! Mon Dieu !

— Sur pied ? C'est ce que tu veux dire ?

La fureur de Wes la blessait au plus profond d'elle-même. En quelques secondes, tout s'était effondré. Elle devait réparer les dégâts.

— Tu sais bien que non.

Rongée par le remords, elle ne savait plus comment arranger les choses. Comment maintenir un équilibre. Ce baiser lui avait fait perdre la tête.

La mâchoire crispée, il s'écarta brusquement et lança son fauteuil vers la porte.

— Je m'accorde cette matinée, dit-il. Ordre du médecin.

Mary courait à longues foulées sur la plage. Elle aurait probablement dû faire ses bagages et s'en aller. Le ciel était couvert, à l'image de ses idées sombres. Sans le vouloir, elle avait humilié Wesley, un homme d'une fierté notoire. Un homme désormais assis dans un fauteuil roulant qui avait eu le courage de lui proposer de faire l'amour avec lui. Et elle l'avait repoussé.

Le plus fou, dans cette histoire, c'était qu'elle aurait trouvé magnifique que Wesley soit le père de son bébé. Mais elle ne devait plus y songer. Il ne voulait même plus lui adresser la parole. Comment pourrait-il accepter de lui donner son sperme ?

Qui savait en combien de temps il replongerait dans sa vie d'ermite si elle partait ?

Devait-elle partir ? Avait-elle vraiment tout gâché ?

À cet instant, son téléphone sonna. C'était Alexandra.

— Je viens aux nouvelles.

— Jusqu'ici, tout allait bien, mais ça s'est sérieusement détérioré aujourd'hui.

— Ne le laisse pas te renvoyer, Mary. C'est ce qu'il a fait avec toutes les personnes qui se sont occupées de lui.

— Ce n'est pas facile, Alex.

— Je t'en prie ! Ne le laisse pas tomber. Il a besoin de toi, Mary, même s'il prétend le contraire. Je t'en supplie !

Alex, sa première grande amie, l'avait toujours acceptée comme elle était, et avait changé le cours de sa vie en l'invitant chez elle. Comment la décevoir ?

— Tu n'as pas besoin de me supplier, Alex. Je t'ai promis de rester deux mois ici, je tiendrai parole.

Elle n'était pas venue chez Wes en tant que kinésithérapeute, mais en tant qu'amie. S'il n'y avait pas eu cette relation entre eux, jamais il n'aurait toléré sa présence. Elle avait joué avec le feu en l'embrassant et, maintenant, elle devait assumer les conséquences. Il voulait qu'elle lui prouve qu'il pouvait encore avoir du plaisir avec une femme. Certes, ce ne serait pas exactement de la même façon que ce qu'il avait connu avant l'accident, mais, d'après toutes les études qu'elle avait lues, ce pouvait être très satisfaisant. Différent, voilà tout.

Allongeant sa foulée, elle renonça à demander à Wes de lui donner son sperme. Elle ne voulait pas créer de confusion entre eux. Oui, elle était venue en tant qu'amie, mais pour aider Wes à retrouver une vie normale. L'objectif était qu'il reprenne le travail et opère de nouveau. Réussir sa rééducation valait bien qu'elle sacrifie son désir secret d'avoir un bébé de lui.

Quant au sexe, eh bien, elle avait une idée, mais elle devait d'abord prendre contact avec un ancien patient.

Sa course sur la plage l'avait épuisée. Elle rentra chez elle le souffle court avec l'intention de prendre une douche et de rester au calme le reste de l'après-midi. Cela l'aiderait peut-être à y voir plus clair. Mais un mot l'attendait sur sa porte.

« Dîne avec moi. Comme tu ne veux pas de salaire, le moins que je puisse faire, c'est te nourrir. W. »

C'était certainement sa façon de s'excuser, mais elle n'était pas prête à se retrouver face à lui. Pas avant d'avoir progressé dans ses recherches. Elle renonça à sa douche et, se doutant que c'était Rita qui s'occuperait du dîner, elle la prévint qu'elle ne pourrait pas répondre ce soir-là à l'invitation de Wes.

Oui, c'était une attitude assez lâche, mais qui servait son objectif. Elle devait remettre les choses en ordre entre Wes et elle.

Deux heures plus tard, après une longue conversation avec Sean, un ancien patient, elle consulta un site consacré à la vie amoureuse des paraplégiques. Elle était plongée dans ses recherches lorsqu'on frappa à la porte.

Encore en tenue de joggeuse, les cheveux en bataille, elle jeta un coup d'œil par la fenêtre. C'était Wes.

Elle fut frappée par son air misérable.

— Tu ne veux pas dîner avec moi parce que tu es fâchée ?

— Non, en fait, je suis en train de travailler.

— Mais tu m'en veux toujours.

— J'ai couru sur la plage, ça m'a calmée.

— Il y a bien longtemps que je ne suis pas allé à la plage. Heath a construit un chemin en planches pour me faciliter l'accès, mais je l'ai rarement emprunté.

— C'est dommage.

— Tu viens te promener avec moi ?

Comment refuser ?

— Laisse-moi le temps de mettre mes chaussures.

Vingt minutes plus tard, ils étaient face à l'océan, admirant le coucher du soleil. Wes commençait à s'apaiser. Il n'était pas venu la voir pour s'excuser ni prouver quoi que ce soit, mais pour… Pour quoi, exactement ? Pour lui faire la cour ?

— J'aurais dû me douter que tu refuserais de dîner avec moi après une proposition aussi scandaleuse.

— Ça m'a étonnée, c'est vrai.

— Je suis désolé, j'ai dépassé les bornes.

— D'accord, j'accepte tes excuses.

— J'ai beaucoup aimé le dîner chez toi, l'autre soir. Je me

dis que nous devrions manger ensemble. Tout ce que je fais, durant mes repas, c'est regarder les informations et risquer une indigestion. Ce serait agréable d'avoir quelqu'un à qui parler.

— Ou, en ce qui nous concerne, avec qui se disputer ?

Il rit.

— Oui, aussi.

— Cela me plairait vraiment beaucoup, Wes. J'en ai assez de manger seule tous les soirs.

— Génial ! Demain, je te fais mon dîner des grands jours.

— Laisse-moi deviner. C'est ce que tu prépares quand tu veux plaire aux dames ?

— Non, je laisse Rita cuisiner.

Elle rit à son tour. C'était si bon de sentir toute tension disparaître entre eux.

Le jour baissait, ils reprirent le chemin de la maison. Heath avait installé des lampes solaires tout le long de la promenade en bois qu'il avait aménagée pour Wes.

— Ce dîner me rend curieuse, je me demande ce qu'il y aura.

— Tu verras bien, dit-il en lui saisissant la main.

L'attirant à lui, il la prit par la taille.

— Viens ici.

Elle s'assit sur ses genoux, noua ses bras autour de son cou, et ils s'embrassèrent. C'était un baiser tout simple, qui la troubla profondément. Il la garda sur ses genoux tandis qu'ils parcouraient en fauteuil les derniers mètres du chemin en bois. Ravie de la promenade, elle leva les yeux vers le ciel et aperçut une étoile filante.

— Regarde !

— Dommage que tu ne sois pas là en août, dit-il. À cette époque-là, il y a de véritables pluies d'étoiles filantes.

Elle prit alors conscience que son séjour allait bientôt se terminer, ce qui lui fit l'effet d'une douche glacée.

Le retour au chalet eut lieu en silence. Comme il s'arrêtait devant la maison sans emprunter la rampe, elle sauta de ses genoux et se dirigea vers la véranda.

— On se voit demain matin à 8 heures, dit-elle. J'ai des choses à te montrer.

— À mon tour d'être curieux. J'espère qu'il ne s'agit pas de nouveaux exercices de rééducation.

Elle sourit.

— Tu verras bien.

— Tu es bien taquine, Harris.

Il fit pivoter son fauteuil et se dirigea vers sa maison.

— Au fait, lança-t-il, j'ai moi-même entrepris certaines recherches, j'ai des choses à te dire.

— Vraiment ?

— Mais oui, tu verras bien !

— Dis-moi, lequel de nous deux aime le plus taquiner ?

Cette nuit-là, malheureusement pour elle, Mary se demanda à quoi cela pourrait bien ressembler d'être la maîtresse de Wes. Elle revivait avec toujours la même vivacité, la même intensité, les baisers qu'ils avaient échangés, et les sensations que cela avait déclenchées en elle.

Mais, dans un mois, elle serait partie. Toutes sortes d'émotions contradictoires s'agitaient en elle, et elle-même, incapable de trouver le sommeil, se retournait dans son lit.

L'abstinence sexuelle n'était pas la seule chose qui perturbait Wes. Il y en avait une autre, énorme. C'était un excellent neurochirurgien et il avait besoin de recommencer à travailler.

Elle attrapa son ordinateur portable sur la petite commode au chevet de son lit, chercha un site consacré à l'ergothérapie et rafraîchit ses connaissances sur la façon d'améliorer la dextérité digitale. Une qualité qu'un homme manipulant des haltères depuis neuf mois risquait d'avoir perdue.

Pour se sentir à nouveau un homme à part entière, Wesley avait besoin de deux choses, reprendre le travail, et avoir une vie sexuelle satisfaisante.

Eh bien, elle avait encore pas mal de choses à faire avant de partir.

5.

Le lendemain matin, à l'arrivée de Mary dans la salle de gymnastique, Wesley détecta un éclat particulier dans son regard. Pourvu que cela ait un lien avec leurs baisers de la veille.

— Laissons tomber les exercices de gymnastique, d'accord ? dit-il. Je voudrais te montrer quelque chose.

— De quoi s'agit-il ? demanda-t-elle, pleine de curiosité.

— Sors ton ordinateur portable.

Elle poussa une chaise et une petite table vers le fauteuil roulant, et y posa son ordinateur.

— Je voudrais que tu regardes cela, dit-il en cliquant sur une vidéo qu'il avait découverte.

On y voyait un médecin devenu paraplégique qui continuait de travailler grâce à un fauteuil roulant d'une conception totalement nouvelle. D'après l'article qui accompagnait la vidéo, ce fauteuil électrique pouvait se redresser, permettant à son occupant de tenir debout grâce à des supports qui lui maintenaient la poitrine et les jambes au-dessus et au-dessous des genoux.

Elle étudia attentivement l'appareil.

— Je me demande si c'est sain, de rester de longues heures dans cette position pour une opération du cerveau, dit-il. Cela affecterait peut-être ma respiration et ma circulation ? Mais l'idée d'exercer de nouveau est tellement séduisante.

Il cliqua sur une autre vidéo où le même médecin paraplégique pratiquait une opération orthopédique.

— Incroyable ce qu'on arrive à faire quand on est motivé, dit-elle.

— J'ai voulu reprendre le travail trop tôt, aucun appareil n'aurait pu m'aider à être performant, répondit-il, aussitôt sur la défensive.

Le jour où il était retourné à l'hôpital, il avait eu la malchance de tomber sur Giselle, qui l'avait regardé avec une insupportable pitié. Elle avait même voulu pousser son fauteuil dans le couloir, et il l'avait détestée pour cela. Il y avait tant de choses qu'il n'avait pas prévues en retournant dans son service, les crampes dans la jambe par exemple, ou les questions des patients qui s'inquiétaient plus de son état que du leur. Même faire un simple examen lui avait posé des problèmes.

Cela avait duré une semaine. Jamais il ne s'était senti aussi humilié que pendant ces huit jours. Il était rentré chez lui et avait refermé la porte, bien décidé à se couper du monde. Puis, n'étant pas du genre à s'apitoyer sur son sort, il s'était jeté à corps perdu dans la musculation, cachant ses émotions derrière le maniement des haltères et de la barre de tractions.

— Ah, dit-elle, avec une machine comme celle-ci, rien ne t'empêchera de reprendre ta carrière.

Ainsi, elle croyait vraiment en lui.

— Je sais, dit-il en souriant.

— Et nous sommes sur la même longueur d'onde !

Plongeant de nouveau dans son grand sac, elle en sortit un paquet de cartes. Intrigué, il garda cependant un visage impassible en attendant de voir où elle voulait en venir.

— Nous avons travaillé ta musculature, mais pas tes aptitudes motrices fines. Alors je propose d'exercer tes mains et tes doigts dans la perspective de reprendre ton métier, ce qui paraît tout à fait possible quand on regarde cette vidéo.

Croyait-elle vraiment qu'il pourrait exercer de nouveau ? Il restait là à la regarder, silencieux, la bouche ouverte.

— Allez, bats les cartes et distribue, dit-elle en lui tendant le paquet.

Sa performance se révéla minable. En l'état actuel des choses, il ne serait recruté dans aucun casino de Las Vegas.

— Essaye encore, dit-elle, mais plus vite.

Il avait besoin d'une motivation.

— À quel jeu joue-t-on ?

Elle fit mine de réfléchir, contemplant le plafond quelques instants avant de répondre.

— Gin rummy ? Dix cartes.

Bon choix. Il pouvait sans mal tenir dix cartes en main. Il commença la distribution.

Elle ramassa les cartes.

— Recommence, dit-elle.

Il prit le jeu qu'elle lui tendait et le battit de nouveau.

La même séquence se répéta, encore et encore. Il n'améliorait guère sa rapidité, mais il faisait de son mieux, dans l'espoir de l'impressionner.

— On va finir par la jouer, cette partie ?

— Continue de distribuer.

Totalement dominatrice. Et il aimait cela.

Au bout d'un moment, elle ramassa les cartes et les mit de côté.

— Ce n'est pas assez bien ? demanda-t-il.

— C'est pas mal, mais nous allons passer à autre chose.

Cette fois, elle sortit de son sac une pièce de monnaie.

— Tu sais faire rouler une pièce entre tes doigts ?

— Attends ! On ne joue plus aux cartes ? Je commençais à attraper le coup.

Elle ignora son ton sarcastique.

— Faire rouler une pièce. Tu n'as jamais essayé ?

— Jamais.

Elle lui donna la pièce de monnaie et ouvrit de nouveau son ordinateur.

— Regarde d'abord cette vidéo.

On y livrait quelques astuces pour réussir cet exercice d'habileté digitale.

— Si je parviens à le faire, dit-il, tu me dois un baiser.

— Le plaisir de la victoire n'est-il pas suffisant ?

— Pas pour moi. J'ai besoin de lèvres. Des tiennes. Juste là, précisa-t-il en désignant sa bouche.

Elle prit une expression mi-ange mi-démon qui faillit le faire tomber de son fauteuil.

— Allez, commence.

Il plaça la pièce sur le revers de sa main, juste en dessous des articulations, et tenta de la faire rouler entre ses doigts, comme sur la vidéo. Lentement mais sûrement, il s'exerça, encouragé par Mary, mais sans franc succès. Pourtant il ne se découragea pas. Elle lui avait lancé un défi, il avait réclamé un baiser en cas de victoire, il n'était pas question qu'il échoue.

Une demi-heure plus tard, il réussissait enfin à faire avancer la pièce d'un doigt à l'autre sur sa main droite.

Mary applaudit la performance avec un sourire qui le fit fondre. Il réclama le baiser auquel il avait droit et qu'elle lui accorda après s'être assise sur ses genoux. Lorsqu'elle lui prit le visage en coupe entre ses mains et posa sa bouche douce et chaude sur la sienne, il n'y tint plus et s'empara fiévreusement de ses lèvres. Alors que leurs langues se cherchaient, elle s'écarta brusquement.

— Maintenant, dit-elle, la main gauche.

Il rêvait de prolonger leur baiser, mais il était prêt à lui obéir, en marchandant toutefois.

— Si je réussis, tu devras de nouveau m'embrasser, mais cette fois je veux me servir de mes mains.

— Ça tourne au strip-poker, cette affaire.

— J'espère avoir droit à une danse érotique.

— Tu serais déçu, dit-elle en riant. Je n'ai rien d'une vamp.

— Maintenant, je sais que tu mens.

Elle était encore assise sur ses genoux et, comme il plongeait dans ses yeux verts qui prenaient une teinte plus foncée, il sentit son désir grandir. Depuis qu'elle était apparue à sa porte, elle l'avait petit à petit ramené à la vie. Il aurait voulu l'embrasser de nouveau, mais elle ne lui en laissa pas le temps. Sautant de ses genoux, elle lui tendit la pièce de monnaie.

En bon droitier, il mit plus de temps à réussir l'exercice avec la main gauche, mais y parvint malgré tout.

Il eut droit aux applaudissements de Mary et à son sourire. Ses félicitations lui faisaient presque autant plaisir que ses baisers.

Comme il lui faisait signe de venir se rasseoir sur ses genoux, elle s'exécuta, l'air quelque peu hésitant.

— Comment as-tu l'intention de te servir de tes mains ?

— Pour le savoir, tu dois d'abord m'embrasser.

Elle haussa un sourcil, mais s'empara de ses lèvres pour un long baiser si excitant que Wes lui caressa le dos, les bras, les hanches. Il sentit le désir l'envahir. Il la voulait toute à lui.

Sous le choc de cette révélation, il mit fin au baiser. S'il poussait les choses plus loin, ne serait-ce pas frustrant pour l'un comme pour l'autre ?

— C'était agréable, dit-elle, le regard rêveur.

Il faillit répondre qu'ils ne pourraient pas aller plus loin. Jamais. Ce n'était pas tout à fait vrai, il le savait, mais comment réagirait son corps à lui ?

— Je pensais que nous venions juste de commencer, dit-il.

— Désolée, nous avons encore du travail.

Quittant ses genoux, elle prit une petite boîte dans son sac qui semblait décidément sans fond.

— Qu'est-ce que c'est ? demanda-t-il.

Il se sentait excité comme un enfant découvrant ses cadeaux de Noël. Et d'autant plus qu'il avait l'intention de réclamer, là encore, des baisers en récompense de ses efforts.

— Ce sont des boules d'exercice chinoises. Elles servent à améliorer la dextérité des doigts.

Il éclata de rire, ce qu'il n'avait pas fait depuis plusieurs jours. Si ses amis le voyaient !

Elle lui montra comment tenir les deux boules dans la paume de la main et les faire tourner.

— Le but est que les boules ne se touchent pas, dit-elle. C'est un exercice assez difficile, mais nous avons le temps.

— Tu avais tout ce matériel avec toi ?

— J'ai assisté à bon nombre de conférences sur la rééducation. Tu serais surpris de tout ce que proposent les stands de vente, dans ce genre de rencontre.

Il se mit au travail, utilisant tour à tour ses deux mains. Il aimait le froid du métal sur ses doigts. Les boules étaient glissantes, et il devait faire attention à ne pas les laisser tomber, à cause de la fatigue de ses mains après tous ces tests de dextérité. Mary avait raison. Il avait perdu beaucoup de son adresse manuelle.

— Refais ces exercices cet après-midi et ce soir. Avec les deux mains.

— Oui, m'dame.

— Demain, nous enfilerons des perles.

— Pourquoi ai-je soudain l'impression d'avoir dix ans et d'être en colonie de vacances ?

— Cela fait partie du programme, Wes, dit-elle avec un sourire qui illumina aussitôt toute la pièce.

— Eh bien, si je ne me remets pas à la neurochirurgie, peut-être pourrai-je trouver quelque part un job de prestidigitateur ?

Elle sourit de plus belle, et il en fut tout ragaillardi. Il s'entraîna avec plus d'énergie encore à manipuler les boules chinoises, attendant avec impatience l'heure du dîner. Il serait en tête à tête avec elle, Rita s'éclipserait dès qu'elle aurait tout préparé pour le repas.

Pour quelqu'un qui s'était réveillé de mauvaise humeur, les choses allaient de mieux en mieux.

C'était la première fois depuis l'accident qu'il s'imaginait retrouver ses aptitudes passées, ce qui lui permettrait de reprendre sa vie professionnelle. Jusqu'à présent, il avait refusé d'y croire, surtout après l'échec cuisant de son retour précipité au travail. Quelle humiliation. Au bout de quelques jours, il avait admis qu'il n'était pas en capacité de s'occuper des patients, même pour effectuer de simples examens. Acceptant sa défaite, il était rentré chez lui, perdu.

Mais il n'était pas homme à se décourager. Il s'était

astreint à un entraînement intensif et, grâce à ses efforts, ne s'était jamais senti aussi solide. Du moins dans la partie supérieure de son corps. Cependant, il doutait encore de pouvoir reprendre son métier.

À présent, c'était différent. La perspective du fauteuil spécial permettait la station debout, et les exercices que Mary lui faisait faire avec des cartes, des pièces de monnaie, des boules chinoises et, dès demain, des perles, tout cela l'autorisait à croire que tout était possible. Il portait un autre regard sur la vie.

Il observa Mary à l'autre bout de la salle qui préparait le matériel pour la série d'exercices de motricité passive qui allaient suivre. Grâce à elle, le monde s'était de nouveau ouvert à lui. Elle lui démontrait que les choses étaient possibles. Et il ne s'agissait pas de discours lénifiants, non. Elle parlait vrai. Elle était honnête, elle avait les pieds sur terre, ce dont il lui serait éternellement reconnaissant.

Soudain, il se rappela qu'elle avait prévu de rester deux mois. Un mois s'était déjà écoulé. Elle lui manquerait lorsqu'elle serait partie. Il tenait à elle, était impatient de la retrouver chaque jour. Son départ le rendrait triste.

Grâce à elle, il reprendrait sans doute son travail et rejoindrait le monde des vivants, mais il n'était pas du tout sûr d'y être prêt.

Mary arriva à l'heure pour le dîner, malgré le temps passé à choisir sa tenue. Elle avait opté pour un élégant pantalon noir et un petit haut moulant imprimé de motifs bleus, et largement décolleté. Wes ne devait pas penser qu'elle cherchait à le séduire, mais elle avait cependant envie d'être jolie.

Arrivée devant la porte, elle appela.

— C'est ouvert, cria-t-il. Je suis dans la cuisine.

À son regard appréciateur, elle avait fait le bon choix de tenue vestimentaire.

— Oh ! Comme cela sent bon ! dit-elle.

— Je dois mes stupéfiants talents culinaires à Rita, qui a gentiment préparé tous les ingrédients nécessaires à notre repas et qui est partie en me laissant ce qu'il y a de plus facile à cuisiner.

— Ça va être délicieux.

Elle était impressionnée par les dimensions de la pièce et la collection d'appareils électroménagers haut de gamme qui équipait la cuisine. Un énorme comptoir en marbre occupait tout un pan de mur. Le coin réservé au petit déjeuner était à lui seul plus grand que sa cuisine à elle.

Tout cela pour un homme qui vivait en reclus.

Il la conduisit à la salle à manger. Comme il avançait dans son fauteuil roulant, un plat chaud sur les genoux, elle eut peur qu'il ne se brûle aux jambes sans s'en rendre compte.

— Tu veux que je prenne le plat ? demanda-t-elle.

— Non, tout va bien.

Quelle question stupide. Elle devait respecter son indépendance et ne pas se précipiter à son secours. *Laisse-le être un homme à part entière.*

La table était dressée devant les baies vitrées, la vue sur l'océan était à couper le souffle. La table et les sièges, en bois à peine teinté, avaient le charme du naturel. Les assiettes aux motifs colorés égayaient l'ensemble. Elle en prit une pour voir où elle avait été fabriquée.

— Cette vaisselle vient d'un voyage que j'ai fait en Espagne, dit-il.

Ah, quelle vie il avait dû mener avant de se retrouver paraplégique !

— Elles sont très jolies, dit-elle.

Les motifs jaunes rehaussés d'un trait bleu foncé s'harmonisaient avec les tentures bleu nuit des fenêtres.

— Viens, aide-moi à apporter le reste des plats. Ces exercices de dextérité m'ont donné une faim de loup.

Après plusieurs va-et-vient entre la cuisine et la salle à manger, la table se retrouva bien garnie. Mais avant de prendre place, il alluma les bougies sur le dressoir et sur la table. Enfin il éteignit le lustre, et tripota quelque chose sur le mur, près du commutateur électrique. Ah ! de la musique. Très douce. Instruments à cordes et piano. C'était parfait.

Il l'invita à s'asseoir et lui servit un verre de vin rouge. Lorsqu'il souleva la cloche gardant l'entrée au chaud, Mary afficha une mine gourmande.

— C'est très appétissant !

— Tu aimes les crevettes ? Tant mieux. C'est ma version personnelle du cocktail de crevettes. Je les fais griller et on les mange chaudes. Allez, sers-toi, dit-il en lui présentant le plat.

— C'est toi qui as préparé tout cela ?

— J'ai passé une heure et demie dans la cuisine pour que tout soit prêt pour notre dîner.

— Et Rita ?

— Elle a acheté les ingrédients dont j'avais besoin.

— Génial. Alors tu aimes cuisiner ?

— De temps à autre. S'il y a une dame que je veux impressionner.

Elle s'arrêta de manger. Leurs regards se croisèrent, et elle sentit des frissons la parcourir. Cette soirée serait différente.

— Eh bien, merci. Je suis en effet très impressionnée.

Il prit de la salade d'épinards agrémentée de feta et de pancetta. Il semblait détendu.

— J'avais l'habitude de faire la cuisine, quand j'étais avec Giselle.

— Ton ex-fiancée ?

Il hocha la tête et prit une autre bouchée.

Pourquoi faisait-il allusion à Giselle alors qu'elle avait l'impression que quelque chose de sérieux se passait entre eux ? Mais peut-être n'accordait-il aucune importance aux baisers qu'ils avaient échangés. D'après Alex, Wes avait toujours eu des petites amies.

— J'ai oublié, dit-elle. Giselle était la fiancée n° 1 ou n° 2 ?

Il ignora le sarcasme et prit un ton sérieux.

— Il n'y avait aucune chance que cela marche avec mes fiancées, je passais mon temps à travailler. Emma a trouvé quelqu'un d'autre qui l'a rendue heureuse et Giselle a épousé son boulot, comme moi.

— Tout serait ta faute ?

Avant de répondre, il garnit leurs assiettes de faux-filets de bœuf et d'une purée de pommes de terre.

— J'ai l'impression d'avoir gâché mes chances de relations solides. Je n'ai jamais cru que quelqu'un m'était destiné et, maintenant, c'est trop tard.

— Pourquoi dis-tu cela ? Tu parles comme si ta vie était finie, mais c'est faux.

— Ce serait vraiment dur pour une femme de s'engager avec un homme comme moi. J'ai des besoins très particuliers.

— À l'intérieur, tu es le même. C'est cette partie-là qui attire les gens.

Après deux ruptures de fiançailles, il était peu disposé à ouvrir de nouveau son cœur, et elle ne disposait pas de suffisamment de temps pour le faire changer d'avis. Par ailleurs, elle avait déjà connu ce genre de situation avec son seul et unique fiancé, Chuck, et en avait tiré la leçon. Si un homme ne voulait pas de vous, il n'y avait rien à faire. Rien ne le ferait changer d'avis.

Comme Wes qui ne pensait qu'à son travail lorsqu'il était fiancé, à présent elle n'avait qu'un désir : devenir mère. Tenir un bébé dans ses bras, l'aimer et le protéger, était son objectif n° 1, rien ne l'en ferait dévier. Et surtout pas un homme qui ne croyait pas en une vie possible pour les paraplégiques.

— Je dois reconnaître une chose, Harris. Tu as ramené la vie dans cette maison. Elle était triste et vide, mais maintenant c'est différent. Et cela, grâce à toi. À mes yeux, c'est très important.

Il avait de nouveau rempli son verre, il ne se serait pas livré ainsi sans la magie du vin. Elle lui était profondément reconnaissante de l'incroyable compliment qu'il venait de lui adresser.

— Pour moi aussi, c'est important, Wes. Je suis venue

parce que je suis une vieille amie de la famille et que je voulais apporter mon aide.

— Et ma sœur t'a suppliée de venir.

— *Je suis* une amie de la famille, non ?

Il lui fit un clin d'œil qui la déstabilisa au point de lui faire presque perdre le fil de sa pensée.

— Nous avons eu des débuts difficiles, dit-elle, mais je suis super heureuse de voir où tu en es maintenant.

— À ta santé !

Il leva son verre et sourit, le regard brillant.

Elle but un peu de vin. Il la réchauffait, lui faisait lâcher prise. Wes venait de s'ouvrir à elle, pourquoi n'en ferait-elle pas autant ?

— Je comprends ce que tu ressens quand tu dis que c'est trop tard. Moi aussi, j'ai abandonné l'idée de trouver le bon partenaire avec qui faire ma vie. Mais il m'arrive quelque chose d'assez fou. Je me suis toujours vantée d'être libre, indépendante et autonome. En fait, je n'avais personne sur qui m'appuyer avant de faire connaissance avec ta famille.

Elle but une autre gorgée de vin avant de poursuivre.

— Mais devine quoi ? Depuis que j'ai rencontré ta plus jeune nièce, Rose, je rêve d'avoir un enfant. C'est ce que je désire le plus au monde.

Voilà. Elle avait enfin livré son secret à quelqu'un.

Il la regarda fixement quelques instants, digérant son aveu. Il avait l'air si sérieux. Il attachait de l'importance à sa confidence et cela la toucha profondément. Elle but encore un peu de vin pour lui laisser le temps de réfléchir tranquillement à tout cela.

Soudain, il avança son fauteuil vers elle et lui prit la main.

— Alors, c'est notre secret ?

Elle hocha la tête.

— Incroyable, non ? Aucun de nous ne s'attend à trouver l'homme ou la femme de sa vie. J'ignore complètement si je peux encore avoir une vie sexuelle et, toi, tu veux être mère. C'est énorme, non ?

Sa façon de présenter les choses la fit rire.

— Je sais. C'est fou, n'est-ce pas ?

— Ce n'est pas fou, Mary, si c'est ce que tu désires. Tu ferais une maman géniale.

Il l'attira à lui et l'embrassa doucement avant de la serrer dans ses bras. Elle lui rendit son baiser avec tant d'ardeur que la fièvre le gagna. Le doux baiser prit soudain une tout autre intensité. Et s'arrêta beaucoup trop rapidement.

Wes la regarda, l'air grave.

— Nous avons tous les deux quelque chose à prouver. Moi, je dois retravailler et toi, faire marcher ton utérus.

— On peut dire cela ainsi, en effet, dit-elle en souriant.

Pendant un long moment, il ne la quitta pas des yeux. Pensait-il comme elle aux implications de ce qu'il venait de dire ? Il voulait retrouver une vie sexuelle et elle voulait un bébé. Tous deux avaient quelque chose à prouver et, puisqu'elle l'aidait, pourquoi ne l'aiderait-il pas ? Mais peut-être interprétait-elle de travers l'expression de sympathie qu'elle lisait sur son visage.

Il s'écarta.

— Prête pour le dessert ?

— Le repas n'est pas terminé ?

— Que dirais-tu d'avoir des pêches pochées servies avec du miel et de la ricotta ?

— Oh ! oui, j'adore !

— Génial. Alors, viens avec moi dans la cuisine pour préparer tout cela.

— Je vais faire le dessert ?

— Non, j'ai juste envie de profiter de ta compagnie.

— Et si je m'occupais du café ?

Il fit pocher les pêches, les nappa de sucre et de cannelle, et en profita pour réfléchir. Essayer de faire l'amour avec Mary conduirait au désastre. Cela s'apparenterait à un essai clinique très humiliant, ce qu'il voulait éviter à tout prix. Pourtant, l'idée de coucher avec elle lui donnait le tournis. Comme il aurait voulu revenir à l'époque où il aurait pu la séduire ! Cela lui aurait été facile, alors, il en était convaincu. À présent, elle avait besoin de quelqu'un pour lui faire un enfant, pas d'un homme qui ne savait même pas si, de ce côté-là, tout fonctionnait bien chez lui.

L'atmosphère était moins festive, maintenant. Il servit les pêches et le café préparé par Mary, et ils mangèrent en silence.

Il accorda peu d'attention au dessert, pourtant délicieux, tant il était obnubilé par Mary et son désir d'enfant. Après tout ce qu'elle avait fait pour lui, pourquoi ne se porterait-il pas volontaire ? S'il ne pouvait pas faire l'amour avec elle, il était sûr au moins de pouvoir lui donner son sperme. Être père d'un bébé dont il ne s'occuperait pas n'avait rien d'excitant. Il n'avait jamais vraiment songé à la paternité, mais s'il avait un enfant, il voudrait assumer son rôle de père. Ne pas être un simple donneur de sperme qui n'aurait pas son mot à dire.

— Nous devons commencer tôt demain matin, dit-elle. Je ferais mieux de rentrer.

Et voilà ! Il avait gâché l'ambiance, lui qui s'était donné tant de mal pour que cette soirée soit spéciale. Il avait assez bien réussi jusque-là, il s'était confié à Mary, mais son insécurité avait ruiné tous ses efforts. Maintenant, elle avait repris une attitude purement professionnelle.

— Ah oui, dit-il, demain nous enfilons des perles.

— Oui. Avant de partir, puis-je aider à faire la vaisselle ?

— Mais non, Rita s'occupera de tout cela demain matin.

— Alors, c'est ainsi que vivent les riches… Ce doit être agréable ! dit-elle en se levant.

— Hé, ne critique pas ma vie de privilégié avant d'y avoir goûté.

Elle avait grandi dans la pauvreté, mais jamais il n'avait senti chez elle le moindre ressentiment à son égard parce qu'il jouissait d'une grosse fortune. Maintenant qu'il passait ses journées en fauteuil roulant, les choses avaient bien changé. Qui l'aurait envié ?

— Demain, nous travaillerons au renforcement des abdominaux pour te préparer au fauteuil qui permet la station debout.

Elle n'abandonnait jamais, c'était cela qu'il appréciait le plus chez elle.

— Oui, chef. Cela peut paraître stupide, mais je me vois presque pratiquant de nouveau la chirurgie.

— Tu le feras, Wes. Je le sais.

Il lui prit la main.

— Et moi, je suis sûr que tu auras un bébé.

— Vraiment ?

Elle semblait si excitée, cela lui brisa le cœur. Il lui promettait quelque chose dont il ne savait rien, mais cela ne l'arrêta pas pour autant.

— J'en suis certain.

— Merci.

— Je vais te dire un truc, Harris, mais il ne faut pas que cela te monte à la tête. J'aime t'avoir dans les parages.

Il attira son visage à lui et l'embrassa. Il avait besoin de la toucher, de sentir ses lèvres sur les siennes. Il aurait aimé disposer déjà du fauteuil spécial qui le maintiendrait en position debout, il aurait donné n'importe quoi pour être au même niveau qu'elle.

Pourtant, l'embrasser ainsi n'était pas si mal. En fait, comme elle s'était assise sur ses genoux, il n'aurait pu rêver de meilleure place, du moment qu'ils échangeaient un baiser.

Mais où cela allait-il les conduire ? Pourquoi leurs lèvres s'attiraient-elles irrésistiblement ? Était-ce la promesse que d'autres bonnes choses suivraient ? Il en frissonna.

Il se prit à imaginer toutes sortes de miracles. Sans doute parce qu'il avait bu trois verres de vin. Oui, ce devait être cela. Le vin. Parce qu'il n'était pas question qu'il laisse une jeune femme aussi sexy, excitante et merveilleuse que Mary perdre son temps avec lui.

Elle méritait beaucoup mieux qu'un homme en fauteuil roulant.

6.

Deux jours plus tard, Mary et Wesley travaillaient côte à côte sur les barres parallèles. Wesley utilisait la force de ses bras pour se propulser en avant et il venait d'arriver à une extrémité lorsque Mary lui lança un nouveau défi.

— Peux-tu te retourner et faire le chemin en sens inverse ? Je te surveille.

— Ah oui ? Si je lâche et que je tombe, je vais peser des tonnes, je t'entraînerai dans ma chute.

— Tu ne lâcheras pas.

— Qu'en sais-tu ?

— Je te connais, Wes. Tu es l'homme le plus costaud que je connaisse.

Et le plus beau, le plus intelligent et le plus sexy.

Dopé par ces encouragements, il fit demi-tour et repartit dans l'autre sens. Arrivé à l'extrémité des barres, il s'effondra avec un gémissement, se retenant par les aisselles.

— Que se passe-t-il, Wes ? demanda-t-elle en venant à son secours.

— J'ai une crampe.

Elle l'aida à s'asseoir sur le matelas. Il faisait la grimace et se frottait l'épaule. Elle commença à le masser et sentit le nœud, aussi gros qu'une balle de golf, dans ses muscles.

— Allonge-toi, dit-elle, je reviens.

Elle courut prendre une serviette-éponge, la passa sous l'eau dans la kitchenette aménagée dans un coin de la salle et, après l'avoir essorée, la mit un court instant dans le four à micro-ondes. Après quoi, elle revint lui placer la serviette chaude sur l'épaule.

— Tu as encore mal ?

— Oui, répondit-il en serrant les dents.

Elle reprit ses massages, tentant de dénouer les muscles, toujours aussi contractés. Lorsqu'elle sentit le début d'un relâchement, elle n'arrêta pas pour autant ses efforts mais continua de masser le trapèze. Il fallait empêcher que la crampe ne revienne, masser en profondeur. Ayant repéré un nœud sous chaque omoplate, elle exerça des pressions qui arrachèrent des gémissements de plaisir à Wes. Elle ne s'arrêta que lorsqu'il fut enfin complètement détendu.

— Minable ! dit-il. J'ai fait comme si mes jambes fonctionnaient, j'ai oublié qu'elles étaient un poids mort. Voilà ce que c'est, de se prendre pour un gymnaste.

— D'où j'étais, c'est l'impression que tu m'as donnée. D'être un vrai gymnaste.

Il eut un petit rire sans joie.

— Oui, j'ai réussi.

Elle s'assit sur ses talons et lui lâcha les épaules.

— N'arrête pas, murmura-t-il en lui attrapant le poignet.

Elle reprit le massage et continua un bon moment, sans rien dire.

— Viens t'allonger près de moi, demanda-t-il.

Comment résister à une invitation aussi délicieuse ? Elle obéit. Il la prit dans ses bras et la serra contre lui. Comme c'était bon, d'être ainsi peau contre peau ! Et de toucher cette musculature, fruit de l'entraînement intensif qu'il s'était imposé.

— Tu étais incroyablement sexy, sur tes barres parallèles.

— Ah ? Et comment me trouves-tu maintenant ?

Ils éclatèrent de rire. Voir Wes débarrassé de ses mécanismes de défense habituels était un puissant aphrodisiaque. Elle le préférait de loin ouvert et vulnérable plutôt qu'aussi arrogant et autoritaire qu'autrefois.

Une pensée audacieuse lui traversa l'esprit. Et si elle

s'installait à califourchon sur lui et que son visage se crispait sous l'effet du plaisir cette fois, plutôt que de la douleur ?

L'image attisa le feu qui semblait toujours couver entre eux. Il éprouvait sûrement la même chose qu'elle, non ? Se soulevant, elle l'embrassa à pleine bouche. Alors il la fit s'allonger sur lui. Elle s'étira comme un chat, sans cesser de l'embrasser.

— Ce n'est absolument pas professionnel, dit-elle alors qu'ils reprenaient leur souffle.

— Tu ne travailles pas pour moi, dit-il rapidement en s'emparant de nouveau de ses lèvres.

Elle cessa de réfléchir pour se laisser envahir par le plaisir. Ses baisers, ses caresses la mettaient dans un état second. Enivrée par les sensations qu'il déclenchait chez elle, elle fut tentée d'enlever son petit haut, mais quelque chose la retint. Elle ne pouvait pas faire une chose pareille, même si elle se sentait tout à fait capable de passer le reste de la journée à embrasser Wes.

Il dut sentir qu'ils allaient franchir le point de non-retour, car, soudain, il s'écarta et posa sur elle un regard où elle crut lire de la colère.

— À quoi bon tout cela alors que je ne peux pas… ?

— C'était génial. Quel mal y a-t-il à cela ?

— J'ai assez travaillé aujourd'hui, dit-il, les lèvres pincées. Mon épaule me fait encore souffrir. Je m'accorde une pause.

Quelle douche froide. Les merveilleuses sensations qu'elle venait de vivre disparurent.

— D'accord.

Elle s'écarta, heureuse de ne pas avoir ôté son haut. Quelle humiliation, si elle s'était retrouvée à demi nue devant lui ! Il ne voulait pas d'elle. C'était clair.

— Laisse-moi t'aider à réintégrer ton fauteuil.

— Je peux le faire tout seul.

Il était sur la défensive, ou fatigué qu'elle ne comprenne pas son désir d'indépendance. Il n'avait pas besoin de son aide. Toutes les barrières qu'ils avaient abattues entre eux se remettaient rapidement en place.

Elle lui approcha son fauteuil roulant pour qu'il puisse s'y asseoir lui-même. Elle était toujours impressionnée par l'acrobatie qu'il exécutait pour y parvenir, d'autant plus qu'il semblait le faire avec facilité.

— Alors, dit-elle, c'est fini pour aujourd'hui ?

— Oui, répondit-il sans la regarder. On se revoit demain.

Il quitta la salle et elle resta plantée là. Elle avait envie de fuir cette pièce où, quelques instants à peine auparavant, elle s'était crue au paradis en embrassant l'homme qu'elle aimait et que, de toutes ses forces, elle voulait aider. Il venait de la repousser. Il prétendait qu'elle était une dominatrice, mais c'était lui qui contrôlait tout. Depuis deux semaines, ils échangeaient des baisers, se montraient l'affection qu'ils avaient l'un pour l'autre. Ils avaient franchi les étapes une à une, s'enhardissant petit à petit. Aujourd'hui, ils avaient fait un grand bond en avant, puis plusieurs pas en arrière. Elle avait laissé libre cours à son désir, mais, de toute évidence, lui n'était pas prêt à pousser les choses plus loin.

L'estomac noué, elle serra les poings, le regard fixé sur la porte fermée. Elle avait besoin de prendre l'air. Il était temps qu'elle aille à la plage. Lutter contre les vagues chasserait peut-être Wesley de son esprit. L'homme qui lui faisait perdre la tête ne voulait rien avoir à faire avec elle.

Quel gâchis !

Wes s'essuyait après avoir pris une douche. La façon dont Mary l'avait massé pour chasser la tension ne quittait pas son esprit. Ensuite, elle l'avait embrassé avec tant d'ardeur que, submergé par le désir, il en avait presque oublié son état. Il avait voulu la prendre tout entière, la pénétrer, puis il s'était soudain rappelé ce qu'il était devenu. Un paraplégique qui ignorait s'il pouvait encore faire l'amour. Et la magie du moment s'était envolée.

N'importe quelle femme se lasserait d'une promesse non tenue. Mary, elle, nierait la frustration jusqu'à son dernier souffle, parce qu'elle était Mary Harris. Il refusait de l'emprisonner, de détruire son esprit de liberté.

De la fenêtre de la salle de bains, il jeta un coup d'œil vers l'océan. Mary était là, dans un minuscule bikini, courant vers les vagues. Nouant une serviette autour de ses hanches, il alla dans sa chambre pour jouir d'une meilleure vue sur la plage. Mary était dans l'eau, plongeant à chaque nouvelle vague pour réapparaître un peu plus loin. Elle nageait avec l'énergie d'une guerrière, elle luttait contre les flots.

Avait-elle été aussi bouleversée que lui lorsqu'ils étaient restés allongés l'un sur l'autre sur le matelas de la salle de gymnastique, étroitement imbriqués ?

Lorsqu'elle sortit de l'eau, il admira ses longues jambes musclées, dorées, et les courbes que dissimulait à peine le bikini. Comme elle était sexy ! En cet instant, il la désirait plus qu'il n'avait jamais désiré aucune autre femme. Quelque chose frémit en lui. Une sensation nouvelle. À sa grande surprise, il constata qu'il avait une érection.

Il n'avait jamais avoué à personne la vraie raison de sa rupture avec Giselle. Au lit, elle n'était pas la femme qu'il avait espérée. Faire l'amour une fois par semaine ne le satisfaisait pas, lui qui avait un appétit vorace en la matière. Giselle s'en contentait, pas lui.

Lorsqu'il était allé au mariage de sa sœur et que, peut-être parce qu'ils avaient un peu forcé sur le champagne, Mary et lui s'étaient embrassés, il avait éprouvé plus de plaisir qu'il n'en avait jamais eu avec Giselle. Après cela, comment aurait-il pu l'épouser ?

À présent, Mary se séchait au soleil, étendue sur son drap de plage. Que n'aurait-il donné pour être à côté d'elle !

Abandonnant la fenêtre, il se dirigea vers son ordinateur et choisit un site web qui correspondait à ce qu'il cherchait. En quelques minutes, il trouva des informations sur les positions adoptées par les paraplégiques pour avoir une sexualité satisfaisante, et une description des dispositifs permettant d'imprimer des mouvements pendant l'acte. Une chaise sur billes et un lit gonflable. Comment deux objets aussi prosaïques pouvaient-ils se révéler aussi excitants ? C'était pourtant le cas. Il était chaud comme la braise. Pourtant, rien n'était aussi stimulant que l'image de Mary en bikini.

Il explora tout le reste de l'après-midi les sites traitant de la vie sexuelle des paraplégiques, lecture décidément prometteuse.

Le lendemain matin, Mary, ne trouvant pas Wes dans la salle de gymnastique, s'inquiéta. Elle prit son courage à deux mains et l'appela depuis le hall.

— Wes ! Es-tu là ?

Pas de réponse.

Elle se dirigea vers sa chambre, située au bout d'un long couloir. Et s'il était tombé malade durant la nuit ? Ou s'il s'était blessé ? Peut-être était-il simplement fâché contre elle ?

— Wes ?

Elle était de plus en plus inquiète. Approchant de la chambre, elle crut entendre un bruit de conversation. Elle tendit l'oreille. Ce n'était pas une conversation, mais sans doute la télévision. Elle frappa à la porte.

— Wes ? Tu es là ?

— Je suis occupé.

— Tu n'es pas malade ? Ni blessé ?

— Non.

Les sons avaient changé, à présent. Un souffle lourd, des gémissements… Qu'était-ce ? Y avait-il quelqu'un avec Wes ?

Antonio ! Antonio ! Oh ! ah, ah, ah !

Mais que se passait-il dans cette chambre ?

Envahie par une bouffée d'adrénaline mêlée de jalousie, elle frappa à la porte et entra. Autant en avoir le cœur net.

Les bruits venaient de l'ordinateur portable que Wes

visionnait dans son lit. Il n'était ni malade ni blessé. Mais il était encore au lit et regardait…

— Un film porno ! Tu regardes du porno à cette heure-ci ?

— Il y a une heure spéciale pour cela ? répondit-il sans quitter l'écran des yeux.

— Tu sais bien ce que je veux dire.

— Regarde ça. Viens voir la taille du…

— Qu'est-ce que tu fais, Wes ?

Il la défia du regard.

— Demande-moi plutôt ce que je ne fais pas, car je n'ai pas l'intention d'aller m'entraîner.

— Pourquoi ?

— Je prends un jour de congé. Tu disais toi-même que je devais le faire de temps en temps. Tu viens me rejoindre ?

Soucieuse d'arranger les choses entre eux, elle s'exécuta.

Il la regardait en plissant les yeux, un petit sourire aux lèvres. Parfait. Il ne la traitait plus en ennemie. Si elle était là, c'était pour lui venir en aide. Il fallait qu'elle lui rentre cela dans la tête.

Elle regarda les personnages qui s'agitaient sur l'écran. Certes, le type était impressionnant, mais la femme aussi. Comment pouvait-elle rester sur le ventre avec une poitrine aussi énorme ?

— Tu m'as bien dit que je pouvais encore avoir une vie sexuelle, dit Wes.

— Mais personne ne peut faire l'amour dans une position pareille ! À mon avis, c'est une image générée ou modifiée par ordinateur.

— Tu sais, moi, je la pratiquais moi-même ! dit-il en riant.

— Vraiment ? demanda-t-elle en riant aussi.

— Bon, peut-être pas exactement de la même façon, avoua-t-il avec un sourire innocent.

Ah, elle avait gagné ! Quoi exactement, elle n'aurait su le dire, mais il était beaucoup moins vindicatif que lorsqu'elle était entrée dans la chambre. Il y avait du progrès.

— Je te rappelle simplement la promesse que tu m'as faite.

— Oui, absolument, mais dans les limites du possible.

— Ah, voilà, tu fais marche arrière maintenant.

— Non, pas du tout. Tu peux avoir une vie sexuelle.

Il la fixa de ses yeux couleur café au regard perçant, puis referma l'ordinateur sans la quitter des yeux.

— Montre-moi, dit-il en lui saisissant le poignet.

Ce n'était pas le moment de se dégonfler.

Pour la seconde fois, il lui demandait de prouver qu'il pouvait avoir une sexualité satisfaisante. Le défi qu'il lui lançait était une forme d'appel au secours. Il avait besoin de se sentir un homme à part entière. Pour lui, reprendre le travail ne résoudrait que la moitié du problème. L'autre moitié, beaucoup plus personnelle, était sans doute plus délicate à régler. Elle devait y aller doucement.

— Je ne vais rien te montrer du tout alors que tu es au lit, en pyjama. Lorsque tu seras douché et habillé, rejoins-moi dans la salle de gymnastique.

Et elle se dirigea vers la porte de la chambre comme si elle savait parfaitement comment faire face à cette requête plus qu'inhabituelle. Au moment de sortir, elle se retourna. Wes la regardait, sidéré. Cela lui donna une idée.

— Pendant que tu te prépares, réfléchis à une chose importante. Le cerveau est de loin l'organe sexuel le plus gros. Plus gros même que les seins des femmes.

Vingt minutes plus tard, Wes retrouva Mary dans la salle de gymnastique. Il avait son ordinateur portable sur les genoux et semblait déterminé. Tant mieux, il était là pour s'attaquer sérieusement à un problème sérieux. Cela lui donnait du courage pour évoquer les techniques dont Sean, son ancien patient, lui avait parlé. Par chance, celui-ci n'avait aucun tabou concernant sa vie privée. Après une longue conversation avec lui, elle avait le sentiment d'être bien informée sur la sexualité des paraplégiques.

— Je suis prêt, si tu l'es, dit-il.

— Ah, tu as certainement bien meilleure allure, maintenant.

Et tu sens bon.

Il sourit et lui posa la main sur la hanche. Ce geste intime rappela à Mary qu'ils étaient tous deux adultes. Elle aimait qu'il la touche, autant qu'il semblait aimer le faire. Elle lui passa un bras autour des épaules. S'ils devaient faire l'amour, autant qu'ils se sentent à l'aise l'un avec l'autre.

Il alluma son ordinateur et, après quelques clics, se tourna vers elle.

— Lis ça.

Elle ouvrit le blog intitulé « Confessions de la petite amie d'un paraplégique ». L'auteur y décrivait les différentes façons dont son amant et elle se donnaient du plaisir.

Elle lut en silence, avec un intérêt manifeste, que la sexualité orale pratiquée par les deux partenaires constituait un bon début. La jeune femme expliquait comment son amant pouvait avoir une érection en la regardant lui faire une fellation, et comment elle-même parvenait à l'orgasme en le chevauchant. Le plaisir qu'elle éprouvait alors bouleversait son amant et déclenchait des sensations dans son bas-ventre, au point qu'il en arrivait à éjaculer.

Mary acheva sa lecture la gorge sèche. Ces révélations délicieusement intimes l'avaient excitée et avaient sans doute le même effet sur Wes.

— Je te l'avais dit, lança-t-elle sans oser le regarder.

— C'est vrai. Mais c'est moi qui ai trouvé ce blog. Et j'ai autre chose.

Il ouvrit un autre site web.

— Celui-ci est moins érotique, mais très pratique.

Sur l'écran s'afficha ce qui ressemblait à un petit lit en toile divisé en deux parties — une chaise basse sur billes et un lit de camp. Celui-ci, bien moins encombrant qu'un vrai lit, permettait à la partenaire d'un paraplégique d'agir et de bouger plus facilement, car il était doté d'un système de rebond naturel.

— Ils appellent cela le cavalier à billes avec rebond, dit Wes avec un grand sérieux.

Elle l'écouta attentivement expliquer le fonctionnement de ce dispositif et le nombre de positions qu'il permettait d'adopter.

Elle sentit ses joues s'enflammer. Toutes ces descriptions la troublaient. Wes et elle étaient tout proches l'un de l'autre, leurs têtes se touchaient presque tandis qu'ils regardaient ensemble l'écran de l'ordinateur. Elle sentait le parfum épicé de son after-shave. Wes, lui, trouvait-il aussi excitantes les senteurs fleuries du shampoing qu'elle utilisait ?

Soudain, alors qu'elle ne s'y attendait pas, il lui releva les cheveux pour l'embrasser dans le cou. Retenant son souffle, elle se mit à trembler.

— Tout cela me chamboule, tu sais ? dit-il d'une voix rauque. Et ça me fait de l'effet.

Elle baissa les yeux et n'eut aucun mal à le croire. La protubérance qui se dessinait sous le jean de Wes prouvait en effet qu'il était en pleine forme.

Surprise et heureuse, elle lui sourit.

— Je te l'avais dit.

Il continuait de jouer avec ses cheveux.

— D'habitude, je déteste t'entendre dire cela, mais cette fois je te pardonne.

— De rien. Bon, alors, comment allons-nous passer commande de ce dispositif ?

— Je l'ai déjà fait.

Elle lui adressa un large sourire, comme une enfant incapable de garder un secret.

— Il sera livré dans deux jours ?

— Désolé que nous ayons à attendre aussi longtemps, mais oui, nous ne l'aurons que dans deux jours.

Nous ? Au désir qu'elle lisait dans son regard répondait son désir à elle. Elle réfléchit rapidement. Elle était son amie, mais leur relation avait maintenant dépassé ce stade. À sa façon, il lui avait fait la cour et il la désirait vraiment. Et elle aussi le désirait.

Comment allaient-ils s'en sortir ? Dans quelques semaines, elle partirait pour trouver un poste ailleurs, elle ne savait où. Lui voulait reprendre sa carrière médicale. Mais le désir qui les habitait l'un et l'autre en ce moment précis était exactement ce qui aurait pu les unir pour la vie. Même s'ils ne devaient plus jamais se revoir.

Il avait besoin de son aide pour se prouver qu'il était encore un homme.

Et elle avait besoin de lui pour avoir un bébé. Rien à perdre, rien à gagner. Pourquoi ne pas tenter sa chance ?

La gorge sèche, elle déglutit et se lança.

— Tu es l'homme le plus intelligent et le plus beau que j'aie jamais connu. Tu veux faire l'amour, et moi, je veux un bébé, dit-elle d'une voix tremblotante.

À la façon qu'il avait de la regarder, elle avait capté toute son attention.

— Voudrais-tu passer un marché avec moi ?

7.

La proposition de Mary de passer un marché avec lui fit à Wes l'effet d'une douche froide. Toutes ses pensées érotiques s'envolèrent. L'envie de la prendre dans ses bras ? Disparue. Avec son érection. Il n'avait jamais songé à devenir père. Pas sans avoir de femme. Et, après des fiançailles rompues deux fois, il n'avait pas trouvé celle qui lui conviendrait. Devenu paraplégique, il n'avait plus accordé la moindre réflexion à une possible paternité.

Un marché. Était-ce vraiment ce qu'elle venait de lui proposer ?

— Tu voudrais qu'on signe un contrat ? Un papier qui spécifierait le nombre de rapports sexuels que nous devrions avoir pour que tu tombes enceinte ?

L'air grave, elle lui prit les mains.

— Tu sais qu'il ne s'agit pas de cela. Il ne pourrait rien y avoir d'aussi froid ni d'aussi dur entre nous. Écoute, Wes, nous avons tous les deux l'occasion de procurer à l'autre ce qui lui changerait la vie. C'est une proposition qui ne peut se faire qu'entre des personnes qui ont confiance l'une en l'autre. Moi, je te fais confiance. Veux-tu y réfléchir ?

La pointe de ses oreilles était devenue toute rouge. Cela devait être très difficile pour elle, autant sinon plus que pour lui de lui proposer de coucher avec lui pour avoir la preuve qu'il était capable d'avoir une vie sexuelle. Pourquoi n'avait-il pas songé un instant à la question des enfants ? Mary avait parlé de son désir d'être mère, de sa crainte d'être victime de son horloge biologique, il avait compris dans quelle urgence elle se trouvait. Mais pourquoi lui faire cette offre ici et maintenant ? Et pourquoi lui ? Elle lui en demandait beaucoup trop. Il ne pouvait pas se contenter de la mettre enceinte puis de disparaître. S'il avait un enfant avec elle, il voulait faire partie de leur vie.

— Il faut vraiment que je réfléchisse sérieusement à tout cela, dit-il.

— Je comprends. Si tu acceptes, sache que jamais je ne te demanderai d'être responsable de mon enfant.

— Pour qui me prends-tu ? Évidemment que je me sentirai concerné. Écoute, cette grossesse est encore totalement hypothétique, mais tu sais aussi bien que moi que la vie est pleine de surprises. Mon accident, par exemple. Il pourrait t'arriver quelque chose. Je ne voudrais pas qu'un gamin me demande droit dans les yeux pourquoi on ne lui avait jamais dit que j'étais son père.

— Je sais que ma demande a été une surprise pour toi.

— Cela va bien au-delà, Harris. Passer un marché pour avoir un bébé ?

Même si, dans un premier temps, il avait été horrifié par sa requête, il trouvait malgré tout cet arrangement diablement sexy. Elle avait dû le lire dans son regard, car elle le gratifia d'un petit sourire sage qui ne masquait pas la vérité. Ils allaient coucher ensemble. Et il trouvait cela très, très sexy.

— Je n'essaye pas de te piéger, Wes, et je suis prête à te signer tous les papiers que tu veux.

Était-il prêt à accepter tous les aspects de ce marché ? À ce stade, il devait s'interroger sérieusement sur son envie de devenir père.

— Je vais penser à tout cela aujourd'hui, et je te ferai signe.

Il se dirigea vers son bureau avec l'espoir de clarifier ses idées.

Faire de nouveau l'amour serait génial, mais le plus troublant, c'était la possibilité de devenir père. Nourrir l'espoir d'avoir un enfant lui faisait peur. Il avait dû renoncer à tant de rêves depuis l'accident. Mais Mary était réapparue dans sa vie, l'obligeant à reprendre goût à l'existence. Elle avait fait renaître le désir chez lui, et maintenant elle proposait même qu'il lui fasse un bébé. Était-il prêt à cela ?

À trente-sept ans, il commençait à bien se connaître. Une fois qu'il s'était résolu à faire quelque chose, rien ne l'arrêtait, il le savait.

Vers 14 heures, le téléphone portable de Mary sonna alors qu'elle se dorait au soleil sur la plage. C'était Wes. Aussitôt, son pouls s'accéléra.

— Salut ! Tu as déjà pris ta décision ?

Elle retint son souffle en attendant sa réponse, priant le ciel qu'il ne lui oppose pas un refus. Mais elle avait aussi peur qu'il accepte, parce que cela changerait tout entre eux. Elle avait pris goût à être l'amie de Wes Van Allen.

— Dîne avec moi ce soir, dit-il.

C'était moins une demande qu'une injonction. Elle fut soudain soulagée.

— Nous irons chez Geoffrey's. Je passe te chercher à 19 heures.

Il marqua une courte pause.

— Ah, et habille-toi sexy.

Même sans connaître la décision qu'il avait prise concernant sa proposition, cette demande accéléra les battements de son cœur. La peur et l'espoir l'envahirent. Elle voulait l'aider à se sentir de nouveau un homme mais, une fois qu'ils auraient partagé cette intimité, il serait libre d'en faire autant avec d'autres femmes. La jalousie lui noua l'estomac. Mais dès l'instant où elle avait tenu la petite Rose dans ses bras, elle avait su qu'elle voulait être mère. Elle le voulait de toutes ses forces. Et dans la vie, tout avait un prix.

— D'accord, dit-elle, incapable d'en dire davantage avant qu'il ne raccroche.

À 19 heures, quelque chose heurta la vitre de la porte de devant, comme si un oiseau venait de s'y cogner. Elle n'y prêta pas attention et acheva de se préparer. Elle avait mis sa seule et unique petite robe noire, et des sandales à hauts talons ornées de strass.

— Harris !

Pourquoi appelait-il au lieu de frapper à la porte ? Wes était là, au bas de la rampe d'accès, dans son imposant fauteuil roulant électrique, des petits cailloux sur les genoux.

— J'ai essayé ce vieux truc pour attirer ton attention, dit-il, mais j'ai eu peur de casser la vitre.

Elle lui lança un regard perplexe.

— Ce fauteuil-là est trop gros pour ta rampe d'accès, dit-il. Je ne pouvais pas monter frapper à ta porte.

Il fit mine de la saluer d'un grand geste de la main.

— Tu es superbe !

— Merci. Tu es très élégant, toi aussi, dit-elle en lui lançant un regard appréciateur.

Il avait revêtu une chemise écossaise couleur pêche et vert cendré et un pantalon en coton bleu marine. Achetait-il ses vêtements sur Internet ?

— Je vais chercher mon sac, dit-elle.

Lorsqu'elle le rejoignit sur la pelouse, il mit son fauteuil électrique en marche.

— Viens, dit-il, je vais conduire.

Elle dut presque courir pour le suivre. Jamais il ne lui avait parlé de conduire une voiture. Que lui avait-il caché d'autre ?

Ils arrivèrent au garage, assez grand pour accueillir trois véhicules. Quelqu'un avait déjà sorti une camionnette rouge. Wes fit signe à Mary de monter côté passager et il lui ouvrit la portière. Se dirigeant ensuite vers les portes arrière, il utilisa un élévateur hydraulique pour se hisser dans le véhicule, puis il roula son fauteuil jusqu'à la place du conducteur.

— Je croyais que tu ne pouvais pas sortir de chez toi, dit-elle pendant qu'il attachait sa ceinture. En réalité, tu n'avais simplement pas envie de voir du monde.

— C'est mon choix.

— Je suis ravie que tu fasses une exception pour moi.

— Ne te monte pas la tête, Harris. Je vais souvent chez Geoffrey's.

— Et c'était quand, la dernière fois ?

— Cela fait sans doute un petit moment, mais j'étais l'un de leurs plus fidèles clients.

Utilisant des commandes manuelles et des poignées de direction, il conduisait avec une grande confiance en lui.

Le trajet ne dura pas plus de dix minutes. Le gardien du parking du restaurant semblait bien connaître Wes. Il était donc venu souvent ici avant son accident.

Il la précéda pour lui ouvrir la portière et, tandis qu'elle descendait de la camionnette, ne cacha pas son intérêt pour ses longues jambes nues, toutes bronzées. Le vernis rose vif de ses orteils était-il assez sexy pour lui ?

— Docteur Van Allen, quel plaisir de vous revoir ! dit le maître d'hôtel comme s'il ne remarquait pas l'énorme changement intervenu dans la vie de Wes.

La table qui leur était réservée se trouvait sur une terrasse donnant sur l'océan. Un sommelier apporta une bouteille de vin pour la faire approuver par Wes. Lorsqu'il venait ici, commandait-il toujours le même vin ? Il demanda aussi qu'on leur apporte des amuse-bouches. Comme d'habitude ?

Songeant à toutes les femmes qu'il avait dû inviter dans ce restaurant, elle ressentit une pointe de jalousie. Elle s'était pourtant faite à l'idée qu'après son départ il trouverait quelqu'un d'autre pour la remplacer, mais rien qu'en y pensant, elle en avait le cœur serré.

— Un ceviche de crevettes et de pétoncles, ça te va ?

Arrachée à ses pensées, elle sourit, espérant paraître plus à l'aise qu'elle ne l'était.

— Cela me semble parfait.

Elle but une gorgée du sauvignon servi très frais.

— Très bon, dit-elle.

— Je le commande chaque fois que je viens ici.

— Tu es un habitué ?

— Plus depuis un moment. J'ai amené mes parents ici

quand j'ai eu la camionnette, mais ils en ont fait des tonnes à propos de tout et de n'importe quoi, si bien que je ne suis pas revenu.

— Tu parles de tes parents ou du personnel du restaurant ?

— Les deux. Je crois qu'ils ont compris pourquoi j'avais brusquement déserté les lieux. J'ai réservé pour ce soir et, cette fois, ils se sont mieux comportés. Avant l'accident, j'étais ici tous les samedis soir.

Elle tira la leçon de ce qu'elle venait d'entendre. Elle avait intérêt à ne pas « en faire des tonnes ». *Sois détendue. Pas de pression. Malgré les apparences, il est fragile, lui aussi. Et mon avenir est peut-être en jeu.*

En tout cas, elle ne s'était pas trompée. Avant l'accident, probablement était-il venu dans ce restaurant avec tout un tas de femmes, une nouvelle chaque semaine. Lorsqu'elle serait partie, il reprendrait sans doute ses habitudes. Il recommencerait à travailler, rencontrerait d'autres personnes, vivrait pleinement. Allait-il accepter de satisfaire son désir d'être mère ? Cela avait-il la moindre importance à ses yeux ?

— Je ne voudrais pas paraître impatiente, mais tu as pris ta décision à propos de ce dont nous avons déjà parlé ? demanda-t-elle en essayant de garder un ton calme.

— Ce n'est ni le lieu ni le moment, Harris. Profitons simplement de cet agréable dîner.

Elle se le tint pour dit.

Mettant ses rêves et ses espoirs de côté, elle but, un vin léger, fruité, et goûta avec plaisir la roulade de poulet et le pudding aux épinards.

De temps en temps, Wes croisait son regard, semblant remarquer de nouveaux détails chez elle.

— Entre l'océan et ces boucles d'oreilles en aigue-marine, tes yeux ont l'air presque bleus, ce soir.

Un peu plus tard, il fit un autre commentaire.

— J'aime la façon dont tu t'es coiffée.

Elle avait simplement tordu ses cheveux et les avait ramenés au sommet de son crâne. Ce n'était pas grand-chose. Mais s'il aimait cette coiffure, elle était contente d'avoir essayé quelque chose de différent.

En d'autres circonstances, elle aurait considéré cette soirée comme un merveilleux rendez-vous avec un homme superbe et brillant, quelqu'un avec qui elle accepterait volontiers de sortir régulièrement. Qu'il soit ou non en fauteuil roulant.

Mais cet homme était Wes. Il avait besoin qu'elle lui prouve qu'il pouvait encore faire l'amour. Et elle, à trente-quatre ans, voulait de tout son cœur devenir mère. Sentir grandir en elle une vie nouvelle. Donner naissance à un bébé ayant la moitié de son ADN.

Ne pas mettre la pression.

Elle ne prit pas de dessert, préférant s'octroyer un autre verre de vin. Oui, elle avait bu plus qu'elle ne se le permettait d'habitude, mais ce n'était pas elle qui conduisait et, si les choses jouaient en sa faveur ce soir, elle devait assurer. Un peu d'alcool lèverait ses inhibitions. Elle prit une nouvelle gorgée et, parfaitement consciente que Wes l'observait, prétendit contempler l'océan. Elle lui jeta un regard en coin. Il affichait le même sourire malicieux que lors du mariage de sa sœur. La nuit où ils s'étaient comportés comme des adolescents sur la banquette arrière de la limousine des jeunes mariés. Elle se sentit rougir. Des pensées torrides l'envahirent, auxquelles s'ajouta le souvenir de la salle de gymnastique, lorsqu'elle avait chevauché Wes.

Elle but encore un peu de vin.

— On s'en va ? proposa Wes.

Peut-être, lorsqu'ils seraient rentrés, lui annoncerait-il sa décision.

— Oui, dit-elle d'un ton qu'elle jugea trop impatient.

Le retour s'effectua en silence, sans doute un effet de l'incertitude qui planait sur cette soirée. Les plans qui impliquaient un changement de vie radical pour elle allaient-ils se réaliser ou non ? Signerait-elle un contrat cette nuit ?

À leur arrivée, il lui demanda d'attendre qu'il lui ouvre sa portière. C'était un vrai gentleman, infiniment séduisant.

— Viens à la maison avec moi, dit-il.

Ce n'était pas une question. Et ce ton de commandement était excitant. Elle le suivit, retenant son souffle.

Rita avait laissé une bouteille de vin au frais dans le salon. Mary s'assit au bord d'un confortable canapé et accepta le verre de vin que Wes lui offrait. Elle avait déjà un peu trop bu au restaurant, mais elle avala une gorgée pour faire plaisir à son hôte qui, à son tour, se servit un verre. Au restaurant, il s'était montré très sobre, puisque c'était lui qui conduisait ce soir-là. Maintenant qu'il était chez lui, il pouvait se relaxer. S'ils devaient avoir la conversation à laquelle elle tenait tant, peut-être avait-il besoin de quelque chose pour se détendre, comme c'était le cas pour elle.

Ils bavardèrent à bâtons rompus pendant près d'une heure, sans jamais aborder le sujet qui la préoccupait tant.

— Tu te rappelles la fois où Alex et toi avez emprunté la voiture de papa pour venir me voir à l'université ?

— À mi-chemin, nous sommes tombées en panne d'essence et tu as dû venir à notre secours. Comment pourrais-je oublier ? Tu étais si énervé !

— Oui, mais j'étais quand même content de vous voir.

— Tu avais surtout l'air très fâché, les sourcils froncés, tu jurais et tu nous faisais la morale.

— Je m'inquiétais pour vous. Pour vous deux. Au fait, laquelle d'entre vous avait eu cette brillante idée ?

En toute honnêteté, elle aurait été incapable de le dire. Elle avait oublié.

— Était-ce Alex ? insista-t-il.

De toute évidence, il aimait qu'elle le laisse dans le doute. Était-ce Mary qui avait voulu le voir ce soir-là ? Ou bien Alex avait-elle simplement eu envie de tester ses toutes nouvelles compétences de conductrice ?

Il lui saisit le menton.

— Regarde-moi. Dis-moi que ce n'était pas toi.

Elle leva les yeux au ciel.

— Honnêtement, je ne me souviens plus.

Il n'insista pas davantage. Ils continuèrent d'évoquer le bon vieux temps, riant et se taquinant l'un l'autre à propos de certaines anecdotes embarrassantes. C'était un moyen de se prouver mutuellement qu'ils n'avaient rien oublié des moments partagés par le passé. C'était sa façon à lui de lui faire la cour et elle lui en fut reconnaissante. Cela rendait le marché beaucoup moins froid et brutal.

Soudain, elle se pencha vers lui et l'embrassa.

— Pourquoi ne viens-tu pas t'asseoir près de moi sur le canapé ?

Il sourit.

— Pourquoi n'y ai-je pas pensé ?

Il opéra le transfert sans aucune difficulté et elle se blottit aussitôt contre lui. La main posée sur sa cuisse, il lui massa doucement la peau.

— Nous devons discuter de notre arrangement, dit-il.

— Oui, murmura-t-elle, le cœur battant.

Comme il continuait de lui caresser la jambe, elle savait déjà comment la soirée se finirait.

— Comme dit le proverbe, reprit-il, un prêté pour un rendu. C'est donnant donnant.

Sa façon de présenter les choses la fit rire.

— Je ne te voyais pas si pragmatique.

Il joignit son rire au sien. Toute tension semblait avoir disparu entre eux.

Il se tourna vers elle, souriant, l'enveloppant d'un regard où elle semblait importante à ses yeux.

— Tu sais que je pourrais payer quelqu'un pour obtenir ce dont j'ai besoin, et, toi, tu pourrais t'adresser à une banque de sperme. Tu le sais, n'est-ce pas ?

— Bien sûr.

— Mais quel plaisir y prendrions-nous ?

— Tu as raison, mais cela fait un peu peur malgré tout.

— C'est moi qui ai le plus à prouver. Qu'arrivera-t-il si tu ne tombes pas enceinte ?

— Rien à perdre, rien à gagner.

— Nous enchaînons les formules toutes faites, ce soir. J'espère que cela ne préfigure pas ce qui va se passer là-haut.

Il pointa le doigt vers le plafond ; sa chambre, au premier étage, était juste au-dessus du salon. Elle sentit son estomac se nouer en attendant, le cœur battant, ce qu'il allait dire.

— J'ai pris une décision. J'accepte le marché que tu me proposes, mais à deux conditions.

— Ah ! Lesquelles ?

— Tu viens t'installer dans la maison, avec moi. Ainsi nous serons ensemble tout le temps où tu resteras à Malibu.

Elle aurait dû savoir qu'il n'accepterait pas un marché aussi froid que celui qu'elle lui avait présenté. Honnêtement, elle ne savait pas comment les choses se passeraient. L'entraînement dans la salle de gymnastique le matin, le sexe l'après-midi. Et cela, jour après jour, jusqu'à son départ.

L'offre de Wes était celle d'un gentleman soucieux de donner un tour plus personnel à leur arrangement. S'imaginer occuper une place plus importante dans la vie de Wes fit battre son cœur plus fort. La chance s'offrait à elle de le connaître comme elle avait toujours rêvé de le faire. Pourquoi se poser des questions ?

— Et si tu tombes enceinte, je veux être un papa. Un vrai papa.

Elle faillit tomber du canapé.

— Tu veux partager les responsabilités vis-à-vis de cet enfant ? C'est exactement ce que j'ai promis de ne pas t'imposer.

— Je ne pourrais pas me supporter si je ne le faisais pas.

— Mais nous ne vivrons pas ensemble !

— Je ne veux pas être rayé de la vie de mon enfant.

— Nous ne savons même pas si je tomberai enceinte.

— Ni même si je peux avoir une sexualité, maintenant.

— C'est vrai. Peut-être devrions-nous arrêter de parler.

— Moins de paroles, plus d'action ?

Ils éclatèrent de rire, réalisant qu'ils sortaient encore un cliché.

— D'accord, dit-elle.

Visiblement heureux, il l'embrassa. Bientôt, les baisers se firent passionnés, les caresses plus audacieuses.

Et il sut exactement comment faire fondre cette femme sous ses mains expertes.

8.

Une heure plus tard, Wes avait la preuve que le cerveau était bien le plus gros organe sexuel du corps humain. Voir Mary nue, savoir qu'il lui donnait du plaisir avec sa bouche et ses mains, l'exciter jusqu'à la rendre insatiable, tout cela avait suffi à balayer ses doutes et ses inquiétudes. Il était un homme qui désirait une femme et, comme par magie, il lui avait fait l'amour. Complètement.

La jeune femme qui écrivait un blog sur ses relations avec son amant paraplégique avait raison. Wes avait eu des sensations incroyables, grâce à Mary. À force de la voir travailler dans la salle de gymnastique, en short et en brassière, il croyait connaître son corps. Mais la voir nue, toucher sa peau satinée, sentir son parfum, découvrir ce qu'elle aimait, ce qui l'émouvait, lui avait révélé des choses qu'il ne soupçonnait pas. Elle était fabuleuse et sexy, et il avait réussi à la faire jouir, lui, un homme privé de son bassin et de ses jambes !

Elle lui avait aussi fait sentir quelque chose qu'il croyait ne plus jamais éprouver. Au moment où elle avait atteint l'orgasme, il aurait juré l'avoir sentie se contracter en lui. Était-ce réel, ou bien le fruit de son imagination ? Cela n'avait aucune importance. Il l'avait « sentie », voilà tout, grâce à cet énorme organe sexuel appelé « cerveau ». Et elle lui avait affirmé qu'il avait eu une éjaculation.

Il n'avait jamais imaginé que cela pouvait encore lui arriver. Non parce que c'était impossible, mais parce qu'il pensait que sa paraplégie l'empêcherait d'avoir une sexualité pleinement satisfaisante. Dans ce cas, à quoi bon essayer ?

À présent, ils étaient dans son lit, blottis dans les bras l'un de l'autre. Fermant les yeux, il revit en pensée les moments qu'ils venaient de vivre. Il l'avait faite sienne, et elle lui avait tout donné. Il n'y avait rien de meilleur au monde.

Il sourit dans le noir, caressant l'épaule de Mary qui se pelotonna contre lui.

— C'était incroyable, murmura-t-elle.

Cette remarque le remplit de fierté. Il avait été à la hauteur, elle venait de le lui confirmer. Heureux, comblé, il sourit plus largement encore.

Mary n'en revenait pas. Ce qu'elle venait de vivre était-il bien réel ? C'était l'expérience la plus stupéfiante de sa vie. Entre Wes et elle, il y avait toujours eu une attirance sexuelle qui, jusqu'alors, ne s'était pas vraiment concrétisée, même si cela avait bien failli arriver le jour du mariage d'Alexandra.

Le plus important, à présent, c'était de garder la tête froide et de ne pas trop rêver. Certes, si elle tombait enceinte, il jouerait son rôle de père. Mais maintenant qu'elle lui avait prouvé qu'il pouvait avoir une vraie sexualité, rien ne l'empêchait, après son départ, de se trouver de nouvelles partenaires.

La jalousie réapparut. Pourquoi n'avait-elle pas pris cet aspect des choses en considération lorsqu'elle lui avait proposé de coucher avec elle pour lui faire un enfant ?

Brusquement, le plan qui lui avait paru si simple se révélait étonnamment compliqué. Peut-être feraient-ils mieux d'y renoncer.

Trop tard. Les choses avaient changé entre eux, à présent, et de façon colossale. Durant les semaines suivantes, elle devait se focaliser sur ce qui l'avait poussée à venir à Malibu. Si elle était là, c'était pour que Wes retrouve sa vie d'avant.

Il était couché près d'elle, le visage détendu. Elle l'observa un moment, le menton appuyé sur son torse.

— Quoi ? dit-il.

Elle n'allait pas lui faire part de ses pensées. Lui dire qu'elle adorait être là, avec lui. Que son rêve était devenu réalité. Ah, si seulement elle pouvait s'adresser à l'adolescente de quinze ans qu'elle avait été ! *Attends, un jour tu seras avec lui.* Elle rit, espérant qu'il ne devinerait pas ses idées délirantes.

Mais ce qu'elle vivait maintenant avec lui dépassait de loin toutes ses espérances. Il était temps qu'elle mette fin à ces pensées fantaisistes, inutiles.

— N'imagine pas que cela va te dispenser de travailler dur, demain, dans la salle de gymnastique.

— Esclavagiste ! rétorqua-t-il en la serrant contre lui et en l'embrassant sur le front.

Décidément, tout se passait au mieux entre eux.

Être venue en aide à un vieil ami de Malibu était peut-être la chose la plus périlleuse qu'elle ait faite dans sa vie.

Alexandra avait vraiment choisi son moment pour téléphoner !

Mary était rentrée chez elle préparer ses bagages afin d'emménager chez Wes. Lorsque son téléphone sonna, elle faisait un brin de ménage dans sa cuisine, ce qui lui permit de ne pas mentir à son amie.

— Je mets juste un peu d'ordre dans ma maison.

— Ta maison. Ah, oui, c'est vrai, tu as cette petite maison minuscule. Tu en es contente ?

— Elle est géniale. Je crois que je t'ai envoyé quelques photos lorsqu'elle m'a été livrée, il y a deux ans.

— Oui, je me souviens vaguement. Je pensais que tu t'installerais dans la grande maison avec Wes.

Alex était-elle capable de lire les pensées d'autrui ?

— Alors que je possède une charmante maisonnette qui me permet de préserver mon intimité ?

— Oui, je comprends, mais il a cette superbe demeure. Bon, de toute façon, je vais découvrir ton refuge dès demain.

— Demain ?

— Oui. Je viens de téléphoner à Wes, mon avion arrive demain à 9 heures. Tu peux venir me chercher ?

— Bien sûr. J'ai hâte de te voir ! C'est génial. Nous retrouver tous les trois nous rappellera le bon vieux temps.

Et il n'y aurait plus de nuits torrides avec Wes tant qu'Alex serait là. Or Mary venait d'entrer dans sa période d'ovulation.

— Combien de temps comptes-tu rester ?

— Deux jours.

Ah !

— C'est merveilleux, dit Mary en s'efforçant de prendre un ton chaleureux.

Même si Alex était sa meilleure amie, sa venue compromettait sérieusement les plans qu'elle avait faits avec Wes, car cela intervenait à un moment crucial de son cycle. Et comment cacherait-elle à Alex les sentiments qu'elle avait pour son frère ?

— Comment va Wes ?

— Bien. Il fait beaucoup de progrès.

C'était peu dire ! La nuit précédente, il lui avait fait l'amour comme un dieu et, il y avait une heure à peine, il avait recommencé. Non, elle ne pouvait pas faire ce genre de confidence à Alex !

— Maman, maman, dirent deux petites voix pour attirer l'attention de leur mère.

— Je vais devoir te laisser, Mary. Tu me parleras des progrès de Wes demain, lorsque nous reviendrons de l'aéroport.

— Tu viens avec Rose ?

— Pas cette fois. Il faudra que tu viennes nous voir. Promis ?

— Promis.

— Je suis impatiente de vous retrouver tous les deux.

— Moi aussi, j'ai hâte de te voir. Rendez-vous demain aux bagages.

Mary raccrocha et renonça à faire ses valises. Son installation chez Wes attendrait quelques jours.

Le lendemain, en fin d'après-midi, Wes, Alexandra et

Mary bronzaient dans le patio en buvant de la sangria et en dégustant des amuse-bouches préparés par Rita.

— Jamais je ne t'ai vu aussi détendu, Wes. Mary a une bonne influence sur toi.

D'un geste gracieux, Alexandra repoussa une mèche de ses cheveux noirs coupés au carré derrière son oreille. Le front caché par une frange, elle avait l'air beaucoup plus jeune que ses trente-cinq ans. Elle avait un long nez fin et les mêmes yeux couleur café que son frère. Rien dans son attitude ne laissait supposer qu'elle se doutait de la raison pour laquelle Wes avait l'air détendu.

— Nous avons pris de bonnes habitudes, c'est sûr.

Mary faillit s'étrangler en entendant la réponse de Wes.

— Ça va ? demanda Alexandra en lui tapant dans le dos.

— La sangria a fait fausse route, dit Mary avec un regard d'avertissement à Wes, qui prit un air innocent.

— Il faudra qu'on te montre la salle de gymnastique, dit-il en croquant une crevette. Cette folle m'impose un entraînement physique insensé.

Tu n'as jamais eu l'air plus en forme, répondit Alex.

— Et il songe à reprendre le travail, n'est-ce pas, Wes ?

Surpris, il arrêta son geste au-dessus du ravier de guacamole.

— Oui, j'en ai l'intention. Je m'entraîne pour utiliser un fauteuil spécial qui me maintiendra debout pendant que j'opérerai.

— Ah, c'est fantastique !

— Je n'en croyais pas mes yeux quand il m'a montré la vidéo, on y voit un chirurgien travailler au bloc opératoire en utilisant ce fauteuil tout droit sorti du futur.

— Je savais que j'avais raison de te supplier de venir ci.

— Oh ! Nous avons eu des débuts difficiles, mais Wes s'est montré raisonnable.

Mais au lit, il est déchaîné !

Alex rit.

— Tu te rappelles le jour où j'ai piqué la voiture de papa

pour aller voir Wes ? Nous sommes tombées en panne d'essence en chemin !

Ils éclatèrent tous les trois de rire.

— Comment pourrais-je oublier ? dit Wes. Au fait, qui avait eu l'idée ?

Mary ouvrit de grands yeux. Il remettait cela sur le tapis !

— Mary, bien sûr. Allons, tu sais bien qu'elle avait le béguin pour toi, à l'époque.

Il eut un grand sourire et Mary se sentit rougir.

Les deux jours que dura la visite d'Alexandra, Mary et Wes échangèrent de nombreux regards complices. Le premier soir, ils allèrent tous au cinéma, et Mary découvrit que c'était quelque chose que Wes aimait encore faire. Le lendemain après-midi, Alex et Mary se rendirent à la plage. Puis Wes les rejoignit dans le spa, où ils restèrent un long moment.

Mourant d'envie d'être avec lui, Mary profitait de toutes les occasions pour le frôler, et il en faisait autant. Dès qu'il la touchait, elle avait des frissons. Lorsque leur visiteuse n'était pas dans les parages, ils se donnaient des baisers furtifs, excités à l'idée d'être bientôt seuls tous les deux. À la fin du deuxième jour, Mary n'en pouvait plus de se contrôler sans cesse. Être à la fois si proche et pourtant si loin de Wes était une véritable torture, aussi fit-elle une proposition à Alexandra.

— Tu n'as pas encore visité ma maison. Viens, je te la montre.

— Oui, je meurs d'envie de voir comment tu l'as aménagée.

La visite terminée, Alexandra complimenta Mary de l'ingéniosité de son installation, puis lui lança un regard inquisiteur.

— Que se passe-t-il entre mon frère et toi ?

— C'est si évident que ça ?

— Je ne savais plus où poser les yeux, hier soir, pendant le dîner ! Vous aviez l'air de faire l'amour rien qu'en vous regardant !

Mary se sentit devenir écarlate.

— Ce n'est pas ce que tu crois.

— Mais si, c'est bien ce que je crois. Alors, tu me racontes tout ou dois-je interroger Wes ?

Mortifiée à cette idée, Mary lui raconta en partie ce qui s'était passé, mais sans rien dire du marché qu'ils avaient conclu.

— Vous avez toujours été attirés l'un par l'autre. Quel dommage qu'il ait fallu cet accident pour que vous soyez finalement ensemble, dit Alex, les larmes aux yeux.

— D'une certaine façon, mieux connaître Wes m'a fait du bien.

— Et c'est pareil pour lui ! Seigneur, son attitude était insupportable ! Maintenant, il semble être redevenu celui qu'il était avant. Je ne pourrai jamais assez te remercier, dit-elle en pressant les mains de Mary dans les siennes.

Que répondre à cela ?

Ça fait simplement partie de mon job ?

— Comme je t'ai dit, nous nous sommes guéris l'un l'autre.

Un peu plus tard, Alex prit congé de son frère.

— Quelque chose me disait que Mary était la seule personne en mesure de t'aider. Je suis si heureuse que vous vous soyez trouvés, tous les deux.

Wes prit un air perplexe, mais il ne dit rien.

Mary retint son souffle jusqu'au moment où, Alex enfin partie, elle se retrouva de nouveau seule avec Wes. Ce tête-à-tête la mit mal à l'aise, car Wes semblait s'être refermé. Et il finit même par s'en aller.

Avoir mis Alexandra au courant de ce qui se passait entre eux allait-il compromettre leur relation ?

Elle secoua la tête et se cacha le visage dans ses mains. Avait-elle tout gâché ?

Les jours suivants, Wes s'imposa un entraînement encore plus dur que d'habitude, à la suite de ce que Mary lui avait dit sur ses chances de vivre comme avant et de pratiquer de nouveau son métier. Grâce à elle, il croyait possible de renouer avec le genre de vie qu'il aimait. Elle avait cru en lui alors qu'il avait baissé les bras.

Pourquoi le fait que sa sœur sache que Mary et lui étaient amants le mettait-il mal à l'aise ? Et pourquoi en vouloir à Mary ? Cela n'avait aucun sens. Il n'allait certainement pas renoncer à faire l'amour avec elle pour cette simple raison, mais cela avait refroidi les sentiments qu'il avait senti naître en faisant l'amour avec elle. Mary s'en était rendu compte, il en était convaincu. Allons ! Pourquoi ruminer tout cela ? Il devait profiter des moments qui lui étaient offerts. Ce serait miraculeux si elle tombait enceinte. Il chassa ces pensées négatives de son esprit.

— Tu vas te blesser si tu continues de travailler avec des charges aussi lourdes, dit Mary.

Malgré son ton de reproche, elle semblait impressionnée par sa performance et il en éprouvait du plaisir.

— Je pourrais continuer toute la journée.

Elle lui passa la main sur la nuque.

— Garde un peu de cette énergie pour plus tard.

Grâce aux dispositifs qu'il avait commandés pour faire l'amour plus facilement, il avait connu une sorte de frénésie sexuelle ces derniers jours. Voulant rattraper le temps que la visite d'Alexandra leur avait fait perdre, il avait souvent montré à Mary qu'il la désirait et, chaque fois, elle avait répondu à ce désir avec enthousiasme. Elle était si différente de Giselle !

Il n'était pas naïf au point de se croire la seule raison de cet enthousiasme. Mary voulait tomber enceinte, elle prenait en compte les périodes de son cycle de fertilité. Peu importait ! Il avait de la chance.

Une idée troublante lui trottait dans la tête. Était-il en train de tomber amoureux ? Et une autre pensée le préoccupait. Serait-il capable d'être père ?

Elle allait bientôt s'en aller, et lui devrait continuer d'aller de l'avant.

— Je vais téléphoner cet après-midi au chef du service

de neurochirurgie pour lui dire que je suis prêt à reprendre le travail.

— Ils seront ravis de te revoir, Wes.

Bien joué, Harris !

Mais il avait vu dans ses yeux vert océan un mélange de peur et de tristesse. Avait-elle elle aussi des sentiments pour lui ?

Il l'attrapa et la fit asseoir sur ses genoux.

— J'ai pensé y aller doucement au début. Reprendre le métier en douceur. M'occuper de quelques patients. Assister à des opérations. Et voir comment cela se passe.

— Tu devrais commander dès maintenant ce fauteuil spécial qui te maintiendra debout.

Elle avait repris son ton professionnel. Était-ce pour se protéger ?

— C'est déjà fait, dit-il.

— Il faudra que quelqu'un vienne prendre les mesures. Qui sait combien de temps il faut pour fabriquer ce fauteuil.

— Cela aussi est arrangé, Harris. De toute façon, peu importe le moment où je vais recommencer à travailler, l'essentiel est que j'y arrive.

Elle ne cacha pas sa surprise.

— Où est passé l'homme brûlant d'impatience que j'ai découvert dans cette salle de gymnastique, il y a six semaines ?

— Tu m'as changé. Je sais tout ce que je te dois.

Elle le serra dans ses bras.

— Merci. Mais c'est toi qui as fait tout le travail.

— Parce que j'avais une esclavagiste implacable comme coach.

Son visage était si près de celui de Mary qu'il voyait les petites paillettes d'or dans le kaléidoscope vert et ambre de ses iris. Ces yeux allaient lui manquer. En proie à des sentiments incompréhensibles, il l'embrassa. Cette femme avait resurgi dans sa vie et fait sa conquête. Son baiser se fit plus passionné et elle y répondit avec la même ardeur, se pressant contre lui. Il la caressait comme s'il ne l'avait encore jamais touchée, cherchant désespérément ce dont il avait besoin. Elle. Il avait besoin d'elle. Complètement.

Elle se balançait sur ses genoux, l'embrassant à pleine bouche, et il sut qu'il avait trouvé sa place. Il était chez lui. C'était elle, son foyer.

Celui qui avait conçu la chaise sur billes et le lit à rebond était un pur génie. Mary, comblée, se laissa retomber sur le lit. Wes avait tant de force dans la partie supérieure de son corps qu'il était resté au-dessus d'elle tandis qu'elle utilisait le système de rebond de la couche. Les jambes nouées autour de la taille de son amant, elle avait suivi les mouvements imprimés par le lit, mouvements dont elle contrôlait la fréquence et le rythme. Quelle expérience !

Wes réagissait désormais à ses orgasmes à elle comme s'il s'agissait des siens. Elle était convaincue qu'il ressentait le même plaisir qu'elle, mais à sa façon.

Il se laissa tomber à côté d'elle avec un regard de contentement qu'elle adorait.

— C'était fou, murmura-t-elle.

— Pas encore assez fou.

— Tu te lasses déjà de moi ? Dois-je adopter cette position impossible que nous avons vue dans cet horrible film porno ?

— Pas du tout ! Je voulais simplement dire que j'étais prêt à recommencer aussi souvent qu'il le faudrait.

— Vu le nombre de fois où nous avons fait l'amour, cela m'étonnerait que…

Seigneur ! Elle ne voulait pas ramener les moments passionnés qu'ils venaient de partager à l'aspect utilitaire du marché qu'ils avaient conclu. *Mets-moi enceinte. C'est dans ce but que nous faisons l'amour.*

Parce que ce n'était pas vrai. Ce ne l'était plus.

— Ne nourrissons pas trop d'espoir, dit-il comme s'il avait deviné ses pensées. J'ai lu des choses là-dessus. Apparemment, la mobilité du sperme est très diminuée chez les paraplégiques.

Curieux qu'il n'en ait pas parlé avant, alors qu'ils venaient de passer deux semaines à s'accoupler comme des lapins.

— Il suffit d'un seul spermatozoïde qui soit bon nageur.

Il lui donna une petite tape sur les fesses et l'attira contre lui.

— Ah, je crois qu'il y a un candidat en vue.

Il l'embrassa sur les cheveux et ce chaste et tendre baiser fit à Mary plus d'effet que toutes les étreintes fiévreuses qui l'avaient précédé.

Wesley Van Allen était doté d'un pouvoir magique sur elle. Mais les jours qu'il leur restait à passer ensemble leur étaient comptés.

Deux jours plus tard, Mary aidait Wes à s'échauffer en lui faisant faire une série de mouvements passifs. Les articulations de ses hanches, de ses genoux et de ses chevilles étaient souples et en bon état, elle avait réussi à stopper l'atrophie des muscles des jambes. Mais elle ne pouvait pas s'en attribuer tout le mérite.

— Bon, vélo, maintenant.

— Oui, chef.

Se servant de l'incroyable force qu'il avait dans les bras et le torse, il quitta son fauteuil roulant pour s'asseoir sur le vélo d'appartement spécialement conçu pour les paraplégiques. Elle savait depuis le début combien il était important pour lui d'avoir une bonne circulation sanguine ; c'était ce qui avait motivé l'achat de ce coûteux vélo, fait sur mesure. Depuis qu'il avait été livré, un mois plus tôt, Wes l'utilisait régulièrement. Cela faisait partie de son entraînement quotidien.

Mary lui attacha la jambe droite sur le support et le pied sur la pédale. Il insista pour le faire lui-même sur la jambe gauche. Puis elle lui fixa des électrodes sur les muscles des cuisses et du grand fessier.

— Laisse-moi le faire, dit-il en s'équipant sur le côté gauche.

Elle voulut actionner le bouton du tableau de contrôle, mais il l'arrêta. Elle s'écarta aussitôt et le laissa régler le vélo comme il l'entendait. Il choisit de travailler avec l'intensité maximale, soit quatre minutes d'un pédalage très dur, suivies de quatre minutes d'un entraînement plus doux. Quatre séries en tout.

Cet exercice réclamait une énergie qui augmentait le flux sanguin et le pouls, ce qui accélérait la prise d'oxygène et accroissait le volume de pompage du cœur. Depuis qu'il avait lu l'étude des universitaires norvégiens sur le sujet, il avait été définitivement convaincu des bienfaits de ce style d'exercice, qui pouvaient rallonger la vie de plusieurs années. Et si Mary tombait par miracle enceinte, elle voudrait que le père de son bébé reste encore longtemps en vie. Dans l'intérêt du bébé, bien sûr.

— Tu peux vérifier la commande pour le pédalier d'exercice qui fait travailler les bras, dit-il. Lorsque je reprendrai le travail, je n'aurai plus des heures à passer en salle de gymnastique.

Il avait raison. Il devrait alors s'entraîner au maximum en un minimum de temps. Utiliser le vélo en se servant d'un dispositif similaire pour les bras lui ferait économiser un temps précieux, sans parler des multiples bénéfices pour sa santé.

Tandis que Mary regardait Wes dévorer une route imaginaire sur son vélo, une pensée lui vint brusquement à l'esprit. Il n'avait plus besoin d'elle. Elle l'avait aidé à se remettre en selle, maintenant il se lançait tout seul dans des courses de vitesse. Elle avait terminé sa mission.

Puis une autre pensée lui vint. Elle avait accepté un poste à Astoria, dans l'Oregon, qui commençait la semaine suivante. Était-elle prête à dire au revoir à Wes ? Et, surtout, saurait-elle jamais s'il avait pour elle les sentiments qu'elle avait pour lui ?

Elle avait fait la plus grosse erreur de sa vie. Elle était tombée amoureuse de lui. Le sentiment d'insécurité qui l'habitait adolescente remonta en elle. Si elle restait, il ne voudrait pas d'elle. Autant ne pas être confrontée à une vérité aussi dure.

Chuck l'avait abandonnée alors qu'elle lui avait ouvert son cœur, et il avait révélé des aspects de sa personnalité qu'elle n'avait pas soupçonnés. Pourquoi un homme comme Wes, qu'on surnommait autrefois le prince de Westwood, un neurochirurgien qui savait d'où elle sortait — il avait même vu le camping où, adolescente, elle vivait avec ses parents —, la considérerait-il comme son égale, ou digne d'être aimée ?

Non, il valait mieux laisser les choses où elles en étaient. Lui recommencerait à travailler et elle, eh bien, elle s'en irait. Mais avec un peu de chance, elle emmènerait quelque chose de spécial. Une partie de Wes. Son bébé.

Le prince de Westwood avait tout fait pour exaucer son désir d'cnfant. Ellc, dc son côté, avait brillamment rempli sa promesse. Wes était un amant fantastique. Si l'improbable se produisait, il voulait s'impliquer dans la vie de l'enfant, ce qui serait compliqué s'ils vivaient dans des États différents. Mais elle ne voulait pas le priver du rôle qu'il voulait jouer. Peut-être trouverait-elle un emploi dans la région ?

Un bébé *et* une relation avec Wes, cela faisait beaucoup, non ? Comment en attendre autant de la vie ?

Trois jours plus tard, Mary commença à préparer ses bagages, espérant faire dans le week-end les mille cinq cents kilomètres qui la séparaient d'Astoria.

Lorsqu'elle était arrivée ici, deux mois plus tôt, jamais elle n'aurait imaginé qu'il lui serait si difficile de repartir. Elle avait enfreint une règle d'or de son métier, ne jamais tomber amoureuse d'un patient. Jusqu'à présent, cela ne lui avait posé aucun problème, même si elle avait soigné des hommes tout à fait charmants. Mais avec Wes cela avait été différent. Elle n'était pas son employée. Elle était venue en tant qu'amie. Une amie de longue date. Et d'amis ils étaient devenus amants. Le marché qu'elle lui avait proposé, une offre que seule une vraie amie pouvait faire à un homme comme Wes, s'était révélé être une énorme erreur.

Comment avait-elle pu penser que faire l'amour avec lui resterait un acte purement clinique ? Elle s'était imaginé qu'il s'agissait seulement d'un échange de bons procédés, chacun donnant à l'autre ce dont il avait besoin. Et maintenant, elle était amoureuse. Stupide. Stupide. Stupide. Et vu l'air sombre de Wes ces deux derniers jours, elle n'était pas la seule à avoir des regrets.

Il était d'ailleurs à la porte de sa maisonnette, l'homme à qui elle ne pourrait jamais avouer ses sentiments. Il avait déjà suffisamment de problèmes à régler sans y ajouter celui-là.

— J'ai réfléchi, Harris.

— Oh ! C'est toujours dangereux, dit-elle dans une tentative d'alléger l'atmosphère.

Il lui adressa un sourire indulgent, bienveillant.

— Tu devrais chercher un poste plus près d'ici, pour que nous puissions rester en contact. Nous voir.

Elle faillit perdre l'équilibre, sans doute un carton qui lui barrait le passage, et se remit d'aplomb aussi vite qu'elle put.

Wes comprenait qu'elle ait besoin de garder son indépendance. Elle n'était pas le genre de femme à se laisser entretenir, à consacrer sa vie à ne s'occuper que de lui. Bien sûr, l'idée était plaisante, mais cela n'aurait pas marché. Compte tenu des circonstances, cela lui aurait fait rapidement perdre le respect qu'il avait pour elle, et réciproquement. Pourtant, il n'avait rien de mieux à lui offrir. Elle serait malheureuse, coincée ici avec lui.

Le mieux, pour elle, serait de travailler à Los Angeles. Et le meilleur moyen de la convaincre qu'elle ne serait pas complètement piégée en vivant avec lui, c'était de lui montrer qu'il pouvait lui-même mener une vie normale. N'était-ce pas ce qu'elle l'avait poussé à faire depuis son arrivée chez lui ?

— Je sais que tu as tes bagages à faire, dit-il, mais accordons-nous un jour de congé, demain, pour aller au Getty Museum. Il y en a un plus petit sur la route de Pacific Palisades, la Villa Getty.

Le visage de Mary s'illumina, plein de joie et de surprise.

— Je mérite une pause, dit-elle, le sourire aux lèvres, en montrant les cartons qui encombraient sa minuscule salle de séjour. Ton offre me plaît beaucoup.

— Génial. Je réserve tout de suite les billets.

Une fois les places prises pour le lendemain, il aida Mary à faire ses paquets. Ils passèrent le reste de l'après-midi à emballer la vaisselle et les objets fragiles rangés dans les tiroirs et les placards, les plus petits que Wes ait jamais vus dans sa vie.

— Et le lit ? demanda-t-il.

— Tout est sécurisé à l'étage, mais j'installe malgré tout une barrière en contre-plaqué contre la commode, pour l'empêcher de glisser pendant le voyage. Oh ! Rappelle-moi d'enlever le miroir et de l'emballer.

Elle avait un miroir dans sa chambre ? Mm, voilà qui était prometteur. En fait, il n'avait jamais vu ni le lit ni le miroir, car seule une échelle étroite permettait d'accéder à la chambre. Un exercice qui tenait de l'acrobatie pour un paraplégique. Soudain, comme la première fois où il était entré dans le chalet, il fut pris d'une sorte de claustrophobie et, invoquant un prétexte quelconque, il prit rapidement congé.

Le lendemain, il manifesta son autonomie en conduisant lui-même la voiture jusqu'à la Villa Getty. Dans son fauteuil électrique, il se promena avec Mary autour des bassins et des jardins, puis ils entrèrent dans l'édifice, copie d'une villa de l'Antiquité, pour visiter les collections présentées dans la galerie. Mais au lieu de s'intéresser aux sculptures gréco-romaines, Wes passa l'après-midi à admirer Mary. Ses cheveux blonds qui lui balayaient le visage lorsqu'elle tournait la tête un peu vite. Sa façon de pincer les lèvres lorsqu'elle se concentrait sur l'audioguide, attentive aux explications. Ses mains délicates, capables pourtant de soulever des haltères. Et il aimait les regards furtifs qu'elle lui jetait de temps à autre pour s'assurer qu'il prenait autant de plaisir qu'elle à la découverte des antiquités.

Mary était son musée à lui, la personne qui connaissait

son passé, la femme qui l'avait vu complètement vulnérable à cause de sa paralysie et qui, pourtant, lui avait redonné l'estime de soi. En sa présence, il se sentait confiant et vivant. Il était capable d'envisager l'avenir. Comment allait-il vivre sans elle ?

Il devrait apprendre à se passer d'elle. Sinon, tous les efforts qu'elle avait faits seraient réduits à néant et elle aurait le sentiment d'avoir échoué dans sa mission. C'était grâce à elle qu'il avait réalisé tous ces progrès. Et elle lui avait donné bien davantage encore. Elle avait réveillé son âme endormie. Elle lui avait montré, étape par étape, comment être en forme et reprendre goût à la vie. Elle lui avait même enseigné quelques méthodes peu orthodoxes pour améliorer sa motricité fine. Mais, surtout, elle lui avait assuré que, même paraplégique, il vivrait longtemps et en bonne santé. Il ne pouvait pas trahir sa confiance.

Il retournerait travailler et reprendrait les choses là où il les avait laissées. Il avait déjà commandé le fauteuil spécial qu'il utiliserait au bloc opératoire. Dans quelques mois, il pratiquerait de nouveau la neurochirurgie. Il prouverait à Mary, à sa famille et au monde entier qu'il pouvait sortir de sa confortable tanière et aller de l'avant. Il rejoindrait le monde des vivants et vivrait lui-même pleinement. C'était le seul moyen qu'il avait de payer Mary pour tout ce qu'elle avait fait pour lui.

— Je suis épuisée, dit-elle en ôtant ses écouteurs.

— Ça t'a plu ?

— Absolument. J'aimerais revenir ici un jour.

— Je serai ravi de refaire la visite avec toi. Dis-moi simplement quand.

Elle ne répondit pas, mais elle lui prit la main et la pressa dans la sienne. Il n'avait pas besoin d'autre réponse. Mais il avait envie de fêter ça.

— Nous pourrions dîner au restaurant, ce soir. Qu'en dis-tu ?

Elle prit un air pensif.

— Tu sais ce que j'aimerais ? Rentrer à Malibu et te faire à dîner. Je suis ici depuis deux mois et je n'ai cuisiné qu'une seule fois pour toi.

— Si c'est ce que tu souhaites…

— Tu seras le dessert.

Avec un clin d'œil, elle se dirigea vers la sortie, le laissant derrière elle. Le sourire aux lèvres, il en oubliait d'appuyer sur le bouton de son fauteuil électrique.

9.

Quelques heures plus tard, Mary avait préparé un repas simple de poulet au citron, sauce aux herbes, quinoa et salade, et ils allèrent faire un tour sur la plage. Wes était dans son fauteuil manuel qui roulait facilement sur le sable humide laissé par la marée basse.

La nuit était si fraîche que Mary avait des frissons, mais elle ne s'en plaignait pas. Le ciel lapis-lazuli était constellé d'étoiles et les vagues s'écrasaient doucement, l'une après l'autre, sur le rivage. Wes devait manœuvrer rapidement son fauteuil pour éviter qu'il ne soit mouillé.

Ils poursuivaient malgré tout leur promenade, car l'océan avait un effet apaisant, et Wes avait besoin de retrouver sa sérénité. Il était hanté par l'idée que Mary allait bientôt s'en aller.

Au retour, il lui prit la main et y déposa un baiser.

— Viens avec moi.

Il l'entraîna vers la véranda, traversa la salle de séjour et la fit monter avec lui dans l'ascenseur. Quand les portes de la cabine se refermèrent, il la prit par la taille et posa la tête contre sa poitrine.

— Je t'ai désirée toute la journée.

— Tu as dû lire mes pensées, répondit-elle en lui passant ses doigts dans les cheveux.

Une fois dans la chambre, il la dévêtit tout en la caressant, puis il la fit s'allonger au bord du lit, les jambes ouvertes. Enivré par son parfum, il se pencha vers elle et frôla de ses lèvres la peau satinée qui s'offrait à lui.

Malgré la violence du désir qui montait en lui, il prit son temps, agaçant de la langue la zone la plus intime de Mary, qui laissait échapper de longs soupirs de plaisir.

C'était ce qu'il voulait — lui donner du plaisir, la rendre heureuse. Peut-être, ainsi, ne l'oublierait-elle pas.

Le jour se levait lorsque Mary ouvrit un œil.

— Quelle heure est-il ?

Elle s'assit dans le lit, cherchant un réveil.

Wesley dormait paisiblement à côté d'elle. Cette nuit, ils avaient fait l'amour comme si le monde allait s'écrouler et elle se réveillait épuisée, mais comblée.

Elle lui caressa la joue et, soudain, prit conscience qu'elle partait dans deux jours. Elle ne le verrait plus jamais ainsi, allongé à ses côtés, et cela lui brisa le cœur.

Wes avait maintenant ouvert les yeux. Il lui adressa un sourire encore endormi qui montrait combien il était heureux. Comme elle aurait voulu rester auprès de lui ! Mais c'était impossible. S'il avait su à quel point elle désirait partager sa vie, il penserait qu'elle l'avait piégé en lui demandant de lui faire un bébé. Pourquoi lui compliquerait-elle la vie sous prétexte qu'elle était tombée amoureuse de lui ?

Ils avaient pris des risques en passant ce marché insensé qui n'avait en fait abouti qu'à moitié. Il avait eu la preuve qu'il pouvait encore avoir une vraie sexualité, mais elle… En fin de compte, sans doute la vie serait-elle moins compliquée ainsi.

— Laissons tomber l'entraînement aujourd'hui et restons au lit, dit-il en lui caressant le bras.

Il aurait été si facile d'accepter, de se blottir contre lui, de le serrer dans ses bras, mais elle avait peur de ne plus pouvoir le quitter et, pire encore, de lui avouer ses sentiments pour lui.

Ce n'aurait pas été loyal envers lui. Il n'avait pas passé un marché avec elle pour en arriver là. Il aurait pu crier au sabotage. Elle n'avait pas le droit de lui faire un coup pareil alors qu'il retrouvait tout juste une vie normale.

— C'est très tentant, dit-elle, mais je dois finir d'empaqueter mes affaires. Et toi, tu n'as pas rendez-vous avec le chef du service de neurochirurgie ?

— Ah oui, c'est vrai. Mais je dois le voir à midi seulement. Restons au moins un peu plus longtemps au lit.

Elle ne pouvait pas prendre le risque de faire de nouveau l'amour avec lui. La nuit précédente, elle lui avait tout donné et pas une fois il n'avait parlé d'amour. Elle devait se protéger. Partir était déjà assez difficile pour elle. Pourquoi risquer un morceau encore plus gros de son cœur ? Non. Il fallait qu'elle s'endurcisse, autant commencer tout de suite.

— Je suis certaine d'avoir rempli ma part du marché, dit-elle. Je t'ai prouvé que tu pouvais faire l'amour. Et même être un amant exceptionnel, si je peux me permettre.

Il lui mit les mains sur les hanches et la rapprocha de lui.

— Puisque nous parlons de notre marché, tu n'as pas encore eu ce que tu voulais. Je t'ai promis de te faire un enfant. Tu ne devrais pas t'en aller avant que nous ayons atteint cet objectif.

Elle rit avec lui, essayant de donner un ton léger à la conversation.

— Théoriquement, dit-elle, ça paraît génial, mais je dois prendre mon nouveau poste lundi, et donc partir ce week-end pour l'Oregon.

Elle crut voir un éclair de panique dans ses beaux yeux couleur caramel.

— Raison de plus pour nous accorder cette matinée. Donnons-nous une dernière chance. Je te dois bien cela. D'accord ?

La proposition manquait de romantisme, mais elle était honnête. Elle voulait un bébé, elle avait même mis pour cela son cœur en péril, alors ne devait-elle pas tout faire pour y parvenir ? Même d'un simple point de vue logique, comment refuser ?

Elle se lova contre lui, heureuse de sentir la chaleur de son corps. Lorsqu'elle était dans ses bras, elle se sentait chez elle. Peut-être finirait-il cette fois-ci par avouer qu'il avait des sentiments pour elle ? Ou serait-elle la première à prononcer le mot « amour » ?

Mary s'était trompée. Certes, ils avaient fait l'amour comme s'ils ne s'étaient pas vus depuis des semaines, mais Wes n'avait pas dit un mot sur ce qu'il ressentait pour elle.

— Waouh ! s'était-il exclamé, est-ce que ça a été aussi bon pour toi que pour moi ?

Elle-même n'avait pas eu le courage de lui avouer ses sentiments. À quoi bon? Elle était sur le point de s'en aller. Lui dire qu'elle l'aimait aurait ruiné tout ce qu'ils avaient construit ces deux derniers mois en travaillant dur. Cela ne prouverait qu'une chose — qu'il n'aurait jamais dû la laisser entrer chez lui.

Ils n'étaient pas destinés à vivre ensemble, sinon ils auraient saisi leur chance dix ans plus tôt, lors du mariage de sa sœur. Tout se serait passé à merveille, alors. Mary aurait pu prendre un travail près de lui, puisqu'il n'était pas encore officiellement fiancé. Mais ils n'avaient même pas eu l'audace de faire l'amour ensemble. C'était tout dire, non ? Désormais, les choses étaient tellement, tellement différentes.

Elle devait reprendre le cours de sa vie. Retrouver sa maisonnette. Wes était encore occupé à se reconstruire, mais les débuts étaient prometteurs et tout laissait penser que son avenir serait brillant.

— Je voulais te dire que, ce soir, je dormirai chez moi. Je veux prendre la route de bonne heure et…

— Attends une seconde. Quoi ? Tu pars demain ? Je croyais…

— J'ai changé d'avis. J'aimerais arriver un jour plus tôt pour m'installer tranquillement et commencer mon travail lundi.

Il secoua la tête, l'air contrarié.

— J'ai cette réunion cet après-midi, et ce que tu viens

de me dire me déconcentre. Tu ne peux pas partir samedi, comme tu avais prévu ?

Elle se sentit blessée et éprouva le besoin de l'exprimer.

— Il n'y a pas que toi et ton intérêt personnel qui comptent, Wesley. Désolée, mais cette fois je ne peux pas me plier à tes désirs.

Après s'être habillée en un temps record, elle tourna les talons pour quitter la chambre.

— Harris, ce n'était pas ce que je voulais dire…

Trop tard. Sans même lui jeter un regard, elle se dirigea vers la porte, consciente qu'il ne pourrait pas la rattraper.

Cette nuit-là, Mary dut se faire violence pour ne pas se précipiter vers la grande maison et retrouver Wes. Il lui devait des excuses, mais il n'était pas venu frapper à sa porte comme elle l'avait espéré. Par ailleurs, elle mourait d'envie de savoir comment s'était passé son rendez-vous avec son chef de service. Mais s'il avait voulu la tenir au courant, il l'aurait fait.

Il était de toute évidence aussi têtu qu'elle, mais elle le savait déjà. Alors pourquoi avait-elle aussi mal ?

Allongée dans son lit, toujours en colère, elle prit conscience qu'elle aurait pu passer cette dernière nuit avec Wes si elle ne s'était pas laissé déborder par ses émotions, et fondit en larmes.

La vérité, c'était qu'elle n'était pas assez bien pour lui. Même maintenant, alors qu'ils exerçaient tous les deux dans le milieu médical. Parce qu'il était riche. Il avait été élevé comme un prince, le prince de Westwood. La fierté, il avait cela dans le sang. Aux yeux de ses parents, le monde tournait vraiment autour de lui. Et ils avaient réussi à l'en convaincre. Elle, elle venait d'un camping. Pas un de ces campings luxueux en vogue aujourd'hui, mais un lieu sinistre qui accueillait les mobile homes des gens les plus pauvres. En partant d'aussi bas, la moindre progression apparaissait comme un succès. À présent, elle menait une vie vagabonde, sillonnant le pays dans sa minuscule maison ambulante. Posséder cette maison représentait une vraie victoire pour elle et, franchement, elle était fière du chemin parcouru. Pourtant, elle ne se sentait toujours pas assez bien pour Wes.

Il était resté assis dans son lit, stoïque, comme si la terre entière lui devait quelque chose. Comme si, *elle*, elle lui devait quelque chose. Son départ précipité ne coïncidait pas avec l'emploi du temps de Wes ? Sérieusement ? Eh bien, qu'il aille au diable !

Mais elle l'aimait à la folie. Elle saisit son téléphone portable et composa le numéro de Wes. Elle était prête à l'appeler et à lui avouer ses sentiments. Pourquoi pas ? Elle partait. Elle lui dirait tout et s'en irait. Le laissant se débrouiller avec cela. Mais, à la dernière seconde, elle renonça et raccrocha avant d'avoir appuyé sur « appel ».

Le lendemain matin, après avoir fait dégonfler ses yeux à l'aide de compresses froides pour avoir l'air plus présentable, elle se rendit à la grande maison pour dire au revoir. En arrivant devant la porte, elle avait l'estomac noué.

Wes n'avait guère dormi. Son rendez-vous à l'hôpital s'était bien passé, il reprendrait le travail dans deux semaines, mais la façon dont les choses s'étaient terminées la veille avec Mary l'avait empêché de fermer l'œil. Elle l'avait pris de court en avançant son départ, puis elle s'était montrée sarcastique lorsqu'il avait réagi… avec une maladresse qu'il reconnaissait volontiers. « Ce que tu viens de me dire me déconcentre. Tu ne peux pas partir samedi ? » Seigneur ! Il s'était comporté comme un imbécile !

Il aurait dû lui présenter immédiatement ses excuses, mais sa fierté l'en avait empêché. Et c'était encore cette maudite fierté qui l'avait empêché, la nuit précédente, d'aller la rejoindre. Il avait voulu attendre qu'elle retrouve son bon sens.

Aujourd'hui, il s'était réveillé rongé par le remords, mais

comment arranger la situation ? Il était toutefois sûr d'une chose. Il devait aller la voir et lui présenter ses excuses.

Il se rendit à la cuisine, cherchant quelque chose à manger malgré son estomac noué.

À cet instant, on sonna à la porte. Ces deux derniers mois, Mary était entrée et sortie de la maison comme elle l'entendait. Aussi avait-il fait comme les autres jours et n'avait pas fermé la porte à clé.

Mais on sonna de nouveau.

Il alla ouvrir. Pouvait-il s'agir de quelqu'un d'autre que Mary ? Mais elle était là, sur le pas de la porte, belle à couper le souffle et triste à mourir.

— J'ai tout empaqueté, je suis prête à partir, dit-elle.

Avec sa queue-de-cheval, son absence de maquillage, son jean et son vieux T-shirt, elle ressemblait à l'adolescente qu'elle était à quinze ans. Elle avait les yeux gonflés et plus sombres que d'habitude. S'en sachant responsable, il eut la gorge serrée.

— Entre, ne reste pas sur le seuil. Disons-nous au revoir dans de meilleures conditions.

Il s'effaça pour la laisser passer. Après une brève hésitation, elle pénétra à l'intérieur d'un pas prudent.

Il lui prit la main et l'attira à lui. Il voulait l'embrasser, mais elle résista.

— Qu'est-ce que j'ai fait, Harris ? Pardonne-moi, s'il te plaît, hier je me suis comporté comme un imbécile. Pourquoi me fais-tu ainsi la tête ?

— Tu n'as rien fait, Wes.

— Mais si. Je t'ai mise en colère et je ne supporte pas l'idée que tu t'en ailles de cette façon.

Elle regarda le bout de ses chaussures.

— Eh bien, ce n'est pas comme si nous avions beaucoup de temps devant nous pour mettre les choses au point, pas vrai ?

Elle qui était si directe, elle noyait le poisson. Puisqu'il risquait de ne plus jamais la revoir, il avait besoin de lui dire ce à quoi il avait pensé toute la nuit, au-delà même des excuses qu'il voulait lui faire.

— Je sais que nous étions d'accord pour nous utiliser mutuellement, mais nous quitter en de si mauvais termes me paraît inhumain.

— Nous utiliser mutuellement ?

Mon Dieu ! Une fois de plus, il avait mal choisi ses mots.

— Tu sais ce que je veux dire.

— Nous avons passé un marché.

— Oui.

La tristesse le saisit, et la vieille colère qui s'emparait encore de lui lorsqu'il n'y prenait pas garde.

— J'ai cru bêtement qu'il se passait vraiment quelque chose entre nous, dit-il.

Une pensée dévastatrice lui traversa l'esprit, aussi douloureuse qu'un coup de hache en pleine poitrine. Il avait espéré qu'elle tomberait enceinte parce qu'il était certain que, dans ce cas, il ne la laisserait pas s'en aller. Mais son sperme n'avait rien donné, et il en était profondément meurtri.

— Je comprends que ce soit le moment de bouger, pour toi. Je ne serai jamais rien d'autre qu'un de ces hommes en chaise roulante auxquels tu apportes ton aide.

— Arrête !

Il avait touché un point sensible.

— Tout d'abord, dit-elle, t'apitoyer sur ton sort ne te ressemble pas, alors arrête. Ensuite, comment oses-tu faire de pareilles suppositions me concernant ?

Elle ne regardait plus la pointe de ses chaussures. Furieuse, elle le fusillait du regard.

— Comment pourrait-il se passer *quelque chose* entre nous alors que tu ne m'as pas dit une seule fois que tu m'aimais ?

Était-ce donc là le problème ? Il avait pensé que l'amour n'entrait pas en ligne de compte dans leur marché, aussi avait-il tenu ses sentiments en laisse. Et maintenant elle le lui reprochait ?

— Je ne t'ai jamais entendue le dire non plus, rétorqua-t-il.

Il avait conscience d'être sur la défensive, de se montrer immature. C'était assez pitoyable, mais cela correspondait à ce qu'il ressentait.

— Si je t'avais dit que je t'aimais, tu ne m'aurais pas crue, répondit-elle d'une voix presque inaudible. Bien avant mon arrivée ici, tu avais déjà réglé cette question. Tu n'aurais jamais fait confiance à une femme qui t'aurait avoué être amoureuse de toi alors que tu es en fauteuil roulant. Pourquoi me serais-je fracassé le crâne contre la muraille que tu as dressée autour de ton cœur ?

En d'autres termes, cela aurait été à lui d'avouer le premier son amour.

— Je savais que cet arrangement était stupide, dit-il. Nous avons joué avec le feu et nous nous sommes brûlés tous les deux.

— C'est toi qui m'as demandé de t'apporter des preuves. Tu te souviens ?

Que répondre ? Il lui avait lancé un défi — en fait, il l'avait suppliée — et elle avait accédé à sa demande. *Montre-moi que je suis encore un homme.* Elle avait sollicité quelque chose en retour et il s'était imaginé bêtement que cela rendait leur arrangement acceptable. Il ne s'agirait que de sexe. Ils ne se devraient l'un et l'autre rien de plus que de respecter les termes de leur accord.

Erreur ! Maintenant, il l'avait blessée et il avait les idées si embrouillées qu'il ne voyait pas comment réparer cela. Cependant, il était convaincu d'une chose. Si elle était enceinte, tout serait différent.

— Je suis désolé, Mary.

— Je ne supporte pas l'idée de gâcher ces deux derniers mois à cause d'une dispute idiote.

— Elle n'est pas si idiote que cela, si ?

Elle soupira.

— Comme je le disais, ce n'est pas comme si nous avions tout un mois pour régler les choses.

— C'est vrai.

Il haïssait ce moment. Elle était en train de lui dire au revoir et qu'il se passerait peut-être encore dix ans avant qu'il ne la revoie.

Il lui prit la main et elle ne la retira pas.

— Tu me téléphoneras lorsque tu seras arrivée là-bas ?

— Bien sûr.

Elle ne le ferait pas, il en était convaincu. Ils avaient fait une trêve, rien de plus. Personne ne prononcerait le mot « amour ». Pour le meilleur ou pour le pire, ils en resteraient là.

Elle se pencha vers lui et l'embrassa. Contrairement aux autres fois, c'était un baiser d'adieu, il avait un goût incroyablement amer.

Alors, il resta assis là, aussi immobile que les statues de la Villa Getty, et, bêtement, il laissa s'en aller cette femme qui lui était si précieuse.

10.

Un mois plus tard…

Wes venait de terminer une intervention de trente minutes sur le canal carpien du poignet gauche chez une patiente de quarante ans. Si tout se passait bien, cette femme serait bientôt débarrassée de sa douleur, et la minuscule incision, une fois cicatrisée, se confondrait avec les lignes de sa main.

Depuis qu'il avait repris le travail, il avait suivi la suggestion de son chef de service, Ram Ramanathan, de se faire les dents en choisissant des opérations de courte durée. Excité de retrouver le bloc opératoire, il avait accepté de démarrer en douceur et de prendre son temps avant de s'attaquer à des interventions plus compliquées et plus longues. Les réparations des nerfs du poignet constituaient une première étape idéale.

Même avec le fauteuil spécial qui lui permettait de rester debout, il trouvait la position pénible si elle se prolongeait trop longtemps. Il ne pouvait opérer que trois ou quatre canaux carpiens par jour. Comme la plupart des opérations en neurochirurgie duraient plusieurs heures, il se limitait pour l'instant à des actes chirurgicaux plus simples. Reprendre le travail lui avait aussi permis de ne plus penser à Mary vingt-quatre heures sur vingt-quatre, sept jours sur sept, en se reprochant d'avoir tout gâché avec elle.

Après s'être débarrassé de sa tenue de chirurgien et lavé les mains, il regagna son bureau et, comme cela arrivait souvent, songea de nouveau à celle qui était partie si loin.

Contrairement à ce que Mary lui avait promis, elle ne

lui avait pas téléphoné en arrivant à Astoria, elle lui avait simplement envoyé une carte. Il avait gardé l'enveloppe avec sa nouvelle adresse et l'avait rangée dans un tiroir de son bureau, rien que pour avoir le plaisir de regarder l'écriture de Mary et de penser que ses doigts avaient effleuré cette enveloppe. Ah, comme elle lui manquait !

Dans sa carte, elle s'excusait de la façon dont cela s'était terminé entre eux, puis évoquait brièvement son nouveau travail. Elle exerçait comme kinésithérapeute dans un petit hôpital d'Astoria, une jolie ville arrosée par la Columbia River. Wes l'imaginait dans sa petite maison qui s'intégrait sûrement très bien dans ce cadre bucolique. Il espérait pourtant qu'elle ne resterait pas là-bas plus de six semaines, le temps prévu dans le contrat qu'elle avait signé pour remplacer le titulaire du poste, parti en croisière.

Ne voulant pas bouleverser les plans de Mary, il avait gardé ses sentiments pour lui. Il ne lui avait pas dit combien elle lui manquait ni combien il espérait qu'elle revienne. En guise de réponse à sa carte, il lui avait envoyé un court texto.

Moi aussi je regrette. Content que tu sois bien arrivée là-bas. On reste en contact.

Quel imbécile il était ! Il ne méritait pas une femme aussi géniale que Mary Harris. Pas parce qu'il était en fauteuil roulant, mais parce que, à trente-sept ans, il ne savait toujours pas aimer une femme comme elle le méritait. Il voulait y parvenir. Et il était absolument sûr que Mary était celle qui pourrait le lui apprendre.

Il secoua la tête au souvenir du jour où il l'avait taquinée parce qu'elle évoquait « la personne qui nous est destinée ». Qu'en savait-il alors ? C'était bien avant qu'il ne fasse vraiment la connaissance de la femme la plus extraordinaire de la planète. De toute façon, il ne pouvait plus rien faire aujourd'hui pour sauver leur relation. Elle travaillait dans l'Oregon et lui était en Californie.

Son ordinateur émit un signal, quelqu'un cherchait à le

joindre par vidéo. Il fut tenté d'ignorer l'appel, mais le nom de Mary s'inscrivit sur l'écran.

Emu, il accepta aussitôt l'appel et le beau visage de la jeune femme apparut. Il en eut le souffle coupé. Pourtant, il avait tant de choses à lui dire !

Non. C'est elle qui appelle. Laisse-la parler la première. Tu verras où cela vous mène.

— Harris, comment vas-tu ? demanda-t-il en essayant de prendre un ton naturel alors qu'il avait la gorge nouée.

— Très bien. Très, très bien même.

Elle avait l'air euphorique, en effet, le regard brillant de larmes retenues. Des larmes de joie, apparemment.

— Je voulais que tu sois le premier à savoir, Wes.

— Quoi ? Tout va bien ?

Elle hocha vigoureusement la tête.

— Ça ne pourrait pas aller mieux. En fait, c'est parfait.

Elle marqua une courte pause.

— Alors, voilà la nouvelle… Finalement, tu as rempli ta part du marché.

Quoi ? À présent, il ne pouvait vraiment plus respirer.

— Tu es… ?

— Oui, je suis enceinte !

Et, pour le prouver, elle brandit un test de grossesse devant la caméra de l'ordinateur. Il était rose.

— C'est positif. J'ai fait le test deux matins de suite avant de t'appeler, je voulais être sûre. Nous avons réussi !

Ses beaux yeux verts étaient emplis de larmes, mais elle affichait un grand sourire.

— Merci, Wes, dit-elle en balayant du revers de la main les larmes qui roulaient sur ses joues.

Il aurait voulu la toucher, la serrer dans ses bras, la réconforter, il détestait les kilomètres qui les séparaient. Dans un moment comme celui-ci, il souffrait plus encore de leur éloignement géographique. Pourtant, en dépit de la frustration d'être séparé de Mary, des picotements remontaient le long de sa colonne vertébrale à mesure qu'il prenait conscience de ce qu'il venait d'apprendre. Il avait engendré un enfant. Il allait être père ! Un miracle, non ?

Se souvenant de leur marché, basé sur un échange de services réciproques, il prit un ton détendu.

— C'était un bon nageur, hein, Harris ?

Elle rit, mais il crut déceler une touche de tristesse dans son regard.

— Oui. Il a bien travaillé.

— C'est… C'est fantastique.

Qu'était-il censé dire ? La femme qu'il aimait portait leur bébé. Elle avait passé un marché avec lui pour avoir cet enfant, après être tombée sous le charme de sa nièce, Rose. Soudain, il lui était apparu impossible de vivre sans un bébé à elle. Il ne pouvait pas la perturber en lui révélant ses véritables sentiments. Lui dire qu'il l'aimait, qu'elle lui manquait, et qu'il ne savait pas s'il pourrait continuer sans elle. Ou sans leur bébé.

Un étrange désir se développait lentement en lui, mais il n'avait pas le temps de s'y attarder.

La nouvelle compliquait encore les choses, alors que la situation était déjà très complexe *avant* qu'elle ne tombe enceinte. Malgré son trouble, il se devait d'avoir l'air très heureux. Pourtant, qu'était-il supposé faire, maintenant ? *C'est génial. Continue sans moi. Aie une belle vie.* Insupportable !

— Je ne veux pas te déranger en plein travail, dit-elle, mais j'étais impatiente de te mettre au courant.

— Tu ne me déranges pas.

Garde-la en ligne le plus longtemps possible. Même s'il avait des rendez-vous avec les patients tout l'après-midi.

— Je suis si content que tu m'aies appelé.

— Et moi, je suis si heureuse que tu aies repris le travail. J'ai téléphoné à ton bureau ce matin, on m'a dit que tu étais en train d'opérer. C'est merveilleux. Nous avons réussi à atteindre tous les objectifs que nous nous étions fixés.

— Y compris le bébé que tu désirais tant.

— Oui, tout ! Eh bien, je vais te laisser. Mais je te rappellerai bientôt. Je…

Empêche-la de le dire. Sinon, tu seras obligé d'être honnête avec elle et de lui avouer ce que tu ressens pour elle, et cela changerait tout. Y es-tu prêt ? À être un amant. Un père. Un mari ?

— Euh, moi aussi, Harris. Moi aussi.

Laisse-la chercher ce que tu veux dire par là et essaye de deviner ce qu'elle était, elle, sur le point de dire.

Il avait envie de croire qu'elle s'apprêtait à prononcer ces mots magiques : « je t'aime ». Maintenant qu'un bébé s'annonçait, tout avait changé !

Mary se déconnecta et son ravissant visage disparut de l'écran. Aussitôt, la pièce parut vide.

Elle était enceinte ! Il avait du mal à s'en remettre. Il resta un moment cloué sur place, réfléchissant aux choix qui s'offraient à lui.

Ils avaient passé un marché et chacun avait obtenu ce qu'il voulait. C'était bien cela, non ?

Mais non ! Tout était différent, à présent. Il s'était juré, le jour où elle était partie, que si elle était enceinte il ne la laisserait pas s'en aller. Il voulait être un père pour son bébé, pas un parent à distance mais un papa présent tous les jours dans la vie de son enfant. Et il était amoureux de Mary. Il voulait le lui dire de vive voix, en face, pas par le biais d'un écran d'ordinateur.

Il prit son téléphone.

— Ram ? C'est Wesley. Écoutez, je sais que je viens tout juste de reprendre le travail, tout se passe très bien, mais j'ai un problème. Je dois prendre quelques jours pour régler une affaire urgente. Non, cela n'a rien à voir avec ma santé. J'ai besoin de faire un saut dans l'Oregon. Pourriez-vous demander à Beverly d'annuler tous mes rendez-vous pour les prochains jours ?

Il raccrocha et commença ses consultations de l'après-midi. Entre deux patients, il réserva une place pour le premier vol du lendemain à destination de Portland, Oregon. Un des patients ne s'étant finalement pas présenté à la consultation, Wes en profita pour louer une voiture avec des commandes manuelles. Comme c'était la première fois qu'il reprenait l'avion depuis l'accident, il décida d'utiliser son fauteuil électrique pour circuler plus facilement dans l'aéroport.

Bien des obstacles compliquaient sa rencontre du lendemain avec Mary, mais maintenant qu'il savait exactement ce qu'il voulait, rien ne l'arrêterait. Il prit dans le tiroir de son bureau l'enveloppe avec la nouvelle adresse de Mary, et la mit dans son attaché-case avant de se diriger vers la porte.

Mary avait eu une journée particulièrement remplie, elle était épuisée. Son début de grossesse la vidait de toute son énergie. Comment s'en sortirait-elle lorsque les choses deviendraient vraiment difficiles ?

Un sentiment d'insécurité l'envahit tandis qu'elle rentrait chez elle. Pourrait-elle tout faire seule ? Wes voulait s'impliquer, mais dans quelle mesure ? Et il n'y avait fait aucune allusion la veille, lorsqu'elle l'avait appelé. Peut-être avait-elle commis une erreur. Mais non ! Elle voulait ce bébé. De toutes ses forces, de toute son âme. Savoir qu'une petite vie se développait en elle était la sensation la plus émouvante qu'elle ait jamais eue. Elle était impatiente de tenir ce petit être dans ses bras. Ses doutes étaient dus aux hormones et n'avaient rien à voir avec ses plans audacieux. Elle avait surmonté tout un tas de situations bien plus dures dans sa vie. Avoir un bébé lui poserait quelques problèmes, mais elle trouverait comment se faire aider et tout irait bien. Il le fallait.

À quoi s'était-elle attendue la veille, lorsqu'elle avait annoncé la nouvelle à Wes ? Tout au fond d'elle-même, elle avait espéré qu'il lui déclare son amour. Quelle idée stupide ! Elle avait conclu cet arrangement pour avoir le bébé et Wes avait certainement apprécié le rôle qu'il avait joué dans cette histoire. Et puis elle était partie brusquement. Peut-être sortait-il déjà avec une autre femme et profitait-il enfin de la vie. Était-ce cette idée qui lui donnait soudain la nausée, ou bien fallait-il imputer cela à ses hormones ?

Elle engagea son pick-up dans l'allée qui menait au petit lac près duquel elle avait posé sa maisonnette. Alors qu'elle s'approchait du socle en béton d'où elle se connectait aux réseaux d'eau et d'électricité, elle aperçut une camionnette qui stationnait près de chez elle. Elle se gara derrière sa maison et, en sortant de la voiture, entendit claquer les portières de l'autre véhicule.

Elle fit le tour de sa maison et faillit tomber à la renverse. Wesley l'attendait, assis dans son fauteuil électrique. Son sang ne fit qu'un tour. Il fallait qu'elle se retienne à quelque chose pour ne pas tomber, aussi s'accrocha-t-elle à la balustrade du chalet.

Wes l'observait, l'air déterminé.

— Wes ! Que fais-tu ici ?

— Je t'aime. J'ai besoin de toi. Je me suis dit qu'il était temps que tu le saches.

Incapable de faire un pas tant ses jambes étaient flageolantes, elle se cramponna à la balustrade.

Il fit avancer son fauteuil électrique, couvrant ainsi la moitié de la distance qui les séparait.

— Tu as besoin de moi. Notre bébé a besoin de nous.

Il esquissa un sourire, les lèvres tremblantes. Elle aurait parié qu'il était aussi nerveux qu'elle.

— Depuis ton départ, j'ai découvert qu'il y avait quelque chose de pire que la paraplégie. La solitude. Je ne veux pas vivre sans toi.

Elle avait la gorge sèche. Était-elle en train de rêver ?

— Laisse-moi être un vrai père pour notre enfant.

Elle avait du mal à en croire ses oreilles. Le souffle court, elle essaya de prendre une profonde inspiration, mais ne réussit qu'à haleter.

— Je t'en prie, insista-t-il.

Il venait de prononcer les mots que, toute sa vie, elle avait attendus et espérés, et tout spécialement durant les deux derniers mois. Oh ! Elle pouvait bien rendre ses hormones responsables du flot de larmes qui, soudain, lui échappait, mais c'étaient les propos de Wes qui la bouleversaient. Les genoux encore tremblants, elle essaya de faire un pas vers lui.

— Je t'aime depuis mes quinze ans, Wes.

— Pourquoi ne me l'as-tu jamais dit ? demanda-t-il, visiblement ému.

— J'avais peur. Je n'osais pas rêver que tu puisses aimer une fille comme moi.

— Une fille comme toi ? Tu veux dire la femme la plus merveilleuse que j'ai jamais connue ?

Elle le regarda, incapable de croire que le moment qu'elle vivait était bien réel. Wes avait surgi devant elle, arrivant d'un autre État. De toute évidence, il l'avait attendue. Et il venait de lui avouer qu'il l'aimait et qu'il voulait vivre avec elle.

Comment pourrait-elle être plus heureuse qu'en cet instant ? Craignant de s'effondrer si elle lâchait son point d'appui, elle tenait fermement la balustrade.

Il l'observait, l'air compréhensif. Puis il dut comprendre qu'il n'en avait pas dit suffisamment, même s'il lui avait avoué qu'il l'aimait et qu'il voulait être avec elle. Oui, elle souffrait de ce sentiment d'insécurité dès qu'il s'agissait de lui.

Alors, il s'expliqua.

— Tu étais la première fille pour qui j'éprouvais quelque chose de si incroyable. Au mariage de ma sœur, tu étais plus belle que la mariée et je n'avais qu'une envie, t'enlever ta robe. J'étais censé me fiancer bientôt, mais tu m'avais tourné la tête. Je me demandais : que se passerait-il si je faisais des avances à Mary ? Est-ce qu'elle voudrait de moi ?

Elle sourit tristement, sa vie aurait pu être bien différente. Pourquoi n'étaient ils pas allés jusqu'au bout de leur désir ?

— J'ai toujours été égoïste, Harris, tu le sais. Si nous étions sortis ensemble, à l'époque, je t'aurais rendue responsable de tout ce qui me serait arrivé de mal dans la vie.

Il se passa les doigts dans les cheveux. Ils avaient poussé

depuis la dernière fois où elle l'avait vu. Elle garda le silence, respirant à peine, mais écoutant attentivement ce qu'il disait. Un jour, elle voudrait sans doute savourer de nouveau ces moments. Elle devait donc se rappeler l'expression de son visage et chaque mot qu'il prononçait.

— J'aurais pu faire comme mon père, et te reprocher ma paraplégie. Qui sait ? Parce que je ne savais pas comment ouvrir mon cœur et aimer quelqu'un.

Il s'approcha, réduisant encore de moitié la distance qui les séparait. Il était maintenant si près d'elle qu'elle voyait dans ses yeux sa crainte de ne pas être compris. Elle se détendit et lâcha doucement la balustrade.

— Le fait est, Harris, que j'ai changé et que tu es responsable de ce changement. Tu es venue chez moi sans y être invitée et tu ne m'as pas laissé le choix. Je n'arrivais pas à comprendre pourquoi tu restais alors que j'étais horrible avec toi tant tu me troublais. Tu réveillais chez moi des sentiments que je voulais oublier. J'étais en fauteuil roulant, à quoi bon me rappeler ma vie d'avant ? Mais je n'ai pas pu fuir sous de fausses raisons. J'ai commencé à me réveiller le matin impatient de te voir et de mieux te connaître.

Il marqua une pause.

— J'ai eu un choc en voyant combien tu avais changé. Tu avais confiance en toi et en tes compétences. Tu étais si belle, si sexy. Seigneur ! Je pensais sans cesse à toi, ça me rendait fou. À quoi bon? me disais-je. Pourquoi être amoureux de la femme la plus délicieuse de la planète alors que cela ne mènera à rien ?

Elle ne perdait pas un mot de ses confidences, elle était avide d'en savoir plus. Tout ce qu'il disait lui allait droit au cœur.

— Tu m'as ramené à la vie et nous avons signé ce pacte avec le diable. Le ciel m'est témoin que, grâce à toi, je me suis senti de nouveau homme. Tu peux m'accuser de manquer de courage pour ne t'avoir rien dit de mes véritables sentiments pour toi, mais la vérité, c'est que je ne voulais pas te piéger. Je ne voulais pas que tu te retrouves coincée avec moi. Qu'avais-je à t'offrir ?

Elle gémit doucement, emplie d'une tristesse infinie pour leur histoire tragique et compliquée. Qui connaissait enfin une fin heureuse. Aujourd'hui. À l'instant présent.

— Le fait est que tout a changé maintenant, dit-il. Je sais que je t'aime de tout mon cœur, de toute mon âme. Et c'est grâce à toi, tu m'as appris comment aimer.

Il eut un petit rire ironique.

— Un jour, tu m'as dit que j'avais changé ta vie. Eh bien, c'est toi qui as changé la mienne, et je t'aime pour cela. Je veux être un vrai père pour notre bébé, pas un simple donneur de sperme.

Portant son poignet à sa bouche, elle retint un sanglot. Elle n'avait aucun doute sur ses intentions. Il était sincère.

— Mais la grande question, c'est : est-ce que tu veux de moi ? Pour le meilleur et pour le pire ?

D'un geste, il désigna ses jambes et son fauteuil roulant.

— L'avenir ne sera pas facile avec moi, mais je veux l'affronter avec toi. Si tu veux bien.

Quittant brusquement la balustrade, elle se précipita vers lui, le prit dans ses bras et se laissa tomber sur ses genoux.

— Je t'aime plus que tu ne peux l'imaginer, car je n'ai jamais cessé de t'aimer depuis le premier jour où je t'ai rencontré. Mon cœur n'a pas changé.

Elle se tut pour le couvrir de baisers.

— J'aime ton obstination, ta fierté et même ton arrogance, reprit-elle. J'aime ta résilience et ton intelligence, mais je t'aime surtout parce que tu es assez fort pour reconnaître que tu ne savais pas comment aimer.

S'accrochant à son cou, elle se blottit contre lui.

— Je suis si heureuse d'être celle qui t'apprend comment aimer, parce que toi aussi tu m'as aidée à aimer comme je n'avais jamais cru pouvoir le faire. Nous nous sommes lancés dans une aventure périlleuse en passant ce marché complètement fou, et on peut dire que cela a été un choc pour nous deux ! Je t'aime, pas parce que tu es un merveilleux amant, mais parce que tu es l'homme le meilleur que j'ai jamais rencontré. Assis ou debout. Tu es l'homme de ma vie et je n'ai aucunement l'intention de cesser de t'aimer, parce que cela ne m'est jamais arrivé alors que tu m'as donné tout un tas de bonnes raisons de le faire.

Ils rirent tous les deux. En se moquant ainsi de lui-même, Wes donnait une preuve supplémentaire qu'il avait changé. Ils échangèrent un baiser, non pas fiévreux mais plutôt tendre et grave, une sorte de promesse solennelle de l'avenir radieux qui les attendait.

Il lui caressa la joue.

— Tu m'as dit que je retrouverais une vraie vie, et c'est ce que je veux, mais seulement avec toi… Et notre bébé.

Il posa tendrement la main sur le ventre de Mary.

— Prouvons-le, Harris. Épouse-moi.

— J'adorerais devenir ta femme.

Il afficha un grand sourire.

— Tu ne m'invites pas à entrer chez toi ?

Aussitôt, elle sauta de ses genoux et le fit entrer dans sa maison de poupée.

Épilogue

Dix-huit mois plus tard…

— Waouh, ouh, ouh !

Avec ses cheveux noirs et ses yeux brillants, Henry Van Allen était le portrait craché de son père. À dix mois, il semblait décidé à prouver qu'il était capable de marcher. Il s'élança en titubant, s'éloignant de la table basse de la salle d'attente pour faire quatre pas vers Wes assis dans son fauteuil roulant. Et il s'arrêta net.

Mary frappa dans ses mains pour l'encourager.

— Allez, viens, viens voir maman.

Penchée en avant, elle tendait les mains devant elle tout en marchant à reculons. Henry ne bougeait pas, comme s'il pesait le pour et le contre, puis il se décida et avança d'une douzaine de pas rapides avant de tomber sur le tapis de la salle d'attente du cabinet médical. Sa couche-culotte avait amorti le choc, mais il fit la moue et se mit à pleurer. Mary se précipita vers lui pour le relever.

— Comme je suis fière de toi ! Tu sais marcher ! Quel grand garçon !

Elle serra l'enfant dans ses bras avant de le poser sur les genoux de son père.

— Tu essayes déjà d'éblouir ton vieux père, hein ? dit fièrement Wes en faisant un câlin à son petit garçon.

Une porte s'ouvrit. La kinésithérapeute apparut sur le seuil et les invita à entrer dans la salle de soins.

— Êtes-vous prêt, docteur Van Allen ?

— Tout ce qu'il y a de plus prêt.

— Asseyez-vous là.

Elle désigna ce qui ressemblait à un siège des plus ordinaires, sur lequel était fixé une sorte de jetpack connecté à des attelles jambières. Cet appareil était un exosquelette. Il coûtait une fortune, mais, pour Wes, cela n'avait aucune importance, l'essentiel étant de pouvoir remarcher.

Lorsqu'il fut passé de son fauteuil roulant à l'autre siège, l'assistante de la kinésithérapeute l'aida à attacher les sangles sur ses épaules. Il les serra étroitement au niveau du sternum, puis l'assistante mit les fixations des jambières en place autour des cuisses et des genoux. Une fois Wes sécurisé, elle lui donna deux longues cannes avec des embouts en caoutchouc, équipées d'attaches au niveau des coudes et des mains, la section correspondant aux mains étant munie de capteurs.

La kinésithérapeute tenait dans ses mains un petit boîtier de contrôle.

— Quand vous aurez saisi le truc et compris comment marcher avec cet équipement, vous pourrez gérer vous-même vos déplacements.

— Je suis prêt.

Jamais Mary n'avait vu son mari plus décidé qu'en cet instant. Serrant contre elle le petit Henry qui se tortillait d'impatience, elle retint son souffle tandis que Wes se préparait à faire tout seul un petit pas qui représentait un grand pas pour lui et sa vie future.

La kinésithérapeute se tenait près de lui. Elle actionna le boîtier de contrôle et Mary vit avec stupéfaction son mari se redresser, puis se mettre à marcher. Il avançait d'une façon naturelle, en pliant les genoux, les talons touchant le sol. Sa démarche avait l'air parfaitement normale.

Henry s'agita, voulant de toute évidence rejoindre son père. Mary le fit descendre de ses genoux et le tint par la main pour l'empêcher de tomber.

— Lorsque vous vous serez familiarisé avec l'appareil,

dit la kinésithérapeute, vous pourrez contrôler votre marche en utilisant les capteurs fixés dans les cannes.

Wes, l'air stupéfait, regardait Mary.

— C'est incroyable, non ? Je marche !

— Papa marche ! dit-elle tandis que l'enfant essayait de suivre son père. Henry et toi, vous avez beaucoup de choses en commun.

Wes éclata de rire.

— Je crois toutefois que notre fils marche déjà mieux que moi.

— Vous vous débrouillez à merveille, docteur Van Allen, dit la kinésithérapeute. Faites encore une fois le tour de la pièce, puis vous essayerez de contrôler vous-même votre démarche.

Il regarda sa femme qui marchait à côté de lui avec leur petit garçon. Jamais il ne s'était senti aussi fier qu'en cet instant. Mary et lui se trouvaient au même niveau, pour une fois — si l'on exceptait le temps qu'ils passaient au lit. En fait, il était nettement plus grand qu'elle, maintenant qu'il se tenait debout. Ces deux dernières années, il avait surtout vu les mentons et les narines des gens qui l'entouraient et, franchement, cet angle de vision le rendait malade. Mais jamais il ne s'était lassé de regarder Mary. Ou Henry.

Deux mois plus tôt, il avait découvert sur Internet une vidéo où une femme faisait ses premiers pas alors qu'elle était paraplégique depuis vingt ans. Encouragé par Mary, il avait commandé son propre exosquelette. Et maintenant, il était là, en train de marcher devant son enfant qui, lui, marquait une pause. Assis par terre, il regardait son papa tourner dans la pièce.

Après que Mary lui eut annoncé qu'elle était enceinte, Wes l'avait convaincue, dès la fin de son contrat à Astoria, de revenir à Malibu et de l'épouser immédiatement.

Le mariage avait été célébré un mois plus tard, dans la plus stricte intimité. Il avait eu lieu dans la salle de séjour, face à l'océan, devant la famille et quelques amis. Wes avait été ébloui par sa femme, si belle dans sa robe de satin blanc toute simple qui rappelait une tunique grecque. Elle avait laissé ses cheveux flotter librement sur ses épaules et portait sur la tête une fine couronne de gypsophiles en harmonie parfaite avec le bouquet de roses blanches qu'elle tenait à la main. Il avait eu du mal à croire qu'à partir de ce jour cette femme superbe serait la sienne.

Pour la cérémonie, il avait mis un smoking blanc et s'était assis dans le fauteuil qui lui permettait de rester debout. Il avait appuyé sur un bouton et, grâce à un discret système hydraulique, il s'était redressé pour prononcer ses vœux de mariage.

Il n'aurait jamais cru que dire « oui » décuplerait encore son plaisir de faire l'amour avec Mary, mais sa nuit de noces l'avait empli d'émotion. La vie lui avait offert le plus beau des cadeaux en lui permettant de rencontrer Mary Harris. Pourquoi lui avait-il fallu vingt ans pour en prendre conscience ? C'était la preuve que l'amour réussissait à transformer un homme. Tout ce qu'il pouvait dire, c'était à quel point il se considérait chanceux.

Après quelques mois, il avait pu reprendre pleinement sa carrière de neurochirurgien et il connaissait le même succès qu'auparavant. Mary avait rapidement trouvé dans la région un poste à temps partiel qui lui laissait assez de loisirs pour aménager et décorer la chambre d'enfant. Sa grossesse s'était passée à merveille. Elle était rayonnante. Wes l'avait accompagnée à tous ses cours de préparation à l'accouchement et, le jour de la naissance, il avait été auprès d'elle durant tout le travail, qui s'était révélé long et éprouvant. Alors que Mary était presque à bout de forces, leur fils avait enfin montré le bout de son nez et avait crié avant même d'être complètement sorti du ventre de sa mère. Être père s'était révélé la chose à la fois la plus dure et la plus gratifiante que Wes avait jamais connue.

Son fils l'avait toujours vu en fauteuil roulant, et voilà qu'aujourd'hui il s'était levé et avait marché ! Certes, dans cette tenue, sa démarche contrôlée par ordinateur rappelait celle d'un cosmonaute sur la lune, mais c'était un début. Il croyait à l'innovation scientifique et il avait lu de prometteuses études sur la stimulation électrique fonctionnelle pour restaurer les mouvements musculaires. Il faisait confiance aux neurosciences et à la robotique. À coup sûr, ce n'était plus qu'une question de temps avant qu'on n'implante un minuscule ordinateur comportant des stimulateurs sensoriels tout le long des parties lésées de la colonne vertébrale.

En attendant, il devait faire en sorte de rester en forme. Avec une femme comme Mary, aucun doute qu'il y arrive. Mais, pour l'instant, il devait s'accomoder de l'encombrant équipement qui lui permettait de marcher.

— Êtes-vous prêt à essayer tout seul ? demanda la kinésithérapeute.

Il se tourna vers Mary et lui fit un clin d'œil.

— Eh oui, allons-y ! Je veux danser avec ma femme à l'occasion de notre second anniversaire de mariage.

Un sourire bravache aux lèvres, soucieux de susciter l'admiration de sa femme et de son fils, il utilisa les capteurs manuels fixés sur les cannes et se lança, pour la première fois depuis presque trois ans, dans une petite promenade faite à pas lents, mais stables.

Le plus beau moment fut celui où il entendit son petit garçon lui crier : « Oui, papa, oui ! »

BLANCHE

HARLEQUIN

Retrouvez prochainement, dans votre collection

BLANCHE

L'étreinte d'une infirmière, d'Annie O'Neil - N°1626

SÉRIE : DOCTEURS DE NASHVILLE - 1/2

Lorsque le Dr Carter Booth partage un baiser brûlant avec une inconnue le soir du nouvel an, il ne s'attend pas à la retrouver dès le lendemain à l'hôpital de Nashville où il vient d'être embauché ! Et dire qu'il travaillera au côté de la belle Avery ! Si l'idée de croiser l'infirmière aux urgences n'est pas pour lui déplaire, il se demande comment faire taire le désir qu'elle éveille en lui…

Le secret de Lia, de Tina Beckett

SÉRIE : DOCTEURS DE NASHVILLE - 2/2

Lia a un secret. Un secret qu'elle n'a confié à personne en dehors de son amie Avery. Un secret qui l'a contrainte autrefois à quitter Micah dont elle était pourtant follement amoureuse. Lorsque ce dernier est de retour à Nashville pour exercer dans l'hôpital où elle est chirurgienne, Lia est submergée par l'émotion et la peur. A-t-elle une chance de renouer avec Micah si elle lui ouvre enfin son cœur ?

Retrouvailles à Florence, de Kate Hardy - N°1627

Médecin spécialiste en chirurgie prénatale, Samantha est à Florence pour sauver des vies – pas pour retomber amoureuse ! Aussi est-elle troublée d'apprendre que durant son détachement de trois mois elle devra collaborer avec le Dr Angelo Brunelli. Elle a tant aimé cet homme avant qu'il la quitte sans un mot d'explication ! Concentrée sur sa mission auprès de mamans et de bébés en détresse, Samantha décide d'ignorer les sentiments qu'elle nourrit encore pour Angelo…

Un confrère pour confident, de Louisa George

Lexi a hâte de voir son ami Jono rejoindre l'hôpital où elle travaille comme pédiatre. Si elle ne l'a pas croisé depuis des années, tous deux s'écrivent sans arrêt. Seulement, quand ils se retrouvent finalement durant un séjour en Cornouailles, Lexi est infiniment troublée. Son confident l'attire irrésistiblement ! Or, elle le sait, elle ne doit pas céder à ce désir qui pourrait briser leur amitié…

Leur mission : sauver des vies.
Leur destin : trouver l'amour.

BLANCHE

Le défi d'un chirurgien, de Charlotte Hawkes - N°1628

C'est le premier jour du Dr Rik Magnusson à l'hôpital royal de Thorncroft, et son objectif est simple : renouer avec son frère biologique pour enfin chasser les fantômes du passé. Mais sa rencontre avec le Dr Grace Henley vient brusquement troubler ses plans. Grace n'est pas seulement la femme avec laquelle il a passé une nuit inoubliable ; elle est aussi la meilleure amie de son frère ! Alors qu'il devrait la tenir à distance, Rik a très envie de la séduire…

Irrésistible vétérinaire, de Juliette Hyland

Il est son nouveau collègue… et colocataire ! Kit, veuve et bourreau de travail, consacre sa vie à ses patients. Déterminée à être la meilleure vétérinaire en ville, elle accueille avec circonspection le Dr August Rhodes, le fils prodigue de son patron, venu lui prêter main-forte à la clinique. À mesure qu'ils cohabitent, toutefois, Kit s'attache à August, tout en sachant qu'elle commet une erreur. Bientôt, il sera reparti…

Une aventure inoubliable, d'Alison Roberts - N°1629

SÉRIE : WILDFIRE, URGENCES MÉDICALES - 5/6

L'action, le danger, les poussées d'adrénaline : voilà ce qui fait vibrer Lia. Aussi n'hésite-t-elle pas une seconde quand on lui propose un contrat d'infirmière secouriste pour deux semaines sur l'île de Wildfire. Pourtant, à peine arrivée, elle se demande si elle a fait le bon choix. Sam Taylor, le médecin de l'équipe, est si brillant qu'elle tombe sous son charme. Or elle repartira bientôt…

Pour l'amour d'un enfant, de Marion Lennox

SÉRIE : WILDFIRE, URGENCES MÉDICALES - 6/6

Si Hettie ne se marie pas avec Max Lockhart, son collègue à l'hôpital de Wildfire, tous deux n'auront pas la possibilité d'adopter Joni – cet adorable petit garçon qu'ils ont sauvé in extremis de la noyade et auquel ils vouent déjà un amour sans faille. Or sera-t-elle capable de supporter ce mariage de convenance, alors que Max ignore les sentiments qu'elle nourrit pour lui en secret ?

HARLEQUIN

Leur mission : sauver des vies.
Leur destin : trouver l'amour.

HARLEQUIN
www.harlequin.fr

BLANCHE

HARLEQUIN

Mère, médecin… et amoureuse, de Sue MacKay - N°1630

Quand Rachel pose ses valises et celles de son petit garçon, Riley, sur les îles Cook, elle est décidée à prendre un nouveau départ. D'ailleurs, il y a tout ce qu'il faut ici : un hôpital où elle pourra exercer, une école pour son fils, une plage paradisiaque, une adorable maison et… Ben, un nouveau voisin. Un homme charmant mais qu'elle doit tenir à distance, pour protéger son cœur et celui de son enfant…

Le cadeau qu'ils attendaient, de Louisa Heaton

Elle est… enceinte ? Stupéfaite, Emily sent la panique la gagner. Car depuis quelques jours son époux, Sam, est frappé d'amnésie à la suite d'un accident de la route. Et dire qu'elle songeait à le quitter, à cause de son refus d'avoir un enfant ! Déterminée à tenter le tout pour le tout, elle annonce sa grossesse à un Sam… fou de joie ! Ce sursis, elle n'ose pourtant en profiter : que se passera-t-il lorsque Sam recouvrera la mémoire ?

Leur mission : sauver des vies.
Leur destin : trouver l'amour.

HARLEQUIN
www.harlequin.fr